凱信企管

用對的方法充實自己，
讓人生變得更美好！

凱信企管

用對的方法充實自己，
讓人生變得更美好！

凱信企管

用對的方法充實自己，
讓人生變得更美好！

凱信企管

用對的方法充實自己，
讓人生變得更美好！

英語文法癌治癒聖經

An English Grammar Health Check

從英文聯考9分到博士班榜首的
補教名師親授12帖**文法特效藥**

一本在手，省下報名補習班的高額費用！！！
結合文法書＋課堂教學詳解＋單元文法常見考題解析＋模擬考題題庫，
市面上前所未有的新文法書型態。
閱讀本書，如同補教名師隨伺在側，一步步引導帶讀者打好文法基礎。

01 盲點診療快狠準，直指常見文法學習缺失

傳統文法書枯燥詳列所有單元細節，讀者無從分辨哪些內容較為重要，缺乏邏輯大量堆疊的資訊致使學習挫敗而無成效。初步盲點診療單元，直指單元文法必會核心觀念，點出不同程度學習者，最常遇到的觀念問題。先抓住文法主要脈絡，奠定好核心基礎後，再延伸學習相關細節。

Chapter 01 句構 Unit 01 動詞

Part 1 初步診療室

問診：下面這些人來自不同國家，誰說的才是正確的英文呢？

A I am come from Thailand. 我來自泰國。
B I from Vietnam. 我來自越南。
C I am from Japan. 我來自日本。

解答：C。

I am from Japan 是正確的英文。其他兩句的問題在哪呢？
(X) I am come from Thailand. 超過一個動詞。
(O) I come from Thailand.
(X) I _____ from Vietnam. 沒有動詞。
(O) I am from Vietnam.

生動活潑插圖，簡單明瞭的例句，
引導讀者立刻檢視原本英文基礎。

診療學習盲點：

一個正確的句子必須有一個動詞，也只能有一個動詞
接觸到的動詞就是 **be 動詞**。因此印象最深，常常習慣性在
詞，並與一般動詞混用。但 be 動詞是**純文法功能的動詞**，
有互斥性。

be 動詞形式包含：**be、is、am、are、was、were**
其他我們所用的動詞皆稱為一般動詞。be 動詞使用時機主要

1. 句意清楚，但沒動詞

(X) I	from	Vietnam.
我	來自	越南

(O) I am from Vietnam.

補教名師化身讀者的英文病症治療師，用簡單清晰的說明，直指真正英文病根所在。

詳盡解說宛如一對一口述親自教學。用簡單口語的內容，說明複雜的文法概念，讓讀者一次就明白。

02 隨堂練習立即檢視學習成效

市面大部分文法書多缺乏練習，有些則是整個單元結束才給予零星練習。讀者讀完一個章節往往早已忘掉前面所學。本書揪出盲點和文法講解教學後，立刻給予相關練習，鞏固學習成果。

Get Better Soon

練習：判斷下列是否缺乏動詞。需要 be 動詞的，單數 … are，不需要者，寫入 X。（注意：to V, Ving … 是真動詞）

1. The girl ___________ standing in the house.
   女孩站在房子裡。
2. The men ____________ happy about the result.
   男人們對結果很滿意。
3. The children usually ____________ play basketball
   孩子們經常放學後打籃球。
4. The boy _____________ late for school again.
   那男孩又遲到了。
5. Birds ____________ fly in the sky.
   鳥在天空飛。
6. Our goal _____________ to finish the job in time.
   我們的目標就是即時完成這工作。

練習 A

1. 幫下列句子寫入 is, are 或者 do, does 來形成問句。

(1) _________ she late for school every day? 她是否每
(2) _________ he always get up early? 他是否總是早起
(3) _________ the box full of books? 箱子是否裝滿了書
(4) _________ they often walk home? 他們是否經常走路
(5) _________ they happy about the result? 他們是否對

針對學習困難和盲點，立刻為病徵開出處方，一帖見效。

Chapter 1 總複習測驗

1. The birds drawn on the picture __________ so real.
   (A) looks (B) looking (C) look (D) to look
2. The treasure __________ by the pirates in the cave is v
   (A) hides (B) hide (C) hidden (D) hiding
3. Children __________ old enough to drink wine.
   (A) is not (B) are not (C) don't be (D) does
4. Taking a hot bath is ______________.
   (A) relaxing (B) relaxed (C) relax (D) to re
5. __________ you sure that he will finish the job in time?
   (A) Do (B) Are (C) Can (D) Did

Part 2 解答

練習 A

1. (1) **Is**（late 是形容詞，句子中無動詞，須放 b
   (2) **Does**（get up 是一般動詞，需要助詞幫助
   (3) **Is**（full 是形容詞，句中無動詞，須放 be 動
   (4) **Do**（walk 為一般動詞，形成問句靠助動詞
   (5) **Are**（happy 為形容詞，句中無動詞，須放

2. (1) **aren't**（sorry 是形容詞，句中無動詞，須
   (2) **doesn't**（feel 是一般動詞，形成否定要靠
   (3) **isn't**（afraid 是形容詞，句中無動詞，須放
   (4) **don't**（have 是一般動詞，形成否定要靠助
   (5) **isn't**（in the drawer 是介系詞片語句中無動

03 補教名師獨門學習技巧，不藏私分享

有別平常文法書學究的口吻，改用清晰易懂的說明和例子來幫助學生學習困難的文法。並公開一般文法書上沒有的學習秘笈，教導讀者快速分析句構，掌握文法脈絡。

三、五大句型與子句概說

同學到這邊必定很困惑，所以英文就這樣而已嗎？沒有錯，基本上英文大句型加上這些詞的運作而已。只是詞其實有分短版跟長版。**長版的詞就叫子句**。從屬子句就是把一個句子當成一個詞來看待。英文總共有三種從屬子詞子句、副詞子句、形容詞子句。這三種子句的加入，讓句子貌似變得複雜只要**把子句等同一個詞看待，那一切就迎刃而解**。

1. 名詞子句

(1) 最簡單的**名詞子句**就是：**that ＋ 一個完整句**

例：I know Sam. 我認識 Sam。

主詞 及物動詞 受詞（完全及物句型）

英文名師多年累積的學習撇步大放送，教你一招快速解構複雜句構

四、句子的演進與子句位置判斷技巧

許多同學在閱讀英文時，通常會造成困擾的絕對不是短的形容詞片語。最大的障礙多半是不知道如何判斷子句的位置。無法分辨主擷取主要資訊。要掌握子句的位置很簡單，子句開始的時候，通常有不過當子句插入在主要句中時，在哪裡結束就比較容易使人困惑。判位置，這裡提供三個實用技巧：

1. 下一個動詞出來前

形容詞子句位置

例：People [who don't like Joe] consider him selfish. 不喜歡 Joe 的人

起始點 動詞 動詞

前面已經學過，一個句子只能有一個動詞，而子句也是從一個完而來，自然也只能有一個動詞，所以如果再往後括入 consider，變成

04 小醫師隨時提醒易混淆和忽略概念

傳統文法書缺乏章節觀念的比較，還就系統化而將文法分割成零散內容，欠缺整合性。透過小醫師的註解，隨時提醒同學容易忽略的概念，並且提供不同單元觀念的對照和串聯。

Note
雖然進行式需要有 be 動詞＋ Ving，但同學
be ＋ Ving 就認為一定是進行式囉！動詞加
變成現在分詞來
名詞當名詞來用。
是靜態動詞嗎？為

例：The purpose of life is loving peo
生命的意義就是愛你周遭的人。
= Loving people around you is th
愛你周遭的人就是生命的意義。

read ⟶
sleep ⟶
⟶ singing
⟶ studyi

Note
很多同學會把這邊
英文沒有去 y 加 i
需要去 y 的，是現
需要去 y，加 ies

Note
很多同學會把這邊加 ing 的方式，跟前面簡單式混淆
英文沒有去 y 加 ing。許多同學常常會寫出：（X
需要去 y 的，是現在簡單、過去簡單遇到結尾一子
需要去 y，加 ies、ied：現在簡單 studies、過去簡單

05 精挑考題，省去浪費時間練習重複概念題型

許多考試模擬題本的大量考題常常換湯不換藥，更動文字後同樣概念又出題。本書精心篩選過的核心考題，針對文法單元最常考出的概念和趨勢做講解，避免同學茫茫題海苦尋未學得的觀念。

題後破題分析，直接告訴同學出題趨勢，和答題技巧

Part 3 考題核心觀念破解

1. Your husband, Mr. Morris, ___________ a valued member of
our special gift.
(A) who is (B) is (C) who are (D) was

破題
一個句子只能有一真動詞。這個句子以經有 will receive 在當真動
擇 (B)、(D)，因為這樣就出現兩個動詞的問題。因此另一個動詞必
形成一個形容詞膠囊。而 your husband 是單數名詞，Mr. Morris
語補充，所以單數名詞故不選 (C)。

2. We should keep the exit ___________ when someone sets
A) open (B) to open (C) openly (D) opening

本句使用 keep ＋受詞＋形容詞作受詞補語的句型。所以不選 (C)
keep ＋受詞＋ Ving 的用法，不過這則是表達使受詞持續的做某動

自序

在補習班和大學任教多年的時光中，課後許多學生閒聊時，總下意識反應的問我：「老師你以前在哪間國外大學就讀？」當得知其實我從未在國外居住或留學過後，被問的下一個問題多半就是：「那你是在哪裡補習把英文學好的？」

但事實上，我從來沒真正的補習過英文，當然，更不是在什麼全英文環境下自然習得的。我的英文也是從「破病的菜英文」開始。

還記得高二那一年，北北基聯合模擬考結果出爐，扣除非選，選擇題我才拿到「九分」。也就是說，我是從「一個可能聯考英文九分的孩子，最後，竟能在英文系大三還在學時，便受雇於淡江大學成人教育部，直接在大學內任教；同期，受政府邀約培訓海巡署軍官英文，並且接續與教授合出第一本英文寫作書。畢業後，繼續攻讀碩士班，不久便榜首考上博士，最後成為少數碩士博士同修的學生。」

然而，這一切看似神奇的轉變，其實就只是先從澈底把英文文法學好開始。可是想要學好英文文法，學生卻常常面臨困難。因為臺灣的英語教學有兩點重大的問題：

1. 中學的英文學習只重視用錯誤的方式死背應付考試，導致學生缺乏有邏輯且系統化的學習。

2. 國外留學回來的教師，自身是在國外的全英文環境下學會英文，學習經驗跟教學，往往難以適用在全中文生活情境下的臺灣學生。

因此學生往往只能在補習班碰運氣，或者嘗試閱讀文法書自學。可坊間的文法書，多半遷就正統性，過於學究，內容生硬難懂。又或者礙於編排的系統，易搞混的內容常分列不同單元，結果缺乏比較之下，最後讀者所學又混淆。甚至，許多文法書互相抄錄，一些過時又或根本錯誤的資訊，不斷的在各版本中流傳，最後積非成是。

因此筆者下定決心寫一本真正適用於臺灣人自學的文法書，提供最新且正確的內容，不八股且清晰地立刻點出國人學習盲點。不但保有文法應具的系統性，且深具實用功能，協助考生輕鬆備戰。

本書每個章節分成三部分——

第一部分 英文診療室：

一針見血點出國人學習英文最常見的盲點，快速地幫學生把單元相關的觀念糾錯。使學生不至於在大量的文法單元內容中，找不到自己真正不懂的部分。

第二部分 文法主體單元：

去除一般文法書賣弄且過度龐雜的資訊，只留下英文學習者必須立刻掌握的觀念跟知識，正文中穿插著小醫生提供的提示跟註解，輔助同學比較不同文法單元易混淆且須注意的內容。

第三部分 核心考題破解：

列出各大考試常考的方向，快速讓同學掌握必考題型和解題技巧，同學不用再浪費時間做一堆類似相同的題目。且每單元後的練習，幫助學生快速檢視各單元學習成果。

筆者希望這樣一本跳脫傳統框架的文法書，可以真正為臺灣英文學習者，開啟一扇輕鬆自學英文的大門，也能讓各種目的的英文學習者，透過我十多年累積的教學經驗，在英文學習的道路上，減少許多迂迴或迷航。透過自療，讓你破病的英文，也能不花大錢、不痛苦、不浪費時間，自然痊癒。

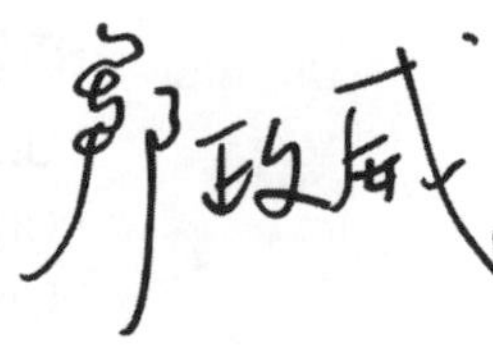

目錄

英語癌

英語癌

Chapter 01

句構

Chapter 01 句構 Unit 01 動詞

Part 1 初步診療室

問診：下面這些人來自不同國家，誰說的才是正確的英文呢？

A

I am come from Thailand.
我來自泰國。

B

I from Vietnam.
我來自越南。

C

I am from Japan.
我來自日本。

解答：C。

I am from Japan 是正確的英文。其他兩句的問題在哪呢？

（X）I am come from Thailand. 超過一個動詞。

（O）I **come** from Thailand.

（X）I _____ from Vietnam. 沒有動詞。

（O）I **am** from Vietnam.

診療學習盲點：

一個正確的句子必須有一個動詞，也只能有一個動詞。大部分人學習英文最早接觸到的動詞就是 **be 動詞**。因此印象最深，常常習慣性在所有句子中都加入 be 動詞，並與一般動詞混用。但 be 動詞是**純文法功能的動詞，不具意思**，跟一般動詞具有互斥性。

be 動詞形式包含：**be、is、am、are、was、were、been**。扣除這些，其他我們所用的動詞皆稱為一般動詞。be 動詞使用時機主要有兩個：

1. 句意清楚，但沒動詞

（X）I　　　　　from　　　　　Vietnam.
　　我　　　　　來自　　　　　越南

（O）I am from Vietnam.

這裡英文每個字對應中文，其實語意完整又清楚。但這個句子沒有動詞，因此加入純文法功能的 be 動詞使之正確。

2. 協助形成時態

I am walking. 我正在走路。

* Be 動詞＋ Ving 來形成進行式。

但這句子不是同時有 be 動詞 am，又有一般動詞 walking 兩個動詞了嗎？原來，我們務必搞懂，**一般動詞一旦變成：Ving、to V 或者具有被動感覺的過去分詞 p.p.，就不再是真正動詞了。而是帶有動詞味道的其他詞性。**

一旦有一般動詞可以標示出時態跟句意的時候，就不再需要 be 動詞。一個句子只會有一個當家作主的動詞。

Get Better Soon

練習：判斷下列是否缺乏動詞。需要 be 動詞的，單數主詞寫入 is、複數寫入 are，不需要者，寫入 X。（注意：to V, Ving，表被動的過去分詞 p.p. 不是真動詞）

1. The girl ___________ standing in the house.
   女孩站在房子裡。

2. The men ____________ happy about the result.
   男人們對結果很滿意。

3. The children usually ____________ play basketball after school.
   孩子們經常放學後打籃球。

4. The boy _____________ late for school again.
   那男孩又遲到了。

5. Birds ____________ fly in the sky.
   鳥在天空飛。

6. Our goal _____________ to finish the job in time.
   我們的目標就是即時完成這工作。

7. The books ______________ under the table.
   書在桌子下。

解答在 P.046

Part 2 動詞文法概念

一、 動詞問句與否定簡介

承接之前概念，英文主要運用的動詞系統有兩種：

Be 動詞—be, is, am, are, was, were, been

一般動詞—扣除上面的 be 動詞，其他動詞都稱一般動詞

在前面我們提過，只有缺乏真正動詞情況，才會使用 be 動詞。而這兩種動詞系統，因為形成問句、否定的方式大不相同，導致學生常常混淆，困擾不已。

1. Be 動詞

(1) 問句：be 動詞與主詞倒裝

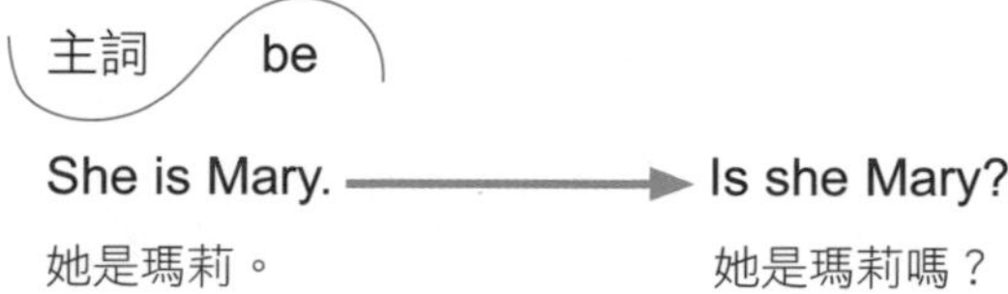

She is Mary. → Is she Mary?
她是瑪莉。 她是瑪莉嗎？

(2) 否定：直接在 be 動詞後加否定副詞 not

be + not

She is Mary. → She is not Mary.
她是瑪莉。 她不是瑪莉。

2. 一般動詞

(1) 問句：

第一步 主詞前方加上一般助動詞 Do、Does、Did 其中之一。Do、Does 用於現在式，第三人稱單數主詞用 Does，其他用 Do。Did 用於過去式。

第二步 後面動詞原形
Do / Does / Did ＋主詞＋ VR（原型動詞）

Note

所謂第三人稱單數，就是 he, she, it。或者 he, she, it 可以代替的名詞。簡稱三單。

The girl likes music. → **Does** the girl **like** music?
這個女孩喜歡音樂。 這個女孩喜歡音樂嗎？

The girls like music. → **Do** the girls **like** music?
這些女孩喜歡音樂。 這些女孩喜歡音樂？

They once liked music. → **Did** they once **like** music?
他們曾經喜歡音樂。 他們曾經喜歡音樂嗎？

(2) **否定：**

第一步 在一般動詞前，加上否定一般助動詞 don't、doesn't、didn't。

don't、doesn't 用於現在式，三單主詞用 doesn't，其他主詞用 don't。didn't 用於過去式。

第二步 動詞原形

The girl likes music. → The girl **doesn't like** music.
這個女孩喜歡音樂。 這女孩不喜歡音樂。

The girls like music. → The girls **don't like** music.
這些女孩喜歡音樂。 這些女孩不喜歡音樂。

They loved music. → They **didn't love** music.
他們以前喜歡音樂。 他們以前不喜歡音樂。

Note

因為這兩種系統的混淆，學生常出現以下兩種錯誤。

1. 用 be 動詞來幫助一般動詞形成否定。

（X）She isn't feel hungry. 她不覺得餓。
（is, feel 都是動詞，一句就有兩個動詞了。）

（O）She doesn't feel hungry.（一般動詞，用助動詞形成否定）

2. 用否定助動詞搭配 be 動詞

（X）She doesn't be happy. 她不開心。
（一般助動詞是用來幫助一般動詞形成否定）

（O）She isn't happy.（be 動詞直接加 not 就可以形成否定了）

練習 A

1. 幫下列句子寫入 is, are 或者 do, does 來形成問句。

(1) __________ she late for school every day? 她是否每天都遲到上學呢？

(2) __________ he always get up early? 他是否總是早起呢？

(3) __________ the box full of books? 箱子是否裝滿了書？

(4) __________ they often walk home? 他們是否經常走路回家？

(5) __________ they happy about the result? 他們是否對結果感到滿意？

2. 幫下列句子寫入 isn't, aren't, don't, doesn't 來形成否定。

(1) They ______________ sorry about the inconvenience. 他們對不便不感到抱歉。

(2) She ______________ feel sorry for him. 她不為他感到遺憾。

(3) He ______________ afraid of ghosts. 他不怕鬼。

(4) They ______________ have a dog. 他們沒有養狗。

(5) The key ____________ in the drawer. 鑰匙不在抽屜裡。

解答在 P.047

二、 限定與非限定動詞

1. 限定動詞

句子中須與主詞做一致性並且有時態變化的唯一真正動詞。

例：She **was** sick.

她之前生病了。（was 與 she 搭配，表現過去式）

例：He **works** hard.

他工作認真。（work 搭配 he 加 s，表現現在簡單式）

2. 非限定動詞

Ving 現在分詞、動名詞；to V 不定式；或具被動含意**過去分詞 p.p.**。都是把動詞轉成其他詞性來用，也就不再是句子中真正的動詞了。

(1) 動詞當名詞用

例：**Cooking** is not easy.

做菜不容易。（同結構句型：English is not easy.）

Cooking ⟶ 動名詞，把動詞當名詞來用。作主詞，必須為名詞。is 才是真動詞。

例：Our goal is **to win**.

我們的目標就是要贏。（同結構句型：Our goal is the prize.）

to win ⟶ 不定詞，把動詞當名詞來用。已經有真動詞 is，to win 做主詞補語。

例：She always talks about **swimming**.

她總在討論游泳。（同結構句型：She always talks about me.）

swimming ⟶ 動名詞，作名詞來用。作介系詞受詞，必須為名詞。

例：I started **to jog** yesterday.

我昨天開始慢跑了。（同結構句型：I started the lesson.）

to jog ⟶ 不定詞，當名詞來用，作 start 的受詞。受詞必須為名詞。

練習 B

判斷下列動詞位置，替動詞選擇正確的動詞形式。

(1) (Drinking / Drink) is bad for our health. 喝酒對我們健康有害。

(2) The river is not safe for (swimming / swim). 對游泳來說，這條河並不安全。

(3) My favorite activity is (reading / read). 我最喜歡的活動就是閱讀。

(4) I don't need (to cook / cook). 我不必做飯。

解答在 P.047

(2) 當形容詞來用

動詞加上 ing 變現在分詞，或動詞的過去分詞 p.p. 都能當形容詞。這兩種形容詞主要分別如下：

- 主動 Ving vs 被動 p.p.

例：a run**ning** man

跑步的男人（男人是主動跑步的）

例：a **taken** seat

被占據的位子（位子是被動被占據的）

- 令人感到 Ving vs 自己感到 p.p.

例：a bor**ing** book

無聊的書（令人感到無聊的書）

例：a **bored** reader

無聊的讀者（自己感到無聊的讀者）

Note

動詞轉形容詞，可以放名詞前，也可以放名詞後！
單一個字的時候偏好放名詞前，多個字的時候則偏好放名詞後。

a **running** man → a man **running in the park**

跑步的男人 　　　　**在公園跑步的**男人

a **taken** seat → a seat **taken by Sam**

被占據的位子 　　　　**被 Sam 占據的**位子

The [shot] deer fell into the [flowing] river.

[被射中的] 鹿落入了 [流動的] 河。

The deer [shot by the hunter] fell into the river [flowing to the west.]

[被獵人射中的] 鹿落入了 [流向西方的] 河。

練習 C

1. 把單一個動詞轉做形容詞，以現在分詞 Ving 或過去分詞 p.p. 的形式，填入空格修飾後面名詞。

(1) I hope to find the __________ (steal) car. 我希望找到被竊的車。

(2) Can you understand the _________(write) message?
你可以理解被寫下的訊息嗎？

(3) I cannot wait for the ___________ (excite) trip. 我等不及那令人興奮的旅程了。

(4) The man hit the _______________ (bark) dog. 這男人打了在吠的狗。

2. 把一連串的 Ving 或 p.p 修飾語，填入名詞後修飾

(1) The message __________ (leave) by the killer warned the police __________ (want) to catch him. 被殺手留下的訊息警告想要逮捕他的警方。

(2) The woman ___________ (walk) on the street lost her expensive coat ____________ (give) by her friend. 走在路上的女人，搞丟了她朋友給她的昂貴外套。

(3) The car ____________ (drive) by a young man hit an old lady ___________ (cross) the street. 由一個年輕人開的車，撞上了過馬路的老太太。

解答在 P.047

Part 3 考題核心觀念破解

1. Drinking cold water __________ out of the fridge can always stop his sweat dripping down the neck.

(A) takes (B) took (C) taken (D) taking

答案 (C)

破題

原形動詞 stop 必定為真動詞，所以其他動詞只能為非限定動詞。Drinking cold water 當名詞為主詞。dripping down the neck 為現在分詞當形容詞修飾 sweat。take 必須要轉成形容詞修飾 water。水是被從冰箱拿出來的，所以用 p.p. 過去分詞表被動當形容詞。

---

2. A child living in a poor country often _________ clothes given away by others.

(A) wear (B) wears (C) wearing (D) worn

答案 (B)

破題

Ving, p.p. 不是真動詞，沒限定動詞，應填入有時態變化的真動詞。living in a poor country 為現在分詞當形容詞用修飾 child。given 為過去分詞當形容詞表被動，修飾 clothes。選項 (C)、(D) 都不是真動詞不能選，而主詞為單數，所以選真動詞 wears。

---

3. These questions __________ easy for people without the background knowledge to answer.

(A) don't be (B) not (C) isn't (D) aren't

答案 (D)

破題

easy 為形容詞，此句沒有動詞故須用 be 動詞。be 動詞形成否定直接加 not，不是靠助動詞幫忙。questions 為複數形需用複數動詞。

4. When she feels hungry, she eats a hamburger and ______________ some juice.

(A) drinking (B) drink (C) drank (D) drinks

答案 (D)

破題

談論常態性，整句應該統一在現在簡單式，不要因為距離拉遠了就忽略主詞動詞一致性。且對等連接詞連接的動詞時態應統一。主詞為 she，動詞 drinks 對等 eats。

---

5. _______________ is going to rain.

(A) Taiwan (B) It (C) That (D) Tomorrow

答案 (B)

破題

主詞必須為做動作者。臺灣這塊土地跟明天這個時間都不可能會是主動做下雨的角色。真正下雨的，是天氣的雨水，所以必須用 It。

---

6. The boy often sleeps in and ________ too lazy to brush his teeth.

(A) is (B) X (C) feel (D) feeling

答案 (A)

破題

and 為對等連接詞，在這必須連接對等的兩個動詞。而 and 後半句語意清楚，卻缺乏限定動詞。lazy 為形容詞，無法對等 sleeps 動詞，所以必須使用 be 動詞來引導。(C) feel 原形動詞無法搭配三單主詞。(D) feeling 為非限定動詞，無法對等 sleeps 真動詞。

Part 1 初步診療室

問診 1：下面這些人來自不同國家，誰說的才是正確的英文呢？

A
She usually listens music.
她經常聽音樂。

B
They live a house.
他們住在一棟房子。

C
She sometimes calls her friends.
她有時候打電話給朋友。

解答：C。

A 正確應為：She usually listens **to** music.
B 正確應為：They live **in** a house.
listen 和 live 在這都是不及物動詞，也必須接介系詞才可接名詞當受詞。而 call 可以當及物動詞，直接接名詞當受詞。

診療學習盲點：

及物動詞後面必須有名詞當受詞；不及物動詞不可以接名詞當受詞。動詞主要分成兩大類：及物（vt）、不及物動詞（vi）。及物動詞後面一定要有名詞，句意才清楚完整。而不及物動詞不需要接名詞，語意就清楚了。

及物：（X）I love. 我愛。

（O）I love you. 我愛你。

不及物：（O）Birds fly. 鳥會飛。

如前面的例子，love 必須要有 you 來當作接受愛的對象，也就是受詞，句意才完整。可是 fly 後面不用接任何東西，語意就清楚了。

當不及物動詞需要後面接名詞時，就需要有介系詞幫忙隔開。因為不及物動詞不能接名詞當受詞。

（X）I often look the picture. 我經常看這張圖片。

（O）I often look at the picture.

問診 2：試分析下列動詞，哪些是及物的句型呢？

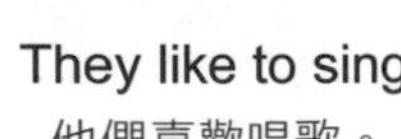

A They like to sing. 他們喜歡唱歌。

B They enjoy dancing. 他們享受跳舞。

C They always go home. 他們總會回家。

解答：A、B。

like 為及物動詞，to sing 在這當名詞作受詞來用。
enjoy 為及物動詞，dancing 在這邊當名詞作受詞來用。
go 為不及物動詞，因為 home 在這邊當地方副詞，而副詞可以直接修飾動詞。

診療學習盲點：

許多同學一定很困惑，認為所謂及物動詞不是一定要有名詞在後面嗎？ sing 跟 dance 不是動詞嗎？所以 A、B 兩句應該為不及物才對。

那把剛剛的例子都改成 music 當受詞呢？是不是就可以一目了然的判斷，like 跟 enjoy 是及物動詞了！

（X）They like. 他們喜歡。　（O）They like music. 他們喜歡音樂。

（X）They enjoy. 他們享受。（O）They enjoy music. 他們享受音樂。

別忘了在 unit 01 所學，一個句子只會有一個動詞。而**不定式 to V 和動名詞 Ving 作為非限定動詞，都可以把動詞轉作名詞的詞性**。所以 A、B 都是及物句型無誤。

很多同學以為 C 才是及物，因為貌似有 home 在當受詞，但試想，平常你怎麼使用 go 呢？

go to school 上學、go to bed 上床睡覺、Let's go. 讓我們走吧。

因為 go 為不及物動詞，不能接名詞當受詞，故須介系詞 to 隔開。而最後一句 Let's go 後面什麼東西都沒有，證明 go 的確是不及物動詞。所以 home 其實是地方副詞直接修飾動詞。很多字用來表示地方，也皆為副詞詞性，前面不可以有介系詞。常見地方副詞有：

home 家、downtown 市中心、here 這裡、there 那裡、inside 裡面、outside 外面、upstairs 樓上、downstairs 樓下、everywhere 四處、anywhere 任一處、somewhere 某處、abroad 國外、overseas 海外……

Get Better Soon

練習：判斷下列常考的動詞為及物與否，並且是否需要介系詞。需要的填入：at, to, in, about, with, of, for。不需要的打 X。

1. The girl sometimes looks ___________ the picture。
   女孩有時候會看著這張圖。

2. The boy always walks ____________ school.
   男孩總是走路上學。

3. We will arrive _____________ the airport soon.
   我們很快就會抵達機場了。

4. We can get _____________ downtown by bus.
   我們可以搭公車到市中心。

5. We can discuss _____________ this issue later.
   我們可以晚一點討論這個議題。

6. He likes to talk _____________ his dreams
   他喜歡談論他的夢想。

7. He always complains _____________ his work.
   他總是在抱怨他的工作。

8. You should contact _____________ your parents as soon as possible.
   你應該盡快聯絡你父母。

9. Many people lack _____________ confidence.
   很多人缺乏自信。

10. We should wait _____________ him.
    我們應該要等他。

解答在 P.047

Part 2 五大句型文法概念

所謂五大句型，就是英文最核心的五個母句子。所有千變萬化的英文句構，抽絲剝繭將發現，都從這五個句型演化而來。要能正確的使用英文，就必須知道一個正確的句子須有哪些的元素。

然而學生不應該把這五個句型看成毫無關聯的內容分開學習，而是應該了解這五種句型的變化其實都源自動詞的分別。簡單來說，**先分成及物、不及物，也就是需不需要接名詞。而不完全的句型就是還要多一個補語補充說明**。

一、及物、不及物與五大句型

1. 及物句型（動詞後必須接名詞）

(1) 完全及物句型（主詞 及物動詞 受詞）

（O）I wash clothes. 我洗衣服。

（X）I wash. 我洗。

(2) 不完全及物句型（主詞 及物動詞 受詞 受詞補語）

（O）I make him happy. 我使他開心。

（X）I make him. 我使他。

其實不完全及物句型的動詞相對來說並不多，很容易就記憶起來。這樣句型用法的動詞還有：

keep me warm 保持我暖和、leave me alone 別煩我、find him selfish 發現他很自私、consider / think the book interesting 認為這本書很有趣、believe him innocent 相信他無辜、prove him wrong 證明他錯了、call him stupid 稱他很愚蠢、drive me crazy 把我逼瘋了、brand him racist 譴責他種族歧視……

(3) 雙賓動詞句型（主詞 及物動詞 間接受詞 直接受詞）

（O）I gave him money. 我給了他錢。

（X）I gave him. 我給他。

雙賓動詞又稱授予動詞，因為多半跟給予有關係，這種一次接兩個受詞的動詞常見的還有：

lend me money 借給我錢、bring me water 帶給我水、show me the card 秀給我看卡片、tell me a story 告訴我一個故事、write me a letter 寫給我一封信、teach me English 教我英文、send me a postcard 寄給我一張明信片、offer me food 提供給我食物、sell me fruit 賣給我水果、make me breakfast 做早餐給我、buy me a flower 買給我一朵花、ask me a question 問我個問題、cook me dinner 作晚飯給我、read me a book 讀書給我聽……

2. 不及物句型（不可以接名詞當受詞）

(1) 完全不及物句型（主詞 不及物動詞）

（O）Fish swim. 魚會游。

（X）Fish swim water. 魚會游水。

（O）Fish swim in water. 魚在水中游。

(2) 不完全不及物句型（主詞 不及物動詞 主詞補語）

（O）The idea sounds great. 這個點子聽起來很棒。

（X）The idea sounds. 這個點子聽起來。

練習 A

試分析下面這些句子為五大句型中何種句型？

1. Fire burns. 火焰燃燒。 → ______
2. She drinks coffee. 她會喝咖啡。 → ______
3. She feels sad. 她很難過。 → ______
4. I teach students English. 我教學生英文。 → ______
5. Fruit keeps me healthy. 水果使我保持健康。 → ______
6. I hope to win. 我希望能贏。 → ______
7. She drives home. 她開車回家。 → ______

解答在 P.048

二、五大句型與裝飾語

如果英文的基本五種句構都那麼簡短，那複雜又冗長的句子又是怎麼來的呢？其實就是主結構外，添加了裝飾語，但這些額外的裝飾並不會讓句型改變。讓我們來看，一個句子可以添加哪些裝飾語而不斷的延長：

例：I saw a girl. 我看到一個女孩。

1. 形容詞

只修飾名詞

I saw a **beautiful** girl. 我看到一個漂亮的女孩。

2. 副詞

可修飾形容詞、動詞、副詞、句子

I saw a **very** beautiful girl. 我看到一個非常漂亮的女孩。

Note
除了修飾形容詞外，來看下面例句，了解副詞還能修飾的角色。

副詞修飾動詞

Luckily, she ran very fast. 很幸運地，她當時跑得非常快。

副詞修飾副詞

修飾整個句子，表示整件事情是幸運地

3. 介系詞片語

介系詞**很多都是兩三個字母的短字**，多半用來表示**地方**、**時間**、**位置**和**關係**。介系詞後面必須加上一個名詞作介系詞的受詞，形成一個介系詞片語。

：I saw a very beautiful girl **in the park**.

我在公園裡看到一個非常漂亮的女孩。

常見的介系詞包含：

例

in 裡面、on 上面、at 在、to 朝／給、by 透過／旁邊、for 為了／給、from 來自、into 進入、with 和、without 沒有、under 下面、above 上面、about 關於、after 之後、before 之前、since 自從、until 直到、during 在……其間、through 穿過……

從五大句型發展，一個句子大概就只能加入形容詞、副詞、介系詞來修飾句子。如果還想要再寫名詞跟動詞就必須有連接詞（相關概念，詳見連接詞章節），不可以直接打逗號繼續書寫。

（X）I saw a very beautiful girl in the park, she left.

（O）I saw a very beautiful girl in the park, **and** she left.

我在公園裡看到一個非常漂亮的女孩，而她接著便離開了。

練習 B

去除多餘的形容詞、副詞、介系詞片語，試分析下列句子，屬於五大句型中的哪一種呢？

小心：1. 有些形容詞必須當作補語，不能去除。

2. 結尾表達地方跟時間的字詞多被視作地方和時間副詞。

示範

主詞：[冠詞＋名詞]＝名詞片語

[The ~~little~~ girl] walked ~~quickly~~ [~~into the classroom.~~]

little：形容詞；walked：不及物；quickly：副詞；into the classroom：[介系詞＋名詞片語]＝介系詞片語

主結構：The girl walked. 女孩走路。

完全不及物句型

1. The beautiful birds sing happily in the forest every morning.

美麗的鳥兒每早在森林裡快樂的歌唱。

____

2. A man of my age usually becomes fat easily.

我這樣的年紀的男人經常很容易變胖。

____

3. The teacher taught us to sit under the table during an earthquake.

老師教我們地震時，要坐在桌子底下。

____

4. The strong winds destroyed the tall trees around the farm last night.

昨晚強風摧毀了農場四周的高樹。

____

解答在 P.048

三、五大句型與子句概說

同學到這邊必定很困惑，所以英文就這樣而已嗎？沒有錯，基本上英文就是五大句型加上這些詞的運作而已。只是詞其實有分短版跟長版。**長版的詞就叫作從屬子句**。從屬子句就是把一個句子當成一個詞來看待。英文總共有三種從屬子句：名詞子句、副詞子句、形容詞子句。這三種子句的加入，讓句子貌似變得複雜難懂。只要**把子句等同一個詞看待，那一切就迎刃而解**。

1. 名詞子句

(1) 最簡單的**名詞子句**就是：**that ＋ 一個完整句**

例：I　　know　　Sam. 我認識 Sam。
主詞　　及物動詞　　受詞（完全及物句型）

例：I　　know　　[that he is Sam.] 我知道他是 Sam。
主詞　　及物動詞　　名詞子句＝一個名詞（完全及物句型）

know 在這邊作及物動詞來用，需要有一個名詞當受詞，而 he is Sam 是一個獨立句，不能當受詞，所以加上一個 that 把一個句子變成一個名詞。因此，在五大句型中，這兩個句子同屬一個句型。

2. 副詞子句

(2) **副詞子句：**看到連接詞引導一個句子，並且**整個子句可以移動**

最常見引導副詞子句的附屬連接詞（又稱從屬連接詞）有：

when / while 當、before 之前、after 之後、because 因為、if 假如、once 一旦、until 直到、unless 除非、 since 自從、even though / although / though 雖然……（詳見連接詞單元 P.401）

其實附屬連接詞所引導的副詞子句是學生在中學英文教育中，最早接觸到的子句。但大部分的人對它們卻相當陌生，因為學校只要求強記怎麼使用。要澈底了解這類型句構，學生首先必須了解為什麼它們被稱為副詞子句呢？

副詞子句

例：When it rains, I stay home. 當下雨時，我就會待在家。

修飾限定主要句

在這個例子中，我什麼情況才會待在家呢？只有下雨的情況。前面已經學過副詞可以用來修飾限定一個句子。因為 when it rains 能夠修飾 I stay home 整個主要句，所以整個子句被視為一個副詞膠囊。

接著，同學再思考 when it rains 整個子句的移動方式：

例：**When it rains**, I stay home. = I stay home **when it rains**.

整個副詞子句為什麼可以放在主要句的前面或後面呢？其實這不就是副詞習慣的位置嗎！

例：**Today**, many live downtown. = Many live downtown **today**.
現今，許多人住在市中心。

所以如果把 when it rains 的概念等同於 today 這個副詞，就會發現，這兩句其實句構相同。同屬於完全不及物動詞句型。

例：When it rains, I stay home.

When it rains,	I	stay	home.
副詞子句	主詞	不及物動詞	副詞

例：Today, many live downtown.

Today,	many	live	downtown.
副詞	主詞	不及物動詞	副詞

3. 形容詞子句

(1) **形容詞子句：**由關係代名詞 **who, whom, which, whose, that** 所引導的子句

形容詞的功能就是用來提供額外資訊，用以補充或限定出所要談的對象。

如果只有一個男人，那麼這個句子就能清楚的標示出討論的對象。

I know the man. 我認識那個男人。

現場不只一個男人時，形容詞才能修飾限定出要講的對象。

（△）I know the man.
我認識那個男人。

（O）I know the older man.
我認識年紀較長的那個男人。

但是如果不只一個男人，而普通的形容詞都不足區分要談論的對象，唯一顯著的差別只有動作，那又該怎麼辦？

（X）I know the is **playing the golf** man.
我認識那個正在**打高爾夫**的男人。

中文可以直接把一連串的動詞片語放在名詞前修飾。但是英文卻不行，因為在前面已經學到，動詞並不能修飾名詞，只有形容詞才可以。而且一個句子只能有一個真動詞，那麼勢必就只能把兩個動詞拆成兩句。

例：I know the man.
The man is playing golf.

但這樣的表達極無效率，所以把一個句子轉變成形容詞的需要不言可喻。但這樣就面臨第一個問題，形容詞子句該放哪？如果放在名詞前，子句過長便會拖延主詞出現並影響閱讀。所以**最好的位置就是：被修飾的名詞後**。

例：I know the man (the man is playing golf).

第二個要解決的問題就是，如果只是單純的把一個獨立句插入，這樣文法上還是行不通的。因為獨立句是不能修飾名詞的。此外，the man 這兩個字也重複了，過度冗贅。所以關係代名詞的功能就扮演重要的角色。一方面幫助標示形容詞子句的起始點，二方面代替重複出現的字，三方面顯示出這個子句再也不是獨立句了，而是一個形容詞子句。

例：I know the man (~~the man~~ is playing golf).
↑
who

所以如果我們把 who is playing golf 視成是一個額外修飾的形容詞膠囊。那麼就可以清楚的辨識這個句子主結構為完全及物句型。

例：I	know	the man	who is playing the golf.
主詞	及物動詞	受詞	額外的形容詞子句修飾語

四、句子的演進與子句位置判斷技巧

許多同學在閱讀英文時，通常會造成困擾的絕對不是短的形容詞、副詞、介系詞片語。最大的障礙多半是不知道如何判斷子句的位置。無法分辨主結構，就無法擷取主要資訊。要掌握子句的位置很簡單，子句開始的時候，通常有連接詞標示，不過當子句插入在主要句中時，在哪裡結束就比較容易使人困惑。判斷子句的結束位置，這裡提供三個實用技巧：

1. 下一個動詞出來前

形容詞子句位置

例：People [who don't like Joe] consider him selfish. 不喜歡 Joe 的人認為他很自私。

起始點（who）　**動詞**（don't like）　**動詞**（consider）

前面已經學過，一個句子只能有一個動詞，而子句也是從一個完整的句子演化而來，自然也只能有一個動詞，所以如果再往後括入 consider，變成 who don't like Joe consider。那麼句子便跑出來兩個動詞了，所以子句結束的位置多半是下一個動詞前方。

所以扣除形容詞子句，主結構為不完全及物句型：

例：People	consider	him	selfish.
主詞	及物動詞	受詞	受詞補語

2. 下一個連接詞出現前

當下一個連接詞出現，就表示一個新的結構開始，所以前一個子句多半就在這裡結束了。

例：The police caught the thief [who broke into the house] [which the Chens live in].

主詞（The police）　**及物動詞**（caught）　**受詞**（thief）　**下一個連接詞**（which）

警方抓到了闖入陳姓一家人所居住房子的小偷。

扣除兩個形容詞子句，這個句子的主結構為，完全及物句型。

3. 句意完整為止

子句是從一個句子演變而來，自然它本來就應該包含一個完整句意。因此如果句意上發現不自然，就知道子句結束的位置必定超出範圍了。

例：I don't like the man who lives next to my house especially when he plays music loudly.

我很不喜歡住在我隔壁的男人，尤其當他放音樂很大聲時。

如果我們括入 especially，我們就會發現句構意思不正確。

例：who lives next to my house especially 那個男人住在我隔壁**尤其**？
↑
the man

我們可以發現，「尤其」在這邊句意是多餘的，所以結構應該如下：

主詞 及物動詞　受詞　形容詞子句　副詞

例：I　don't like　the man [who lives next to my house] especially

[when he plays music loudly.]

副詞子句

綜合前面所學，我們可以發現，句子的確就是從五大句型出發，加入短的詞、長的子句不斷的演進拉長。透過下面這個句子，可以來分析句子如何變複雜可是又仍然保持著核心五大句型的句構。

例：He found [that he lost his toy.] 主詞＋及物動詞＋名詞子句當受詞

他發現**他搞丟了他的玩具**。

例：[When the boy was walking on the street,] he found that he lost his toy.

副詞子句

當小男孩走在街上，他發現他搞丟了他的玩具。

例：When the boy was walking on the street, he found that he lost his toy [which his mom gave him].

形容詞子句

當小男孩走在街上，他發現他搞丟了**他媽媽給他的**玩具。

練習 C

分析下列句子，並標示出子句的位置。扣除多餘的形容詞、副詞、介系詞片語，判斷下列句子分屬五大句型中哪一種。

1. The murderer who killed Jane's parents was dead when the police found him in the hotel.

   當警方在旅館中發現他時，謀殺 Jane 父母的兇手已經死了。

   ____

2. Sam saved the child who was wandering in the street before a car almost bumped into her.

   Sam 救了在街頭上亂晃的小孩，在車子快要撞上她前。

   ____

3. After the doctor prescribed the medicine, the girl who was ill waited quietly for her mom on the chair.

   醫生在開處方用藥後，生病的小女孩安靜的坐在椅子上等她媽媽。

   ____

4. The movie which was directed by Ang Lee shows us that nothing is impossible if we try it hard.

   由李安所執導的電影像我們展示，沒有事情是不可能的，只要我們夠努力嘗試。

   ____

5. When the weather is cold, people who do not wear enough clothes find that they catch a cold easily because their immune system becomes weak.

   當天氣冷時，穿不夠的人會發現他們很容易感冒，因為他們的免疫系統變弱。

   ____

解答在 P.049

Part 3 考題核心觀念破解

1. Your husband, Mr. Morris, __________ a valued member of our club, will receive our special gift.

(A) who is (B) is (C) who are (D) was

答案 (A)

破題

一個句子只能有一真動詞。這個句子以經有 will receive 在當真動詞了，所以不可能選擇 (B)、(D)，因為這樣就出現兩個動詞的問題。因此另一個動詞必須進入形容詞子句，形成一個形容詞膠囊。而 your husband 是單數名詞，Mr. Morris 只是他的名字作同位語補充，所以單數名詞故不選 (C)。

---

2. We should keep the exit __________ when someone sets off the fire alarm.

(A) open (B) to open (C) openly (D) opening

答案 (A)

破題

本句使用 keep ＋受詞＋形容詞作受詞補語的句型。所以不選 (C) 副詞。keep 還有 keep ＋受詞＋ Ving 的用法，不過這則是表達使受詞持續的做某動作。例如：The coach kept the team running. 教練使整隊隊員持續的跑步。但這邊無法持續的讓門一直反覆做打開的動作，而是保持門處在敞開的狀態。而 open 本身就可以當形容詞來用，故選 (A)。

---

3. Painkillers, if patients take them on an empty stomach, often ________ discomfort.

(A) causes (B) causing (C) to cause (D) cause

答案 (D)

破題

副詞子句就如同一個副詞一樣，除了置於句首句尾，甚至也能插入在主詞與動詞之間。扣除副詞子句 if patients take them on an empty stomach，主要句並沒有動詞。所以必須使用有時態的限定動詞，主詞為複數，故選 (D)。

4. We hope that all our customers can have a wonderful shopping experience in our store and _____ all our products are worth the money.

(A) which (B) because (C) that (D) if

答案 (C)

破題

對等連接詞應該連接對等的子句，前面 that... 所引導的為名詞子句，兩個子句都共同接在 hope 後面當受詞，所以同樣選 that 來引導名詞子句。

5. The police officer told the child not __________ so close to the road.

(A) play (B) to play (C) played (D) plays

答案 (B)

破題

tell 為雙賓動詞，後面應該要有兩個名詞。選擇不定詞 to play 當作名詞與 the child 同作受詞之用。

6. Some customers returned the products __________ contained defects to claim refunds.

(A) because (B) when (C) because of (D) which

答案 (D)

破題

(A)、(B) 都是用來引導副詞子句，副詞子句必須為完整句，但 contained defects 並沒有主詞。所以必須使用關代引導形容詞子句，which 代替 products 也就是 contained 的主詞。because of 是介系詞，後面只能接動名詞。

Chapter 1 總複習測驗 Exercise

1. The birds drawn on the picture ___________ so real.
   (A) looks (B) looking (C) look (D) to look

2. The treasure ___________ by the pirates in the cave is valuable.
   (A) hides (B) hide (C) hidden (D) hiding

3. Children ___________ old enough to drink wine.
   (A) is not (B) are not (C) don't be (D) doesn't be

4. Taking a hot bath is _________________.
   (A) relaxing (B) relaxed (C) relax (D) to relax

5. ___________ you sure that he will finish the job in time?
   (A) Do (B) Are (C) Can (D) Did

6. For most people, _____________ happy is the most important thing in life.
   (A) being (B) be (C) be (D) X

7. He doesn't feel sorry about _____________ the truth.
   (A) to tell (B) tell (C) telling (D) told

8. Many people choose to study _________ abroad to improve their second language.
   (A) X (B) in (C) at (D) to

9. When the colleagues are discussing the potential net profit for the next quarter, Andrew _______ an important client in the lobby.
   (A) waiting for (B) is waiting (C) is awaiting (D) is awaiting for

10. Eating vegetables can help to keep you _______________.
    (A) healthily (B) health (C) healthy (D) be healthy

11. The government's website ____________ interesting and useful information.
(A) contain (B) containing (C) contained (D) contains

12. All employees need to work ______________ to avoid injuries.
(A) careful (B) care (C) carefulness (D) carefully

13. We are trying to tell our customers __________ our products are the best in the market.
(A) who (B) that (C) because (D) therefore

14. The worker _____________ caught the flu is allowed to take a day off.
(A) because (B) because of (C) who (D) if

15. The man with a suitcase in his left hand ______ in a hurry because he was late for work.
(A) leaves (B) leaved (C) leaving (D) left

解答在 P.049

解答與解說

Unit 01 動詞

Part1 解答

1. **is**（standing 為現在分詞，不是真動詞，因此需要 be 動詞）
2. **are**（happy 是形容詞，about the result 是介系詞片語，缺乏動詞，men 是複數名詞）
3. **X**（已經有 play 當動詞了，不可再加 be 動詞）
4. **is**（late 是形容詞不是動詞，因此要加 be 動詞）
5. **X**（fly 已經是動詞）
6. **is**（to finish 為不定式非真動詞，our goal 是單數）
7. **are**（under the table 是介系詞片語，所以整句缺乏動詞，需要加 be 動詞）

Part 2 解答

練習 A

1. (1) **Is**（late 是形容詞，句子中無動詞，須放 be 動詞）

   (2) **Does**（get up 是一般動詞，需要助詞幫助形成問句，he 為三單故用 does）

   (3) **Is**（full 是形容詞，句中無動詞，須放 be 動詞）

   (4) **Do**（walk 為一般動詞，形成問句靠助動詞幫忙）

   (5) **Are**（happy 為形容詞，句中無動詞，須放 be 動詞）

2. (1) **aren't**（sorry 是形容詞，句中無動詞，須放 be 動詞來幫助形成否定）

   (2) **doesn't**（feel 是一般動詞，形成否定要靠助動詞，she 是三單故用 doesn't）

   (3) **isn't**（afraid 是形容詞，句中無動詞，須放 be 動詞來幫助形成否定）

   (4) **don't**（have 是一般動詞，形成否定要靠助動詞）

   (5) **isn't**（in the drawer 是介系詞片語句中無動詞，須放 be 動詞來幫助形成否定）

練習 B

1.(1) **Drinking**（主詞必須為名詞，故選動名詞 drinking）

  (2) **swimming**（介系詞後面只能接名詞和動名詞）

  (3) **reading**（已經有 is 為真動詞了，所以選動名詞 reading 當主詞補語）

  (4) **to cook**（已經動詞 need 了，故選不定式 to cook 當作受詞）

練習 C

1. (1) **stolen**（車子是被偷的故用 p.p. 表被動）

   (2) **written**（訊息是被寫下的故用 p.p. 表被動）

   (3) **exciting**（令人感到用 Ving）

   (4) **barking**（狗是主動吠的，故用 Ving）

2. (1) **left, wanting**（訊息是被留下的故用 p.p.，警方主動想要抓嫌犯，所以用 Ving 表主動）

   (2) **walking, given**（走路為主動用 Ving，外套是被給的故用 p.p.）

   (3) **driven, crossing**（車子被開用 p.p.，老太太是主動跨越馬路，故用 Ving）

Unit 02 五大句型

Part1 解答

1. at（look 為不及物動詞）
2. to（walk 為不及物動詞）
3. at（arrive 為不及物動詞，大地方搭配 in 小地方搭配 at）
4. X（get 為不及物動詞，平常搭配 to，但 downtown 是地方副詞，不可搭配介係詞）

5. X（discuss 是及物動詞，常被誤接 about）
6. about（talk 為不及物，與誰交談用 to/with，討論事情用 about）
7. about（complain 接一個名詞時為不及物動詞）
8. X（contact 為及物動詞，當名詞時才會搭配 with）
9. X（lack 為及物動詞，當名詞才會搭配介係詞 of）
10. for（wait 為不及物動詞，而 await 意思同為等待，但為及物，容易混淆兩者）

Part 2 解答

練習 A

1. 完全不及物句型

   Fire burns. 主詞＋不及物動詞

2. 完全及物句型

   She drinks coffee. 主詞＋及物動詞＋受詞

3. 不完全不及物句型

   She feels sad. 主詞＋不及物動詞＋主詞補語

4. 雙賓動詞句型

   I teach students English. 主詞＋雙賓動詞＋間接受詞＋直接受詞

5. 不完全及物句型

   Fruit keeps me healthy. 主詞＋及物動詞＋受詞＋受詞補語

6. 完全及物句型

   I hope to win. 主詞＋及物動詞＋受詞（to win 當名詞）

7. 完全不及物句型

   She drives home. 主詞＋不及物動詞＋（地方副詞不在主結構）

練習 B

1. The ~~beautiful~~ birds sing ~~happily~~ ~~[in the forest]~~ ~~every morning~~.

   形容詞　副詞　介系詞片語　時間副詞

   主結構：The birds sing. 完全不及物句型

2. A man ~~[of my age]~~ ~~usually~~ becomes fat ~~easily~~.

   介系詞片語　副詞　副詞

   主結構：A man becomes fat. 不完全不及物動詞。（fat 形容詞當主詞補語，故不可以去掉）

3. The teacher taught us [to sit] [under the table] [during an earthquake].

當名詞　介系詞片語　介系詞片語

主結構：The teacher taught us to sit. 雙賓動詞句型

4. The ~~strong~~ winds destroyed the ~~tall~~ trees [~~around the farm~~] ~~last night~~.

形容詞　形容詞　介系詞片語　時間副詞

主結構：The winds destroyed the trees. 完全及物句型

練習 C

1. The murderer [who killed Jane's parents] was dead [when the police found him in the hotel].

形容詞子句　動詞　副詞子句

主結構：The murderer was dead. 不完全不及物句型

2. Sam saved the child [who was wandering in the street] [before a car almost bumped into her].

動詞　形容詞子句　副詞子句

主結構：Sam saved the child. 完全及物句型

3. [After the doctor prescribed the medicine],

副詞子句

the girl [who was ill] waited ~~quietly~~ [~~for her mom~~] [~~on the chair~~].

形容詞子句　動詞　副詞　介系詞片語　介系詞片語

主結構： The girl waited. 完全不及物句型

4. The movie [which was directed by Ang Lee] shows us [that nothing is impossible] [if we try it hard].

形容詞子句　動詞 名詞　名詞子句　副詞子句

主結構： The movie shows us that nothing is impossible. 雙賓動詞

5. [When the weather is cold], people [who do not wear enough clothes] find

副詞子句　形容詞子句　動詞

[that they catch a cold easily] [because their immune system becomes weak.]

名詞子句　副詞子句

主結構：People find that they catch a cold easily. 完全及物句型

Exercise 解答

1. (C)　2. (C)　3. (B)　4. (A)　5. (B)　6. (A)　7. (C)　8. (A)　9. (C)　10. (C)　11. (D)

12. (D)　13. (B)　14. (C)　15. (D)

英語癌

Chapter 02

簡單式

▶ Unit 01　現在簡單式
▶ Unit 02　過去簡單式
▶ Unit 03　未來簡單式
▶ 總複習測驗

Part 1 初步診療室

問診：在**缺乏明顯的時間副詞**時，如果這些人當面對你說以下的英文，那麼哪些是表示現在當下的行為呢？

A I walk to school.

B I drink coffee.

C I feel cold.

解答：C。

只有最後女生所表達的 I feel cold，是**現在正覺得冷**。而前兩張圖表示的都是**平常走路上學**，以及**平常有喝咖啡**的習慣。但，同樣都是現在簡單式，為什麼有些講現在 now，而有些在說平常呢？

診療學習盲點：

沒有明確時間副詞，現在簡單式，使用動態動詞／靜態動詞差很多。初學者最愛用的時態就是現在簡單，但也是誤用最多的時態。許多人被「現在」兩個字給蒙騙了。現在簡單式，很多情況都不是在講當下，而是表達**常態性**。差別就在使用的動詞形式。

■ **動態動詞**（多為有實際動作的動詞）→ **表達常態**

例：I sell apples.　（O）我平常賣蘋果為生。　（X）我現在正在賣蘋果。

例：I speak Chinese.　（O）我平常說中文。　（X）我現在正在說中文。

■ **靜態動詞**（沒有動作，單純表達心理情感、狀態或事實的動詞）→ **多暗示當下現在**

例：I am thirsty.　（O）我現在很渴。　（X）我平常都很渴。

例：I need some rest.　（O）我現在需要休息。　（X）我平常一直都需要休息。

同學到這邊一定會很困惑，那麼**動態動詞**如果要**表現在正在做**怎麼辦呢？或者**靜態動詞**，如果要表**達平常都是如此**呢？

很簡單，**動態動詞用現在進行式 be + Ving** 表達現在正在做。而**靜態動詞**，則**加上表常態性的時間副詞**來表示平常皆然。（進行式細節，詳見後面相關章節 P.090）

■ **eat 動態動詞**

例：I eat breakfast. **VS** I **am** eat**ing** breakfast.
　　我**平常會吃**早餐。　　我**現在正在吃**早餐。

■ **want 靜態動詞**

例：I want some water. **VS** I **always** want a dog.
　　我**現在想要**些水。　　我**一直都想要**隻狗。

Get Better Soon

練習 A：下列提示中的動詞，**皆為動態動詞**。注意時間副詞，表達平常的，請寫入現在簡單式原形動詞。表達現在的，請用現在進行式 am ＋ Ving。

1. I ______________________ (drive) to work every day.
   我每天開車上班。

2. I ______________________ (wash) the dishes now.
   我現在正在洗碗。

3. I sometimes ______________________ (eat) beef.
   我有時候吃牛肉。

4. I ______________________ (clean) the house at the moment.
   我此刻正在打掃房子。

5. I often ______________________ (play) basketball after school.
   我經常放學後打籃球。

練習 B：注意時間副詞，判斷下列動詞為**動態或靜態**，填入現在簡單式動詞原形或現在進行式 are ＋ Ving。

1. They ______________________ (have) some money in their pockets now.
   他們現在有錢在他們的口袋裡。

2. They ______________________ (cook) dinner right now.
   他們正在做晚飯。

3. They ______________________ (buy) sandwiches every morning.
   他們每天早上都買三明治。

4. They ______________________ (seem) hungry now.
   他們現在似乎很餓。

5. They always ______________________ (leave) at 6:30 pm.
   他們總是六點半離開。

解答在 P.087

Part 2 現在簡單式文法概念

一、動詞變化

1. Be 動詞

(1) 第三人稱單數 he, she, it 或者此三者可以代替的名詞，be 動詞都用 is

My mother = She + is

Tom= He + is

My dog = It + is

(2) I 固定配 am

I am happy. 我很開心。

I am a student. 我是一名學生。

(3) 複數和 you 都搭配 are

You are a student. 你是一名學生。

They are tired. 他們累了。

We are thirsty. 我們很渴。

These books are expensive. 這些書很昂貴。

2. 一般動詞

平常都搭配原形動詞。遇到**第三人稱單數**，則有以下幾種情況。

(1) 字尾為 -s、-z、-x、-ch、-sh 時，原形動詞後 ＋ es

pass ⟶ passes 通過　　wash ⟶ washes 洗

watch ⟶ watches 看　　fix ⟶ fixes 修理

buzz ⟶ buzzes 嗡嗡作響

Note

這些結尾無須強記。其實只要掌握一個關鍵詞**雙齒音**，以後念的時後注意字尾的發音，就可以輕鬆判斷結尾是否需要+es。所謂雙齒音就是**上下排牙齒閉合**，**摩擦空氣**發出來的聲音。唸唸看剛剛這些結尾 -s、-z、-x、-ch、-sh 是不是都是如此呢？

另外，有些文法書會刻意列字尾 -o 的時後需要＋ es，但其實 -o 結尾的規則比較複雜。甚至像蚊子 mosquitoes / mosquitos、火山 volcanoes / volcanos，兩種版本都是正確的，遇到結尾 -o 的字，再分別記憶即可。

(2) 字尾子音＋ y，則去 y ＋ ies

英文有五個母音 a、e、i、o、u，而 y 在字尾時也算母音。扣除這些母音，其他都稱為子音。

study ⟶ studies 學習（d 為子音 +y）

fly ⟶ flies 飛（l 為子音 +y）

play ⟶ ~~plaies~~ plays 玩（a 為母音 +y）

(3) 除上述外，平常第三人稱單數字尾都是原形動詞 ＋ s，而 have 則是不規則變化成 has

drink ⟶ drinks 喝

run ⟶ runs 跑

swim ⟶ swims 游泳

sing ⟶ sings 唱歌

have ⟶ has 有

練習 A

使用現在簡單式，**以主詞為第三人稱單數**，為下列動詞做適當的變化

1. laugh ______________ 笑
2. mix ______________ 混合
3. hurry ______________ 趕快
4. wish ______________ 希望
5. pay ______________ 支付
6. fizz ______________ 發出嘶嘶聲
7. smooth ______________ 撫平
8. dress ______________ 著裝

練習 B

判斷下列主詞是否為第三人稱單數，依現在簡單式幫動詞做合適的動詞變化。

1. My mother ______________ (live) in Taipei. 我母親住在臺北。
2. My brother ______________ (teach) English. 我哥哥教英文。
3. The students ______________ (study) history at school. 學生在學校學習歷史。
4. Dogs ______________ (eat) bones. 狗會吃骨頭。
5. The man ______________ (wash) his hair every day. 這男人每天洗頭。
6. Jane and Tom ______________ (make) music together. Jane 跟 Tom 一起做音樂。
7. The baby ______________ (cry) all the time. 這小嬰兒一天到晚都在哭。
8. The men ______________ (work) in the same company. 這些男人在同間公司工作。

解答在 P.087

二、現在簡單式用法

1. 永久成立的事實

The Earth is round. 地球是圓的。

Fish live in water. 魚活在水裡。

Note

許多學生常會誤以為，表事實就是用現在簡單式。例如，許多人會説：I am born on July 10th.，覺得生日七月十日是一個事實。不過，現在簡單是指此**動作永久成立**。然而，你無法每年的七月十日都再出生一次。因此過去的動作就應該用過去式：I was born on July 10th.。否則只要認為事實就用現在簡單，試想哪一件過去發生的事情，不是木已成舟的事實呢？那過去式不就無用武之地？

2. 現在仍習慣或反覆發生的事

I usually go to bed at 10:00 pm. 我通常晚上十點上床睡覺。

I sometimes take a shower in the morning. 我有時候早上會沖個澡。

表達反覆發生，現在簡單式常與表時間的頻率副詞連用，常見的頻率副詞有這些：

肯定：always 總是、often 經常、usually 通常、sometimes 有時候

否定：rarely / seldom 鮮少、never 從不

3. 表達現在當下（必須搭配靜態動詞）

She has a bad cold. 她得了重感冒。

She is thirsty. 她口渴了。

4. 代替未來式

(1) 有固定時間表、計畫表的事件

未來通常是不確定的，但已經有確定的時間表的事件，好像不論何時都成立似的，就可以用現在簡單代替未來式。

例：Lunar New Year's Eve falls on Friday this year.

今年農曆除夕是落在星期五。

例：My plane arrives at 7:00 this evening.

我的飛機今天傍晚七點抵達。

(2) 表時間、條件的副詞子句中

表時間、條件的副詞子句中，即使談論的時間是未來，仍然用現在簡單式代替未來式。

例：**As soon as I get to Taipei tomorrow**, I will contact you.

我明天一到臺北就會立刻聯絡你。

→ 時間型副詞子句

例：**If it rains tomorrow**, I will stay home.

假如明天下雨的話，我就待在家。

→ 條件型副詞子句

• 常見引導時間從屬連接詞如下：

例

when / while 當、before 在……之前、after 在……之後、until 直到……

as soon as 一……就、since 自從

• 常見引導條件從屬連接詞如下：

once 一旦、if 假如、unless 除非、as long as 只要

比較：

例：**Although it <u>will</u> be rainy tomorrow**, we can still enjoy ourselves at home.

雖然明天是雨天，不過我們還是可以在家自得其樂。

→ Although 為讓步、對比型副詞子句，所以仍可以用未來式

例：We can meet at 11:00 **because the meeting <u>will</u> be over soon**.

我們可以十一點的時候碰面，因為會議就快要結束了。

→ Because 為因果型副詞子句，所以仍可以使用未來式

三、頻率副詞應用與位置

許多學生常誤解頻率副詞只能搭配現在簡單式。實際上，只要是簡單式，皆能使用頻率副詞。而頻率副詞在句構中有固定習慣的位置，其實其他副詞位置也多適用以下準則。

1. 一般動詞之前

例：She **usually** drives to work. 她通常開車上班。

2. be 動詞、助動詞之後

例：She is **often** late for school. 她上學經常遲到。

3. 情態助動詞之後

例：I will **always** love you. 我將永遠愛妳。

常見情態助動詞

	原形	過去
會、能	can	could
或許	may	might
將要、會	will	would
應該	shall	should
必須	must	

4. 句首句尾（always 和否定性頻率副詞 rarely, seldom, never 除外）

例：**Sometimes** I sleep in. = I sleep in **sometimes**. 有時候我睡得很晚。

5. 否定的 be 動詞、否定助動詞之前（除了 always 通常放否定後，usually 放否定前後皆可）

例：Amy **sometimes** doesn't eat breakfast. Amy 有時候不吃早餐。

例：Amy **usually** isn't so friendly. = Amy isn't **usually** so friendly. Amy 通常不太友善。

例：I don't **always** go to school early. 我不總是早到學校。

6. 簡答都放在 be 動詞或助動詞之前

例：Do you cook? 你平常作飯嗎？ Yes, I always do. 是的，我總是。
No, I sometimes don't. 不，有時候沒有。

7. 問句則緊接主詞後

例：Does she **always** go to school by bus? 她是否總是搭公車上學？

例：Is she **often** late? 她是否經常遲到？

Note

常見的頻率副詞如下：

肯定的頻率副詞 always 總是 , usually 通常 , often / frequently 經常 , sometimes 偶而 , occasionally 偶而

否定的頻率副詞 seldom / rarely 鮮少 , never 從不

練習 C

依照下面的示範，把句中可以放置左側頻率副詞的位置皆用補字號「^」標識出來。

示範

sometimes ^ She may ^ forget to lock the door ^.
她有時候或許會忘記鎖門。

1. often I can't sleep well. 我經常睡不好。

2. never She is happy. 她從未開心過。

3. always She doesn't trust me. 她不總是相信我。

4. always Sam is at home in the morning. Sam 總是早上在家。

4. usually She takes a bus to school. 她通常搭公車上學。

5. usually The market should be empty in the morning.
市場通常早上應該是沒人的。

6. sometimes Do you cook? 你有時候會煮飯嗎？

7. rarely She smiles. 她鮮少微笑。

解答在 P.087

Part 3 考題核心觀念破解

1. The cakes in the fridge _______ all soapy and stale; I think they are not fresh anymore.

(A) were tasted (B) are tasting (C) taste (D) tastes

答案 (C)

破題

感官類連綴動詞加形容詞，不用進行式，也沒有被動。感官類動詞表現在時，現在進行式、現在簡單式皆有可能出現。破題方法為，後接名詞時，強調對物體產生動作，因此動詞為動態動詞概念。後接形容詞時，不強調動作，而是強調主觀心理感受，故視為靜態動詞概念。

I am smelling the flower.

→ 強調對花作嗅聞的動作，動態動詞用現在進行表 now。

The flower smells good.

→ 強調主觀心理認為花很好聞，靜態動詞用現在簡單表 now。

常見感官類連綴動詞：look 看起來、smell 聞起來、taste 嚐起來、sound 聽起來、feel 感覺起來

2. When people ___________, their brain gradually stops functioning.

(A) dead (B) died (C) are died (D) die

答案 (D)

破題

常態性討論，不用過去式。許多同學常會用邏輯推斷句子中動作的先後順序，以為先發生的動作就必須以過去式表達。不過永恆成立的事情，應該用現在簡單式。人一旦死亡，腦部就會停止運作，這是不變的道理。

這類考題通常會結合易混淆詞性的字，要特別小心。

dead (adj) 死亡的　　die 動詞三態：die / died / died (vi) 去世

因此答案 (A) 缺乏動詞，而 (C) 則同時有兩個動詞，皆不可能為正解。

3. I have decided to go home for vacation this fall as soon as I __________ my project.

(A) will finish (B) finish (C) am finishing (D) finished

答案 (B)

破題

主要句暗示未來動作時，條件、時間型副詞子句必須用現在代替未來。不是每次主要句都有 will / be going to 來表達未來，所以學習者很容易誤判。本句 this fall 明顯暗示未來秋季，所以條件、時間型副詞子句中，必須用現在簡單，配合表達未來的動作。

4. The diligent student __________ to the cram school every evening to prepare for the upcoming exam next week.

(A) goes (B) is going (C) go (D) went

答案 (A)

破題

句子中出現不只一個時間副詞時，要小心各別時間副詞修飾的對象。next week 在修飾的是 exam，而 every evening 才是修飾去補習班的動作。every evening 為常態性的時間副詞，所以選擇現在簡單式。主詞為三單，固選 (A)。

5. It __________ a lot here in the afternoon, but it never lasts long.

(A) raining (B) rained (C) will rain (D) rains

答案 (D)

破題

有時候考題並不會給予明確的頻率副詞來提示選現在簡單式，而是**透過另一個句子來暗示**。這裡「雨從來不會下很久」，表達在討論的是常態性。所以 but 前一句同樣也選擇現在簡單式。

Part 1 初步診療室

問診：下面男女生，**昨天**都有遛過狗。請問誰說的才是正確的英文呢？

A I was walk the dog.　　B I walked the dog.　　C I was walked the dog.

解答： B。

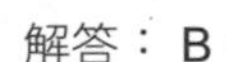

A、C 同時使用了 be 動詞和一般動詞，讓一個句子錯誤的產生了兩個動詞的問題。遛狗的動詞是 walk，一般動詞形成過去式，不論主詞單複數直接字尾加上 -ed 即可，不需要有 be 動詞。

診療學習盲點：

許多同學常常會把 be 動詞拿來幫助一般動詞來形成過去式。甚至有時候覺得光有 -ed 感覺好像還不夠過去，又會加上 was、were 來增強過去的感覺。這些都是常見的錯誤。在前面我們已經學過動詞分成兩大系統：be 動詞、一般動詞，而這兩種系統過去式長相並不一樣。

be 動詞：單數主詞—was　　　複數主詞—were

一般動詞：扣除不規則變化，動詞都是字尾＋ ed。

（不規則動詞變化形式，詳見附錄常用動詞三態表 P.505）

Get Better Soon

練習 A：將下列句子的 be 動詞改 was/were，一般動詞原形 +ed 改成過去式，並且避免將一般動詞與 be 動詞混用。

1. The girl calls her friends every day.
2. The students are in the gym.
3. The children want gifts.
4. He watches TV every evening.
5. The woman is late for work.
6. She works for Sam.
7. The boy visits his grandparents every week.
8. She always cooks for her family.

練習 B：判斷下面的過去式句子，是否欠缺 be 動詞。需要 be 動詞者，填入 was/were。不需要者請打 X

1. The manager ____________ hired a new worker. 經理雇用了一個新員工。
2. It ______________ hot yesterday. 昨天很熱。
3. The park ______________ filled with people last night. 昨晚公園充滿了人。
4. It ________________ rained this morning. 今天早上下過雨。
5. The man ______________ waited for his wife at the airport. 男人在機場等他老婆。
6. The kids ______________ excited about the trip. 小孩們對旅程很興奮。
7. She ______________ bored with the party. 她覺得派對很無聊。
8. The woman ______________ painted a picture. 女人畫了一幅畫。

解答在 P.088

Part 2 過去簡單式文法概念

一、動詞變化

1. be 動詞

現在 be 動詞 is, am ⟶ was
are ⟶ were

2. 一般動詞規則變化（不規則動詞變化詳見附錄動詞三態表 P.505）

(1) 大部分一般動詞 ＋ ed

happen ⟶ happened 發生　　need ⟶ needed 需要
ask ⟶ asked 要求　　dream ⟶ dreamed 做夢
stay ⟶ stayed 留下　　kick ⟶ kicked 踢

(2) -e 結尾的動詞 ＋ d

hate ⟶ hated 恨　　like ⟶ liked 喜歡
love ⟶ loved 愛　　bake ⟶ baked 烘焙

(3) 字尾子音＋ y → 去 y ＋ ied

cry ⟶ cried 哭　　worry ⟶ worried 擔憂
try ⟶ tried 嘗試　　marry ⟶ married 結婚

(4) 重複字尾＋ ed

- 單音節字尾一子母子

單音節時，動詞結尾最後三個字母編排為「子音一母音一子音」，需重覆最後一個字母再＋ ed。

stop ⟶ stopped 停止　　plan ⟶ planned 計畫
rob ⟶ robbed 搶劫　　plot ⟶ plotted 陰謀

(5) 雙音節字尾一子母子，且重音節在後

兩個音節的字，結尾最後三個字母編排為「子音一母音一子音」，且重音節在後，則重複最後一個字母再＋ ed。

Note

所謂重音節，就是 kk 音標上面標示的小撇記號，意思是聲調上揚提高。

refer [rɪ`fɝ] ⟶ referred 提到

occur [ə`kɝ] ⟶ occurred 發生

admit [əd`mɪt] ⟶ admitted 承認

regret [rɪ`grɛt] ⟶ regretted 後悔

遇到字尾為 -w、-x、-y 的時後不會重複字尾。其實不需強記，不重複字尾的理由很簡單。因為 w 在字尾時並不會發音，x 會同時發出 [ks] 兩個子音，而 y 在結尾根本就是母音。所以並沒辦法形成所謂的「子音一母音一子音」編排。

snow [sno] ⟶ snowed 下雪

fix [fɪks] ⟶ fixed 修理

play [ple] ⟶ played 玩耍

練習 A

將下列的字變成正確的過去形式

1. tap ________________ 輕敲
2. offer ________________ 提供
3. prefer ________________ 偏好
4. iron ________________ 熨燙
5. control ________________ 控制
6. slay ________________ 謀殺
7. open ________________ 打開
8. mop ________________ 拖地
9. decide ________________ 決定
10. envy ________________ 羨慕
11. mix ________________ 混合
12. allow ________________ 允許
13. edit ________________ 編輯
14. lift ________________ 提起

解答在 P.088

二、過去簡單式用法

1. 過去事件

過去簡單式用來表示過去發生的動作，或者過去的事實。過去簡單式常與表示過去的時間副詞連用。常見的過去時間副詞包括：

yesterday 昨天、once 曾經、in the past 在過去、last ＋ n 上一個……（last night 昨晚、last week 上週、last month 上個月……）、一段時間 ＋ ago ... 之前（three days ago 三天前、two weeks ago 兩星期前……）

過去式的細節用法主要分成以下三類：

(1) 過去短暫動作

例：Jamie put the book on the table last night.

Jamie 昨晚把書放在桌子上。

(2) 過去長時間狀況、動作

例：Jessica lived in Taiwan for five years.

Jessica 曾住在臺灣 5 年。

例：Dinosaurs were once dangerous predators on earth.

恐龍曾是地表上危險的掠食者。

Note

相信許多學生看到 for ＋一段時間，就錯誤的以為上面這句應該一定要搭配完成式。完成式是有基準點文法，沒有另一個過去時間為基準點，就沒辦法使用過去完成式。關於完成式用法，詳見相關章節 P.128。

(3) 過去重複的動作（同樣可以搭配頻率副詞）

例：Sam watched TV every day.

Sam 以前每天都看電視。

例：Bruce usually went to bed early.

Bruce 以往通常早早就上床睡覺了。

許多同學在寫作中常有的困惑就是，如果有些**事情到現在都還為真，是否該換成現在式**？

一旦句子開始使用了過去的時間副詞，重心在過去，在**沒有明確的時間副詞表示時間切換回現在前，時態都應該統一**。

例：Last week, Liam got this job because he had greater experience.

上星期 Liam 得到了這份工作，因為他有過人的經驗。

（即使他現在還擁有那些過人的經驗，不過句子開始的重心設定在過去，所以不切換時態）

除非提到的內容是太過平常且亙古不變的現象，則可能子句中仍可使用現在式。

例：My high school teacher taught us that the Earth is round.

我中學的老師教我們地球是圓的。

（地球是圓的是太明顯永恆不變的知識，所以這邊用現在式可行）

2. 代替現在或未來，表達客氣、委婉的語氣

例：Would you open the door for me?

可以麻煩你幫我開個門嗎？

（過去代替未來，開門是未來的動作）

例：I wondered if you could lend me some money.

我在想，你是不是可以借我錢？

（過去代替現在，其實是現在想借錢）

3. 代替現在或未來，表達假設、不確定的語氣

例：I wish I were you.

我真希望我是你。

（但現在其實我不是你）

例：I think it might rain tomorrow.

明天有可能下雨。

（但其實我不確定到底明天會不會一定下雨）

練 習 B

判斷下列句子動詞，應該用**現在簡單**還是用**過去簡單式**。

小提示：1. 把時間副詞圈起，提醒自己時間是過去還是現在。

2. 現在簡單多指常態為真的事情。因此一次性動作，不要用現在簡單。

3. 把主詞單複數圈起，小心主詞動詞一致性。

1. The men _________________ (be) pretty busy in the office yesterday.
這些男人們昨天在辦公室裡相當地忙碌。

2. The mother _________________ (read) her child a story every day before he sleeps.
這母親在每天孩子睡前都會讀讀故事給他聽。

3. Smith _________________ (tell) a joke to make the people at the party laugh.
Smith 說了一個笑話逗派對上的人笑。

4. The little boy _______________ (fall) from the chair.
小男孩從椅子上跌下來了。

5. Now many people ____________ (learn) English to improve their language skills.
現在很多人學英文來增進他們的語言能力。

6. People in the past _________________ (know) very little about the universe.
過去的人對宇宙所知很有限。

7. They will hold a party for James when he _______________ (get) home.
當 James 到家時，他們會為他舉行個派對。

8. My cousin _____________ (visit) me several days ago.
我的表弟幾天前來拜訪我。

9. Last week, the students ______________ (go) for a field trip.
上星期，學生們去戶外教學。

10. Linda wanted to be a flight attendant, but she ___________ (be) not tall enough.
Linda 曾經想要當一名空姐，但她不夠高。

解答在 P.088

Part 3 考題核心觀念破解

1. When the new plant closed, we ______________ filing for bankruptcy.

(A) consider (B) will consider (C) considered (D) considering

答案 (C)

破題

考題有時缺乏明顯過去時間副詞，而是**透過另一個子句來暗示過去時間**。這裡 when 引導的副詞子句明顯點出時間為過去，所以選擇過去式。

---

2. The students _______ the hall yesterday to get everything ready for tonight's performance.

(A) will decorate (B) decorated (C) decorate (D) are decorating

答案 (B)

破題

有時一個簡單句中，同時暗示不同時間，要**小心區分不同時間各別修飾的對象**。表演是在 tonight，而 yesterday 是修飾 decorate。所以裝飾是昨天做的，不要被 tonight 這個時間蒙騙。

---

3. The visitor _________ his coat onto the rack after he got into the lobby.

(A) hanged (B) hung (C) hangs (D) was hung

答案 (B)

破題

過去式考法還包括**結合易混淆的過去式和過去分詞形式**。hang 有兩種不同的過去式和過去分詞，但語意並不相同。hang-hung-hung 意思為吊掛，而 hang-hanged-hanged 意思為吊死、施以絞刑。這裡子句暗示時間為過去，拜訪者主動吊掛外套，所以選 hung。

4. The cook ____________ her thumb after she accidentally cut herself with a knife.

(A) bandaged (B) bandages (C) bandaging (D) had bandaged

答案 (A)

破題

有時子句中的動詞，**故意選擇三態同形的字**，來測驗學生是否知道動詞表示現在還是過去時間。cut 的三態為 cut-cut-cut，而這邊 she 為三單，沒看到加 s 就知道這是過去式。割到手指跟包紮大拇指應該都為過去事件。答案 (D) 過去完成式的時間必須比過去式還要更早。不可能先包紮才意外割傷，固不選 (D)。

---

5. The operations of the factory _____________; however, everything is back to normal now.

(A) will be interrupted (B) were interrupted

(C) interrupted (D) are interrupted

答案 (B)

破題

另一種考法是**兩個句子時間不同步，同學必須留意轉折連接語 however**，注意內容和時態前後兩個句子已經有差異。之前工廠營運停擺，然而，現在已經恢復。所以從轉折語氣我們知道，停擺的時間點應為過去。這邊營運是受外力打斷的，故選被動。

---

6. Parcels sent after 12:00 pm _______ always delivered on the next business day.

(A) are (B) will be (C) was (D) have been

答案 (A)

破題

考題常故意在句子中**放入過去分詞 p.p. 修飾名詞，來製造好像整句為過去式的假相**。在第一章已經學過一長串的過去分詞片語可以放在名詞後修飾，當形容詞來用，並非真正的動詞。這裡 sent after 12:00 pm 是形容前面包裹，意思為超過十二點後所被寄送的包裹。而主要句其實是表達一個常態性，任何超過十二點才寄送的包裹，就一定只會隔日遞送。表達常態性用現在簡單式。

Chapter 02 簡單式 Unit 03 未來簡單式

Part 1 初步診療室

問診：下面這兩個人，誰才有可能**正在前往**上學的途中呢？

He is going to school.

She is going to go to school.

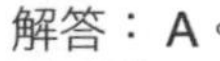

解答：A。

A 的句構為 be ＋ Ving，表的是現在進行式，時間點為 now。
B 的句構為 be going to ＋原形動詞，表的是未來式。
所以小男生才有可能現在正在前往上學的途中。

診療學習盲點：

同學在使用未來式時，下意識中常常把長得很像的未來式跟現在進行式混淆。以上一頁的這兩句為例，裡面似乎都有 be going to。所以在學未來式之前，首先要特別注意的，就是釐清這兩者差異。**情態助動詞 will 和 be going to 後面加上原形動詞時**，就是表達未來式。

除上述的問題外，以下也是同學在使用未來式時兩種常見的錯誤：

1. be going to 未來式後面沒有動詞

（X）She is going to late. 她應該會遲到。

（O）She is going to be late.

很多同學看到 be going to 的 is 就下意識認定已經有動詞了。然而 **be going to** 的組合在文法的應用上，只是等同於情態助動詞 will。所以 late 為形容詞必須前面有 be 動詞引導。

例：She is going to be late.

She will be late.

2. be going to 不是去，而是將

（X）She is going to shopping tomorrow morning. 她打算明早要去購物。

（O）She is going to go shopping tomorrow morning.

go ＋休閒活動的時後，英文常常用 go Ving 的形式來表達。而許多同學在使用未來式時，看到 be going to 中的 go 就默默的當成是去，所以就混淆了本來應該要用的動詞。然而，be going to 除了暗示未來「打算將要……外」，本身並沒有意義。

Get Better Soon

練習：圈起下面的時間副詞提醒自己，時間為現在還是未來。如果是未來式，請配合主詞填入 is / am / are going to ＋括號中的動詞原形。如果是現在，請把提示動詞改成 be ＋ Ving 現在進行式。

1. The people ____________________ (go) to church next Sunday.
   這些人下星期天要上教堂。

2. The book ____________________ (sell) tomorrow.
   這本書預計明天開始販售。

3. All books in the store ____________________ (sell) at half price right now.
   店裡所有書籍現在全都半價出售。

4. The car ____________________ (go) through the intersection at the moment.
   一部車此刻正在穿越十字路口。

5. The men ____________________ (go) fishing later this afternoon.
   這些男人晚點下午要去釣魚。

6. According to the weather forecast, it ____________________ (rain) the day after tomorrow.
   根據氣象預報，後天會下雨。

7. The kids ____________________ (sleep) at the moment in the bedroom.
   孩子們此刻在臥房睡覺。

8. They ____________________ (leave) the hometown in the near future.
   在不遠的未來，他們即將離開家鄉。

9. You ____________________ (be) sorry for your decision soon.
   你很快就會為你的決定感到抱歉。

10. I ____________________ (drive) home right now and will be home in any minute.
    我正在開車回家的路上，很快就會到家了。

解答在 P.089

Part 2 未來簡單式文法概念

一、will 的使用

will 為情態助動詞，表達未來的時後，後面習慣加上原形動詞：**will ＋原形動詞**。

1. 說話當下的決定

表達說話當下臨時下定決心要做的事情，而這些事情事前並沒有計畫好。

例：A: The doorbell is ringing. 門鈴在響。

B: Okay, I'll get it. 沒問題，我來開。（原本沒有預計要應門，臨時決定）

2. 對未來的主觀推測

當 will 用來推測時，表達依據內在主觀判斷有這樣的可能性，並非極其確定。

例：I think Jerry is inexperienced, so he will not win the championship.

我認為 Jerry 還經驗不足，不大可能可以贏得冠軍。

（個人主觀意見）

3. 非人為計畫的未來事實

例：It will be spring soon.

春天很快就要到了。

（春天的到來並非人為事先計畫的）

例：Tomorrow will be July 10th.

明天是七月十號。

（明天的日期只是未來的單純事實，並非人為計畫）

4. 通常成立的事實

此用法多半會搭配其他句子，表示當某個情況出現時，含 will 的句子中的情形通常會發生。

例：When female animals have babies around them, they will become more aggressive.

當雌性動物帶著孩子的時候，牠們通常會具攻擊性。

Note

此用法的 will 是**用來加強語氣用**。用於怕對方沒有注意到或是對方不認同，因而強化自己立場和語氣。這句因為是在表達常態性事實，如果不需要加強語氣，其實兩句都用現在簡單式更為自然。所以同學只要加強 will 的用法 1 ～ 3 點的學習即可。

（O）When female animals have babies around them, they become more aggressive.

二、be going to 的使用

be going to 未來式配合主詞會有幾種形式：**is / am / are going to ＋原形動詞**。

1. 已經計畫好的未來

例：We are going to spend our vacation in Japan over Christmas.

我們打算這個聖誕假期要去日本度假。

2. 根據外在事實研判的未來推測

當 be going to 用於推測，通常表示是根據外在事實證據所做出極其確定的推測。

例：The bomb is ticking. It's going to explode.

炸彈滴答倒數。它馬上就要爆炸了。

（從計時器上客觀的研判，炸彈就要爆炸）

例：Watch out! The baby is going to fall from the chair.

小心！小嬰兒就要從椅子上摔下來了。

（從小嬰兒靠近椅子邊緣失去重心研判，小嬰兒必然會跌落）

Note

當 be going to 當作**計畫好的未來**，也就是上述的第一點用法。這時通常**中文翻成「打算」**，多半**可以用現在進行式代替**。兩者沒有太多差異性。

例：I'm going to make breakfast tomorrow morning.

= I'm making breakfast tomorrow morning.

我打算明天要做早餐。

例：I'm going to fly to New York next week.

= I'm flying to New York next week.

我計畫下星期飛往紐約。

想必同學在這，對於 will 和 be going to 的分別，還是有些困惑，所以下面透過比較，讓同學清楚看出，兩者核心的差異。

比較整理 will vs be going to：

(1) 討論未來事件時

be going to 在討論未來事件時，多半基於現在的事實。而 will 則不強調這點。

例：I'm going to meet an old friend next Monday.

我打算下星期一要跟一個老朋友見面。

（這個安排現在就已經是確定的）

例：I wonder if he'll recognize me.

我好奇他是否會認得我。

（他未來是否認得我無關乎現在）

例：I'm going to fix my bike this afternoon.

我下午要修理我的腳踏車。

（這安排現在就已經確定的，基於的事實是我現在車子壞掉了）

例：I hope the job will be easier than fixing a scooter.

我希望這會比修理一臺機車容易許多。

（無關乎現在）

(2) 預測的時候

推測未來的時候，be going to 強調提供聽者外在的事實，而 will 則是希望聽者相信說話者主關的意見。

例：The doll is funny. I think she'll love it.
這個娃娃真搞笑。我認為她應該會喜歡。
（個人主觀的猜測）

例：She is a fan of Hello Kitty. She's going to love this Hello Kitty doll.
她是一個 Hello Kitty 迷。她鐵定會喜歡這個 Hello Kitty 娃娃。
（已經客觀的知道她本來就熱愛 Hello Kitty。從外在證據判斷，她一定會很喜歡）

例：I think he is not an honest politician. He will not win the election.
我認為他不是一個誠實的政客。他應該不會贏得選舉。
（個人主觀意見）

例：She's ahead in the polls. She's going to win the election.
她在民調中領先。她應該會贏得選舉。
（提供民調這外在證據）

練習

將下面空格填入 will 或者配合主詞的形式填入 is / am / are going to。

1. A: Do you want to go with me? I ____________________ go to church with my family.
   A: 你要跟著我去嗎？ 我打算跟家人上教堂。
   B: Sure! I ____________________ go.
   B: 好阿！我也要去。
2. A: Why are you carrying that bag?
   A: 你幹嘛帶著那個袋子？
   B: I ____________________ do some shopping. I'm on my way to the supermarket.
   B: 我打算要去採買些東西。我正在去超市的路上。

3. A: Could you lend me a pen, please?

A: 可以借給我一隻筆嗎？謝謝。

B: Oh, I'm sorry. I don't have any pens. I ______________________ get one for you.

B: 喔！真抱歉，我手邊沒有任何筆。我來幫你找一枝。

4. A: Why did you buy these apples?

A: 你為何買這些蘋果？

B: I ______________________ make an apple pie.

B: 我打算要來做個蘋果派。

5. A: What's your plan for tonight?

A: 你今天晚上有什麼計畫嗎？

B: I ______________________ meet my coworker at an Italian restaurant.

B: 我要跟我一個同事在義大利餐廳碰面。

6. Look out! We ______________________ crash!

小心！我們就要撞車了。

7. The sun ______________________ still rise in the east tomorrow.

明天太陽仍舊打東邊升起。

8. Claire ______________________ play her fingers when she is nervous.

當 Claire 緊張的時候，她就會玩手指。

9. Christmas Day ______________________ be the day after tomorrow.

後天就是聖誕節了。

10. I ______________________ go to the dentist. I have a doctor's appointment this afternoon.

我要去看牙醫。因為我今天下午有跟醫生約診。

解答在 P.089

三、be about to ＋原形動詞

be about to ＋原形動詞的用法，其實是 about 這個介係詞後面加上了不定式 to V。用來表示這動作在很短的時間之內即將發生。

例：Hurry up! The bus is about to leave.
快一點！公車快開了。

例：Shh! The singer is about to sing.
噓！歌手就要開始唱歌了。

四、be to ＋原形動詞

be to V 也可以用來表達未來。常用來表示：**預定的計畫安排、命中註定、義務、命令**等語氣。這種用法不強調個人意願，而是多半暗示配合外在的力量。此用法**非常正式**，常見於報章雜誌中。

例：The president is to receive an honored guest tomorrow afternoon.
總統明天下午將會接見一位貴賓。
（無關乎總統個人意願是否想要，這是府方的安排）

例：You are to wash your hands before you eat dinner.
在你吃晚餐前，去把你手洗一洗。
（無關乎你個人意願，命令你得去做）

例：She is to meet him again.
她註定會再次跟他碰面的。
（並非她自身的選擇）

Note
英文中，有時候我們會需要表達過去的未來。過去的未來的表達方法仍然跟上述的未來式相同，只是過去的未來對現在來說，仍然是已經發生過的事情，因此需要將 be 動詞和助動詞改為過去形式。

例：I **decided** that I **would** finish all my homework in the first week of the summer vacation, but I failed.
我之前決定在暑假的第一週就要完成我所有功課，但我失敗了。
（顯然暑假第一週已過了）

例：I **was going to** take a nap before the doorbell rang.
門鈴響前，我本來是打算要打個盹。
（打盹是過去式，門鈴響前的計畫）

例：I **was about to** leave when it started to rain.
當雨開始下時，我正準備要離開。
（離開跟下雨都是過去的事情）

例：The president **was to** give a speech after the ceremony finished.
當典禮結束後，總統預定接著公開演說。
（演講是在典禮的未來，但對現在來說兩者都發生過了）

Part 3 考題核心觀念破解

1. I can't join your party next Sunday, because I ______________ to New York then.

(A) fly (B) am flying (C) flew (D) have flown

答案 (B)

破題

時間副詞為 next Sunday，很明顯在暗示未來時間。而説話者已經有計畫打算前往紐約，應該用 be going to 來表未來。但並無此選項，之前學過 be going to 當作計畫好的未來，可以用現在進行式代替，故選 (B)。

2. The executioner __________ the criminal to death after the official document arrives.

(A) put (B) puts (C) is to put (D) is put

答案 (C)

破題

當正式文件到了後，執法人員就會將罪犯處死。因為 after 是引導時間型的副詞子句，從句意中可以研判，這邊 arrives 是用現在簡單代替未來式，因此主要句應該要選擇未來式。這裡 be to put 為無關乎個人意願的未來式正式寫法。

3. Sally read the book and ______________ the book to the library the next day.

(A) will return (B) was returned (C) returned (D) returns

答案 (C)

破題

許多同學看到隔天，就會立刻跟未來式做連結。但小心 read 三態同型，這邊 read 並沒有加上 s，所以很明顯的這是一個過去的時態。the next day 指的是當時的翌日，並不是現在的明天。所以對現在來説，不論讀書或是還書，仍然都是過去的事情。(B) 選項同時有 be 動詞又有 p.p. 形成被動，所以不為答案。

4. Because the supervisor ______ off-duty later, I think you should come visit him some other time.

(A) will be (B) is going to (C) was (D) was to

答案 (A)

破題

同學通常對於幾個特定未來時間副詞不夠敏感，**later** 就是其中之一。later 在這意思不是很晚或是遲到。而是接下來晚一點，這就是在暗示未來式。除此之外，從後面 think 的時態推敲，現在要求對方改天再來訪，更可以確認未來晚點主管不在的事實。而 off-duty 下班的是形容詞，常常被同學誤認為動作，所以這邊應該用未來式＋ be 動詞來引導形容詞。

Note

常見多半搭配**未來式的時間副詞**還包括一 **tomorrow 明天、soon 很快、in the future 未來、next ＋ n 下一個……、before long 不久後等等**。

---

5. The human resources manager ________________ employ the interviewee this afternoon, but the vice president objected to it.

(A) is going to (B) will (C) are about to (D) was about to

答案 (D)

破題

this ＋早、中、晚，也是同學最不會判斷的時間副詞。因為如果現在是早上，this afternoon 就是未來。如果現在就是下午，那麼 this afternoon 有可能指的是 now。而如果傍晚說 this afternoon 那就是過去了。所以遇到這種時間副詞，我們必須從句子的其他部分推敲。後面 objected 是過去，明顯跟雇用的時間點應該要相同，所以都選擇過去式。

1. Once the doctor ___________ of the blood test, he will know how the patient is responding to the treatment.
   (A) will be notified (B) is going to notified
   (C) was notified (D) is notified

2. From tomorrow, Fight BA 4793 to Vietnam _____________ at 13:30 from Gate 5.
   (A) departs (B) departed (C) was going to depart (D) departing

3. We were informed that the arrival of the cargo _______________ because of the terrible weather condition, so we couldn't deliver the products to our customers in time.
   (A) delayed (B) would be delayed
   (C) is delayed (D) will be delayed

4. The podium ________________ into the storeroom last night to make room for the ceremony tonight.
   (A) will be moved (B) was moved (C) moved (D) moving

5. As soon as the goods ____________________, the workers loaded them into the truck.
   (A) are packed (B) will be packed (C) packed (D) were packed

6. Many Jewish boys are circumcised after they ________________.
   (A) are borned (B) were borned (C) are born (D) born

7. The ice skater hurt her knee when she ____________ on the ice.
   (A) fell (B) falls (C) fall (D) felt

8. The computer crashed in the middle of the video conference; nevertheless, with the help of the technician, it now ________________ as well as a brand new one.
   (A) worked (B) would work (C) works (D) working

9. The product manual ___________ how to manipulate the machine properly and offers answers to frequently asked questions.
   (A) taught (B) teach (C) is teaching (D) teaches

10. The tiger painted on the paper _________________ so real that children are afraid of getting close to it.
   (A) looks (B) looked (C) look (D) was looked

11. Online shops _____________ cheaper prices because they save on the cost of rent.
   (A) are offering (B) offers (C) offer (D) offered

12. The two engineering firms ___________________ the terms of the merger at the moment and will likely sign the contract next Tuesday.
   (A) negotiate (B) were negotiated
   (C) will negotiate (D) are negotiating

13. The chef _____________ the soup right now to see if it ___________ good.
   (A) tasting / taste (B) is tasting / tastes
   (C) tastes / is tasting (D) is tasting / tasted

14. The publisher ___________ a new book designer because this full-time position requires a creative individual to provide support for the editorial function.
   (A) hires (B) hire (C) hired (D) was hired

15. The company's reorganization is underway, so the task ______________ assigned to the new manager in the foreseeable future.
   (A) is (B) is to (C) was (D) will be

解答在 P.089

解答與解說

Unit 01 現在簡單式

Part 1 解答

練習 A

1. drive　2. am washing　3. eat
4. am cleaning　5. play

練習 B

1. have　2. are cooking　3. buy
4. seem　5. leave

Part 2 解答

練習 A

1. laughs　2. mixes　3. hurries　4. wishes
5. pays　6. fizzes　7. smooths　8. dresses

練習 B

1. lives　2. teaches　3. study　4. eat
5. washes　6. make　7. cries　8. work

練習 C

1. often　^ I ^ can't sleep well ^.
2. never　She is ^ happy.
3. always　She doesn't ^ trust me.
4. always　Sam is ^ at home in the morning.
4. usually　^She ^ takes a bus to school^.
5. usually　^The market should ^ be empty in the morning ^.
5. sometimes　Do you ^ cook?
6. rarely　She ^ smiles.

Unit 02 過去簡單式

Part 1 解答

練習 A

1. The girl **called** her friends every day.
2. The students **were** in the gym.
3. The children **wanted** gifts.
4. He **watched** TV every evening.
5. The woman **was** late for work.
6. She **worked** for Sam.
7. The boy **visited** his grandparents every week.
8. She always **cooked** for her family.

練習 B

1. X
2. was
3. was（filled 為形容詞）
4. X
5. X
6. were（excited 為形容詞）
7. was（bored 為形容詞）
8. X

Part 2 解答

練習 A

1. tapped
2. offered
3. preferred
4. ironed
5. controlled
6. slayed
7. opened
8. mopped
9. decided
10. envied
11. mixed
12. allowed
13. edited
14. lifted

練習 B

1. were（men 是複數形）
2. reads（現在的常態性動作）

3. told（不可能常態性在講話逗派對上的人笑，這應該是一次性過去事件）
4. fell（小男孩不可能常態性從椅子上掉落，所以應該用過去式）
5. learn（時間為 now）
6. knew（時間為 in the past 過去）
7. gets（表時間形副詞子句，用現在簡單代替未來）
8. visited（有 ago 所以用過去式）
9. went（有 last week，所以用過去式）
10. was（雖然 Linda 身高現在並沒有改變，但沒有明顯的時間轉換字，後面時態應統一）

Unit 03 未來簡單式

Part 1 解答

1. are going to go
2. is going to sell
3. are selling
4. is going
5. are going to go
6. is going to rain
7. are sleeping
8. are going to leave
9. are going to be
10. am driving

未來式 be going to 在某些情況下的確可以被進行式取代，但在此為了確立同學基礎觀念的釐清，解答仍然給予清楚的 be going to 和進行式 be + Ving 的區分。關於進行式代替未來式的觀念，詳見未來式文法概念細節 P.077。

Part 2 解答

1. am going to, will
2. am going to
3. will
4. am going to
5. am going to
6. are going to
7. will
8. will
9. will
10. am going to

Exercise 解答

1. (D) 2. (A) 3. (B) 4. (B) 5. (D) 6. (C) 7. (A) 8. (C) 9. (D) 10. (A)

11. (C) 12. (D) 13. (B) 14. (C) 15. (D)

英語癌

Chapter 03

進行式

- Unit 01 現在進行式
- Unit 02 過去進行式
- Unit 03 未來進行式
- 總複習測驗

Chapter 03 進行式 Unit 01 現在進行式

Part 1 初步診療室

問診：下面這些人**現在正在**從事以下的活動，請問以下對他們的描述哪些英文是正確的呢？

A	B	C
The man is singing. 男人在唱歌。	The kids swimming in the pool. 孩子們在池子中游泳。	The child is liking reading. 小孩喜歡閱讀。

解答：A。

在簡單式的章節已經學習過，動詞分成**靜態**跟**動態**。**靜態動詞應該用現在簡單式來表達 now；動態動詞則是用現在進行式**。sing 和 swim 都是動態的動作，用進行式並沒有問題，但是 B 的句子少了 be 動詞 are。而 like 則是一個靜態動詞，不能搭配進行，正確為 The child likes reading. 應用現在簡單式來表達。

診療學習盲點：

進行式型式上最大的重點就是一定要有 **be 動詞 ＋ Ving**，用以表示某個動作在接近現在的時間點，持續正在進行中。而英文學習者在使用進行式，最常犯的錯誤有兩種：**1. 只有 Ving 沒有 be 動詞。2. 錯誤使用靜態動詞搭配進行式**。

1. 只有 Ving 沒有 be 動詞

許多學生只記得看到 Ving 就是進行式，這樣的觀念是錯誤的。不要忘掉在第一章動詞概念中，已經學過 Ving、p.p. 和 to V 多半都是把動詞轉作其他詞性，所以不是真正的限定動詞了，因此如果只有 Ving 沒有 be 動詞，這個句子就缺乏動詞不成句。

（X）The women walking on the street. 女人們走在街上。

（O）The women **are** walking on the street.

↑ 真動詞

2. 靜態動詞不可以搭配進行式

進行式不僅表示此刻這個動作正在進行，而且還暗示接近現在的時間點的前後，這個動作持續的運作，並且可能繼續到未來。因此，**無法持續的動作，或是根本不具動作的事實和心理狀態描述**，自然便不可能搭配進行式。注意，**這邊所談的不搭配進行式，不單單只是現在進行式而已，也包含所有其他時態的進行式**，例如過去進行式亦然。

以下整理一些不常用於進行式的字，但強記這些字並沒有必要性。因為這些字隨著意思或情境不同，也有可能有進行的型式。學生應該要留意的是這些群組類別，記住**這些類別的概念並不習慣與進行配搭**。

(1) 表達事實，但沒有動作的字

belong to 屬於、exist 存在、have / own 擁有、contain 含有、lack 缺乏、consist 由……構成、include 包括、need 需要、seem / appear 似乎

（X）The house is belonging to me. 這房子正屬於我。

（O）The house belongs to me. 這房子屬於我。

（X）God is existing. 上帝正在存在。

（O）God exists. 上帝存在。

(2) 心理狀態和情感

like 喜歡、hate 恨、love 愛、want 想要、remember 記得、think / consider 認為、believe 相信、know 知道、prefer 偏好、doubt 懷疑、understand 了解、realize 了解、forget 忘記、imagine 想像、mind 介意、suppose 猜

（X）I am hating you. 我正在恨你。

（O）I hate you. 我恨你。

（X）I am preferring tea, please. 我正在偏好茶，謝謝。

（O）I prefer tea, please. 我偏好茶，謝謝。

(3) 動作說出便結束的字

accept 接受、admit 承認、promise 答應、agree 同意、deny 否認、mean 意指、refuse 拒絕、apologize 道歉、permit / allow 允許、approve 同意、guarantee 保證

（X）I am promising not to do it again. 我現在正在保證不會再犯。

（O）I promise not to do it again. 我保證不會再犯。

（X）I am accepting your apology. 我正在接受你的道歉。

（O）I accept your apology. 我接受你的道歉。

(4) 運用感官的動詞

see 看到、hear 聽到、sound 聽起來、taste 嚐起來、smell 聞起來、look 看起來、feel 感覺起來

第四類：運用感官的動詞，是同學最應該小心的類別。因為這類別的字，幾乎都有進行和非進行的使用方式，前面簡單式章節的核心考題其實已經介紹過。除此之外，上面的一些字，當意思不同時，也可能有進行的情況。以下來比較、整理上面這些字分別的情況。

- **see, hear, listen, look, watch**

上面這些字都是感官動詞，可是唯獨 see, hear 被列在不能使用進行式的範疇內。這是為什麼呢？

因為 see, hear 指得是**放鬆的看跟聽**，言下之意，你所有視角看到的畫面，跟你聽到的一切聲音全部都同時包括。只要你沒有在睡覺，你永遠都在 see 跟 hear，因此沒有進行與否的區別。

例：I see some clouds, trees, flowers and animals in the forest.

在森林裡，我看到一些雲、樹、花和動物。

（一切盡收眼底，沒有辦法正在進行或沒有正在進行）

而 listen, look, watch 都是**專注的看和聽**。例如，當把耳機放到耳朵，便能專注的聽音樂，但拿下來後，雖然仍可「聽到」（hear）些微的音樂聲，但便無法專注的「聆聽」（listen）歌詞。看電視也是一樣，如果一邊看一邊滑手機，雖然餘光仍「看到」（see）電視在發光，但你就無法收看（watch）節目確切內容在演什麼了。

He is listening to music. 他現在正在聽音樂。

（他能專注地聽得清楚歌詞）

She hears some loud music. 她現在聽到吵雜的音樂聲。

（她只能聽到吵雜的不確定的音樂聲）

此外 see 本身也還有別的意思，當意思不同時，便具有動態的味道。

例：Are you seeing someone lately ？

你最近是不是有在跟人約會？

（see 在這當與人碰面約會）

例：Mary is seeing her off at the station.

Mary 在車站為她朋友送行。

（see off 意思是為某人餞別送行）

• **smell, taste, sound, look, feel**

前面考題時已經教過同學，**感官類的字後面接形容詞，就不要用進行，接名詞則可以有進行式**。或是當中文讀起來有「……起來」時，**就是強調心理靜態概念，因此不能用進行式**。

She is looking at the boy. 她正盯著那男孩瞧。
＋名詞
（強調頭轉過去直視對方的動態動作）

He looks sad. 他看起來很哀傷。
＋形容詞
（強調説話者主觀的心理感覺，動作不重要）

She is tasting a cake. 她正在品嚐一塊蛋糕。
＋名詞
（強調對物體產生動態咀嚼的動作）

The cake tastes yummy. 這個蛋糕嚐起來美味極了。
＋形容詞
（不強調動作，強調個人靜態心理主觀的感受）

而 smell、sound 的概念也是相仿，唯一要小心的是 feel。feel 的情況比較複雜，基本上仍然按照上面所教原則，但是當 **feel 主詞為人，並涉及身體自身的感覺時，用簡單跟進行都算正確**。

She is feeling the blanket. 她正在感覺這個毯子。

（此時 feel 的意思接近觸摸，為動態）

The blanket feels soft. 這毯子感覺起來真柔軟。

（強調個人心理主觀的靜態感受）

（X）The blanket is feeling soft.
（後面加形容，主詞不是人，不是表達個人自身的感覺，不可以用進行）

（O）She is feeling sick. 她感覺不舒服。

（O）She feels sick.

- **think, consider, believe, imagine, guess, feel, suppose**

這些字的用法都有點類似，大部分的情況下，都用來表達**「覺得、認為」**。**當表達頭腦中的意見想法（have an opinion）**，此時這些字就不能使用進行式。但是如果不是，而是單純作為頭腦中一個有過程的動作，則可以有進行。

例：I think / consider / believe / feel that he is a nice man.
我認為／相信／感覺他是一個好人。
（表達意見，不能用進行）

例：I guess / suppose / imagine that he is a teacher.
我猜他是一位老師。
（表達意見，不能用進行）

比較

例：What are you thinking about ?

你在想什麼呢？

（頭腦中思考的動作過程，可以有進行）

例：She's considering moving to a bigger house.

她正在考慮搬去一個更大的房子。

（頭腦中考慮個過程，可以有進行）

例：Everyone is guessing the answer.

每個人都在猜答案。

（這裡不是表達意見，而是在頭腦思索答案的過程，可以有進行）

例：I'm imagining lying at the beach.

我正在想像躺在沙灘上。

（這裡不是表達意見，而頭腦幻想的過程，可以有進行）

Note

雖然進行式需要有 be 動詞＋ Ving，但同學也不要因此看到 be ＋ Ving 就認為一定是進行式囉！動詞加上 ing 後，可以變成現在分詞來幫助形成時態或作形容詞，但也可以轉成動名詞當名詞來用。所以同學常常混淆兩者，並且疑問這個不是靜態動詞嗎？為什麼可以用進行？請看下面的例子。

例：The purpose of life is loving people around you.

生命的意義就是愛你周遭的人。

= Loving people around you is the purpose of life.

愛你周遭的人就是生命的意義。

上面的句子中的 love 不是進行式，因為不能翻譯成「生命的意義就是正在愛你周遭的人」。生命的意義並不會執行愛人的動作。這裡的 loving 單純是一個動名詞，當作名詞放在 be 動詞後作主詞補語，用來補充主詞。所以你發現句子反過來，意思也說得通，並沒有太大差異。所以不要誤解了為什麼靜態動詞又可以有進行了。

Get Better Soon

練習：下列句子都在討論現在，判斷下列的動詞是否能夠使用進行式。動態的概念，請搭配主詞使用合適 be 動詞：is / am / are ＋ Ving。不行者，請依現在簡單式做合適的動詞變化。

1. Shh ！ The child ________________ (do) homework in the study. He ________________ (need) quietness to prepare for his tests tomorrow. He ________________ (want) to get good grades.
   噓！孩子在書房做功課。他需要安靜才能準備他明天的考試。他想要得到好成績。

2. I ________________ (understand) your fear of ghosts. I ________________ (believe) that they ________________ (exist). Maybe they ________________ (walk) around us now.
   我理解你對鬼的恐懼。我相信他們存在。或許他們此刻正在我們周圍走動。

3. I ________________ (guess) that Nina ________________ (like) the singer very much because she ________________ (have) every one of his albums, and she ________________ (listen) to his CD and ________________ (sing) along right now.
   我猜 Nina 很喜歡這個歌手，因為她擁有他每張專輯，而且她現在正一邊聽他的 CD 還跟著一起唱。

4. My mom ________________ (cook) dinner, and I ________________ (set) the table. Because the dishes ________________ (smell) so good, my mouth ________________ (water) now.
   媽媽在做飯，而我在幫忙布置餐桌。因為菜餚聞起太香了，我都流口水了。

5. The female artist ________________ (paint) something like an animal at the moment. No people around ________________ (know) what she ________________ (think) right now. All people ________________ (guess) different answers.
   女畫家此刻正在畫一個很像動物的東西。周圍沒人知道她現在在想什麼。所有人都猜不一樣的答案。

解答在 P.127

Part 2 現在進行式文法概念

一、現在進行式長相

現在進行式隨著主詞的不同有： **is / am / are + Ving 現在分詞**。

例：The boy is singing.
小男孩正在唱歌。

例：I am doing homework.
我正在做功課。

例：The students are cleaning the classroom.
學生們正在打掃教室。

而動詞變成現在分詞的時，有以下幾種構成情況：

1. 大部分為動詞直接 + ing

read → reading 閱讀　　sing → singing 唱歌

sleep → sleeping 睡覺　　study → studying 學習

Note
很多同學會把這邊加 ing 的方式，跟前面簡單式混淆了。注意！英文沒有去 y 加 ing。許多同學常常會寫出：（X）studing。需要去 y 的，是現在簡單、過去簡單遇到結尾一子音 + y，才需要去 y，加 ies、ied：現在簡單 studies、過去簡單 studied。

2. 字尾 -e，則去 e + ing

fake → faking 假裝　　name → naming 命名

smile → smiling 微笑　　trade → trading 貿易

3. 字尾 -ie，則去 ie ＋ ying

die	→	dying 死	lie	→	lying 說謊
tie	→	tying 綁	vie	→	vying 競爭

4. 重複字尾

重複字尾規則，跟過去式 ＋ ed 相同，詳細內容跟練習請參閱過去式章節 P.066。

(1) 單音節，字尾一子母子

beg	→	begging 乞求	dig	→	digging 挖
get	→	getting 得到	hit	→	hitting 打擊

(2) 雙音節重音節在後，字尾一子母子

permit	→	permitting 允許	begin	→	beginning 開始
forget	→	forgetting 遺忘	forbid	→	forbidding 禁止

二、現在進行式用法

1. 接近現在的時間點（around now），正在進行的動作

例：I am doing homework.
我正在寫功課。

Note
現在進行式通常並不是單單表達現在這一秒正在進行的動作而已。而是暗示前一會跟接下來一會，這個動作都在延續進行當中，因此，進行式常常有暗示動作持續。所以不能延續的動作，多半便無法使用進行。

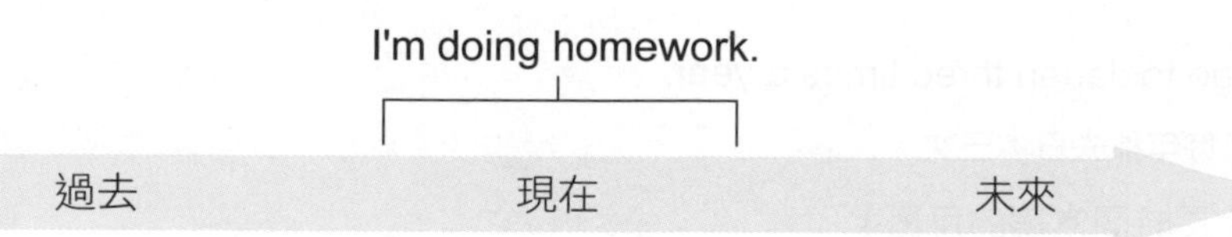

2. 最近短時間內，暫時重複性或著手進行的動作

進行式也可以用來表達，最近一段時間內，反覆發生的動作。或者近期內，一直著手進行尚未結束的事情，未必說話的當下正在進行。

例：I'm writing papers a lot these days.

我最近寫好多的報告。

（短期間內，反覆一直寫報告，但不代表說話時剛好正在寫）

例：I'm taking 23 units this semester.

我這學期修 23 個學分。

（這整個學期，都在修習課程，為了取得這 23 個學分，動作似乎沒有結束，著手進行中）

口語中，這用法也經常搭配 always, all the time, forever, constantly 來表示不良習慣反覆發生，有抱怨責備的語氣。

例：Lisa's always leaving her clothes everywhere.

Lisa 總是把她的衣服到處亂丟。

例：The spoiled child's constantly wanting money for new toys.

這被寵壞的孩子總是想要錢買新玩具。

Note

學到目前，簡單式與進行式似乎都能表達反覆性的動作。但要小心，現在進行式通常只用來表達最近的反覆行為而已。如果是**永恆不變或長時間常態的反覆，則應該用現在簡單式**。

例：I'm traveling a lot these days.

我最近常在旅行。

（最近短時間的反覆）

例：I go to Japan three times a year.

我每年都去日本三次。

（長時間常態的反覆）

例：Birds eat insects.
鳥會吃昆蟲。
（永恆不變的重複行為）

3. 持續改變、發展中的事情

例：The weather is becoming warmer every day.
這天氣每天越來越暖和。

例：The child is growing taller these days.
這孩子最近一直長高。

例：Income tax is rising again.
所得稅又調漲了。
（發展中）

另外要小心，同學常因此死記，看到有變化的字眼，就用進行式。但當有另一個副詞子句暗示常態性的時間時，即便是表達變化，也必須使用簡單式。

（X）It is becoming cooler when it rains.
每當下雨的時候，天氣就變涼爽。

（O）It becomes cooler when it rains.
（強調每一次下雨就變涼，這邊在討論常態性，不可用進行式）

4. 代替未來式

在未來式時學過，已經事先計畫好的事情，便應該用 be going to ＋ 原形動詞表達。這時中文常常有「打算」的涵義。而此時用現在進行式代替未來式 be going to 也是正確的。

例：What are we going to do tomorrow morning? 我們明早是計畫要幹嘛呢？
= What are we doing tomorrow morning?

例：I'm going to move to London next week. 我下星期打算要搬去倫敦。
= I'm moving to London next week.

三、現在進行式 vs 現在簡單式用法整理比較

現在簡單式	現在進行式
表達永恆的事實 • The sun rises in the east. 太陽打東邊升起。	**表達 around now** • The sun is rising now. 太陽現在正在升起。
長時間反覆發生 • It rains a lot here. 這裡經常下雨。	**短時間重複的動作** • It's raining all this week. 這星期斷斷續續一直下雨。
使用動態動詞表常態 • I always jog in the morning. 我總是在早上慢跑。	**使用動態動詞表現在** • I'm jogging now. 我現在正在跑步
使用靜態動詞多暗示現在 • I have some money in my pocket. 我現在口袋裡有些錢。	**不能使用靜態動詞** （X）I am having some money in my pocket.
表條件、時間的副詞子句中代替未來 • **When I arrive in Korea tomorrow**, I will stay at a hotel. 當我明天抵達韓國，我將住在飯店。	**代替計畫好的未來 be going to** • I'**m going to** leave for Korea tomorrow. = I'm leaving for Korea tomorrow. 我明天計畫動身前往韓國。

判斷下列句子應該要用現在簡單式還是現在進行式。

1. Mom ________________ (wash) the sheets every other week or so.
   媽媽大約每隔一週清洗床單一次。

2. Breakfast is an important meal, so I always ________________ (eat) breakfast.
   早餐是很重要的一餐，所以我總是會吃早餐。

3. Josh ________________ (write) a new book currently. The book will soon be published.
   Josh 目前正著手寫一本新書。這本書很快就會被出版。

4. Global warming __________________(become) more and more serious now, and sea levels ______________ (rise) steadily.
   全球暖化最近真的變得越來越嚴重，海平面也逐漸地上升。

5. Water _________________(freeze) when it reaches zero degrees Celsius.
   當溫度降到零度時，水就會結冰。

6. Derek can't answer the phone because he ________________ (take) a shower.
   Derek 沒辦法接電話，因為他在洗澡。

7. The school bell ________________ (ring) at 8:00 every morning, and it always ____________ (wake) me up.
   學校鐘聲每天早上八點都會響，並且總是會把我吵醒。

8. The water _________________ (boil), so it's ready to put the dumplings in.
   水已經滾了，所以可以準備下水餃了。

9. An old church ___________________ (stand) on a hill outside the town.
   有一座老教堂座落在城外的一個小山丘上。

10. Jamie _________________ (visit) her grandparents this weekend, so she can't come to the party tomorrow.
    Jamie 這個週末打算要去拜訪她的祖父母，所以明天她來不了派對了。

解答在 P.127

Part 3 考題核心觀念破解

1. I ______________ a big project this December, which means that I won't be able to visit you over Christmas.

(A) am starting (B) started (C) have started (D) start

答案 (A)

破題

this December 加上後面子句中的 won't 很明顯的暗示時間是未來。但選項中沒有未來式可選擇。然而不要忘了，現在進行式可以代替計畫好的未來 be going to，故選 (A)。

---

2. According to an online ad, Gardening Delight Magazine ______________ a new associate editor currently.

(A) recruit (B) has recruited (C) is recruiting (D) recruiting

答案 (C)

破題

許多同學看到 currently 最近，就容易有兩種錯誤觀念產生。第一個認為「最近」表示一段時間應該用完成式。第二個認為「最近」暗示比較長的時間，就應該用現在簡單式。不要誤解現在進行式只能用來表示此秒當下正在進行的動作。現在進行式表達的為 around now 的概念。currently 暗示這是近期著手進行的事情，這個字幾乎多半與進行式搭配。

---

3. Loved by many visitors, Spring River's most popular dish ____________ tender beef, broccoli, and their own secret blend of spices.

(A) including (B) includes (C) include (D) is including

答案 (B)

破題

同學在使用「包含」這個字義時，多半用到的都是介系詞 including。所以考題其中一種考法就是故意把有動詞形式，又有 Ving 介系詞形式的拿來考驗同學分辨詞性的能力。這裡如選 (A)，則 including 為介係詞，整個句子缺乏主要動詞。而描述這道菜所含的成分，這是一個長期不變的事實，無須用進行式，故選現在簡單式。

4. Tomatoes and some other fruits ______________ red when they are mature and ready to eat.

(A) are turning (B) turns (C) turned (D) turn

答案 (D)

破題

雖然 turn 這類含轉變涵義的字後面加上形容詞，常常可以搭配進行式來表達逐漸改變的狀態。但是這邊還有一個副詞子句，來暗示常態性。表示每一次當它們成熟，它們就變紅，而表達恆常不變的真理，應該用現在簡單式。

---

5. The lesson of this story ____________________ our enemies.

(A) forgives (B) to forgive (C) is forgiving (D) forgave

答案 (C)

破題

很多同學會記憶 forgive 是不能使用進行式的字。因而認為主詞是 the lesson 應該搭配單數一般動詞 forgives。可是仔細思考便會明白，the lesson 是沒有辦法做 forgive 原諒的動作的。只有人才可以 forgive。所以這邊其實 is forgiving 並不是進行式，這裡的 forgiving 是一個單純的動名詞，當作主詞的補語。句意為：「故事的寓意就是要原諒我們的敵人」。如果還不夠明白，其實可以把這個句子，主詞跟主詞補語交換，意思差異不大。Forgiving our enemies is the lesson of this story. 可見這裡的 forgiving 跟 be 動詞並無綁定成現在進行式的關係。

Chapter 03 進行式　Unit 02 過去進行式

Part 1 初步診療室

問診：下面句子，在沒有任何前後文和其他的情境之下，哪些句子是自然的呢？

A He was sleeping. 他當時正在睡覺。

B He was sleeping at 6:25 am. 早上六點二十五分時，他人正在睡覺。

C He was sleeping when the alarm clock rang. 當鬧鐘響時，他人正在睡覺。

解答：B、C。

許多文法書、參考書甚至英文老師在教學時，常常會寫出 A 的句子。雖然文法上看起來正確，但實際上過去進行式是不會這樣直接使用的。所以也導致臺灣學生對進行式的概念模糊跟誤解。

診療學習盲點：

過去進行式基本上不會在沒有點出特定時間點的情況下被使用出來。這樣的使用，就像有人跑過來突然跟你說：「他『當時』在睡覺一樣。」雖然乍看之下這樣的句子文法上並沒有錯，但當時指的是何時？一點線索都沒有，只會讓人一頭霧水。

過去進行式核心的使用常包含兩個概念：**① 特定時間當下正在進行的動作。② 某件事情突然發生時，當下正在進行的動作。**而 B、C 剛好就是這兩種用法的示範。B 句子點出早上 6:25 時，他當下正在睡覺。而 C 句說明，鬧鐘響這件事情發生時，他當下正在睡覺。

仔細思考就會發現，上面所說過去進行式的兩個用法其實有異曲同工之妙。如果 6:25 am 剛好是鬧鐘響的時間，那這兩句概念上不就相等？

例：He was sleeping at 6:25 am.
= He was sleeping when the clock rang.

這邊同學就容易誤解。所以意思是，看到句子出現特定的時間，就必須使用過去進行式嗎？或是看到另一個句子是簡單式，就代表一定是搭配過去進行式嗎？

並非如此！這並不是一個可以逆推的答案。使用過去進行式時，多半會配搭一個特定時間點，或是搭配另一件事情突發。但並非有特定時間就必須使用過去進行式。

坊間的文法書和參考書常常會讓學生誤以為，一個缺乏情境的句子卻有固定的標準答案，絕對只能使用過去簡單或過去進行。但這觀念其實是錯誤的。這也是為什麼大部分學生無法把這兩個時態的差異學好。

實際上，扣除前面所學那些絕對不會搭配進行式的靜態動詞外。**英文表達過去的句子，**使用過去簡單式跟過去進行式多半都是有可能的，只是語意上不盡相同。必須從句子提供的背景資訊才能明白說話者要表達的重心為何。讓我們來看以下的比較：

1. 過去進行式和過去簡單式比較

(1) 瞬間動作 vs. 持續進行的動作

過去簡單式常用來表示動作發生的瞬間，而過去進行式則表示動作持續進行中。

例：When I got up this morning, **it snowed**.

當我今早一起床，雪剛好下下來。

（**簡單式強調瞬間動作**，所以起床時，剛好瞬間下起雪）

例：When I got up this morning, **it was snowing**.

我今早起床時，正在下雪中。

（**進行式強調持續的過程**，所以我起床前就在下雪了，到我起床時雪仍然持續的下）

(2) 動作先後

一連串的過去簡單式，通常表達一連串的動作順序。但是當過去進行式搭配過去簡單式時，過去進行式則是先發生的背景動作，持續到**過去簡單式動作後發生**並突發介入。

例：When I opened the door, the phone rang, and my mom picked it up.

當我開門時，電話響了，我媽媽把它接了起來。

（一連串的過去簡單式順序為：我先開門，接著電話響了，然後我媽媽接了起來）

例：When I opened the door, the phone was ringing.

我開門時，電話正在響。

（這邊電話是先響，持續響到我開門發現電話在響）

例：（O）He still slept at 7:30 am. He got up and ate breakfast at 8:15 am. He drove to work at 9:00 am.

他早上 7:30 的時候還在睡。接著他 8:15 起床吃早餐。9:00 時，他開車上班。

（一連串的動作順序用過去簡單式來表達）

（X）He got up and ate breakfast at 8:15 am and was driving to work at 9:00 am.

（過去進行式跟簡單式搭配，必須早於過去簡單式，所以明顯動作的時間順序錯誤）

同學這邊又會疑問，既然過去簡單式跟過去進行式都可以用來表示動作的先後，那差別在哪裡？

使用一連串的過去簡單式，動作先後本身並不強調任何關連性，動作與動作之間甚至兩個動作時間相隔甚遠也不成問題。但是過去進行式，搭配過去簡單式時，過去進行式必須是先發生並且持續到**無縫接軌**的被過去簡單式介入為止。

例：The man left his hometown and died two years later.

這個男人離開了他的家鄉，並且兩年後過世了。

（雖然先離開後死亡，但死亡跟離開基本上沒有關聯，中間相隔兩年之久）

例：The director was filming his new movie but he suddenly died from heart attack.

導演當時還在拍攝他的新電影，但他突然死於心臟病。

（拍攝電影是較早發生的動作，死是較晚的動作。但死亡是發生在拍攝的過程中）

(3) 暫時行為 vs. 長期固定行為

簡單式本來就用來表達常態居多，所以**過去簡單式多半用來表達過去長時間固定的行為跟情境**。而**過去進行式則表達短期暫時的行為**。

例：I was living in France last year when several attacks happened there.

當法國發生幾起恐怖攻擊事件時，我人去年剛好居住在那。

（這裡的居住強調短暫的行為，並非常年住在法國）

例：I lived in France for more than a decade when I was young.

當我還年輕時，我在法國住過十幾年。

（這裡的居住是長期且固定的）

Get Better Soon

練習：**從中文中去理解句子所要表達的情境**。按照前面所學，填入過去進行式 was / were ＋ Ving，或過去簡單式。

1. As I ______________________________(drive) to work, it suddenly started to rain.
   當我開車上班途中，雨突然開始下起來。

2. We ____________________________(ride) bikes to school every day when we were kids.
   當我們還是孩子時，我們每天騎腳踏車上學。

3. My my grandfather always ________________________ (get) home before 6:30 and ____________(have) dinner at 7:30 when he was alive.
   我祖父在世時，總是六點半前會到家，七點半吃晚飯。

4. When I opened the door, it ____________________________ (rain) outside.
   當我開門時，外面早在下雨。

5. When I got home at nine o'clock yesterday evening, my parents _________________________ (watch) TV, so they didn't hear I come in.
   昨晚九點我到家時，我父母正在看電視，所以他們沒聽到我進來。

6. I ____________________________(buy) a comic book once a week when I was in my teens and gave it to my friend every time after I finished it.
   我青少年時，一個星期買一本漫畫書，並且讀完後，我就送給我朋友。

7. When the dog _________________________ (chase) a cat, a car bumped into it.
   當那隻狗正在追一隻貓的過程中，一輛車撞上了牠。

8. I ____________________ (sleep) when you called me at 11:00, because I went to bed at 9:00 last night.
   當你十一點打給我時，我正在睡覺。因為我昨天九點就上床了。

解答在 P.127

Part 2 過去進行式文法概念

一、過去進行式長相

過去進行式長相為：**was / were + Ving**

例：I was taking a bath when you called me.
你打給我的時候，我正在泡澡。

例：I was making breakfast at 8:00 o'clock.
八點的時候，我正在做早餐。

> **Note**
> 過去進行式，重複字尾跟加 ing 字尾的相關變化，皆同現在進行，詳見現在進行式章節 P.101。

二、過去進行式用法

過去進行式與現在進行式用法上，一樣**不可搭配靜態動詞**，相關靜態動詞的概念，請詳見現在進行的初步診療室單元內容 P.092。

（X）I went to the grocery store when I ~~was needing~~ needed some eggs yesterday.
當我昨天需要些雞蛋時，我去了趟雜貨店。

（X）When she ~~was promising~~ promised not to do it again, I forgave her.
當她承諾不再犯時，我就原諒她了。

扣除不可以搭配靜態動詞，過去進行式主要用法如下：

1. 某個時間點的前後，動作持續進行著

例：My mother was cooking at seven o'clock yesterday evening.
昨天傍晚七點時，我媽媽在做飯。

例：My mother was cooking when I got home yesterday evening.
昨天傍晚我到家時，我媽媽在做飯。

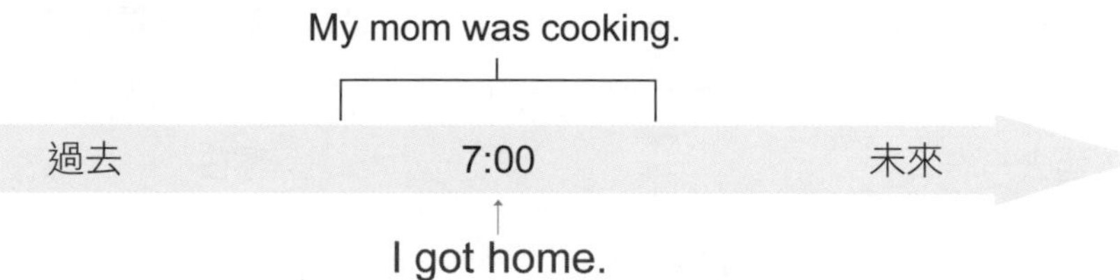

從示意圖可以知道，媽媽做飯是一個持續動作，暗示從七點前持續到七點後。上面兩個句子看起來貌似用法不同，實際上概念一樣，我如果是七點整到家，那麼我到家也是暗示特定時刻，當下媽媽正在做飯。

2. 過去進行式搭配過去簡單式

(1) 過去進行式表達**持續的動作**，整個句子當作一個**長時間的背景動作**。

(2) 過去簡單式表達**較短的動作，突發在過去進行式的持續情境中**，或**打斷介入過去進行式。**

例：When I was walking my dog, I met an old friend on the street.
當我在遛狗的時候，我在街上遇到一個老朋友。

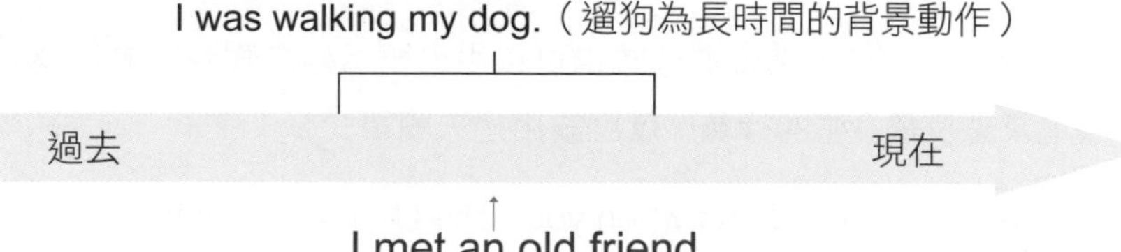

例：The writer died when he was writing his new novel.

這個作家在他寫新小說過程中過世了。

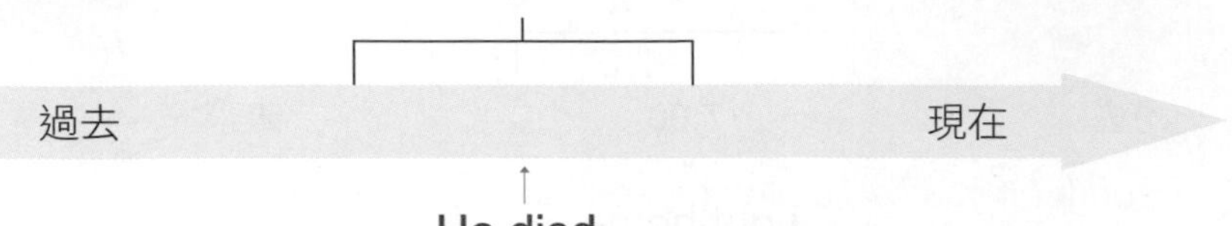
The writer was writing his new novel.（寫小說是常時間的背景動作）
過去
現在
He died.
（死亡是瞬間動作，介入中斷了寫書的過程中）

3. 過去進行式搭配過去進行式

兩個句子的動作，不強調先後，都同時持續進行著。

例：When my brother was doing homework, I was taking a shower.

當我弟弟在做功課時，我在沖澡。

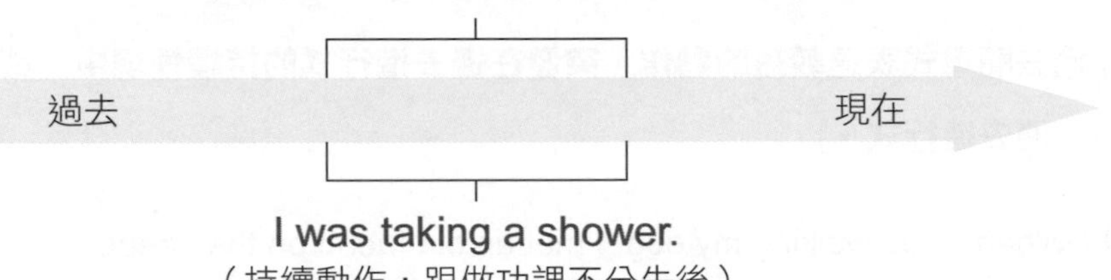
My brother was doing homework.（持續動作）
過去
現在
I was taking a shower.
（持續動作，跟做功課不分先後）

4. 過去暫時的情況

如同現在進行式一樣，過去進行式也可以用來表示過去暫時性的行為。如果是長期的習慣或常態反覆發生的行為，就應該用過去簡單式。

例：She was just being dumb when you asked her the question.

當你問她那個問題時，她只是在裝傻。

（平常並不笨，只是被問問題時，短暫裝傻）

例：She was always polite whenever you asked her for help.

每當你請她幫忙時，她總是很客氣。

（常態反覆的行為）

5. 特別用法：**表達客氣禮貌的語氣**

在做請求時，說話者往往希望語氣不要過度直接、強硬，因而有了軟化語氣的相關用法。使用現在簡單式時，語氣通常正式且比較直接。不論過去式，或是進行式都有弱化語氣的效果。進行式聽起來又會比較親切、非正式。因此過去進行式等於加倍讓句子更為親暱客氣。

例：I wonder if you can do the presentation later in the meeting.
我在想是否等一下你能在會議中做個簡報。
（可能是上司要求你等一下在開會時做簡報，這種情況下，不盡然能斷然拒絕）

例：How much did you want to donate to our charity, Madam?
女士，請問你要捐獻多少錢到我們的機構呢？
（句子沒有哀求對方的語氣，但對方也沒一定要捐錢的義務，使用過去式既禮貌又正式）

例：I'm hoping you can attend the party.
我真希望你能參加派對。
（進行式跟過去式一樣，讓句子更為客氣。但因為語氣比簡單式聽起來更輕鬆，所以口語中更常使用，也比較沒有強迫性）

例：I was wondering if you could lend me some money.
我在想不曉得你是否能夠借我些錢呢？
（過去進行讓語氣變客氣，而且又不會那麼正式嚴肅，語氣最不直接也最親切委婉。）

Note

上述用法都是為了配合特殊情境，創造不同的語氣效果。這些用法較為進階，初學者若基礎不穩，可以先忽略這樣的特殊使用規則，熟悉核心使用方法即可。

三、when 和 while 的比較

許多學校老師在教學時，常乾脆便宜行事教學生 when ＝ while，而坊間文法書也鮮少把這件事情談清楚，乾脆教學生 while 後面一定要用進行式，而 when 必須得用簡單式。然而，這些觀念都不完全正確。

其實，當 when 和 while 意思為「當」時，兩者個概念如下面示意圖：

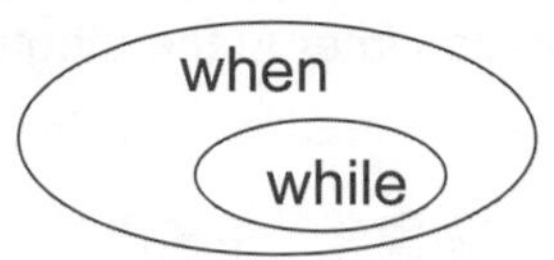

對於母語人士來說，when 的意思較弱，是一個不大具意涵的連接詞，而 while 則是被包含在 when 裡頭的一小部分，語氣較為強烈。其實要正確的使用 while 只要掌握以下準則就沒有問題。

when：可以用於**短暫**或是**持續動作**，可以與**進行式**或**簡單式**連用。

while：只可以用來表達**可持續一段時間的動作，「多」用進行式**

例：While / When I was walking down the street, I saw a car accident.

當我走在街上時，我看到一起車禍。

（走在街上為持續一段時間的背景動作，因此用 when / while 都正確）

例：（O）When you called me, I was taking a shower.

當你打給我的時候，我人正在洗澡。

（X）While you called me, I was taking a shower.

（call 指的是當你按下撥號鈕的那一瞬間，所以 call 不是可以持續一段時間的動作，不可以搭配 while）

然而不要錯誤以為，while 後面只能使用進行式。其實只要使用可以**表達長時間狀態的靜態動詞**，while 後面用簡單式也是正確的。

例：While my mom was away from home, I had to take care of my siblings.

當我母親離家的那段期間，我必須照顧我的兄弟姊妹們。

（be 動詞沒有動作為靜態動詞，而母親離家是持續一段時間的狀態，故可以搭配 while）

Part 3 考題核心觀念破解

1. When Samuel ______________ the bad news, he almost quit.

 (A) was received (B) was receiving (C) received (D) receives

答案 (C)

破題

許多同學從 quit 看起來貌似原形，會誤以為這句為現在式，但其實 quit 為三態同形。主詞 he 現在簡單式中不可能搭配原形，故可知句子為過去式。而 receive 為瞬間動詞，短時間之內就立刻結束因此無法搭配進行式，故用簡單式。而人主動接收消息不用被動，所以不能選 (A)。

---

2. While Dr. Johnson _______________ his patient, the nurse was preparing for the operation.

 (A) examining (B) examines (C) examinie (D) was examining

答案 (D)

破題

while 只能搭配持續一段時間的動作，又從後面句子得知，整個句子時態應為過去，所以應該選擇過去進行式。而 (A) 缺 be 動詞，文法錯誤。

---

3. The employee double-checked with the supplier at 8:30 am and then ____________ the goods to the clinets yesterday afternoon.

 (A) was devliering (B) delivered (C) deliver (D) will deliever

答案 (B)

破題

yesterday 突顯整個句子的情境應為過去式，而過去進行式必須比過去簡單式來得更早。然而 deliver 為較晚的接續動作，因此使用過去簡單式。

4. When I ______________ a man break into the house, I called the police immediately.

(A) see (B) was seeing (C) saw (D) seen

答案 (C)

破題

see 為靜態動詞，不可以搭配進行式。而 seen 為過去分詞不能為真動詞，故選過去簡單式為答案。

---

5. Judith ______________ almost every morning for 15 miles when she was not pregnant.

(A) was jogged (B) was jogging (C) jogs (D) jogged

答案 (D)

破題

沒有懷孕的時候，為一段過去的長時間。過去長時間重複的習慣性行為，應該用過去簡單式，而不用過去進行式。

Chapter 03 進行式 Unit 03 未來進行式

未來進行式較其他進行式而言，更為少用。考試中出現的比例也相對較低。故此單元，將把未來進行式的介紹跟常見的問題，直接合併討論。

一、未來進行式長相

未來進行式的長相為 will ＋ be ＋ Ving

例：This time tomorrow I will be flying to New York.
明天此刻我將正在飛往紐約的途中。

例：The taxi will be waiting at the front door when you get downstairs.
等你下樓時，計程車將已經在前門等了。

二、未來進行式用法

1. 未來正在進行的動作

未來進行式基本上仍然與前面所學其他進行式的核心概念相符，使用時必須點出一個**未來明確的時間點或是當作另一件事情發生的背景**。來突顯某個特定的時間，動作正在持續進行中。而跟前面過去進行的概念一樣，進行式是早於簡單式的動作，持續到被簡單式介入。

例：I will be having dinner around 7:00. Don't call me then.
我七點時會正在吃飯。別那個時候打給我。
（晚間七點為未來特定明確時間）

例：I will be sleeping when you arrive home tomorrow.

當你明天到家時，我人還在睡覺。

（睡覺是持續動作，當作你到家突發事件的背景。先發生的是睡覺，後發生的是到家）

2. 已經確定或是預期確定會發生的事件

未來進行式可以表達，未來已然決定好且固定不會變動的事件。這時不是用來表達臨時的決定，而是突顯在正常的情況下，這事件一定會發生。

例：I will be working overtime at the office tonight when the game starts. So I can't watch it.

今天晚上比賽開始時，我將會在辦公室加班。所以我無法看比賽了。

例：I will be making a speech at the community college in the neighborhood tomorrow moring.

我明天早上將在附近的社區大學演講。

3. 表達禮貌的詢問

未來進行式因為用於表達固定不變動的未來事件，因此，當詢問者使用未來進行式做徵詢時，語氣會更為禮貌。因為這突顯詢問者，把對方的行程安排視為已然固定的情況，所以提問者只是想要知道對方的安排，並非企圖影響或改變對方的決定。

例：Will you be using the car tonight?

你今天晚上會用車嗎？

（只想知道對方的計畫，如果對方已經打算用車，本來如果是要借車就不會借了）

例：Will you be coming to the party tonight?

你今晚會來派對嗎？

（尊重對方的意願，並不試圖影響他的決定）

三、比較 will、be going to、 will be Ving

will、be going to、will be Ving 都能夠拿來談論未來，甚至在討論未來計畫好的事情時，will be Ving、be going to 也都能夠派上用場。所以學生多半對三者的差別感到困惑。透過下面例句來比較之間的差異。

1. will

will 強調意願，表達**當下的臨時決定**。

例：A：You have't visited your parents for a long time.
你很久沒拜訪你的爸媽了。

B: Yes, you are right. Okay, I'll visit them this weekend.
你說的對。OK，我這個週末就去拜訪他們。

2. be going to

be going to 雖然談論未來計畫好的事情，但是**重心仍然在現在**，所以這些計畫好的事情，仍然**有可變動的可能**。

例：A: Do you have any plans for tomorrow afternoon?
你明天下午有任何的計畫嗎？

B: I'm going to see the dentist. Why do you ask?
我要看牙醫。為什麼這樣問？

A: Oh, there'll be an important meeting, and I hope you can be there.
喔，明天有一個重要的會議。我希望你可以出席。

B: Sure. No problem. I think I can rearrange the appointment.
好的，沒問題。我想我可以改約別的時間。

3. will be Ving

未來進行式的**重心則是在未來的當下**，所以當說話者使用未來進行式，彷彿把自己及對方投射到未來當下一般，讓對方看到自己未來正在進行這動作。也就是說，這樣的安排**已經不會有任何變動的可能性**。到未來的那一刻，鐵定會看到這件事情在發生進行中。

例：A: Will you come to my birthday party this weekend?
你會來我週末的生日派對嗎？

B: I'm sorry. I can't because I'll be visiting my parents in China then.
我真的很抱歉。我沒辦法。因為到時候我將拜訪我在中國的父母。
（機票可能都訂好了，已經不打算變動）

Note
因為 will 常常有表達意願的味道，所以使用上，如果沒有要強調意願，單純表達未來的計劃最好改用 will be Ving 來表達。

例：James won't come to the funeral.
James 不會來葬禮。
（有可能暗示 James 不願意來葬禮）

例：James won't be coming to the funeral.
（可能因為某些因素，James 無法前來葬禮）

例：I will clean the pool when you pay me $ 1,500.
你如果付我一千五百塊，我就**願意**幫你打掃這池子。
（表達意願）

例：I will be cleaning the pool when you get home.
你到家的時候，我將正在打掃泳池。
（表達未來的計畫）

Chapter 3 總複習測驗 Exercise

1. Many children ___________ that Santa Claus is real.
(A) believe (B) are believing (C) believing (D) believes

2. The two companies _________ the possibility of cooperation and will likely release the details to the media this weekend.
(A) are discussing (B) discuss
(C) will discuss about (D) are discussing about

3. Becaues the job application __________ after the due date, it was rejected by the personnel department.
(A) arrived (B) was arriving (C) was arrived (D) arrives

4. What most people enjoy doing on weekends is ________ dinner with friends in a fancy restaurant.
(A) has (B) had (C) have (D) having

5. When the suspect __________ committing the crime, his family were all very surprised.
(A) was admitting (B) admitted (C) admits (D) was admitted

6. The president can't attend the annual economic summit next week in Singapore because he __________ to France then.
(A) flies (B) flying (C) will be flying (D) would fly

7. The parent woke up the children at 7:30 and ___________ them to school.
(A) take (B) took (C) taken (D) was taking

8. According to research, whenever the weather ___________ cold, the tendency for customers to purchase heavier clothing increases.
(A) become (B) becomes (C) became (D) is becoming

9. We'd better hurry because the plane ____________ off in 15 minutes.
   (A) take (B) took (C) would take (D) is taking

10. According to a study, people __________ old faster when they hit middle age.
   (A) get (B) are getting (C) got (D) getting

11. While the housekeeper ____________ the broken glass, she hurt herself.
   (A) was cleaning (B) cleans (C) cleaning (D) clean

12. The bodybuilder __________ three sets of 30 push-ups three times a week when he was in college.
   (A) was doing (B) done (C) did (D) does

13. Now the customer __________ the bed to see if it __________ soft enough.
   (A) is feeling; feels (B) feels; feels
   (C) feels; is feeling (D) is feeling; is feeling

14. Currently the employee __________ under my supervision but will soon transfer to another department next week.
   (A) work (B) is working (C) will work (D) woked

15. Most female birds ___________ their mates based on the color of their feathers.
   (A) chose (B) chosen (C) are choosing (D) choose

解答在 P.127

解答與解說

Unit 01 現在進行式

Part 1 解答

1. is doing, needs, wants
2. understand, believe, exist, are walking
3. guess, likes, has, is listening, (is) singing
4. is cooking, am setting, smell, is watering
5. is painting, know, is thinking, are guessing

Part 2 解答

1. washes
2. eat
3. is writing （著手進行中）
4. is becoming, are rising （持續變化、發展）
5. freezes （永恆不變的重複）
6. is taking
7. rings, wakes（常態的反覆）
8. is boiling
9. stands（長期的事實）
10. is visiting（代替未來 be going to）

Unit 02 過去進行式

Part 1 解答

1. was driving （先開車並且持續開車，雨後來突然開始下，所以用過去進行搭配過去簡單）
2. rode（過去長時間的常態行為用簡單式）
3. got, had（當祖父在世時為長時間，並且這邊是一連串的動作用簡單式）
4. was raining（雨在開門前就開始下，並且持續到開門，所以用進行式）
5. were watching（看電視比我到家還早，並且持續到我開門，所以用進行）
6. bought（青春期是一個長時間，過去長時間的頻率用簡單）
7. was chasing（狗先追貓，持續到被車撞介入，所以用進行）
8. was sleeping（九點就上床睡覺了，持續睡到十一點打來並無中斷，所以用進行）

Exercise 解答

1. (A) 2. (A) 3. (A) 4. (D) 5. (B) 6. (C) 7. (B) 8. (B) 9. (D) 10. (A) 11.(A)

12.(C) 13.(A) 14.(B) 15.(D)

英語癌

Chapter 04

完成式

- Unit 01 現在完成式
- Unit 02 過去完成式
- Unit 03 未來完成式
- 總複習測驗

Part 1 初步診療室

問診 1：到底下列何者現在住在中國呢？

A I have lived in China **for ten years**.

B I have lived in China **since 1983**.

C I have lived in China.

解答：A、B。

A: I have lived in China for ten years. 我住在中國到現在十年了。

B: I have lived in China since 1983. 我從 1983 年起就住在中國。

C: I have lived in China. 我曾經住在中國。

有此可見，不是使用完成式意義便相同。A、B 兩人都還住在中國，但是 C 的說話者已經離開了。

診療學習盲點：

　　現在完成式有無 for / since 意思差很多。英文學習者常誤以為完成式就是表示動作持續一段時間，但其實並不然。要搞懂現在完成式，第一步就必須知道，原來現在完成式常見有兩種核心的用法：

有 for / since（有表達時間延長的字）

——→ 動作持續到……

沒有 for / since（沒有任何表達時間延長的字眼）

——→ 在現在之前曾經／已經做過這動作

　　for 表一段時間、since 表示自從，搭配現在完成式，皆用來表示這個動作**持續一段時間到現在**。而缺乏暗示持續一段時間的字眼時，只是表達這個動作在現在之前，曾經發生過。所以 I have lived in China. 指的只是**曾經**住過中國，但現在已經離開了。同理可證，把這概念運用到其他句子看看：

例：I have read the book.　（O）我曾經讀過這本書。
（X）我讀這本書到現在。

例：I have met him before.　（O）我曾經遇見他。
（X）我遇他遇到現在。

例：I have worked here **for years**.　（O）我在這工作到現在好幾年。
（X）我曾經在這工作。

例：I've lived here **since I was five**.　（O）我自五歲起就一直住這了。
（X）我從五歲起曾經住這。

問診 2：沒有前後文的情況下，下面哪些人說的英文是正確的呢？

I will have finished the job.

I have finished the job.

I had finished the job.

解答：B。

A：（X）I will have finished the job.
我未來在那之前將會完成工作？

B：（O）I have finished the job.
我現在已經完成工作。

C：（X）I had finished the job.
我過去在那之前，已經完成工作？

診療學習盲點：

完成式是有**基準點**的文法，簡單來說，就是必須要有**兩個時間點**。使用完成式，都必須提供兩個時間點。**一個是你設定的時間基準點，另一個是在這個時間基準點前完成的工作**。很多坊間參考書、文法書或老師常用上面錯誤的句型教學生，甚至部分的英文老師並不知道在缺乏背景資訊下，A、C 句根本是錯誤的。想當然，一般的學習者就更一頭霧水了。

回顧一下前面概念，當**沒有 for / since** 的時候，完成式可以用來說明**在……時間點前已經**做過這動作。所以如果只寫 I had finished the job. 或 I will have finished the job.，但沒有提供一個明確的過去或未來的時間點來提示動作在什麼基準點前完成，那麼便無法說清楚，到底在何時之前完成了工作。

句子訂正：

（O）I will have finished the job before you get back to Taiwan.

在你回到臺灣之前，我將會完成這份工作。

（時間點一：你回來的時間　　時間點二：我完成工作）

（O）I had finished the job before I took personal leave.

在我請事假之前，我就完成了這份工作。

（時間點一： 我請事假　　時間點二：我完成工作）

同學勢必很疑惑？那為什麼 I have finished the job. 這句卻是正確的呢？理由很簡單，因為**現在完成式預設的時間點，永遠都是現在 now**。所以無須特別言明。因此，I have finished the job. 指的就是，以現在為基準點前，我已經完成了工作。現在完成式仍然是有**兩個時間點**：**完成工作的時間**以及**現在**。

這邊細心的同學可能又有疑問。既然過去完成式的基準點是在過去之前。現在完成式的基準點是現在之前。那為什麼未來完成在 before 裡面的句子，卻是現在簡單式而不是未來式呢？

同學可別忘了，我們在簡單式章節學過的內容。當在**條件型、時間型的副詞子句中**，都是**用現在代替未來式**。所以上述句子中，before you get back to Taiwan. 是一個表時間的副詞子句用現在代替未來。是故，未來完成式的使用，仍然是在未來的基準點前無誤。

Get Better Soon

練習：把下面的時間表都當成是你一整天的行程，掌握基準點的觀念，試著使用正確的完成式來說明，何時你完成了哪些工作。

示範：

water the flowers 11:00 am		clean the house 3:00 pm
9:00 am make the bed	12:00 pm now	6:00 pm take a shower

+________+________+________+________+

● 現在為基準：I have watered the flowers. 我已經澆過花了。
I have made the bed. 我已經鋪好床了。

以現在 now 為基準，用**現在完成式**來表示鋪床跟澆花都是**現在之前完成**的動作。

● 過去早上 11 點為基準：I had made the bed before I watered the flowers.
在澆花之前，我已經鋪好床。

以過去 watered the flowers 為基準，我們用**過去完成式**來說明**比過去式更早完成**的鋪床動作。

● 未來下午六點為基準：I will have cleaned the house before I take a shower.
在沖澡之前，我將打掃好房子。

以未來 take a shower 為基準，用未來完成式說明，打掃房子是下午六點前會完成的動作。

現在參考前面的練習，仍然把下面的時間表，當作你一整天的行程，為空格填入正確的答案。未來完成形式應為：will have p.p.、現在完成式：have p.p.、過去完成式：had p.p.。

read a newspaper　　　　　　　　do the dishes
11:00 am　　　　　　　　　　　　3:00 pm

+________________+________________+________________+________________+

9:00 am　　　　　　　　12:00 pm　　　　　　　　6:00 pm
make breakfast　　　　　now　　　　　　　　　　watch TV

1. I ________________________ the dishes before I _________________ TV.
   在我看電視之前，我將洗好碗。

2. I ________________________ a newspaper by now.
   目前為止，我讀了份報紙。

3. I ________________________ breakfast.
   我已經做好早餐了。

4. I ________________________ breakfast before I ______________ a newspaper.
   在我讀報紙前，我已經做好了早餐。

解答在 P.168

Part 2 現在完成式文法概念

一、現在完成式長相

現在完成式長相為：
- 非三單主詞 ＋ have ＋ 過去分詞（p. p.）。
- 三單主詞 ＋ has ＋ 過去分詞（p. p.）。

常用動詞變化三態表，請詳見附錄 P.505。

例：I have eaten breakfast.
我已經吃過早餐了。

例：She has written a book.
她曾經寫過一本書。

例：They haven't left yet.
他們還沒離開。

例：Have you finished?
你完成了嗎？

二、現在完成式用法

1. 過去動作對現在產生意義和影響

簡單來說，現在完成式的第一個用法，就是在講一個過去的動作。但這也是同學最困惑的地方。既然講一個過去動作，為何不用過去式就好？

在前面的診療室中，已經學習到，完成式基本上就是有**兩個點的文法：一個基準點和一個動作發生時間點**。所以現在完成式**不是單思考過去動作發生的時間點**，而是**同時思考過去事件發生及其對現在這個時間所產生的意義跟影響**。

例：I can't go to the party because I've got the flu.
我不能去派對了，因為我得了流感。

I've got the flu.（我過去得到了流感，影響我現在不能去）

過去 → 現在

I got the flu. I can't go to the party.

單只思考過去時，我們不用現在完成式：

例：I got the flu last week, and then I went to the hospital.
我上個星期得了流感，然後我去看醫生。

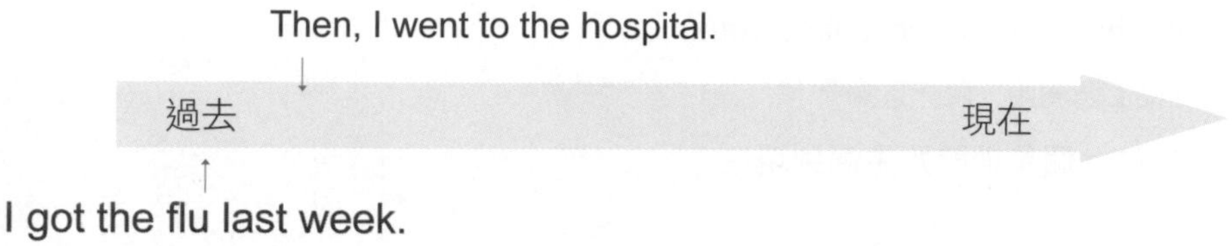

Then, I went to the hospital.

過去 → 現在

I got the flu last week.

試比較下列的差異：

例：I have lived in the United States.
我曾經住過美國。
（表示因為曾經住過，所以言下之意暗示現在對美國很了解）

例：Abraham Lincoln lived in the US.
林肯過去住在美國。
（只是單純描述美國的林肯總統生前住在美國，這是一個歷史事件，跟現在毫無關係）

例：I have learned Japanese, so I can speak it fluently.
我學過日文，所以我現在能夠流利的說日語。
（學習是過去的動作，但它對現在產生影響，所以如今能夠流利的使用日語）

例：I learned Japanese in high school.
我在中學時學過日文。
（語氣相當薄弱，使用過去式重心只有在過去，不對現在負責。所以中學雖然學過，但現在可能忘的差不多了）

2. 動作、情況持續到現在

當現在完成式搭配有暗示從過去持續一段時間到現在的字詞（例如：for ten years, since 1983, over last week, how long 等），表示動作開始於過去，並且持續到現在。

例：She has worked in this company for ten years.
她已經在這家公司工作十年了。
（十年前工作到現在）

例：She has been ill since last week.
她從上週開始，就一直病著。
（從上個星期開始生病到現在）

例：How long have you studied Spanish?
你學西班牙文多久了？
（從過去開始學到現在，時間過多久了？）

Note
因為現在完成式搭配 for, since 等，可以用來表示動作持續一段時間到現在，因此這個用法自然就不能搭配**「瞬時性動詞」**。也就是開始就立刻結束的動作，因為這些動作並不能持續。這點跟中文有落差，所以導致同學常常出現問題。

（X）My grandfather has died for five years. 我的祖父已經過世五年了。
（人非死即生，死亡就是指心跳停止的瞬間，這個動作無法持續五年之久）

（X）I have arrived here for two hours. 我已經到了兩小時了。
（抵達是指跨進門的那一刻，無法跨門這個動作持續花了兩小時）

遇到瞬時性動詞沒辦法搭配 for, since 表動作持續時，該如何處理呢？可以利用下面三種方式來解決：

(1) 單純使用過去式來表達

例：My grandfather died two years ago.
我祖父兩年前過世的。

例：I arrived here two hours ago.
我兩年小時前到這的。

(2) 使用句型： It has been ＋ 多久 ＋ since 過去式句子

例：It has been two years since my grandfather died.
從我祖父過世，都過了兩年了。

例：It has been two hours since I arrived here.
從我到這，都已經兩小時了。

(3) 用可延續的靜態表達方式來替換瞬時性動詞

die (vi) ⟶ be dead (be + adj)
死掉 死亡的狀態

例：My grandfather has been dead for two years.
我的祖父死亡兩年了。

arrive (vi) ⟶ be here (be + adv)
抵達 在這

例：I have been here for two hours.
我在這已經兩小時了。

常見、常考不可以搭配現在完成式表持續一段時間的瞬間動詞有：

例

die 死掉、kill 殺、marry 結婚、come 來、go 去、open 開、close 關、leave 離開、arrive 抵達、begin / start 開始、finish 結束 , stop 停止、give 給、receive 收到、accept 接受、promise 答應、permit / allow 允許、borrow 借入、lend 借出、enter / join 加入、get up 起床……

瞬時性動詞相當多，這邊僅列常考的。當然不是所有的瞬時性動詞都能找到替代的表達方式，不過很多都能夠用 be 動詞搭配近似詞來表示：

（X）The meeting has finished for 30 minutes. 會議結束半小時了。

（O）The meeting has been over for 30 minutes.

（X）I have got up for two hours. 我已經起床兩小時了。

（O）I have been awake for two hours.

（X）I have joined the club for three years. 我加入這個俱樂部三年了。

（O）I have been a member of this club for three years.

Note

很多同學學習到這裡就會混淆，誤以為瞬時性動詞不可以用在現在完成式。不對！！！**瞬時性動詞只是不能搭配現在完成式加上 for / since 來表達動作持續一段時間**。但是沒有 for / since 時，使用則是現在完成式的第一點用法，單純**表達曾經、已經則是沒有問題**的。

（X）I have graudated from college for three years. 我畢業三年了。

（O）I have graduated from college. 我已經畢業了。

（X）I have married Jane since 2000. 我跟 Jane 從 2000 結婚到現在。

（O）I have married Jane. 我跟 Jane 已經結婚了。

3. 累積到現在的重複行為

表達累積到現在的次數或是重複的動作，因為暗示隨著時間進展而持續積累到目前，所以也應該使用現在完成式。

例：I have seen the movie five times.

我已經看過這部電影至今五次了。

例：She has sent six text messages to her ex-boyfriend.
到目前為止她已經傳了六封簡訊給前男友。

Note
小心！不是看到次數就代表用現在完成式。重點在於**這個反覆性行為必須歷經時間跨度從過去持續到現在**。如果只是在過去某個時間點的重複行為，仍然使用過去式。

（X）I have called Andrew three times last Sunday.
上個星期天我打給 Andrew 三次。

（O）I called Andrew three times last Sunday.
（在過去時間點，上星期天那天打了三次，這個行為並沒有重複到現在）

三、現在完成式的搭配詞

因為現在完成式是兩個點的文法，同時思考過去與現在，強調過去的動作對現在的影響。除了用 for、since、over 等來表達動作從過去持續到現在外。也常與**同時暗示現在與過去模糊並存的時間副詞**連用，來表達動作已經、或曾經發生：

例
lately / recently 最近、ever 曾經、yet 尚／還、already 已經、
never 從未、before 現在之前

例：Have you ever been to Mexico?
你是否曾經去過墨西哥呢？

例：I haven't seen Mars lately.
我最近都沒看到 Mars。

例：I have read Mark Twain's *Tom Sawyer* before.
我之前讀過馬克吐溫的湯姆歷險記。

例：Have you eaten breakfast yet?
你到現在吃過早餐了嗎？

因此，明確指出在過去就結束的過去特定時間點，就不與現在完成式連用。常見重心只在過去的時間副詞為：

yesterday 昨天、once 曾經、then 當時，last ＋ n 上一個……
（例如：last night 昨晚），一段時間 ＋ ago ……之前
（例如：three days ago 三天前）

（X）I have bought a jacket last Monday. 我上個星期一買了件夾克。

（O）I bought a jacket last Monday.

（X）I have sent a letter to my parents three days ago. 我三天前寄了封信給我爸媽。

（O）I sent a letter to my parents three days ago.

同樣地，現在完成式也不與表達過去特定時間的疑問詞連用：when / what time 何時。

（X）When have you finished the job? 你何時做完工作的？

（O）When did you finish the job ？

許多同學看到 three days ago 就覺得表持續一段時間，所以應該要用完成式。

這是常見的錯誤觀念。ago 意思為……之前，所以三天前，並不是指這個動作持續總共三天，而是指，往前推算三天後，特定一天過去的日子，所以當然是搭配過去式。

1. since 的使用方式

since 語意表「自從」時是很常搭配現在完成式的字，常見的詞性有介係詞與連接詞兩種。在現在完成式的框架下，since **常見**的應用方式如下：

完成式句子 ┌ ＋ since ＋ 過去時間點
　　　　　 └ ＋ since ＋ 過去式句子

例：I have known Kate since 1998.

我從 1998 年就認識 Kate 到現在。

例：I have known Kate since I was ten.

我從十歲認識 Kate 到現在。

Note

常常同學會疑問，為什麼有時候看到 since 後面卻不是用過去式，另一個句子也不是搭配完成式呢？要小心，因為 since 除了當做「自從」外，還可以**有類似 because 的意思「既然」**。當作因為、既然，意思不同，就自然不會按照上面的公式。不要混淆兩者。

例：Since it is raing outside, we had better stay home.

既然外面正在下雨，我們最好就待在家。

練習

判斷下面的空格，應該填入**現在完成式**，還是**過去式**。

1. We ____________________ (go) on a pinic last weekend.

   上個週末，我們去野餐。

2. Amy ____________________ (have) a stomachache for all this morning since she ____________________ (drink) a cup of coffee on an empty stomach.

   Amy 從早上空腹喝咖啡後，就一直胃痛整個早上到現在。

3. Ted ____________________ (get) married, but still he is flirting with other girls.

   Ted 已婚了，但他還仍然與其他女孩子調情。

4. Don't tell me how to make an apple pie! You ____________________ (never, do) it before.

   別跟我說該如何做蘋果派。你自己也從來都沒做過。

5. I ________________ (spend) a lot of money on desserts when I stayed in Paris.

   我待在巴黎的那段時間，花了好多錢在甜點上面。

6. So far Cindy ________________ (make) way too many mistakes, so I think we should lay off her.
到目前為止，Cindy 實在犯下太多錯誤，所以我認為我們應該解雇她。

7. The man ___________________(build) the house by himself in the forest two years ago.
這個男人兩年前在森林裡自己蓋起了這個屋子。

8. The building _________________ (stand) in the field for hundreds of years so far.
這棟建築物佇立在這土地上幾百年了。

解答在 P.168

四、現在完成式 vs. 現在完成進行式

1. 現在完成進行式長相

現在完成進行式長相為： have / has ＋ been ＋ Ving

例：She hasn't been sleeping well recently.
她最近睡的不怎麼好。

例：They have been waiting for you about 30 minutes.
他們已經等你等了 30 分鐘了。

例：Have you been playing video games since this afternoon?
你是不是從下午開始就一直玩電動到現在？

2. 現在完成進行用法

現在完成進行式基本上用法意義上跟現在完成式大同小異。唯一的差別就是，不論是否有 for..., since... 等字眼，**現在完成進行永遠都是表示：某個動作從過去持續、或反覆發生到現在**。

例：I have been studying very hard.

我最近很認真讀書。

（從近期的過去反覆發生到現在）

例：I have been studying for two hours.

我已經讀書兩個小時了。

（持續到現在兩小時）

例：I have been studying since this afternoon.

我從下午就讀書到現在了。

（從下午持續到現在）

但要小心，說現在完成進行式就是用在過去持續到現在，這樣的說明並不精準，因為就算是現在進行式，這個動作也一定是從過去持續到現在。所以重點是，**現在完成進行跟現在完成一樣，想要回顧過去，但重心在現在**。

例：It's snowing.

現在正在下雪。

（雖然下雪一定是之前發生的持續到現在，但並沒有打算回顧過去，重心只有在現在）

例：It has been snowing since this morning.

從今天早上就一直下雪到現在。

（回顧過去的時間點一今早，又強調現在）

例：It has been snowing for two hours.

這雪已經下了兩個小時了。

（回顧過去，這雪從兩小時前開始下的，持續到現在）

3. 現在完成進行式與現在完成比較

現在完成進行式是一個相對而言更為進階，較難以被學生正確使用的時態。因為基本上，現在完成進行與現在完成式**都可以用來表達動作持續或反覆到現在，也都能夠搭配 recently、lately、for...、since... 等字詞**。甚至有時候，現在完成式跟現在完成進行式可以說完全沒有分別可言。往往現在完成進行大抵上意思與現在完成相同，只是在語氣上有些許不同而已。程度較基礎的同學，其實可以先忽略這個時態用法也沒有關係。

如果要了解現在完成進行，其實可以從思考進行式著手，因為它就是現在完成式加上進行式。讓我們回顧進行式核心的幾個概念：**① 時間靠近現在。② 持續進行到現在或是甚至繼續暗示到未來。③ 強調持續的過程。**

有了上面這三個概念，就不難理解現在完成進行跟現在完成核心的差異。但要小心，這些差異性並不是每次都存在。甚至有些差異可能會與其他點差異悖論。所以主要是端看說話者想要強調的重心為何。

(1) 搭配靜態動詞與否

現在完成進行式與現在進行式一樣，都不可以搭配靜態動詞。

（X）I have been being sleepy since this morning. 我從今天早上就一直很睏。

（O）I have been sleepy since this morning.

（X）Kyle has been having a cold for about a week. Kyle 已經感冒快一個星期了。

（O）Kyle has had a cold for about a week.

（X）I have been knowing Jessica all my life. 我認識 Jessica 一輩子了。

（O）I have known Jessica all my life.

(2) 動作結束與否

現在完成式通常可以用來表達動作已經結束，而這個結束的時間點不明，甚至非常久以前完成。現在完成進行式常常是暗示動作持續到現在基準點並且可能將繼續進行下去。又或者，動作到現在基準點前才剛結束，且動作對現在產生意義和影響性。

例：I have also read the novel. Do you like the ending?

我也讀完這本小說了。你喜歡它的結局嗎？

（不知道何時讀完的，可能非常久遠之前便完成）

例：I have been reading the novel. Don't tell me the ending.

我還在讀這本小說。別告訴我結局。

（表示一直從不久的之前持續讀到現在還沒結束）

例：I've been running. I must just take a shower.

我剛跑完步，我必須得立刻沖個澡。

（才剛跑步完，而因為剛結束跑步的行為，導致現在還滿身是汗，必須得沖澡）

(3) 長時間持續 vs 暫時或最近的動作

現在完成與現在完成進行都可以用來表達動作持續。但現在完成式常用來指**持續很長不變化的動作，甚至永久的情況**。而現在完成進行式，因為有進行式加入的關係，常用於**表達靠近現在時間點且可能變化的動作**。

例：The church has stood on the hill for a century.

這教堂已經佇立在這山丘上一世紀之久了。

（教堂長時間在山丘上佇立不變動，用現在完成。但小心，此時可以發現這點差異就跟第二點悖論。你不能解釋教堂已經站立結束了，所以接下來就要倒了。）

例：I have been standing all day, so I am really tired.

我今天站了一整天，所以我實在累壞了。

（短時間暫時性的站立，非恆常）

例：Have you ever cried?

你這輩子是否曾經哭過？

（問的是一輩子的長時間）

例：Have you been crying？

你是不是剛哭過？

（看到對方眼睛腫腫的，鼻子紅紅的，可能剛哭完，或者還有可能又哭）

如果強調過程不斷的在變化，那麼即便是長時間的動作，也偏好使用現在完成進行式。

例：The mountains of the island have been rising since 1800.

從 1800 年開始，這個小島的山脈便不斷的抬升。

(4) 重結果 vs 重過程

現在完成多半強調結束，因此常用來指因為**完成了某個動作後，其結果所產生的影響性**。而完成進行因為不強調是否完成，所以強調**過程變化所帶來的影響性**。

例：I have eaten dinner, so I am not hungry anymore.

我吃完晚飯了，所以我不餓了。

（吃完所以導致現在肚子並不餓，結果帶來的影響性）

例：I have been eating dinner, so there are plates all over the table.

我還在吃飯，所以桌子上杯盤狼藉。

（是否吃完不重要，重點是吃的過程帶來的影響就是桌子一團亂）

例：I have washed my car, so it's clean.

我洗完車了，所以它現在很乾淨。

（強調動作完成，導致車子一塵不染）

例：I have been washing my car, so I'm all wet.

我還在洗我的車，所以我才會整身濕答答。

（不強調洗完車，洗車的過程，導致全身濕透了）

Part 3 考題核心觀念破解

1. The price of British pounds with respect to U.S. dollars ____________ at $ 1.80 per pound over the past week, yet most finiancial experts believe that it's likely to rise again in the future.

(A) has stabilized (B) are stabilizing

(C) will be stabilizing (D) stabilizes

答案 (A)

破題

over 暗示出時間的跨度，從一個禮拜前到現在，同時有過去跟現在概念並存。並且後面的句子明顯點出專家們根據現況評估的意見，所以重心在現在。雖然最後有 in the future，但是此時間副詞在修飾子句中的 rise 並非 stabilize。因此，同時思考過去與現在情況，宜用現在完成式。

---

2. Ever since Mr. Johnson _____________ leader of this program, more and more sponsors have contributed to the project thanks to his personal charm.

(A) be appointed (B) will appoint

(C) had appointed (D) was appointed

答案 (D)

破題

since 超常出現在完成式相關考題，ever 在這只是加強語氣，不要被影響了。看到 since 出現，且意思為「自從」，就要思考之前所學過的常見模式。since 後面多接過去式。此外，Mr. Johnson 是被指派到這個角色的，必須使用被動語態 be 動詞＋ p.p.。而 (C) 過去完成式必須以過去為基準點，但後面的句子是現在完成式，故不可能為答案。

3. Since the goods ____________ in customs, customers still have to wait for a couple of days.

(A) was held (B) are being held (C) hold (D) are holding

答案 (B)

破題

另一種考題考法，就是考你判別 since 的意思。不要忘了 since 除了當作「自從」外，還有「因為、既然」的涵義。同學常常會流於死背前面所學公式，看到 since 就以為只能搭配過去式。但實際上這邊是「因為」的涵義，所以表達商品現在還在海關，因此客戶必須繼續等一段時間。除此之外，goods 為複數，也不可能搭配單數動詞。

---

4. Body temperature and presence of parasites can help forensic scientists figure out how long a person ____________ ?

(A) died (B) had died (C) has died (D) has been dead

答案 (D)

破題

另一種考法，喜歡考易混淆詞性。die 是動詞，而 dead 是形容詞。選項 (B) 過去完成式必須用在過去式前，而主要句顯然是現在式，所以絕對不可能成為答案。此外，how long 是問多久，而 die 本身是一個瞬間動作，無法表達時間的持續。所以應該用 dead 形容詞來表示狀態，has been dead 可以表示，維持在死亡的狀態多久了。

---

5. Recently, under the encouragement of management more and more employees ____________ for classes on effective teamwork and communication

(A) would have registered (B) will have registered

(C) have been registering (D) registering

答案 (C)

破題

recently 也是一很常用來搭配現在完成或現在完成進行的字眼。而 more and more 暗示越來越多，持續變化中，現在完成與現在完成進行使用時機差異不大。而現在完成進行用來強調改變並且尚未結束。

Part 1 初步診療室

問診：下列對小男孩昨天上學前所做的事情的描述，何者是正確的呢？

A

He had had breakfast before he went to school yesterday morning.
他昨天早上上學前，吃了早餐。

B

He had had brushed his teeth before he went to school yesterday morning.
他昨天早上上學前，刷過牙。

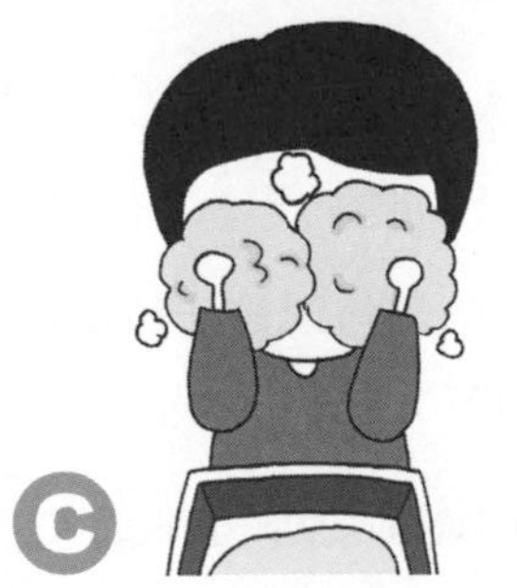

C

He had been washed his face before he went to school yesterday morning.
他昨天早上上學前，洗過臉。

解答：A。

B: He had ~~had~~ brushed his teeth before he went to school yesterday morning.

C: He had ~~been~~ washed his face before he went to school yesterday morning.

過去完成式的長相是 had ＋ 過去分詞（p.p.）。B 句主要動詞是 brush 而 C 的主要動詞是 wash，所以應該直接把這兩個動詞變成過去分詞放在 had 後面即可。had 跟 been 都是多餘的。

診療學習盲點：

常年英語教學中，在教完成式最常遇到學生問的問題就包含上面這兩個。第一種同學會問，什麼是 been？第二種同學則是問說，為什麼要寫 had had「有有」？許多同學誤以為只要過去完成式都一定要 had had 或 had been？很多人按經驗法則，覺得常常看到 had been、had had，就會下意識都幫所有過去完成句子都加上 had，been。

甚至部分同學把 been 看成是某種特殊的文法怪物一樣，深奧難懂，只要不懂得文法可能都會來上個 been。但其實 been 就是 be 動詞的過去分詞而已。be 是原形，現在式長相 is、am、are，過去式則是 was，were，過去分詞為 been。以上這些動詞變化都是同一個字，也就是說，**有需要用到 be 動詞，完成式才會出現 been**。

例：She is sleepy. 她很睏。
↑
be 動詞

例：She eats a hamburger. 她吃一個漢堡。
↑
一般動詞

從上面例句可以看到，上面第一句主要動詞是 be 動詞，第二句則是一般動詞 eat。所以當我們把兩個動詞套用到過去完成式的情境，就會如下：

例：She had been sleepy before she drank coffee. 在她喝咖啡前，她一直很睏。
↑
由 be 動詞變 p.p. 形式就是 been

這句主要動詞不是 be 就不會有 been，就是一般動詞 eat 變 p.p.
↓
例：She had eaten a hamburger before she drank coffee.
在她喝咖啡前，她吃了個漢堡。

同理可證，看到 had had 不要懷疑為什麼有兩個「有」。過去完成長相為 had + p.p.，所以當剛好要用 have 這個動詞時，才會看到它的 p.p.（had）。在把句子變成完成式時，常常會多加或漏了 had。

例：She takes some medicine.
她服用一些藥物。

例：She has a sandwich.
她吃一個三明治。

把上面句子變成過去完成式時：

這句主要動詞是 take，沒必要放 had
↓
（X）She had ~~had~~ taken some medicine before she went to bed.
睡覺前，她服用了一些藥物。

（X）She had a sandwich before she went to bed. 睡覺前，她吃了個三明治。
↑
本來動詞是 have「吃」，要變成過去完成式應該是 had + p.p.，同學常常會直接寫 had 就以為結束了，但這樣就變成過去式，而非過去完成。所以這邊要寫過去完成應為 had had。

（O）She had had a sandwich before she went to bed.

Get Better Soon

練習：下面空格的時態，皆為過去完成式，請按空格內提示的動詞，寫入 had ＋過去分詞。以下皆為常用動詞，不熟者，請務必參考動詞三態表 P.505，熟練動詞的過去分詞形式。

1. She ____________________ (write) a letter to her friend before she left.
   她離開前，寫了封信給她的朋友。

2. She ____________________ (be) ill for a long time before she passed away.
   在她過世前，她已經久病一段時間。

3. He once told me he ____________________ (have) the car since college.
   他曾經跟我說，從大學開始，他就擁有那臺車了。

4. James ____________________ (ride) a scooter to school until he got a car.
   James 在有車之前，都是騎摩托車上學。

5. By the time she arrived at the party, all her friends ____________________ (leave).
   到她抵達派對時，她的朋友早就都離開了。

6. When they got married, they ____________________ (know) one another for more than ten years.
   當他們結婚時，他們已經認識超過十年了。

7. The police ____________________ (catch) the thief before he left the building.
   在小偷離開建築物之前，警方就逮到他了。

8. By the time the alarm clock rang, he ____________________ (wake) up.
   早在鬧鐘響之前，他就醒過來了。

9. By 2002 when she got divorced, she ____________________ (have) three children.
   到了 2002 年她離婚時，她已經生下了三個孩子。

10. It was the first time that they ____________________ (choose) a female as their leader.
    當時，這是頭一遭他們選一位女性當作他們的領導人。

解答在 P.168

Part 2 過去完成式文法概念

一、過去完成式長相

過去完成式不管主詞是否為三單，固定長相為：**had ＋ 過去分詞（p.p.）**。常用動詞變化三態表，請詳見附錄 P.505。

例：The train had left before we arrived at the station.
早在我們抵達車站前，火車就離開了。

例：Had the pirtates hidden the treasure in this cave when they left the island?
海盜是不是在離開這座島嶼前，把寶藏藏在這洞穴中？

例：Jamie hadn't thought about being a chef until she retired.
在 Jamie 退休前，她從未考慮過當一名廚師。

二、過去完成式用法

基本上，會了現在完成就很容易理解過去完成的概念了。之前提過，完成式都是有兩個點的文法。簡單來說，用一句話解釋過去完成式，就是**比過去式還要早發生的動作**。所以基本上就兩種用法：

1. 動作在過去之前完成

例：All my friends had left the party before I arrived.
在我抵達派對前，我所有朋友都離開了。
（朋友離開比我抵達派對的動作還早）

例：I wondered whether we had met before.
我當時就在想，我們之前是否曾經見過面。
（碰面的時間早於過去式 wondered）

2. 動作持續到過去的時間基準點

表達動作持續一段時間到過去某個基準點。此用法也經常與 for, since 連用。

例：She had been ill for a long time before she passed away last week.
在她過世前，她已經病了好一陣子了。
（生病的狀態持續一段時間到上週的過去時間基準點）

例：Last night, Monica told me that she had been married to James since 2000.
昨晚 Monica 跟我說，她跟 James 的婚姻從 2000 就開始了。
（婚姻從 2000 持續到過去基準點昨晚談話）

Note
再次提醒同學，許多教師或文法書對過去完成式的介紹，總會流於形式說：一個始於過去的動作，並且結束於過去。這是一個很容易造成誤會的引導。因為所有過去式的動作，哪個不是始於過去並且結束於過去。同學千萬別忘記，完成式必須是兩個點的文法，沒有過去式的基準點，就沒有過去完成式。

（X）I had worked in this company for ten years.
在那之前，我在這間公司服務十年。

很多同學受這些教學的影響，常常會覺得，開始工作是在過去，然後結束工作也在過去，並且在過去持續了一段時間，所以就該用過去完成式。**再次強調！沒有另一個過去簡單式當基準點，就沒有過去完成**，並不是看到過去持續一段時間，就得用過去完成式。正確寫法應該如下：

（O）I had worked in this company for ten years until I was headhunted by another larger one.
在我被另一間更大公司挖角前，我在這間公司工作了十年。
（被挖角為過去的時間基準點，在這個基準點前，工作了十年）

（O）I worked in this company for ten years.

我在這間公司工作過十年。

（沒有過去基準點，就用過去式）

因此與現在完成式曾經教過的概念類似。單純描述一個過去事件時應該使用過去簡單式。所以沒有另一個過去簡單式作為基準點，又或者有出現了明確過去時間副詞，來表達動作就在此特定時間發生時，都不可以使用過去完成式。詳見現在完成式搭配詞對於過去明確時間的介紹 P.142。

例：In 1969, Neil Armstrong performed the first manned moon landing.

1969 年，Neil Armstrong 進行了第一次人為操作的月球登陸。

（有明確的過去時間點 1969，並且沒有要進行兩個動作的先後比較，用過去簡單式）

3. 過去完成式 vs 過去式

其實過去完成式，在時態的使用中相當式微。因為過去完成式表達的是**過去的過去**，但這個意涵經常被連接詞就已經彰顯出來。導致即便動作真的有先後，往往過去完成式也並非必要。

例：After it started to snow, I put on my down jacket.

開始下雪後，我便穿上我的羽絨衣。

（after 已經清楚說明動作的先後了，沒使用過去完成式也沒差別）

例：As soon as the manager arrived, the meeting started.

經理一到，會議便開始了。

（as soon as 已經說明，經理先到，而後會議因而得以開始）

然而在使用 when 時，則比較常搭配過去完成式。因為 when 這個連接詞可能的意思相對較多，使用過去完成式，能夠讓語意更精準。

例：When I had poured a cup of coffee for myself, I sat on the sofa and read a newspaper.

在我倒給自己一杯咖啡後，我坐在沙發上，開始讀報。

為下列句子中動詞，圈選較佳時態。

1. Tyrannosauruses (existed / had existed) 65 million years ago and (were / have been) the most dangerous predators on earth.
   暴龍存在在 6500 萬年前，並且是當時地球上最危險的掠食者。

2. Yesterday at a park, I (met / had met) Jessica Wang, one of my high school classmates. I (hadn't seen / didn't see) her for many years. I (didn't recognize / hadn't recognized) her at once because she (had gained / gained) a great deal of weight. She then told me that she (had become / became) a compulsive eater.
   昨天，我在公園遇到我中學同學 Jessica Wang。我已經好多年沒見過她了。我並沒有馬上認出她來了，因為她變胖了好多。她告訴我，她變成暴食症患者。

3. In 1983, the young man (joined / had joined) the military. He (never held / had never held) a gun before.
   1983 年，這名年輕的男子加入了軍隊。在那之前，他從未握過一把槍。

4. Yesterday, I was late for work. The meeting (had already started / already starts) when I (got / had got) to the office.
   我昨天上班遲到。當我到辦公室時，會議已經開始。

5. The sun was still shining when we were on our way to the shopping mall, but by the time we (got / had got) out of the mall, it (had begun / began) to rain.
   當我們前往購物中心的時候，還陽光普照。但等我們離開時，已經開始下雨。

6. The beggar told me that he (hadn't had / didn't have) any food for two days, so I (had bought / bought) him a sandwich.
   這個乞丐跟我說，他已經兩天沒吃任何東西了，所以我就買了個三明治給他。

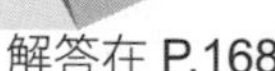

解答在 P.168

三、過去完成進行式

1. 過去完成式長相

過去完成式長相固定為：had been Ving

例：When the police found the supspect, he had been hiding in a cave.
當警方找到那個嫌疑犯時，他一直躲在一個洞穴中。

例：Jamie went to the doctor because she had been losing weight quickly.
Jamie 因為體重快速的往下掉，而去看了醫生。

2. 過去完成進行式用法

過去完成進行式基本上就只用來表達**過去動作持續一段時間，到過去的時間基準點當下仍在進行，或接近基準點剛結束。**一樣可以搭配 for、since 來表示持續一段時間。當然，**如果沒有過去式為基準點一樣，同樣無法使用過去完成進行式。**

（X）The suspect had been hiding in this motel for two days.
嫌犯就窩藏這間汽車旅館兩天。
（缺乏過去基準點）

（O）The suspect had been hiding in this motel for two days when the police finally found him.
嫌犯就窩藏這間汽車旅館兩天，直到警方找到他。
（持續到警方發現他時，仍在旅館中躲藏）

（O）The police could see that he had been using drugs.
警方看得出來，嫌犯剛施用毒品。
（動作在警方抵達前才剛完成，動作對現在仍有效應，因為神智不清，所以警方得以察覺）

過去完成進行式與過去完成式的差異，其實跟現在完成進行式與現在完成式的差別大同小異，只是時間基準點挪到了過去。所以如同現在完成進行式，**一樣不可以使用靜態動詞**外（相關觀念參考 P.146），過去完成進行與過去完成式還有以下幾個主要的不同：

(1) 動作結束與否

到了過去時間基準點時，動作仍在進行或者剛完成，則使用過去進行式。已經完成，甚至暗示很久之前便完成的動作，則使用過去完成式。

例：He had been taking a nap when the phone rang.
電話響起時的前一會兒，他人正在打盹。
（電話響時，當下仍在打盹）

例：Terry got a bad breath because he had been smoking.
Terry 口氣不佳，因為他才剛抽完菸。
（動作剛結束）

例：Dinosaurs had died out when human beings appeared.
恐龍在人類出現時，早已經滅絕了。
（在人類出現前，恐龍就已經滅絕很久了）

(2) 短暫 vs 長期

靠近過去時間基準點，暫時的情況，就用過去完成進行式。恆常不太變動的事情，就用過去完成式。

例：When she arrived home, she had been traveling for twelve hours.
當她到家時，她已經旅行了 12 個小時了。
（不是常常都在旅遊，這是短時間的情況，動作接近到家的時間點）

例：When she arrived in the UK, she had traveled to many different countries in the world.
當她抵達英國時，她已經去過世界上許多不同的國家了。
（到英國前，這輩子已經去過了很多國家。時間為長期，一直在旅遊，動作並不接近抵達英國的時間點）

Part 3 考題核心觀念破解

1. Many people, including police officers and citizens, ______________ their lives in the terrorist attack.

(A) had lost (B) lost (C) losed (D) loss

答案 (B)

破題

單純描述一個歷史事件，沒有兩個時間點比較的時候，不用過去完成式。同時搭配易混淆的動詞型式來考。lose 的三態為 lose, lost, lost，而 loss 為名詞。

---

2. The company ____________________ the defects of the new product until they received many complaints about the new model.

(A) hadn't detected (B) hasn't detected

(C) doesn't detect (D) not detecting

答案 (A)

破題

看到句子中出現，before ＋ 過去式句子，until ＋ 過去式句子，by ＋ 過去時間，就代表在討論動作的先後順序。如果選項中沒有過去式，那答案就應該考慮過去完成式。

---

3. By the time Meryl Streep received her Life Achievement Award, she ________________ in many classic and successful films over her 30-year career.

(A) stars (B) had had starred (C) has starred (D) had starred

答案 (D)

破題

另一種考法喜歡搭配「By the time...，....」句型。By the time 的句型用來表示，某一件事情早在另外一件事情發生前便完成。所以常見公式為：**By the time ＋ 簡單式句子，完成式句子**。這邊語意為，到了梅莉史翠普得到終身成就獎，她已經主演過許多經典且成功的電影了。所以動作時間早於過去式，應該用過去完成。

4. By working overtime, the company was able to complete the rush order that ______________ by an important client.

(A) had placed (B) were placed (C) placed (D) had been placed

答案 (D)

破題

過去完成式常見的考法還包括，不給你明確表達時間先後的連接詞，而考子句中的時態。同學必須仔細思考子句中的動作，如果早於主要句的過去式，就應該考慮過去完成式的可能性。而這邊訂單是被下單的，下單的動作又早於 was able to complete，所以用過去完成式的被動用法。

---

5. The secretary ______________ quite a few messages on the client's voicemail and written several emails when the client finally responded.

(A) left (B) had left (C) was left (D) had leaved

答案 (B)

破題

還有一種考法就是結合對等連接詞的概念。很多同學一沒注意後面的動詞形式，以為整句都是過去式，就選擇過去式為答案。但其實 written 是過去分詞，所以前面對等的動詞型式勢必也必須使用過去完成式搭配過去分詞，型態才會對等。

當討論未來時，因為牽涉到推測，所以能夠篤定說出某件事情到未來便會完成，相對而言比較沒那麼容易。因此未來完成與未來完成進行較其他完成式而言，更為少用。考試中出現的比例也一樣較低。故此單元，將把未來完成式與未來完成進行的相關介紹，一併討論。

一、未來完成式長相

未來完成式長相不論主詞，固定為：will have ＋ 過去分詞（p.p.）

例：The workers will have finished the job by the end of the week.
工人們到這個週末就能完成這個工作。

例：Before noon, we will have arrived in New York.
中午前，我們就能抵達紐約。

例：How long will the statue have existed by the end of this year?
這個雕像到今年底將存在滿多久了？

二、未來完成式用法

如果熟悉了現在跟過去完成式，那麼未來完成式幾乎就是囊中物了。因為觀念基本上都一樣，只是把時間基準點推移到未來。未來完成式表達：**一個動作現在尚未完成，將在未來某時間點前完成**。因此經常搭配以下表達未來時間的介系詞片語：**by ＋未來時間、 before ＋未來時間、on ＋未來時間**。用法基本上就兩種：

1. 在未來時間點前才完成

例：We will have received the parcel by this time tomorrow.
明天這個時間點前，我們就會收到包裹了。

例：The game will have finished before nine o'clock tomorrow evening.
明天晚上九點前，比賽就會結束了。

2. 動作、狀況持續到未來時間點

例：They will have been married for 15 years on July 10th.
到了七月十號，他們就結婚滿十五年了。

例：He will have worked non-stop for 12 hours by eight o'clock.
到了八點，他就整整連續工作 12 小時了。

三、未來完成進行式

1. 未來完成進行式長相

未來完成進行式長相為：will have been Ving

例：He will have been teaching for 20 years by this summer.
到了這個夏天，他就教書滿二十年了。

2. 未來完成進行式的用法

未來完成進行式其實相當少被使用。基本上就是表達，某個動作不間斷的持續到未來的時間點。很多情境，使用未來完成式跟未來完成進行式沒有太大的分別。而且未來完成式可能還比較自然。以下為未來完成進行的幾個重點：

(1) 不搭配靜態動詞

（X）I will have been knowning James for 12 years by next month.
下個月我就認識 James 12 年了。

（O）I will have known James for 12 years by next month.

(2) 強調到未來會繼續下去

例：The author will have been writing novels for more than 20 years when she turns 40.

這作家滿四十時，寫小說的資歷就超過二十年了。

（強調還會繼續寫下去）

The author will have written more than 20 novels when she turns 40.

這作家滿四十時，將完成超過二十本小說。

（強調已經完成結算的數量）

例：By noon, I will have been painting the house for an hour.

到中午，我就粉刷這房子一小時了。

（強調持續到那時候，還有可能繼續下去）

By noon, I will have painted the house and repaired the broken window.

到中午前，我就會粉刷完房子，並且修好壞掉的窗戶。

（強調動作已經完成結束）

Chapter 4 總複習測驗 Exercise

1. Carol visited her grandparents for two days before she ________________ town.
   (A) had left (B) left (C) leaves (D) were leaving

2. The whole village was flooded and many lost their lives because it ________________ for weeks.
   (A) rains (B) has been raining (C) was raining (D) had been raining

3. Martin ________________ Hong Kong by the time we get up tomorrow.
   (A) will have reached (B) has reached (C) reached (D) reaches

4. Market analysts deeply believe more than 10,000 products ________________ by the end of this week.
   (A) have sold (B) had been sold
   (C) will have been sold (D) are sold

5. According to the police, a gunfight between two gangs ________________ heavy casualities yesterday evening.
   (A) have caused (B) caused (C) had caused (D) causes

6. Mr. Jones ________________ for this company for more than 20 years, and he's going to retire next week.
   (A) have worked (B) has worked
   (C) had worked (D) will have worked

7. Ever since Joseph resigned, the company ________________ its important clients.
   (A) had lost (B) had been losing (C) has been losing (D) has losed

8. The company kept losing market share since its new products ________________ too many defects.
   (A) were contained (B) contained (C) have contained (D) contains

9. The castle ____________________ for centuries since it was built by the Duke of Edinburgh.

(A) has been existing (B) exist (C) has existed (D) is existing

10. He __________________ his attorney read the terms and conditions of the contract when he signed it.

(A) had had (B) has (C) having (D) will have

11. By the end of the week, the money ________________ to your bank account.

(A) will have refund (B) will refund

(C) will have been refunded (D) is refunded

12. The logistics firm's records showed that the appliances _________________ to the customer.

(A) hadn't delievered (B) didn't deliever

(C) hadn't been delievered (D) have been delievered

13. It ____________________ for a whole week if the rain doesn't stop tomorrow morning.

(A) will have been raining (B) has been raining

(C) will rain (D) is raining

14. I __________________ the Gibsons for years since my family moved here.

(A) have been knowning (B) had had known

(C) have been known (D) have known

15. By the time when Mr. Smith ______________ as line manager next month, he will have served the company for 25 years.

(A) retires (B) retired (C) will retire (D) had retired

解答在 P.168

解答與解說

Unit 01 現在完成式

Part 1 解答

1. will have done, watch
2. have read
3. have made
4. had made, read（注意這邊的 read 不是現在式，而是過去式，read 三態同型）

Part 2 解答

1. went	2. has had, drank	3. has got / gotten	4. have never done
5. spent	6. has made	7. built	8. has stood

Unit 02 過去完成式

Part 1 解答

1. had written	2. had been	3. had had	4. had ridden
5. had left	6. had known	7. had caught	8. had woken
9. had had	10. had chosen		

Part 2 解答

1. existed, were
2. met, hadn't seen, didn't recognize, had gained, had become
3. joined, had never held
4. had already started, got
5. got, had begun
6. hand't had, bought

Exercise 解答

1. (B) 2. (D) 3. (A) 4. (C) 5. (B) 6. (B) 7. (C) 8. (B) 9. (C) 10. (A) 11. (C) 12. (C)

13. (A) 14. (D) 15. (A)

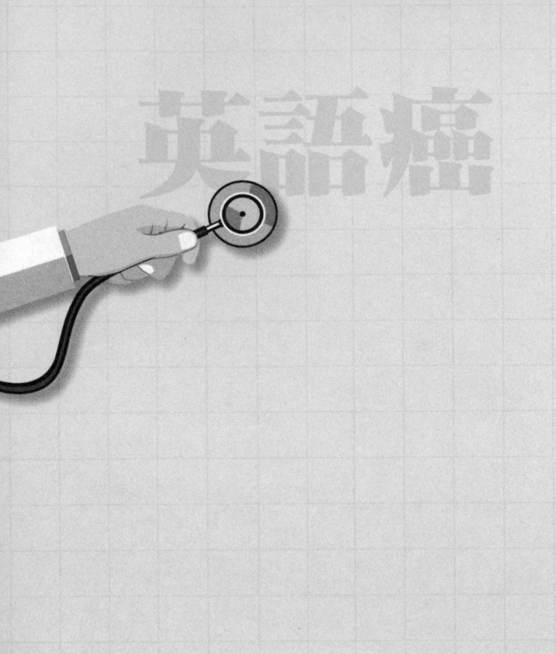
英語癌

Chapter 05

助動詞

Chapter 05 助動詞　Unit 01 助動詞概論

聽到助動詞，亞洲學生的反應大概普遍就會反射出：「助動詞後面動詞原形。」但這句話其實可以説對，也不對，這是對助動詞狹義的描述，目的是方便同學掌握核心助動詞的概念。其實真正助動詞分成四類：**be、have、do、情態助動詞**。助動詞又稱為「幫助動詞」，主要有五種功能，在幫助句子表示：**時態、語態、問句、否定、語氣**。

一、助動詞的功能

1. 時態

例：I am reading.

我正在閱讀。

（助動詞 be ＋ 現在分詞 Ving，表達現在進行式）

例：I have read the book.

我已經讀過這本書了。

（助動詞 have ＋ 過去分詞 p.p.，表達現在完成式）

2. 語態

例：I was hit by a ball.

我被一顆球砸中。

（助動詞 be ＋ 過去分詞 p.p.，用以表達被動語態）

3. 問句

例：Do you love music?

你熱愛音樂嗎？

（句子前面加上助動詞 do 來幫助句子形成問句）

例：Can you sing?

你會唱歌嗎？

（情態助動詞 can 幫助句子形成問句）

4. 否定

例：I don't like cats.

我不喜歡貓。

（助動詞 do + not 幫助句子形成否定）

例：I won't go to the party.

我將不會去派對。

（情態助動詞 will + not 幫助句子形成否定）

5. 語氣

例：I do love coffee.

我的確喜歡咖啡。

（用助動詞 do 來加強語氣，強調的確如此）

二、助動詞長相跟應用

1. be

be 的長相變化如下：

原形	現在	過去	過去分詞
be	is, am, are	was, were	been

be 當作助動詞時主要只有兩個應用：

(1) 搭配現在分詞 Ving 形成進行式。

(2) 搭配過去分詞 p.p. 形成被動語態。

例：She is singing.

她正在唱歌。

例：The door was locked.

門被鎖上了。

但 be 本身也可以不當助動詞而作限定的主要動詞來使用，這時 be 動詞就**被視為連繫動詞（又被稱為連綴動詞）**。連繫動詞這類動詞本身都是不及物動詞，其後**多接形容詞、名詞**等。動詞後面所接並非受詞，而是**主詞補語來補充說明主詞**的狀態。

例：She is smart.

她很聰明。

（smart 形容詞補充說明主詞 she）

例：She is Claire.

她是 Claire。

（Claire 在這不是 be 的受詞，而是補充說明她就是 Claire）

2. have

助動詞 have 的變化如下：

原形	現在	過去
have	have/has	had

基本上助動詞 have / has / had 只搭配過去分詞 p.p. 來形成完成式。相關完成式的使用細節，已經在前面的章節有了清楚的介紹。

例：I have passed the test.

我已經通過了那測試了。

例：She has got her driver's license.

她已經拿到了駕照。

例：They had separated for six months before they divorced.

在離婚前，他們已經分居六個月了。

當然也不要把助動詞 have 跟它當作一般動詞的時候混淆了。have 當作一般動詞，常見可以當有「擁有」、「吃」等涵義，但這跟助動詞用法無關。

例：She had dinner at six o'clock this evening.
她今天傍晚六點吃了晚餐。

例：They have a nice house in the suburbs.
他們有一間很棒的房子在郊區。

3. do

助動詞 do

原形	現在	過去
do	do / does	did

助動詞 do、does、did 基本上完全沒意思可言，是純文法功能的助動詞。有別於前面 be 跟 have，**一般助動詞 do、does、did 後面出現的動詞**，必須使用原形動詞。主要的功能只有兩個：

(1) 幫助一般動詞形成問句

(2) 幫助一般動詞形成否定。

例：Do you speak Chinese?
你說中文嗎？

例：I didn't see you.
我剛剛沒看到你。

因為一般助動詞 do、does、did 完全沒有意思，所以通常不放在肯定句中。唯一會出現在肯定句中，只有當**加強語氣用**，語意多作中文的**「的確」**。

例：I did love you.
我的確曾經愛過你。

例：I do have fruit for breakfast every morning.
我的確每天吃水果當早餐。

當然 do、does、did 也可以當作一般動詞使用，意思就是同學熟悉的「做」。

例：He did a good job.

他做得很好。

4. 情態助動詞

主要常見的情態助動詞長相如下：

意思	原形	過去
將、要	will	would
能、會	can	could
或許	may	might
應該	shall	should
必須	must	

次要常見的情態助動詞長相：

意思	原形	過去
敢	dare	dared
必要	need	
應該	ought (to)	
過去曾		usded to
最好	had better	

情態助動詞跟前面三種助動詞特色相當不同，同學在學習上要特別留意。情態助動詞的主要特色有以下幾點：

(1) 可用於問句、否定句、肯定句

有別於前面的一般助動詞 do、does、did，因為它們沒有任何意思，所以幾乎不用在肯定句中。情態助動詞本身能夠展現不同的意思、語氣、態度，因此肯定、否定、問句中都可以看到情態助動詞。但是跟一般助動詞 do、does、did 相同，情態助動詞後面，也**必須使用動詞原形**。

例：Will she come over tonight?

她今天晚上會過來嗎？

例：He can't dance.

他不會跳舞。

例：They may win the championship.

他們或許能贏得冠軍。

(2) 過去形態並不一定為過去

這恐怕就是使情態助動詞如此深奧難懂的一點了。有別 be、have、do 這些助動詞，過去式就真的是用來表達過去，**情態助動詞過去式的樣貌，常常已經有獨立的用法，多半都不是用來表達過去了**。主要是因為母語人士遇到以下兩種語境時，偏好使用過去式：**① 客氣、委婉。② 不確定、推測。**而這樣的目的都只是為了**不讓語氣太過直接強烈**而已，並非真的表達過去。

- 客氣、委婉

（X）You shall visit your parents this weekend. 你應該周末去探望一下你爸媽。

（O）You should visit your parents this weekend.

如上面的例句，使用 shall 會讓人有強制對方，覺得對方有義務必定得遵循的語氣。所以改用 should 來表達客氣的建議。是故，現代英文的使用已經逐漸不用 shall 來表達建議了。原本過去式的 **should 已經幾乎全面被借用在現在、未來的建議**的使用上。

- 不確定、推測

She may be late. 她或許是遲到了。

= She might be late.

現在簡單式常常用於表達一個事實，所以為了避免語氣太過篤定，英文也習慣使用過去式。然而，might 被借用到現在後，may 似乎就好像被代替掉一樣。因此，現代英文乾脆讓 **may、might 通用在現在與未來的推測上**。差別**只有在 may 比較正式，多用於書面**。

(3) 可以搭配 be、一般動詞、完成式

一般助動詞 do、does、did，本身不具意義，只是單純的用來幫助一般動詞形成問句否定。所以平常 do, does, did 這些一般助動詞並不會與 be 動詞、完成式搭配。但情態助動詞本身能夠表達意義跟態度，所以還可以跟 be 動詞、完成式合併使用。

（X）They don't be happy. 他們不開心。

（be 動詞形成否定不需要助動詞 do 幫忙）

（O）They are not happy.

例：They might not be happy.

他們或許會不開心。

（情態助動詞 might ＋ be 動詞，表達不確定的態度）

例：He can play magic tricks.

他會變魔術。

（情態助動詞 can ＋ 一般動詞，表達能力）

例：He should have studied harder.

他當初應該更努力讀書的。

（should 因為已經被借用到現在跟未來的時態，所以沒了過去語意。情態助動詞 should ＋ have p.p. 便可以用來表達過去應該但其實沒有，為一種假設語氣）

(4) 原形通用在現在未來

情態助動詞只有原形跟過去兩種分別，並沒有未來的版本，所以**原形的情態助動詞，可以通用在現在跟未來的表達上面**。然而，如前述，隨著語氣的不同應用，其實情態助動詞變得相當複雜，幾乎每個都有自己的獨立用法。除了原形可以通用在現在跟未來外，過去的情態助動詞也有可能被借用到現在跟未來來應用。

例：She may not attend the meeting this afternoon.

今天下午的會議，她可能來不了。

例：You must hand in your report by the end of the month.
這個月底前，你必須繳交你的報告。

(5) 沒有三單的變化形式

情態助動詞只有原形跟所謂過去的兩種形式，即便遇到第三人稱單數，在現在的情況下也不會加 s。

（X）Andy shoulds eat more healthily. Andy 應該吃得更健康。

（O）Andy should eat more healthily.

到這邊，雖然四種號稱助動詞的基本概念都介紹完畢。同學必定還是很困惑，**be 動詞後面加 Ving、p.p.，have 後面加 p.p.，一般助動詞跟情態助動詞後面則是接動詞原形**。這四種根本用法全然不同，也沒有什麼關聯性，何必統稱助動詞呢？

不可否認，這四種助動詞，**其實都有各自獨立的用法，只能一一分開來細學**。甚至說到 be 動詞，就連母語人士自己也一個頭兩個大，往往也說不清，be 動詞到底怎麼劃分它助動詞跟當一般連繫動詞時的差別。來看下面的比較：

- be 作助動詞用

例：They are not doing exercise.
他們沒在運動。

例：Are they doing exercise?
他們正在運動嗎？

當 be 動詞後面加上 Ving 或 p.p.，被**當作助動詞，形成否定後面直接加 not，形成問句跟主詞倒裝**。沒問題，符合助動詞的風格。

- be 作一般連繫動詞用

例：Is she angry?
她在生氣嗎？

例：She isn't angry.
她沒有生氣。

比較其他的連繫動詞用法：

例：Does she look angry?
她看起來在生氣嗎？

例：She doesn't look angry.
她沒有看起來在生氣。

連繫動詞後面多接形容詞或名詞當作主詞補語。因此在上面例句中，be 動詞在這被視為是一般的連繫動詞來看。然而！！！讀者透過比較就會發現，be 動詞並沒有乖乖的按照一般動詞平常使用的規矩，在形成問句或是否定的時需要 do、does、did 一般助動詞來幫忙。這裡的 **be 動詞雖然號稱一般連繫動詞，卻又擁有助動詞自己能形成問句跟否定的功能……**。所以同學在前面學過，**be 動詞是幾乎不會跟助動詞 do、does、did 配搭在一起的**。因為不論它被當成助動詞又或是一般動詞，它自己都能形成否定、問句。

只能說請同學多多擔待，**be 動詞就是一個特有的存在，只能獨立學習它**。這就是為什麼，學校談到助動詞時，幾乎都側重在一般助動詞 do、does、did 跟情態助動詞，因為這兩種後面都是接原形，應用上面也比較相近。

不過這樣說來，到底 be、have、do、情態助動詞這四種為何都被號稱為助動詞呢？其實它們還是有一個共通點，就是**形成問句、否定的方式都相同**。雖然後面接的動詞形式不盡相同，但是形成問句時，同樣都是把助動詞跟主詞倒裝；形成否定時，都一樣是在助動詞後面加上 not。

• 形成問句，助動詞與主詞倒裝：

例：Is she cooking dinner?
她正在做晚飯嗎？

例：Has she cooked dinner?
她已經做好晚飯了嗎？

例：Does she cook dinner?
她平常會做晚飯嗎？

例：Will she cook dinner?
她將會做晚飯嗎？

• 形成否定，助動詞後面直接加 not：

例：He isn't doing the laundry.
他沒有正在洗衣服。

例：He hasn't done the laundry.
他還沒洗衣服。

例：He doesn't do the laundry.
他平常並不負責洗衣服。

例：He won't do the laundry.
他將不會洗衣服。

Part 1 初步診療室

問診 1：下列對圖片的描述何者是英文正確的呢？

She hopes can hang out the laundry.
她希望能夠曬衣服。

He must to get up at 6:25 am.
他必須早上六點二十五分起床。

They can answer the question.
他們能夠回答問題。

解答：C。

A 句雖然中文翻譯讀起來很順，但 hope 一般動詞後面不可能直接接情態助動詞。B 句多了 to，情態助動詞後面通常只能接原形動詞。

診療學習盲點：

許多同學在寫英文的時候，可能會按照中文一個字一個字的翻譯過去，很容易就會製造出上面 A 這樣的句子。然而，**一般動詞後面是不可能會直接接情態助動詞的**。

遇到這樣的情況，通常有兩種處理方式：

1. 直接取消助動詞，兩個動詞間改用 to 連接

例：She hopes to hang out the laundry.

2. 改用意思相近的動詞片語來替代

例：She hopes to be able to hang out the laundry.

另一個常見問題是，同學常常受到 have to 的影響，覺得表達「必須」時，後面都會有 to，下意識遇到有義務相關的字眼，也都經常會加上 to。然而除了少數的情態助動詞，平常情態助動詞後面都必須使用原形動詞。

例：They must leave.
他們必須離開。

例：They should leave.
他們應該離開。

只有 ought 跟 used 後面習慣性會搭上 to 在加動詞：

例：They ought to apologize.
他們應該道歉。

例：I used to have a boat.

我過去曾有過一艘船。

其實 **ought 後面搭配 not 形成否定、問句時，不接 to 也是正確的**：

例：Children ought not (to) run near the pool.

孩子不該在泳池邊奔跑。

例：Ought I (to) congratulate him?

我應該恭喜他嗎？

問診 2：下列對圖片的描述何者是英文正確呢？

He may will finish his work by noon.
他或許將會在中午前完成他的工作。

Does she think that the dog be cute?
她是不是覺得這隻狗很可愛？

She should see the doctor.
她應該看個醫生。

解答：C。

A 句一次使用兩個情態助動詞 may，will，這是錯誤的。而 B 中所有動詞都是原形也不正確。C 句前面學過，should 已經被借用到現在跟未來，來表達委婉跟客氣的語氣，所以並沒有問題。

診療學習盲點：

問診 2 突顯了同學在使用助動詞時，兩個常見的錯誤觀念：① **一次使用兩個助動詞。② 以為助動詞後面所有動詞都必須要原形。**

1. 助動詞具有互斥性

除了特殊情況，例如，情態助動詞可以搭配 be 或 have，而 have 後面也可以搭配 be 動詞來用。平常不論 be、一般助動詞 do、情態助動詞或 have，缺乏連接詞的情況下，這些助動詞不會同時使用。

(1) 情態助動詞可以搭配 be 動詞和完成式 have：

例：She will be a good teacher.
她將成為一個好老師。

例：The driver must have made a wrong turn.
司機之前一定是轉錯彎了。

(2) 完成式 have 可以搭配 be 動詞：

例：The baby has been sleeping for a long time.
小嬰兒睡了好長一段時間。

(3) 各種助動詞之間，通常不會同時出現：

（X）He may will finish his work by noon. 他或許將中午前完成他的工作。

（O）He may finish his work by noon.
（may 本來就可以通用在未來跟現在的推測）

（O）Maybe he will finish his work by noon.
（will 本來也就可以用在推測上，加上副詞 maybe，也可以用來加強不確定的語氣）

（X）Does he be a good student? 他是一個好學生嗎？

（O）Is he a good student?

（X）You don't should talk loudly in public. 你不該在公眾場合大聲講話。

（O）You shouldn't talk loudly in public.

2. 主結構中助動詞只會影響主要句中的主要動詞

主要句中助動詞後面動詞原形的概念，只適用於主要句的動詞，並不包括子句中的動詞。在前面已經學習過，子句就是把句子整個壓縮成一個詞的概念了。所以整個句子既然被視做一顆形容詞、名詞或副詞，自然不會受到主結構助動詞的影響。

（X）Does she believe that the dog be cute? 她是否認為這隻狗很可愛？

（O）Does she believe that the dog is cute?
名詞子句不受影響

She shouldn't see the man who cheated on her. 她不該去見背叛她的男人。
形容詞子句不受影響

Get Better Soon

練習：按前面所學，思考各種助動詞可能搭配的詞，圈選出正確答案。X 表示不須填入任何字詞。

1. ______________ she playing basketball in the gym?
   (A) Does (B) Has (C) will (D) Is

2. ______________ Mr. Smith be in the office tomorrow morning?
   (A) Must (B) Has (C) Does (D) Is

3. The interviewee could ______________ gotten the job.
   (A) be (B) have (C) do (D) X

4. Many researchers believe that the book ______________ written in the 16th century.
   (A) is (B) had (C) was (D) could

5. No mother ________________ not love her children.
   (A) is (B) does (C) has (D) X

6. Will she ________________ visiting her grandparents this weekend?
   (A) should (B) does (C) has (D) be

7. Has the murderer _________________ seen by anyone?
   (A) been (B) be (C) being (D) was

8. No life ____________________ breathe in the space.
   (A) do (B) is (C) has (D) can

9. The government officials _____________ to attend the summit tomorrow.
   (A) will (B) has (C) are (D) do

10. Some people don't believe that God _____________.
    (A) exist (B) existing (C) exists (D) to exist

解答在 P.217

Part 2 核心情態助動詞文法概念

許多情態助動詞彼此關係密切，甚至意思用法雷同。為了避免同學各個分開學習，反而缺乏統整的觀念。下面按照詞組意思幫同學整理，讓讀者可以輕鬆的明白，各情態助動詞彼此相互的關係性。

一、表達請求時

請求時，可以分成「請他人幫忙」或是「請求他人允許」兩種。

1. 請求幫忙：would、will、could、can

四個情態助動詞雖然都能同樣在問句中表達請求，**would、could 相對來說較不直接也較為禮貌。can 則較為不正式**。但不正式並非表示不好，非正式語言常常是拉近彼此關係很重要的表達方式，過度客氣的語氣，往往會使人生疏保持距離感。

例：Would / Will you do me a favor?
你可以幫我一個忙嗎？

例：Could / Can you help me with this heavy box?
你可以幫我搬這個很重的箱子嗎？

2. 請求允許：may、could、can

請求對方允許時，may 是三者中最為正式的，但較 could、can 來的少用。過去形式的 could 則較 can 客氣正式。

例：May I switch channels?
我可以轉電視嗎？

例：Could / Can I smoke here?
我可以在這吸菸嗎？

在直述句中表達允許時，則可以用 may、can，否定則加上 not：

例：You may kiss the bride.
你現在可以親新娘了。

例：You can't leave until you have finished your job.
你完成工作後才可以離開。

例：A: May I use a cell phone here?
A：我可以在這使用手機嗎？

B: No, you may not.
B：不，你不可以。

Note

表達不允許時，不用 might not。must not 也可以用來表達不准，語氣較 may not、can not 更為強烈。

此外，傳統上認為請求幫忙或給予准許時，may 最為正確且正式，因為 can、could 除了可以拿來請求外，本身仍有暗示能力的可能性。為了避免產生歧異，may 似乎是較好的選擇。但**實際上，現代英文的一般日常應用，並沒有顧慮那麼多**。

例：Can I play the piano?
我可以彈琴嗎？／我有能力彈琴嗎？

另外，不要混淆兩組請求的用法，英文當中沒有把 may 拿來搭配 you 請求幫忙。**May 通常只搭配 I 或 we**。

（X）May you lend me some money? 你可以借給我一些錢嗎？

（O）Could you lend me some money?

May 搭配 you 的確有這樣的用法，但是是用來**表達祝福**，並且**用在肯定句中**。May 後面可以加上主詞跟動詞原形，來表達願望和祝福。

例：May you have a merry Christmas.
祝你聖誕節快樂。

例：May you be prosperous.
祝你好運旺旺來。

二、表達責任義務時

表達強烈的責任義務時，常用三個情態助動詞：**must、have to、 have got to**

例：You must quit smoking.
你必須得戒菸了。

例：Everyone has to obey the law.
每個人都必須遵守法律。

例：I've got to go.
我必須得走了。

上面三者雖然都可以表達同樣的意思，但仍然以許多細節和差異值得注意：

1. must 沒有過去形式

相較其他兩者，must 語氣最強烈，最為正式，但也較為少用。must 多半表示透過命令或建議企圖影響他人現在或未來的行為，所以基本上並不會使用於過去已經不能改變的事實中。**表達過去的責任跟義務，應該改用 had to**。

例：Men in the past had to hunt to feed their famiy.
過去的男人必須打獵才能餵飽他們的家人。

2. have to 介於助動詞跟一般動詞之間

從字面上 have 看起來只是「有」，而且加上 to V 也不是 have 當作「擁有」時的搭配方式。have to 這個片語形成了新的含意「必須」，其後接原形動詞，所以被視為片語形的情態助動詞。但基本上它處於一個灰色地帶，即使把 have to 當成一般動詞來看待也是正確的。所以形成問句時，可以有一般助動詞 do 也可以不要有：

（O）What time do you have to leave? 你必須幾點離開？

（O）What time have you to leave?

此外，**have to 不同於其他情態助動詞，仍有三單的形式**：

例：The child has to take care of his siblings.
這孩子必須照顧他的兄弟姊妹。

3. have got to 用於非正式口語中

have got to 多用於非正式的口語英文中。並且**不用於表達有重複性的責任義務**。

（O）I've got to go. 我必須得走了。

（X）I've got to be on duty every morning. 我每天早上必須值班。

（O）I have to be on duty every morning.

4. mustn't、don't have to 語意不同

雖然 must 跟 have to 在肯定句中意思大同小異，但形成否定的時候，語意卻大不相同。must not 意思為**「不准」**、**「禁止」**，而 don't have to 則是**「沒有必要」**。

例：Children must not run around the pool.
孩童禁止在泳池邊奔跑。

例：You don't have to pay in cash. You can put it on plastic.
你沒必要用現金。你可以用信用卡支付。

三、表達推測時

表達推測時，可以分成肯定跟否定兩種情況，能夠使用的情態助動詞有些許不同，語境也有部分差異。

1. 肯定推測

100% 確定　The child is hungry.
小孩肚子餓了。
（**陳述事實**，小孩直接跟你說他肚子餓）

95% 確定　The child **must** be hungry.
小孩一定是餓了。
（must 表示**合理有根據的推測**，可能小孩狼吞虎嚥，推斷一定是餓壞了，所以吃特別快）

50% 確定　The child **may / might / could** be hungry.
小孩或許會餓了。
（may、might、could 只是表達**單純的臆測**，沒有任何根據）

表達推測的情態助動詞使用更為複雜，有幾件事情值得注意。

(1) can 用於肯定句時通常暗示能力，通常不用來表達推測

（X）Jones ~~can~~ be studying at the library now. Jones 現在有可能在圖書館讀書。
could

（X）It ~~can~~ snow this evening. 今天傍晚可能會下雪。
might

(2) must 不用在未來的推測上

（X）It ~~must~~ be sunny tomorrow. 明天一定會是晴天。
will

別忘了 will 在時態單元就學過，本來就可以表達個人主觀的推斷。

(3) might、could 語氣更為不確定

部分母語人士認為，因為 might、could 相較 may 以過去的形式出現。因此語氣更為猶豫，甚至更不確定，確定程度可能比 50% 來得更低。不過有些人認為差異並不大，主要 **may 較 might 更為正式**而已。

可能 50% 機率　I may work overtime this evening.
我可能今天晚上必須加班。

低於 50% 機率　Emma might stay and work together with me as well.
Emma 可能也得留下和我一起工作。

2. 否定推測

100% 確定　The boy has just eaten a big meal. He is not hungry.
男孩剛吃完大餐，他並不餓。
（**陳述事實**，孩子跟你表達因為剛吃完很多所以並不餓）

98% 確定　The boy has just finished his dinner. He couldn't / can't be hungry.
男孩剛吃完晚飯，他不大可能還會肚子餓。
（覺得**邏輯上不可能的推斷**，認為孩子才剛吃完飯，不太可能肚子還餓）

95% 確定　The boy doesn't want to eat anything. He must not be hungry.
男孩不想吃任何東西。他一定是還不餓。
（跟肯定時一樣，表達**合理有根據的推測**。從不願意吃東西研判，應該還不餓）

50% 確定　The boy has just eaten a few bites of a sandwich. He **may / might not** be hungry.

男孩才吃了幾口三明治。他或許是不餓吧。

（小孩吃了一些，又不吃了。其實不太確定甚麼原因，完全**憑空臆測**）

Note

比較肯定跟否定兩組推測，還須知道以下幾點重點差異：(1) could 從本來肯定句中的 50% 確定，形成否定後，couldn't 大幅提升到 98%。 (2) can 肯定時不用於推測。否定時 can't 等同於 couldn't，但較 couldn't 常用。所以簡而言之，推測時，**問句和肯定句較常用 could，否定時較常用 can't**。(3) can't 用來表達邏輯上不可能，而 must not 並非邏輯上不可能，但你有根據相信，應該並非如此。然而 **must not 較 can't 來得少用很多**。

例：Sam just left home ten minutes ago. He can't be at the office yet.

Sam 才離家十分鐘，他不可能到辦公室了。

（邏輯上推斷不可能）

例：No one has answered the phone. Sam must not be at the office.

沒人接電話，Sam 一定是不在辦公室。

（並非邏輯上不可能，但因為沒人接電話，合理有根據的推測，不在的機率很高）

四、表達建議、應該時

表達建議、應該時，常用的情態助動詞有：**should、ought to、had better**。should 跟 ought to 語意上並沒有太大的不同，主要差別是 **ought to 比 should 少用也略為較正式**。**ought to 鮮少用於問句和否定**。had better 較常用於**口語**中，通常談論的是**短時間的未來**，急迫性較 should、ought to 來得高，並且**暗示警告意味**，如不這麼做，將有不好的事情發生。

例：You should/ought to read Kate Chopin's *The Awakening* – it's a good novel.

你應該讀一讀凱特・蕭邦的《覺醒》— 真是一本很棒的小說。

例：The fire alarm is ringing. We had better leave the building.

火災警報在響。我們最好趕快離開這棟建築物。

Note
表達建議、應該的情態助動詞，除了上述的差異外，還有一些值得注意的重點。

(1) 形成否定時

should 和 had better 形成否定後面直接加上 not。ought to 較少用於否定，形成否定時形式為 ought not (to)，此時 to 經常省略。

例：You shouldn't skip breakfast.

你不應該不吃早餐。

例：You had better not do that, or you'll get in trouble.

你最好別那麼做，否則你會惹上麻煩。

例：You ought not (to) talk loudly in public.

你不該在公眾場合大聲說話。

(2) 形成問句時

ought 較少用於問句，使用於問句時 to 多可以省略。had better 用於問句時，雖也可以用於肯定，但以否定的形式較常出現，並且要小心注意 not 的位置。not 的位置不同，語意則有差異。

例：Should I call Miranda and apologize?

我應該打給 Miranda 並且道歉嗎？

例：Ought I (to) write to say sorry?

我是不是該寫信道歉？

例：Had I better tell him the truth?

我是不是最好跟他說實話？（較少用）

例：Had I better not tell him the truth?

我是不是最好別跟他說實話？

例：Hadn't I better tell him the truth?

難道我不該跟他說實話嗎？

(3) could 表達建議時

could 也能拿來給予建議，有別 **should 表達的是明確單一的忠告**，could 只是提供**多種可能性的建議**。

例：The baby is crying. You should change his diaper.

小嬰兒在哭，你應該要幫他換一下尿布。

例：The baby is crying. You could hold him, or you could check his diaper.

小嬰兒在哭。你可以抱抱他，或是查看一下他的尿布。

五、表達能力、可以時

多年教學經驗中，觀察到表達能力時，同學常常會**莫名的傾向使用 could**。在前面，同學會注意到 could 不論在請求、推測或甚至建議時，的確並非當成 can 的過去式來用。然而要小心！表**達能力時，could 的確多半就被視為是 can 的過去式**。所以**表達現在、未來或常態性的能力時，請不要用 could**。

例：Cats can climb trees.

貓會爬樹。

（永恆不變的能力，不用 could）

例：I can play cards with you.

我可以和你玩撲克牌。

（表達現在當下可以，也不用 could）

例：He could read well when he was only five.

他五歲時，就能閱讀了。

（表達過去五歲的能力，可以用 could）

could 當表達能力或可以時，偶而也用在現在、未來，但**表達一種不確定性。再次提醒，確定的能力，不用 could 來表達**。

例：Maybe we could go hiking this weekend.

或許我們這週末可以去爬爬山。

例：You could come visit me when you are in Canada.

當你在加拿大時，你可以來拜訪我。

Note

表達能力除了 can、could 外，be able to 這個形容詞片語語意基本上也沒有太大的分別。可以替換情態助動詞使用，或在情態助動詞無法使用的地方表達類似的意思。

（X）One day humans will can find a way to live on other planets.

有天人類將會找到方法住在其他星球的。

（O）One day humans will be able to find a way to live on other planets.

Part 3 考題核心觀念破解

1. A: ________ I help you, lady? B: Yes. I'm looking for a white blouse.

(A) May (B)Would (C) Must (D) Should

答案 (A)

破題

請求他人允許時常用的情態助動詞為：may、could、can。must、shoud 表達的是責任義務，雖文法上貌似正確，但於此購物的語境不合，並不自然。

---

2. Don't wait for me. I ____________ late.

(A) maybe (B) might be (C) should be (D) can be

答案 (B)

破題

這題對同學相當重要，是非常常錯的題目。首先，maybe ≠ may be。**maybe 是一個副詞，且多半只能置於句首**。這邊選 (A) 則沒有動詞。may be 則是由助動詞後面加上 be 動詞原形組合而成，在這則合於文法。而 may、might 通用，固此可選擇 (B)。同學也很容易受到中文的影響，覺得「我『應該』會遲到」，所以選 should。然而 **should 有強烈的責任義務的涵義**，如此會變成有責任義務的遲到，語意怪異。can 則不用來推測。

---

3. A: Someone has sent me these flowers. I wonder who it could be?

B: _________ it be a secret admirer?

(A) May (B) Could (C) Can (D) Must

答案 (B)

破題

may 雖然可於肯定句、否定句中表達推測。但用於問句時，只搭配 I、we 主詞用於表達請求。Can 不可以用於推測。而 must 雖然在肯定句中可以表達合理有根據的推測。但用於問句時，must 則只能用來表達責任義務。

4. There are dark clouds in the sky. It ______________ rain later this afternoon.

(A) must (B) can (C) might (D) should

答案 (C)

破題

must 不得用於未來推測。can 不用於推測。should 多半用於表達責任義務。

5. It seems to be raining. We ______________.

(A) would better hurry (B) should better hurry

(C) had better hurried (D) had better hurry

答案 (D)

破題

had better 在句中時常以縮寫的形式出現，例如：You'd better.... 。因為口說中這個輕音 'd 經常不被發出，因此同學經常忘記 had better 正確寫法。非正式的使用中，母語人士也可能會省略 had。導致部分同學以為「最好」就是 better，在書寫時經常錯誤的使用 would、should 做搭配，或遺漏 had，或甚至以為 had better 是過去完成式。had better 為片語型情態助動詞，後面應使用原形動詞。

Chapter 05 助動詞 Unit 03 特殊情態助動詞

在前面的單元，按照意思把類似用法的情態助動詞做了一個整理。前面同學學習了最常使用的核心助動詞用法。此單元將討論一些情態助動詞進階的細節，並且介紹較為特殊的情態助動詞。

一、shall 的用法

在前面的單元談過，在表達建議、責任時，為了使語氣委婉，英文用了原本該為過去式的 shoud 代替了 shall。因此，shall 在現代英語的應用中，逐漸消失。以聖經「十誡」為例，古英文可以寫下面的句子：

例：Thou shalt not kill. = You shall not kill.

汝等不得殺人。

因為上帝用了命令式口吻，不需要表達客氣委婉，因此沒必要將 shall 改成 should。然而，現代日常中除了極正式的場合，例如：規約、法令等，已經鮮少使用 shall。**shall 在現代英語中，稍微較常見只剩下以下幾種用法，且通常多搭配第一人稱主詞 I、we**。

1. 表達意圖

例：We shall leave for Japan in August. = We will leave for Japan in August.

我們將在八月動身前往日本。

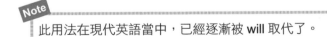

此用法在現代英語當中，已經逐漸被 will 取代了。

2. 尋求指示、決定

shall 在問句中搭配 I、we 可以用來**請求對方指示、決定，或提供服務、建議**。此用法在現代英語中還算自然常見。

例：Shall I turn off the radio?
需要我關掉收音機嗎？

例：Shall we go to a movie tonight?
今天晚上我們去看電影如何？

Note
雖然這樣的英文自然，但其實替代的說法也不少，也因此 shall 的用法在現代英語使用中相當式微。

例：Why don't we go to a movie tonight ？
我們今晚何不看場電影？

例：Let's go to a movie tonight.
我們晚上來看場電影吧。

3. Let's... 後的附加問句

例：Let's go, shall we ？
我們走吧，好嗎？

二、should / ought to 當作推測的用法

should 用來推測時，其實就是**語氣較弱的 must，意思是「理應」**。也就是按照邏輯來推斷，照理應該如此。ought to 用法也是如此，只是比 should 罕見。

例：Since today is not the weekend, the restaurant should / ought to be less crowded.
既然今天不是週末，餐廳應該人會少些。

例：Since the task is not complex, it should / ought to be easy to deal with.
既然這個任務不複雜，應該很好處理。

然而 should、ought to 拿來當作推測是較為進階的用法。因為 should 和 ought to 主要的意涵都是用來表達建議、責任，所以使用稍有不慎，語意就會相當不自然，程度較為初階的同學，其實先暫時忽略這個用法也無傷大雅。should、ough to 當作推測時，使用限制如下：

1. 不用在有明確證據的情況

should / ought to 的涵義是表達透過邏輯推斷，認為結果應當是如此。所以當事實證據過於明確，不需使用邏輯推斷時，則不宜使用。

must
（△）It's raining outside. The road ~~should~~ be wet.（不自然）

外面在下雨。所以路應該是濕的。

外面在下雨，路是濕的情況幾乎是確定的，不大需要透過邏輯推斷，因此 should 在這並不自然。

2. 不用在負面的推斷

must
（X）You face is so pale. You ~~should~~ be sick.

你的臉如此之蒼白。你理應是生病了。

三、used to 的用法

used to 是英語學習者常誤用，也經常被錯誤教學的環節。許多坊間參考書常常把 used to 教成「過去習慣」，導致同學經常與 be used to 混淆，以為一個是在講過去的習慣，而 be used to 則是在講現在的習慣。如果是這樣，那該怎麼解釋 used to 與 was used to 的分別呢？以下來看 used to 跟 be used to 正確的比較：

used to ＋原型動詞	過去曾
be used to ＋名詞／動名詞	長期習慣

簡單來説，**used to 其實就是表達過去式的一種方式，用來強調以前有而現在沒有**。然而，**表達長期以來習慣，則應該使用 be used to**，而且這兩種後面接的詞性也完全不一樣。

例：She used to be a nurse, but she retired. = She was a nurse, but she retired.
她曾經是一名護士，但她退休了。（X）她過去習慣當一名護士。

比較：

例：After my sister developed the habit of staying up, she got used to being a nurse because she had to make rounds at night.
在我姐姐養成了熬夜的習慣後，她逐漸習慣了當一名護士，因為她晚上必須得巡房。

Note
要澈底釐清 used to 和 be used to 訣竅很簡單，不要把 used to 想成習慣。**把 used to 想成單純的過去式**，想到中文所謂的習慣就用 be used to 就不會有問題。

例：I didn't use(d) to drive to work, but now I do. = I didn't drive to work, but now I do.
我過去不曾開車上班，但現在我會。
（單純表示以前沒有現在有，可能暗示後來搬家了，工作地點變得更遠了，所以現在得開車了）

例：I wasn't used to driving to work when I first got my driver's license.
我剛拿到駕照的時候，我還不習慣開車上班。
（表示這個一個新的經驗，所以開車上班對你來説有挑戰性，因此還不習慣）

used to 表達的就是過去曾，而現在情況不一樣了，因此 **used to 永遠只有過去的形式**。並且 used to 跟 have to 很像，也是介於一般動詞跟情態助動詞之間，形成問句、否定的方法如下：

例：How did people use(d) to contact each other when there was no cell phone?
以前的人在沒有手機的情況下，是如何彼此聯絡的？

例：I didn't use(d) to like pizza, but now I do.
我以前不喜歡 pizza，但我現在喜歡。

Note
因為 used to 介於一般動詞跟情態助動詞間，所以形成問句、否定還是多跟助動詞 do、does、did 搭配。也因為定位不明，當有助動詞時，後面多用原形 use，但也可以用過去式 used。另外，used to 形成否定也有可能不透過助動詞幫忙，不過這種用法多見於英式用法，且同樣非常正式且罕見。

例：I used not to like pizza, but now I do.

最後，**used to 用來表達過去**長時間的狀態或持續的動作，與現在情況做相反對照。所以 **used to 並不與可以顯示出特定過去時間的語意連用**，以下幾種情況不用 used to：

1. 特定過去時間點

（X）I used to study hard **last week**.
（O）I studied hard last week.
我上週很努力讀書。

2. 過去明確一段時間

（X）I used to stay in the hotel **for two weeks**.
（O）I stayed in the hotel for two weeks.
我在這家飯店待了兩個星期。

3. 過去的次數連用

（X）I used to visit my grandparents **three times** last month.
（O）I visited my grandparents three times last month.
我上個月拜訪我祖父母三次。

4. 一次性行為

（X）I used to come up with some great ideas when I was taking a shower.

（O）I came up with some great ideas when I was taking a shower.

我洗澡的時候，想到了一些好點子。

四、need 的用法

need 同樣可以做一般動詞，也可以當作情態助動詞來用。作情態助動詞時，意思為**「必須」、「必要」只用於問句和否定，且 need 沒有過去跟現在三單＋ s 的變化形**。need 作情態助動詞多見於英式正式的情況下使用，**美式用法中 need 較常被當作一般動詞**。以下比較其一般動詞與情態助動詞的用法：

問句：

例：Need you work overtime today?

你今天需要加班嗎？

（情態助動詞形成問句直接與主詞倒裝）

例：Do you need to work overtime today?

（一般動詞需要助動詞在開頭幫忙形成問句）

否定：

例：She need not walk to school.

她不必走路上學。

（情態助動詞沒有三單變化形，後面加 not 直接形成否定，並且其後接原形動詞）

例：She doesn't need to walk to school.

（一般動詞形成否定需要靠助動詞，接下個動詞須有 to 隔開）

肯定：

例：She needs to get up early.

她必須得早起。

（need 當情態助動詞不用於肯定句。肯定句只能使用一般動詞）

Note

need 還有幾個重點值得注意：① need 用於問句時，多半希望答案能是否定的，個人似乎對答案早有定見。除了舊式極度正式的英語中，現代英語已不與含有疑問詞的問句連用。② 因為 need 當情態助動詞不用於肯定句，回答時必須用 must 代替，否定則用 need not。

（X）When need I hand in the report? 我何時必須繳交報告呢？

（O）When must I hand in the report?

A: Need I fill out this form? 我必須填這個表格嗎？

B: Yes, you must. 是的，你必須。

No, you need not. 不，你不必。

五、dare 的用法

dare 跟 need 非常類似，同時具有一般動詞跟情態助動詞的用法，且**dare 當作情態助動詞來用，多用於否定跟問句，肯定句中多只用於條件句裡**。dare 作情態助動詞時，有**過去式的版本 dared**，但一樣**沒有現在三單＋ s 的用法**。

問句：

例：Dare you go bungee jumping?

你敢玩高空彈跳嗎？

（情態助動詞形成問句與主詞倒裝，後面搭配原形動詞）

例：Do you dare (to) go bungge jumping?

（一般動詞形成問句靠助動詞幫忙，dare 一般動詞後面加 to 接下一個動詞）

否定：

例：He dare not watch horror movies.

他不敢看恐怖片。

（dare 當情態助動詞沒有三單＋ s 的版本，not 加在情態助動詞後面直接形成否定）

例：He doesn't dare (to) watch horror movies.

（一般動詞需要靠助動詞才能形成否定）

肯定：

例：If he dare do this again, he will be in big trouble.

膽敢再做一次同樣的事，他麻煩就大了。

（if 引導條件句，而肯定句中 dare 作情態助動詞多只用於條件子句裡，無三單變化＋ s，接動詞原形）

例：If he dares (to) do this again, he will be in big trouble.

（此為一般動詞有三單變化）

Note

① dare 因為處在一個**介於一般動詞跟情態助動詞的灰色地帶**，所以當 dare **作一般動詞時，後面 to 省略亦為正確**。

② dare 與前面所教的 need 當作情態助動詞來用，皆處在用法不斷改變的灰色地帶。英國人跟美國人、年長者與年輕一代的使用者的偏好皆不盡相同。**長遠來說，dare 與 need 當作情態助動詞的使用都逐漸式微**，筆者僅列出常見通用的準則。建議學習者，可以理解外國人有這些使用的可能性。但使用上，**先掌握此兩字一般動詞用法**。

六、would 的用法

would 除了在前個單元談到，可以用於禮貌的請求外，還有一些較細微的進階用法。因其經常被翻譯為「會」，導致用到中文「會」的涵義時，學生經常會誤用 would。甚至部分不少坊間的文法書錯誤的介紹或沒講清楚緣由，讓學生誤以為 would 可以用來推測表達不確定性，而寫出類似下面的句子：

（X）Cats would catch rats. 貓會抓老鼠。

這裡同學可能覺得加一個 would 可以貼近中文翻譯中的「會」。或者認為貓「有可能」會抓，但或許有些貓也可能不會，因此想用過去式來表達不確定性。然而 **would 並不用來表達恆常不變的事實或典型性行為**。正確表達應如下：

（O）Cats catch rats.

（O）Cats will catch rats.

描述**常態性行為可以用現在簡單式描述**。而 will 除了當作未來式外，亦可用於表達典型行為的描述。但提醒同學，雖然 **will 也可以用來表達常態典型的形為，但其實相對罕見，而且有時甚至顯得有些過時**。就連母語人士也會建議，一般學生其實可以單使用簡單式來表達即可。would 的所有使用方法整理如下：

1. 禮貌的請求

前面學過，在表達請求時，用 would 語氣更為禮貌，問句中多搭配第二人稱 you。當然表達請求亦可用 will、could、can。

例：Would you tell me how to get to the museum?
你可以告訴我如何到這博物館嗎？

2. 過去的未來式

當主要句動詞為過去式，而子句中的動作對於主要動詞而言是未來，但對現在而言，所有描述的動作又全然都是已經發生過的事情，便可以用 would 來表達過去的未來。

例：Last Friday, she told me that she would call me back a few minutes later.
上個星期五，她跟我說她幾分鐘後會打給我。
（回電話顯然是在告訴之後發生的事情，但對現在而言，這都是上星期五的事了）

例：She said she would visit her parents the next day.
她當時說，隔天她要去拜訪她爸媽。

3. 過去的習慣

例：When I was a child, I would watch cartoons with my brother every afternoon.
當我是個孩子時，我跟我哥哥每個下午都會看卡通。

would 用於表達過去習慣時，**強調過去不斷重複發生的行為**。在前面也學過 used to 也可以表達過去有而現在沒有的情況。同學常常會不了解 would 和 used to 之間的差別。would 表達過去習慣時有諸多的限制，透過下面幾點來釐清 would 與 used to 的差異：

(1) would 不搭配靜態動詞

因為 would 是用來表達過去不斷重複發生的動作。靜態動詞無法表達這種重複，因此類似像 love、be、feel、understand 等靜態動詞便不可以搭配 would，此時則可以用 used to 或單純的過去式。

例：When I was young, I would get up early on weekends.
當我年輕時，我週末都會很早起。
（起床可以是重複性行為，因此可以搭配 would）

（X）When I was young, I would feel happier.
當我年輕時，我覺得更快樂。
（feel 是靜態的動詞，沒有動作不可以搭配 would）

（O）When I was young, I used to feel happier.
（O）When I was young, I felt happier.

(2) would 不用於表達持續的狀態

would 用以強調動作反覆發生，所以當動作或狀態是一直持續而不是不斷重複，則不可以用 would，必須用 used to。

（X）When I was a child, I would live in China.
當我是個孩子時，我曾住在中國。
（live 的動作是持續，並非一再重複的動作，不可以用 would）

（O）When I was a child, I used to live in China.

4. 帶有假設語氣條件句的暗示

許多文法書說 would 可以用來表達推測，然而這樣的講法太局限於中文的邏輯，且言不及義。更**精準的一點的說，其實 would 並不用來推測**。所謂推測，是對一個現實的情況，在資訊不足的情況下，揣測真實情況的可能性。但在此用法下，would 其實無關乎事實。would 通常用來表達兩種情境：**① 表達不可能發生的事情。 ② 邀請聽者進入一個想像的情況，與現實無關。**也因此在這個用法中，不論是否寫或說出連接詞 if，would 永遠都帶有一種假設語氣的味道。

例：What would you do if you had super powers?
如果你有超能力，你會做什麼？
（不可能發生的情境）

例：What would you do if you were attacked by a shark?
如果你被鯊魚攻擊了，你會怎麼做？
（這並不是不可能的事情，但這邊只是一個想像的情況。對話者說不定有可能這輩子都住在內陸也不曾去海邊過，甚至根本沒看過鯊魚。但想像一個無關乎現在現實情況的情境，因此嚴格來說並不是對特定生活的真實事件做推測。）

文法書經常寫出下面的句子，甚至說 would 可以用於推測。但這樣的說法很容易讓學生誤以為 would 在做「現實情況」的推測：

（△）I think she would come to the party tomorrow.
我在想她有可能明天來派對。

其實上面**這個句子跟事實情況一點都沒有關係**。對母語人士來說，**這像是一個沒講完的話**，且全然無關乎現實的可能性。這句真正的完整內容應該要搭上前後文如下：

（O）I think she would come to the party, if her plane arrived earlier tomorrow.
我在想如果明天她班機提早到的話，她就會來派對。
（但實際上我根本就不知道她班機會不會提早到，甚至可能根本完全不可能會提早到，她也根本就不會來。但出自我的想像認為，她的個性如果班機時間趕得上，按理她會來參加。雖然結果有可能跌破眼鏡，真的如想像中的發生了，最後她真的現身來派對。但我說話的當下只是單純的想像，並非對真實情況有任何了解。）

然而，對方如親口跟你說，她班機要是提早到，她便會來派對，且這班飛機也很可能比表訂提前抵達。基於此，你便可能對真實情況做出以下描述：

例：She told me she will come to the party if her plane arrives earlier tomorrow.
她告訴我明天班機提早到的話，她就會來派對。
（跟前句比較，中文幾乎一模一樣，難怪同學會混淆。但這邊就不是出於我的想像了，而是對可能發生的真實情況推測，而且對方說不定真有可能來派對）

5. 委婉表達意見

不只在問句中可以做出禮貌的請求，實際上在肯定句中，也經常在動詞前加上 would 來表達意見時，使語氣較為不那麼直接。其實可以說，第五點的用法是第四點假設語氣的延伸。

例：I would say you are still in your twenties.
我會說你還二十幾歲而已。

例：I would advise you to make a smart choice.
我會建議做一個聰明的選擇。

例：I would recommend you try this restaurant. It's famous.
我會建議你嘗試這家餐廳。它很有名氣。

其實這些句子省略了部分內容，以最後一個句子為例，如果我們把它還原可能就如下：

例：I would recommend this restraurant (if you asked me).
（假如你問我的話，）我會推薦這家餐廳。
（但實際上你並沒有問我，所以其實我的建議並不具有強制力，只是個人客氣禮貌主動的提供參考而已，這裡使用 would 來弱化語氣）

6. 表達意願

其實不論是 will 還是 would 都具有表達意願的功能。在未來式的章節介紹 will 時，就曾經點出過這個概念。

I'll ask him, but I guess he will not accept it. 我會問他，但我猜他不會願意接受。
= I'll ask him, but I guess he'll refuse to accept it.
（will 不單單只是標示出未來式「將」的概念而已，而帶有意願的味道。）

同理，過去形式的 would，也能暗示過去的意願：

I asked him, but he would not accept it. 我問過他了，但他不願意接受。
= I asked him, but he refused to accept it.
（would not 單純表達出，不願意的味道）

7. 慣用法

would 常搭配一些字形成固定的用法如下。

(1) would like 想要

would like 有別於喜歡的意思，在這其實就是等於 want to，只是更為客氣禮貌的表達意願。後面接名詞用法為 **would like + n**；接動作則為 **would like to V**。

例：I'd like an aisle seat.
我想要靠走道的座位。

例：I'd like to have a garden salad.
我想要來份田園沙拉。

(2) would rather 寧可……

表達「寧可」、「寧願」可以用 **would rather ＋ 原形動詞**來表達。

例：I would rather stay at home.
我寧可待在家。

would rather還可以搭配上than形成以下公式，來表達「寧可……也不願……」：
would rather ＋ 原形動詞…… than ＋ 原形動詞……

例：I would rather stay at home than go fishing.
我寧可待在家也不願意去釣魚。

七、情態助動詞的過去式用法

在前面的學習了解到，除了 could、would 偶而拿來當作 can、will 的過去式外。隨著意思不同，很多情態助動詞貌似過去的形式，卻早被挪來表達現在和未來。甚至 must、need 作情態助動詞時連過去的形式都沒有，也因此當要表達同樣意思的過去式時，就面臨難題。

當這些情態助動詞表示的意思沒有過去的形態時，處理方法很簡單，一律使用：**情態助動詞＋ have p.p.** 來表達。以下按照用法分成幾組介紹：

1. would / could / should ＋ have p.p 與過去事實相反的陳述

這三個用法都是對跟過去事實相反的描述，表達一種假設的狀況。would have p.p. 表達「過去會……但其實沒有」。could have p.p. 表達「過去有能力可以……但沒有」。而 should have p.p. 表達「過去應該……但沒有」。

例：I would have gone to your wedding if I had had time.
假如我當初有時間，我會去你的婚禮的。

例：He could have won the game if he hadn't hurt his knee.
假如當初他沒傷了膝蓋，他能夠贏得比賽的。

例：You should have studied harder.
你當初就該更努力讀書。

2. could / may / might / must ＋ have p.p. 表達對過去的推測

在前面學過 could、may、might 可以用於現在跟未來的推測，而 must 可以用於現在的推測。然而這些都沒辦法推測過去的情況。所以這四個情態助動詞要對於過去的情形作揣測時，必須在後面加上 have .p.p 來表達過去，對於過去推測的肯定度，與前面所學相同。

例：The victim could / may / might have died before the kidnapper contacted his family.
可能在綁匪連絡他的家屬前，受害者就已經死了。

例：It took much longer than usual for you to get here. You must have gotten lost.
你花了比平常更久的時間到這裡，你之前一定是迷路了。

3. need not ＋ have p.p. 表達過去的不必要性

need not 用於情態助動詞時沒有過去的版本，所以一樣加上 have p.p. 來表達過去沒必要這麼做。

例：You need not have mentioned that in the meeting.
你當時在會議中其實沒必要提到那件事情。
= You didn't need to mention that in the meeting.

Chapter 5 總複習測驗 Exercise

1. ____________you help me with this heavy box, please?
(A) May (B) Should (C) Would (D) Need

2. A: Whose eraser is this? B: It ________________ be Ellen's. I saw her using it.
(A) will (B) would (C) must (D) can

3. Let's not go to the shopping mall right now. It _____________ be pretty crowded.
(A) should (B) must (C) had better (D) ought to

4. There is no cloud in the night sky. Tomorrow ____________ be a sunny day for sure.
(A) must (B) had better (C) will (D) can

5. The child hasn't eaten much. He _______________ hungry now.
(A) maybe (B) might have been (C) could be (D) can be

6. We are running late. We ______________ hurry.
(A) would better (B) must to (C) had to (D) had better

7. I _______________ a teacher if I hadn't changed my major.
(A) could have become (B) could become
(C) had better become (D) might become

8. How ______________ talk to me like that?
(A) dare he (B) dares he (C) do he dare (D) does he dared

9. The boss told the secretary to book a flight for him, because he ___________ fly to New York the next day.
(A) would (B) will (C) must (D) have to

10. He ________________ all the work himself yesterday.
(A) needs not do (B) doesn't need to do
(C) need not have done (D) need not do

11. Applicants should ________ their application form before the deadline.
(A) have sumbmit (B) submitted (C) to submit (D) submit

12. He ______________ love rock music when he was young.
(A) would (B) used to (C) was used to (D) does

13. A dog ____________ a cat when it sees one.
(A) chase (B) will chase (C) could chase (D) would chase

14. My grandfather ________________ a walk after meals when he was alive.
(A) was used to taking (B) was used to take
(C) used to taking (D) use to take

15. The restaurant is always empty. It _______________ be any good.
(A) doesn't (B) shouldn't (C) had better (D) can not

解答在 P.217

解答與解說

Unit 02 核心情態助動詞

Part 1 解答

1. (D) 只有 be 能搭配 Ving 形成進行式。
2. (A) 只有情態助動詞能搭配 be 動詞原形。
3. (B) have 可搭配情態助動詞並後面搭配過去分詞，be 動詞搭配過去分詞會形成被動，故不選。
4. (C) be 動詞可以後搭過去分詞形成被動。
5. (B) 一般動詞靠助動詞 do、does、did 可以形成否定，並且動詞必須原形。
6. (D) 情態助動詞可以搭配 be 動詞，也只有 be 後面能接 Ving。
7. (A) has 完成式後面必須使用過去分詞形式。
8. (D) 因為動詞原形必須選擇情態助動詞 can，life 單數不會搭配 do。
9. (C) will, do 後面必須搭原形動詞，主詞複數不會搭配 has。只有 be 能當動詞，後面加 to。
10. (C) believe 後面為名詞子句不受到助動詞影響，God 單數應該動詞加 s。

Exercise 解答

1. (C)　2. (C)　3. (B)　4. (C)　5. (C)　6. (D)　7. (A)　8. (A)　9. (A)　10. (C)　11. (D)　12. (B)
13. (B)　14. (A)　15. (D)

英語癌

Chapter 06

名詞、代名詞

Chapter 06 名詞、代名詞 Unit 01 名詞概說

Part 1 初步診療室

問診：如果想要表達「所有狗兒都會打獵」，請問對此中文意涵正確的英文描述應為下列哪些？

A Dog can hunt.

B A dog can hunt.

C Dogs can hunt.

D The dogs can hunt.

解答：B、C。

當表達泛指所有的狗皆會打獵時，可以用**單數或複數來代替全體**。這跟中文很像，當我們中文說「一個人必須秉持自己良心做事」，指的其實就是「所有人必須秉持自己良心做事」。**the 加上名詞表達全體總稱時，必須接單數**。

診療學習盲點：

可數名詞一定要有冠詞 a / an、the 或者複數形。不要忍不住所有名詞都加 the。學習名詞最首要的任務，不是去記關於名詞各種複雜的專有名稱。而是牢記，可數名詞在通常的用法中，都必須要有冠詞或者以複數形出現。也不要比較常看到 the 就因為語感把所有的名詞前面都冠上 the。從現在起，強迫自己遇到每個名詞停下來檢查，**加 the 多半就翻譯成「那個／那些」看看語意是否自然。**

在中文中表達整體總稱時，並不會刻意加上冠詞，例如「電腦讓生活更容易」，電腦在這中文裡就沒有冠詞，導致許多同學表達整體時，會覺得沒有要講特定一個，而是在談論一種集合抽象的概念，因此寫英文時就什麼都不用加，然而這是必須立刻改正的錯誤觀念。**表達全體時，應用單數或複數來表示全體。**

（X）Computer have made life easier.
電腦讓生活更容易。
（同學常犯的錯：第一電腦為可數，不可原形。第二既然寫單數電腦，為何動詞用複數形。）

（O）A computer has made life easier.

（O）Computers have made life easier.

許多文法書同時也教，the ＋ 單數名詞可以用來表達整體，這種表達方式更為抽象而且正式。雖然的確如此沒錯，但這種用法有個常見的問題，就是**沒有前後文的情況下，無法分辨在討論整體還是特定個體**。因此，表達總稱時，不建議英文學習者主動使用 the ＋ 單數名詞來當作全體總稱，多用單數或複數代替全體較為保險。

（△）The lion is dangerous. 獅子這種動物全都很危險？？這隻獅子很危險？？

而關於不可數的部分，**就不可以加上不定冠詞 a / an 或複數**。

（X）A water is important to our health. 水對我們健康很重要。

（X）Waters are important to our health.

（O）Water is important to our health.

Chapter 06 名詞、代名詞

Get Better Soon

練習：判斷下列名詞是否為可數，需要冠詞則加上 a，不需要冠詞者畫 X。開頭如畫 X，請自行將第一個字的開頭字母改為大寫。

1. _______ book is _______tool to increase _______knowledge.
   書本是增加知識的工具。

2. _______ love can change how you look at _______ things.
   愛會改變你看待事物的方式。

3. _______ snake is _______ dangerous animal.
   蛇是一種危險動物。

4. _______ milk contains _______ nutrition to help _______ child grow strong.
   牛奶含有營養可以幫助孩子長的強壯。

5. In Asia, _______ grown-up often gives _______ kids _______red envelope to wish them _______ good luck.
   在亞洲，成人經常會給孩子紅包以希望他們有好運。

6. _______ butter is often applied to _______ bread to make it tastier.
   奶油經常被塗抹在土司上，好讓土司更好吃。

7. _______ boy is usually naughtier than _______ girl.
   男孩通常較女孩頑皮。

解答在 P.298

Part 2 名詞文法概念

一、名詞的種類

許多同學往往拿到文法書讀了這個章節，多半無法繼續讀下去。坊間的文法書談到名詞分類，往往把名詞分成可數、不可數，又細分成普通名詞、集合名詞、物質名詞、專有名詞、抽象名詞，名稱五花八門。甚至大部分文法書，對此章節介紹龐雜不說，內容還前後矛盾，往往先定義集合名詞為可數，又不明就裡把不可數的 furniture（家具）定義為集合名詞，無法自圓其說。即便主修英語唸到碩士的學生，恐怕都沒聽過或全面理解過這些名詞。這樣學習名詞完全無助於同學對於英文名詞角色的通盤理解。

其實，為何會如此混亂，全因為母語人士對這些文法名稱和用法只有大致的區分，並沒有統一的標準。因此要輕鬆掌握名詞的核心概念，搞懂三個名稱便足夠：**可數普通名詞、不可數名詞、可數集合名詞**。

1. 可數普通名詞

對於英文的可數名詞，雖不完全跟中文一樣，但其實多半從中文中是否可數也可見端倪。可以記數的名詞，便稱為可數名詞。

(1) 非特定時，可數名詞單數時前面可以與 a、an 連用，複數時後面必須 + s 等。

an ant 一隻螞蟻 ⟶ ants

a bug 一隻甲蟲 ⟶ bugs

(2) 表達特定時，不用 a、an。可以用 the 或具有限定功能的限定詞連用，例如：this、these、that、those 和所有格 my、your... 等。

the lion 這頭獅子 ⟶ the lions 這些獅子

this cook 這名廚師 ⟶ these cooks 這些廚師

that ruler 那把尺 ⟶ those rulers 那些尺

my student 我的這個學生 ⟶ my students 我的學生們

(3) 可與數詞（one、two、three 等）連用

one chair 一張椅子、two desks 兩張桌子、three lamps 三盞燈

Note

one 跟 a 是不一樣的東西，同學很容易誤把此兩者混為一談。使用 one 作數詞時，強烈的表達數量必須為一而不是二，而 a / an 只是單純的表達隨意任一個。

來看下面例句理解此兩者邏輯上的差異：

（X）One typhoon can cause damage to the environment.

一個颱風會對環境造成損害。

（暗示只有一個颱風的時候才會造成損害，兩個颱風一起來就不會有損害了，邏輯怪異）

（O）A typhoon can cause damage to the environment.

颱風會對環境造成損害。

（表示任何一個颱風都會，用單數代替全體）

2. 不可數名詞

(1) 不可數名詞不與不定冠詞 a / an 或數詞（one、two...）連用，亦不可以有複數形 ＋ s。

不可數無法計量，必須計算時，可用可數的容器或計量單位等量詞來計算。

（X）a water ⟶ a glass of water 一杯水

（X）two breads ⟶ two slices of bread 兩片麵包

(X) a news → a piece of news 一則消息

(X) two oils → two drops of oil 兩滴油

(2) 表達特定可以加 the

許多同學到後來就記混淆了，認為可數名詞必須一定要有 a、an、the 等冠詞，否則就必須為複數，因此就反過來錯誤的以為，不可數絕對不可以有冠詞和複數形。不可數雖然不可以加上 a、an 或形成複數，但表達特定時，仍然可以加上 the。

例：Don't drink milk.

別喝牛奶。

（暗示，所有牛奶都別喝，說話者認為牛奶並非對身體有益之物）

例：Don't drink the milk in the fridge.

別喝冰箱裡的牛奶。

（說話者表達可以喝牛奶，但別喝冰箱裡的，可能冰箱裡的牛奶已經過期了，這邊表達特定）

(3) 不可數被視為單數

在沒有前面有可數的計量詞的情況下，不可數皆被視為單數，當放在主詞時，必須使用單數動詞。

例：Your hair is beautiful.

你的頭髮很美。

例：Knowledge is power.

知識就是力量。

(4) 不可數的類別

其實常考、常見的不可數名詞，透過大量閱讀，慢慢就會累積概念。雖然不可數名詞眾多，但可以透過以下分類，來幫助判斷是否為不可數名詞。能夠被歸類到下面者，多為不可數名詞。

- 氣體

steam 蒸氣、air 空氣、oxygen 氧氣、smoke 煙

- 液體

honey 蜂蜜、beer 啤酒、wine 紅酒、blood 血液

- 自然現象

weather 天氣、sunshine 陽光、fire 火焰、lightning 閃電

- 抽象概念

courage 勇氣、love 愛、patience 耐性、wisdom 智慧

- 細顆粒

rice 米、sand 沙子、flour 麵粉、salt 鹽巴

- 動名詞

通常動作加上 ing 被視為活動的概念，多半不數。

jogging 慢跑、shopping 購物、singing 唱歌、studying 學習

- 學科

許多學科名稱後面多半有 s，但並非是複數形，仍然當作不可數單數。

physics 物理學、mathematics 數學、politics 政治學、economics 經濟學

- 專有名稱

國名、人名、語言、專用術語或稱呼等都被視為不可數。

India 印度、English 英文、Lake Michigan 密西根湖、William 威廉

- 可無限分割的材質

當物質即使被分割成部分，仍屬於同物質時，則被視為不可數。

paper 紙、meat 肉、wood 木頭、cake 蛋糕、cheese 起司、
butter 奶油、gold 黃金、ice 冰

- **總稱**

由類似物件組成的整體，這種總稱通常為不可數。

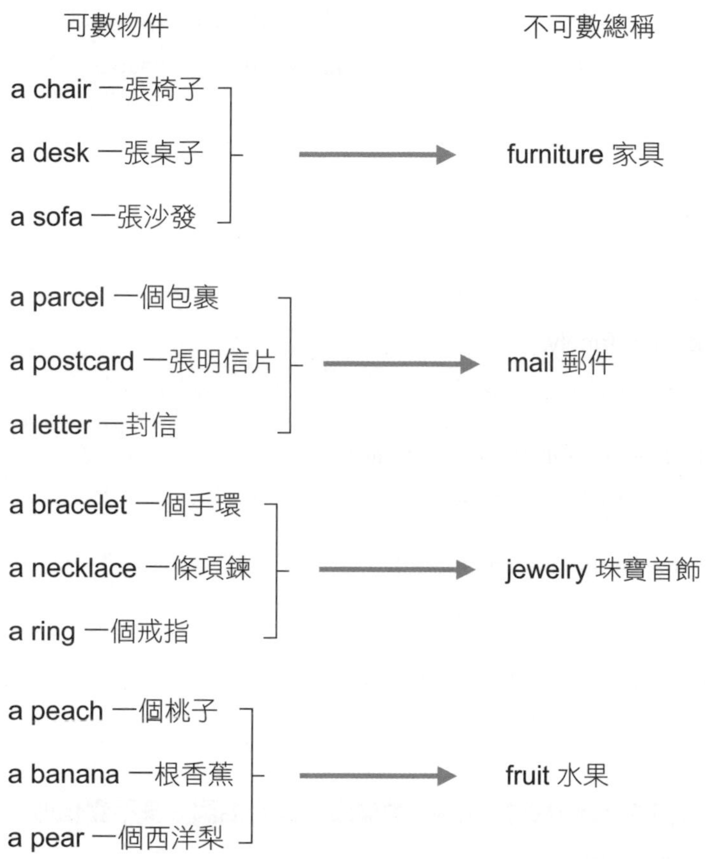

3. 可數集合名詞

集合名詞意指同類的人、事、物所組成的集體名稱。**集合名詞皆為可數**，中文文法書中常常誤把可數的集合名詞（collective noun）與當作總稱的不可數名詞（mass noun）混為一談。只因為不可數的總稱（例如：furniture），似乎也有暗示整體的味道存在，這全然是建立於中文翻譯上的近似。然而，集合名詞用法獨特，多可有單複數變化形，動詞搭配也與只能被視為單數的不可數總稱不同。筆者建議可數的集合名詞務必與不可數名詞的總稱分開學習。這類集合名詞多可以指整個團體，也可以指團體裡面的成員。常見集合名詞如下：

family 家庭、class 班級、team 隊伍、government 政府、company / firm / corporation 公司、band 樂團、board 董事會、committee / council 委員會、group 團體、crowd 群眾、jury 陪審團、army 軍隊、staff 全體員工、crew 全體船員／全體機組人員、enemy 敵軍、media 媒體、panel 專家小組、gang 幫派、navy 海軍、party 政黨、audience 觀眾、people 人們、the police 警方、cattle 牛群

(1) 集合名詞的單複數

- **當作整個團體時，有單複數的變化形**

例：My family is a big family.
我的家庭是一個大家庭。（單數家庭）

例：There are five families living in this building.
這棟建築物裡有五戶人家。（複數家庭）

例：We were in the same class at school.
我們在學校是同班級。（單數班級）

例：How many classes are there in this school?
這個學校有幾個班級？（複數班級）

- **當作團體中的成員時，本身即被視為複數概念，集合名詞本身不變化形**

例：My family all support me.
我的家人全都很支持我。
（family 在這當複數的家人，不變化形）

例：The party have elected a new leader.
此黨黨員選出了新的領導人。
（party 在這當複數黨員，不變化形）

(2) 集合名詞的動詞搭配

集合名詞可以被視為單數或複數。而後面搭配的動詞形式，其實不同國家的母語人士使用習慣不同。英式用法中，原形集合名詞當作單數整體，搭配單數動詞，而作複數團體成員時搭配複數動詞。美式用法中，原形集合名詞不論指一個整個團體或是複數團體成員，多用單數動詞搭配。

My family was / were invited to the wedding.（英式）

My family was invited to the wedding.（美式）

我的家庭／家人被邀請參加婚禮。

The staff is / are not happy about the pay increase.（英式）

The staff is not happy about the pay increase.（美式）

員工對於這次加薪不太滿意。

Note

美式用法中，不習慣把字面看起來是單數的集合名詞搭配複數動詞。因此不論討論單一團體，或團體裡的複數成員時，皆偏好用單數動詞。而不論美式或英式用法，使用集合名詞時，如果需要清楚的量化團體成員，經常會加上 member 等字來計量。

例：One committee member has objected to the proposal.

其中一個委員會成員，已經表示反對這項提案。

例：Two members of the audience were hard to please tonight.

今晚，兩位觀眾相當難取悅。

再次提醒比較，如果把集合名詞直接加上數詞，並且作複數形變化，並不是表達複數成員，而是複數團體。

例：Two different audiences argued with one another.

兩群不同的觀眾彼此爭吵。

(3) 集合名詞與句中代名詞配搭

雖然整體而言，集合名詞當主詞時，後面使用單數或複數動詞都是正確，但要小心如果句中同時出現代名詞、限定詞時，形式必須與集合名詞的概念統一。

（X）Every morning, the football team follows **their** coach to the field for practice.
每個早上，橄欖球隊跟著他們的教練到運動場上作練習。

（O）Every morning, the football team follows **its** coach to the field for practice.
（動詞用單數，代表示為整個團體，後面所有格必須統一用單數）

例：The jury **have told** the judge that **they have** very different opinions on the case.
陪審團告訴法官，關於這個案子，他們有非常不同的意見。

例：My family **have decided** to emigrate to Singapore. **They're** going in August.
我的家人已經決定要移民到新加坡。他們八月就出發。

例：The average class **has** 25 students. **It is** smaller than 15 years ago.
平均班級人數為 25 人，這比 15 年前的人數要少多了。

(4) people, the police, cattle 皆被視為複數

在前面所有的集合名詞中，就此三者最為特別。其他集合名詞當作整體都可以被視為單數，但此三者，沒有這個用法。這三個集合名詞，幾乎永遠被視為複數的概念，也必須搭配複數動詞。

（X）The police is now searching for the killer. 警方目前正在搜索兇手。

（O）The police are now searching for the killer.

（X）People is not always selfish. 人不總是自私的。

（O）People are not always selfish.

（X）The cattle is raised for milk. 這些牛是養來製造牛乳的。

（O）The cattle are rasied for milk.

關於 people 與 police 這兩個字的用法，是同學很容易誤用或混淆的。透過以下幾點說明，來釐清此兩字相關細節用法：

- **people 平常本身即為複數概念，指複數的人們。一旦變成可數，則被當作一群種族的概念，語意不大相同。**

例：Many young people are out of work.

很多年輕人失業。

例：Many different peoples live in Asia.

有許多不同的人種生活在亞洲。

- **單數的人時用 person 表達，複數時則習慣用 people。雖然 person 有複數形，但通常只用在極正式的場合或法律文件。**

例：There is a person in the house.

有一個人在屋子裡。

例：There are two people in the house.

有兩個人在屋子裡。

例：Four persons have been charged with theft.

四個人被起訴偷竊罪。（極正式）

- **（the）police 的 the 省略亦為正確，作為全體警方的概念，被視為複數。表達可量化的警察人數時應該 police officer。**

例：The police are investigating the case.

警方正在著手調查這個案件。

例：Two police officers have died in the gunfight.

兩名警察在槍戰中身亡。

二、名詞的單複數

不可數名詞皆被視為單數，後面搭配單數動詞，本身並不做變化，因此不可數名詞不在這討論。而大部分的可數名詞，表達單數時用原形，複數形的規則變化則跟之前所學動詞變化的規則，大同小異。只有遇到 -f 或 -fe 結尾的字和單複數同形的字，要稍加留意即可。而 -o 結尾的名詞和不規則變化，大多沒有什麼特別規則可以依循，只能個別牢記。其他受到拉丁語系及外來語影響的特殊變化形，以及無助於學生學習較少用的變化形，則不在此詳列以免學習失焦。

1. 規則名詞的複數形

(1) 大部分單數名詞字尾 ＋ s

pencil → pencils 鉛筆　　flower → flowers 花

cup → cups 杯子　　pig → pigs 豬

(2) 遇到雙齒音，即字尾 -s、-z、-x、-ch、-sh 時，＋ es

glass → glasses 玻璃杯　　fox → foxes 狐狸

match → matches 火柴　　brush → brushes 筆刷

quiz → quizzes 考試（需重複字尾）

Note

如果字尾 –ch 發 [k] 時，則直接 +s。例如，stomachs 胃、matriarchs 母系社會、patriarchs 父系社會……。

(3) 字尾子音 ＋ y，則去 y ＋ ies

baby → babies 嬰兒　　story → stories 故事

daddy → daddies 爸爸　　nanny → nannies 保姆

(4) 字尾為 -f、-fe 結尾時，去 f / fe，＋ ves

shelf → shelves 架子　wolf → wolves 狼

wife → wives 妻子　life → lives 生命

Note

-f / -fe 結尾的確多半如上述變化，但也有部分例外，例如：

chief → chiefs 首領　proof → proofs 證據

(5) 字母、數字、符號等，複數形多字尾 ＋ 's，語意無混淆可能亦可＋ s

例：Mind you p's and q's.

小心你的字母 p 跟 q。

（此為一傳統俗諺，因為 p 跟 q 長得像很容易寫錯，小至如此都該留心，則引申指謹言慎行。不過此俗諺已漸漸不流行）

例：There are a lot of 6's in your phone number.

你的電話號碼好多 6。

例：Don't use too many #'s on Facebook; it's annoying.

別在臉書上用太多的 #，這實在很惱人。

2. 不規則變化名詞的複數形

(1) 單複數同形的字

單複數同形的字，其實常用的就一些而已，把它們記熟，以後就輕鬆了。常見單複數同形的字有：

fish 魚、deer 鹿、sheep 綿羊、salmon 鮭魚、moose 麋鹿、swine 豬、species 物種、means 工具、series 系列、Swiss 瑞士人、-craft 結尾的字（例如：aircraft 飛行器、spacecraft 太空船……）、-ese 結尾的人（例如：Chinese 中國人、Japanese 日本人、Vietnamese 越南人……）

one fish → two fish　　one sheep → two sheep

one Japanese → two Japanese　　one means → two means

(2) 單複數不規則變化

許多常用的字，變化並不規則，只能分別牢記，這邊僅列常出現且愛考的必備單字。其中比較容易注意到的趨勢包括 oo 常變成 ee，而字尾 -sis 常變成 –ese 結尾。

man → men 男人　　woman → women 女人

child → children 小孩　　ox → oxen 公牛

foot → feet 腳　　tooth → teeth 牙齒

goose → geese 鵝　　crisis → crises 危機

thesis → theses 論文　　analysis → analyses 分析

Note

human 的複數是同學容易出錯的字，很多人以為跟 man、woman 一樣，不過 human 的複數為 humans。

(3) 永遠以複數出現的字

以下這些名詞永遠以複數形出現，因此當主詞時需要搭配複數動詞。

- **兩個物件所形成的單件用品或衣物**

這些字被用來描述單件物品，但永遠以複數形出現，需要量化時，經常用 a pair of 冠於名詞前方來表達一件。

glasses 眼鏡、scissors 剪刀、binoculars 雙筒望遠鏡、compasses 圓規、shorts 短褲、paints 長褲、pajamas 睡衣褲、briefs 三角褲、jeans 牛仔褲

例：He used a pair of compasses to draw a circle.
他用了一副圓規來畫一個圓。

：There are two pairs of jeans in the closet.

衣櫥裡有兩件牛仔褲。

上面這些是永遠只有複數形的，很多文法書常常會把這些與常一對形式出現，但其實可以有單數形的字混在一起教學，導致同學們學習上的混亂。例如：shoes 鞋子、socks 襪子、earrings 耳環、gloves 手套等，這些字雖然常用複數形，但也可以有單數的形式 a shoe、a sock、 an earing、a glove 來表達其中一個。因此把這些字當成普通情況的名詞來學習即可，不要與上列一定只有複數形的字混淆。

- **其他一定用複數形的字**

以下涵義出現時，這些字永遠只有複數形式。

例

clothes 衣服、looks 容貌、riches 財富、surroundings 環境、greens 蔬菜、belongings 擁有物、goods 商品、remains 遺跡／遺體、thanks 感謝

3. 複合名詞的複數形

(1) 攜帶主要意涵的名詞變成複數。

複合名詞複數形的規則比較複雜，但通常是把複合名詞中，攜帶主要意涵的名詞變為複數。

school bus ⟶ school bus**es** 校車

（這邊主要意思是多輛校車，不是多間學校，所以 bus 變化成複數形）

health problem ⟶ health problem**s** 健康問題

car seat ⟶ car seat**s** 兒童汽車安全座椅

passer-by ⟶ passer**s**-by 路人

daughter-in-law ⟶ daughter**s**-in-law 媳婦

(2) 沒有可表達複數的名詞，則 s 加在整個複合名詞結尾。

grown-up ⟶ grown-up**s** 成人

go-between ⟶ go-betweens 掮客

forget-me-not ⟶ forget-me-nots 勿忘草

(3) 由「man / woman ＋ 名詞」，所形成的複合名詞，兩個名詞都必須以複數出現

因為 man / woman ＋ n 的時候，兩個名詞都是攜帶主要意涵的名詞，所以複合名詞中兩個名詞都要用複數形。

woman driver ⟶ women drivers 女性駕駛人

man servant ⟶ men servants 男僕

練習 A

依照上面所學，為下列名詞寫出複數形。如果為不可數名詞，沒有複數形，則畫 X。單複數同形的字，則寫入一樣的原形。

1. foot 腳 ____________
2. flour 麵粉 ____________
3. sheep 綿羊 ____________
4. tiger 老虎 ____________
5. witch 女巫 ____________
6. child 孩子 ____________
7. life 生命 ____________
8. crisis 危機 ____________
9. woman 女人 ____________
10. juice 果汁 ____________
11. 8 八 ____________
12. species 物種 ____________
13. lady 女士 ____________
14. son-in-law 女婿 ____________
15. dish 盤子 ____________
16. mummy 木乃伊 ____________

解答在 P.298

三、名詞的所有格

所有格表示某人或某物的所屬關係，白話文就是說東西是屬於誰的。常見表達的方式有兩種：字尾加**「's」**或者使用 **of** 的結構（例如：A of B ＝ B 的 A）。關於人稱代名詞的所有格，留到代名詞單元在做詳細介紹與比較。一般名詞形成所有格的方式和所有格的要點如下。

1. 所有格的形成

(1) 單數或不可數名詞

不可數或單數名詞的時候，通常在字尾加「's」。

a dog's tail 狗的尾巴、the magician's hat 魔術師的帽子
Clark's kids 克拉克的孩子、Australia's economy 澳洲的經濟

注意，如果遇到字尾是 s 的單數名詞，一樣加「's」。

my boss's secretary 我老闆的秘書、that actress's costume 那女演員的戲服、this witness's statement 這證人的言論、the waitress's apron 女服務生的圍裙

(2) 複數名詞

複數名詞時，分成兩種情況，如果名詞字尾為 -s 則只加「'」，如果是不規則變化的複數名詞，字尾不是 -s，則仍然加「's」。

- 字尾 -s

students' textbooks 學生的課本、birds' feathers 鳥的羽毛
these nurses' uniforms 這些護士的制服、the Smiths' relatives Smith 家人的親戚

• 不規則名詞複數

children's toys 孩子們的玩具、people's welfare 人民的福祉、these men's wives 這些男人的老婆、women's wigs 女人的假髮

(3) 人名或專有名詞為 -s 結尾

專有名稱或人名結尾為 -s 時，通常仍在字尾加「's」。

Jones's coat Jones 的外套、Dennis's house Dennis 的房子

Note

現代英語對此用法逐漸放寬，尤其當是經典或影射文學性的名字時，或是加上「's」拗口難念時，直接加「'」也算正確。

Jesus' followers 耶穌基督的信徒、Dickens' novels 狄更斯的小說

(4) 無生命的事物

通常無生命的事物不用「's」，而是用「of＋名詞」的方式來表達所有格。而「A of B」通常翻譯為「B 的 A」，同學在放置兩個名詞時，不要兩個名詞的位置放錯了。

（△）the book's cover （O）the cover of the book 書的封面

（△）the street's name （O）the name of the street 街的名字

（△）the house's chimney （O）the chimney of the house 房子的煙囪

但遇到以下這些情況時，雖然是無生命的事物，也經常用「's」的方式來表達所有格：國家、組織、時間、距離、擬人化名詞、價格等。

China's main imports 中國的主要進口、the company's new policy 公司的新政策、a minute's walk 一分鐘的路程、a car's length 一個車身長、Nature's gift 自然的恩賜、a kilo's worth 一公斤的價值

Note

在表達生物的所有權的時候，當一次使用超過一個所有格的時候，為了避免產生過多的「's」，也可以利用 of 的用法來規避句型上的尷尬。或者當句型太過複雜時，也可以用 of 來表達。

my friend's father's car ⟶ the car of my friend's father

我朋友爸爸的車

例：The college requires the transcripts of students who apply for its scholarships.

這所大學要求要申請其獎學金的學生，檢附成績單。

（這裡，因為 student 的後面有關係代名詞，句構較為複雜，如果用 's 來表達不如用 of 來的好）

(5) 共同所有 vs 個別所有

當 and 連接兩個名詞時，如果所屬物品為兩個名詞共同所有，則「's」加在最後那個名詞後。如果是兩個名詞各別所有，則兩個名詞都必須加「's」。

例：Jack and Sam's brother is Jason.

Jack 跟 Sam 兩人的哥哥是 Jason。

（所以 Jack 跟 Sam 是兄弟）

例：Jack's and Sam's partents all came to school today.

Jack 跟 Sam 各別的父母今天都來了學校。

（所以 Jack 跟 Sam 不是兄弟）

(6) 獨立所有格

所謂獨立所有格，就是省略了所有格後的名詞。通常所有格後必須有名詞，但當其後所要表達的名詞在前面已經提過，又或者其後所接的是為人孰悉的建築物的概念，省略也不影響句意，那麼後面的名詞就經常省略。

- **名詞重複**

例：Derek's son is tall, but Eric's son is short.

= Derek's son is tall, but Eric's is short.

Derek 的兒子很高，但 Eric 的兒子很矮。

- **所有格後面接：家、店家、教堂、宮殿、大學、醫院等**

遇到 home、house、shop、restaurant、store、palace、church、college、hospital 這些概念的字，後面名詞經常省略。

例：I had a haircut at the barber's (shop) this afternoon.
我今天下午在理髮店剪了個頭髮。

例：We will have a party at my cousin's (home).
我們將在我表弟家辦個派對。

例：I need you to pick up my suit from the cleaner's (store).
我需要你幫我去洗衣店取我的西裝。

(7) 雙重所有格

所謂雙重所有格即是使用「of＋名詞 's」。of 已經表達出所有格了，又再後面加上「's」，因此故稱之雙重所有格。

例：He is a friend of Susan's.
他是 Susan 的其中一個朋友。

坊間文法書通常只對此文法的結構做介紹，對於雙重所有格的正確使用時機，幾乎都介紹地不清不楚。導致同學到底該不該使用此文法或何時使用，總是一頭霧水。對此，筆者強烈建議，除了以下幾個目的外，同學應該極力避面使用雙重所有格。因為即便母語人士，對何時使用雙重所有格，或怎麼使用才算正確自然也多半意見不一。而且，通常都能找到更為俐落清楚的表達方式來代替雙重所有格。

(i) 雙重所有格的使用時機

- **強調其中一個**

首先，當表達人的所有格的時候，母語人士偏好使用「's」，除非當句構太過複雜，否則平常並不特別愛使用 of。不過如果真的使用 of 了，那麼單純的「of＋名詞」與使用雙重所有格「of＋名詞 's」差別在哪呢？

例：He is a friend of Susan.

他是 Susan 的朋友。

（強調他是 Susan 這個人的朋友）

例：He is a friend of Susan's. = He is a friend of Susan's (friends).

他是 Susan 的朋友之一。

（強調他是 Susan 朋友群的其中一個）

但以上的句子，改為下面的方式表達，都更為俐落清楚。

例：He is Susan's friend.

例：He is one of Susan's friends.

- 使用無法與所有格同用的字時

當想要強調 a / an、this、that、these、those、all、any、some、every、no、another 等字義來修飾名詞時，因為它們的位置跟身為限定詞的所有格衝突，故使用雙重所有格來表達。

（X）I like my sister's this book. 我喜歡我姊姊的這本書。

（my sister's 所有格與 this 同為限定詞，無法一起出現）

（O）I like this book of my sister's.

（X）This is no Jack's business. 這不是 Jack 該擔心的事。

（O）This is no business of Jack's.

（X）I met Linda's another brother. 我遇到 Linda 的另一個哥哥。

（O）I met another brother of Linda's.

- 釐清句意

有時候，雙重所有格是必要的，可以用來幫助釐清要表達的意涵。這種情況最常見的就屬當所有格修飾的名詞為人像類的藝術品時，例如：painting、statue、picture、photograph 等字。使用雙重所有格來表達某人的創作或收藏品，而單純使用「of ＋名詞」則表達某人本身的肖像畫、照片雕塑等。

例：This is a picture of Kate's.
這是 Kate 所畫的畫作。

例：This is a picture of Kate.
這是 Kate 的肖像畫。

這概念也可以以此類推：

例：This is a bone of the dog's.
這是這小狗所收藏的一跟骨頭。

例：This is a bone of the dog.
這是小狗身上的骨頭。

- **of 後面使用人稱所有格代名詞時**

當 of 後面使用人稱代名詞所有格時，例如 mine 我的、yours 你的、hers 她的等，使用雙重所有格便非常的自然。關於所有人稱代名詞的所有格介紹，詳見代名詞單元內容 P.264。

例：He is an old friend of mine.
他是我的一個老朋友。

例：Any friend of yours is my friend.
只要是你的朋友就是我的朋友。

(ii) 禁止使用雙重所有格的時候

- **第一個名詞前面有 the 時**

英文不會出現「**the 名詞 ＋ of 名詞 's**」，當第一個名詞前有 the 的時候，不用雙重所有格。

（X）He is the friend of ours. 他是我們的朋友。

（O）He is a friend of ours.

（O）He is our friend.

• of 後面的名詞必須為生物

雙重所有格 of 後面的名詞必須為人，或至少是生物。不可以是沒有生命的東西。

（X）He is an ambassador of Japan's. 他是日本的大使。

（O）He is an ambassador of Japan.

四、名詞的用法

名詞的功能，可以大抵區分成主要的核心用法跟次要的細節用法。同學應該先掌握核心用法，行有餘力，再了解次要用法即可。

1. 主要用法

(1) 做主詞

例：**Happiness** is the most important thing in life.
快樂是生命中最重要的事情。

(2) 做受詞

例：Many people around the world love **music**.（動詞的受詞）
世界上許多人熱愛音樂。

例：I am scared of **cockroaches**.（介係詞的受詞）
我很怕蟑螂。

(3) 當補語

例：She is **Jessica**.（主詞補語）
她是 Jessica。

例：They call the man **Ben**.（受詞補語）
他們稱那個人 Ben。

Note
特別小心名詞當作主詞補語的句型。因為 be 動詞後面其實可以接形容詞，也可以接名詞當作補語。同學往往分不清楚，此時的句意應該選擇何者為答案。在這邊特別提醒同學：一旦寫出「名詞＋ be ＋名詞」（A is B）的句構，此時的意思就為「A 是 B」。

例：The girl is Betty.
那女孩是 Betty。

主詞 the girl 跟主詞補語 Betty 其實是同一人，因此把這兩者互換位置，意義也不會有太大的差距。

例：Betty is the girl.
Betty 就是那個女孩。

試想下面的句子應該選形容詞還是名詞呢？

例：Her biggest problem is (lazy / laziness).
她最大的問題就是懶惰。

（O）Her biggest problem is laziness.

當說 The boy is lazy. 意思是這個小孩男本身很懶惰，所以如果這邊選擇 lazy 形容詞，那麼這個句子就變成 problem 本身是懶惰的，problem 不是人不可能會懶惰。因此這邊選擇 laziness 名詞，形成「名詞＋ be ＋名詞」的句構，就是表示她最大的問題就是懶惰這件事情，而懶惰就是她最大的問題。這個句子把主詞跟主詞補語互換位置，語意也不會有太大的落差。

Her biggest problem is laziness. = Laziness is her biggest problem.

(4) 同位語

同位語意指將一個名詞或具有名詞性質的相等語，直接放置於一個名詞後方，不加連接詞，用來補充說明前面的名詞。

例：He is my boyfriend, **Dexter**.
他是我的男友 Dexter。
（Dexter 就是 my boyfriend）

2. 次要用法

(1) 當形容詞

有時當想表達的意涵沒有合適的形容詞，便用另一個名詞來修飾名詞，形成複合名詞。第一個名詞雖然看起來仍然是名詞的樣子，但功能上被視作形容詞。

air mail 航空郵件、evening paper 晚報、tap water 自來水

另些時候則是為了與形容詞產生區別意思。

例：health problems 健康問題
（如果寫成 healthy problems，那變成這些問題本身很健康）

例：hunger game 飢餓遊戲
（如果寫成 hungry game，那就是遊戲本身肚子餓）

例：oil painting 油畫
（意思是用油彩去作畫，如果寫成 oily painting 就變成畫本身油膩膩的）

Note
如果是用形容詞＋名詞所形成的名詞修飾語，此時名詞修飾語中的名詞，多不用複數形。這是中學常出的考題之一。

例：a four-**year**-old child 四歲的孩子
（雖然是四歲，但 year 不可以加 s）

例：a three-**mile** walk 三英哩的腳程

例：a two-**dollar** bill 兩元的面鈔

(2) 當副詞

當名詞表達**時間、距離、次數、數量**等概念時，經常被視為副詞來使用。其中有些是從介系詞片語省略介系詞而來的，因為介系詞片語的功能經常被視為副詞，所以省略介系詞後，仍然繼續扮演著副詞的角色。

例：I waited for you (for) **two hours**.
我等你等了兩個小時。
（wait 為不及物，two hours 修飾動詞）

例：I can run (for) **another three miles**.
我還可以再跑三英哩。
（run 為不及物，another three miles 修飾動詞）

例：You have failed **three times**.
你失敗三次了。
（fail 不及物，three times 修飾動詞）

例：He is **five years** old.
他五歲了。
（five years 修飾形容詞 old）

五、常見數量的表達用法

在表達名詞的量的時候，需要借用量詞冠於名詞前，來表達數量的程度。依照名詞可數、不可數的類性，也必須使用不同的量詞。以下為常混淆、常考表達數量的方式。

	可數	不可數	皆可
很多、大量	many a large number of	much a great deal of a large amount of	a lot of plenty of a large quantity of
一些	a few a number of several	a little	some
鮮少	few	little	

1. 上面表達可數的欄位，後面的名詞均必須以複數的形式呈現。雖然 few 表達很少的負面意涵，但仍然必須搭配複數名詞。

例：He has many sibling**s**.
他有很多兄弟姊妹。

例：She has read a few good novel**s** recently.
她最近讀了不少本好小說。

例：The eccentric man has few friend**s**.
那個孤僻的男人很少朋友。

2. 表格中可以同時接可數、不可數的量詞，後面若是接可數名詞也必須複數形，不可數則不能加 s。

例：It took me some time to finish the job.
我花了一些時間才完成份工作。
（time 不可數，不可以變化形）

例：I hung out with some friend**s**.
我跟一些朋友出去玩。
（朋友可數，需要加 s）

練習 B

按照上面表格，判斷下列的表達數量的用法，是否可以接後面的名詞。不可接的名詞劃掉，可以接的名詞，按照量詞的意思，判斷是否需要變化形式。

1. some ＋ information （資訊）
   chair （椅子）
   furniture （家具）

2. few ＋ equipment （設備）
   juice （果汁）
   vegetable （蔬菜）

3. plenty of ＋ trash （垃圾）
   sunshine （陽光）
   juice （果汁）

4. many ＋ homework （功課）
   knowledge （知識）
   assignment （作業）

5. a little ＋ meat （肉）
   suggestion （建議）
   advice （建議）

6. a great deal of ＋ research （研究）
   luggage （行李）
   suitcase （行李箱）

解答在 P.298

Part 3 考題核心觀念破解

1. Andrew was required to review his ________ and resubmit it after correcting the minor errors.

   (A) apply (B) applied (C) applicable (D) application

答案 (D)

破題

考題出現四個幾乎一樣的字，只有形式不同時，就是考句構跟詞性的概念。有時候甚至不懂選項的意思也沒關係。只要從句構上判斷需要填入的形式即可，從單字的字尾來判斷選項的詞性就可能選出正確的答案。① review 意思為回顧、審查，語意上為及物動詞。出現及物動詞後面就必須要有名詞當受詞。② his 是所有格，所有格後也必須接名詞。而名詞通常有常見的幾種字尾，透過熟悉下面常見的名詞結尾，就可以輕鬆掌握不熟字的詞性。

• 名詞常見結尾

-ness	business 商業	weakness 軟弱
-ment	government 政府	environment 環境
-tion	transportation 交通運輸	foundation 基礎
-sion	vision 視覺	delusion 妄想
-ty	possibility 可能性	tranquility 平靜
-ance	entrance 入口	balance 平衡
-ence	dependence 依賴	difference 不同
-cy	fluency 流暢度	decency 正派
-hood	adulthood 成人	neighborhood 鄰近區域
-ism	vegetarianism 素食主義	cynicism 憤世忌俗
-ship	partnership 夥伴關係	friendship 朋友關係
-age	courage 勇氣	advantage 好處
-dom	freedom 自由	boredom 無聊
-th	mouth 嘴	width 寬度
-tude	attitude 態度	multitude 眾多

• 常見表達人或物的名詞結尾

-er	cooker 鍋子	teacher 老師
-or	director 導演	actor 演員
-ist	dentist 牙醫	specialist 專家
-ant	accountant 會計	applicant 申請人
-ess	waitress 女服務生	actress 女演員
-ian	Asian 亞洲人	Indian 印度人
-eer	engineer 工程師	pioneer 拓荒者

2. What happens around the world seems to be a matter of complete _________ to the local people in this small town.

(A) indifferent (B) indifferently (C) different (D) indifference

答案 (D)

破題

介系詞出現時，後面必定需要加一個名詞當作受詞。看到 of，必須往後找一個名詞給它。indifference（冷淡、漠不關心）為 -ence 結尾，可以判斷為名詞。

3. Customers can't order the ________________ which are out of stock, but will receive an email notification once they are available again.

(A) applants (B) applying (C) appliances (D) applies

答案 (C)

破題

從兩個地方可以知道這邊空格必須得選名詞。① 冠詞 a、an、the 後面也必須要有名詞。② 關係代名詞前面也通常有名詞。applying 雖然為動名詞，但仍然是一個動作的概念，無法訂購一個動作。而 applicant 為 -ant 結尾，常暗示人的名詞結尾，意思為申請者。所以選 (C) appliance 電器用品。

---

4. _______ the damage to the structure of the building, all the residents were evacuated and forbidden to return to their homes.

(A) Because (B) However (C) Due to (D) Since

答案 (C)

破題

這題為反向考法。逗號後面是一個獨立的完整句，可以不用管它。逗號前面扣除 to 跟 of 引導的介係詞片語，就只剩下 damage 名詞而已，所以能接名詞的必須選介系詞 due to。because 為連接詞必須連接一個句子，however 是副詞，since 雖然能當介系詞，但語意為「自從」，所以都不可能為答案。

---

5. It's comforting for the coach to see the players' ______________ improvement after the training.

(A) continuously (B) continuous (C) continue (D) continuation

答案 (B)

破題

這題也是一個逆向考法，the players' 為所有格，後面必須接一個名詞。而這題已經有 improvement 這個名詞在所有格後了。所以在所有格跟名詞之間，只能選擇形容詞放在名詞前修飾。

Part 1 初步診療室

問診 1：關於圖片的描述，下面的句子何者英文正確無誤呢？

A She likes the bag because of it's brand.

B She likes the bag because of its brand.

C She likes the bag because of its' brand.

她喜歡這個包包，是因為它的牌子。

解答：B。

這邊想要表達「它的」，而 it 的所有格正確的形式應該 its，所以只有 B 是完全正確無誤的。A 句的意思則是因為「它是品牌」。而英文中則完全沒有 C 句 its' 的寫法。

診療學習盲點：

同學在使用代名詞時，經常因為近似音，而混淆了相關用法。it's 與 its 發音相同，但 A 句中 it's 通常指 it is，在非正式口語中 it's 還可以是 it has。而不論何者都因為有動詞所以形成了一個句子，但 because of 是一個介系詞片語不可能接句子。

另外一些同學則是把普通名詞的所有格跟代名詞的所有格混淆了。平常普通名詞形成所有格的時候，習慣單數形後面加「's」，而遇到複數形的時候則直接加「'」。但代名詞都有自己特別的所有格，不要跟普通名詞形成所有格的方式混用。

問診 2：下列關於圖片的描述，何者英文完全正確呢？

A He loves he's girlfriend.

B He loves his girlfriend.

C He loves his' girlfriend.

他愛他的女朋友。

解答：B。

表達「他的」正確的形式是 his，而 he's 一樣可能等於 he is / he has。這邊已經有 love 當作主要動詞，不可能再出現第二個主要動詞。同前面問診 1，英文也沒有 his' 的寫法。

診療學習盲點：

同前面所討論的，使用代名詞最常見的錯誤就是因為近似音導致混淆應該用的形式。除了 its（它的）／ it's（它是）搞混外，第二個容易搞混的就是 his（他的）／ he's（他是）這一組，因為發音也相同。這兩組都是一個為所有格，表達所屬的物品，另一個則是主詞加上 be 動詞，同學必須特別留心這個區別。

Get Better Soon

練習：回顧前面所學，it's / he's 表達的就是它是／他是。而 its / his 則是表達它的／他的。按下面合適的句意，在空格填入 it's, he's, its, his 其中之一，並做適度的大小寫變化。

1. The dog bit ______________ tail.

2. ______________ brother got a cold.

3. I think that __________________ Jessica's brother.

4. _____________ a great pleasure to welcome you all here.

5. The house has ________________ own swimming pool.

6. Sam couldn't afford the car on _______________ salary.

7. The teacher asked _____________ students to do the exercises.

8. ________________ impossible to live forever.

9. ________________ going to marry the woman tomorrow.

10. No one believes that ________________ a magician.

解答在 P.298

Part 2 代名詞文法概念

文法中代名詞是一個極為龐雜的單元，各家文法書對這個單元的介紹差異甚大，對於細節的名稱跟概念解釋也不盡相同。原因在於這些內容都是先有用法，才有後來的相關文法解釋，所以許多細節的內容，其實並沒有真正統一的說法。而許多文法書為了避免疏漏，逐一條列枝微末節，導致同學難以掌握最重要核心概念，所以這個單元的內容編排，旨在幫助同學去除次要的資訊，掌握關於代名詞核心知識的學習。

一、代名詞主要分類

在長篇的描述過程中，經常有可能需要反覆提到一些名詞。為了避免過度重複，所以改用較為簡約的代名詞來代替所要表達的的內容，這便是代名詞的主要功能，所以代名詞當然也是名詞的詞性。代名詞主要可以分成幾大類：指示代名詞、人稱代名詞、不定代名詞、疑問代名詞。然而關係代名詞較為特殊，有別其他代名詞，主要用來引導形容詞子句，在本章節則為避免學習失焦暫不討論。

1. 指示代名詞

用來指明特定的人事物，包含 this 這個、that 那個、these 這些、those 這些、such / so 如此、same 一樣，共七個。

例：**This** is my eraser.
這是我的橡皮擦。

例：**These** are my tools.
這些是我的工具。

2. 人稱代名詞

人稱代名詞顧名思義主要就是用來稱呼人的，例如：you 你、I 我、he 他等等。但其實這個名稱不完全正確，因為人稱代名詞也可以用來稱呼物，例如 it 它。人稱代名詞又可以細分為幾種用法：主格、受格、所有格和反身代名詞。

例：**My** brother loves **himself**.
我哥哥愛他自己。

例：**I** don't like **her**.
我不喜歡她。

3. 不定代名詞

不定代名詞用來表達數量、或是對象不確定的人事物。

例：**Something** is wrong.
某件事情不對勁。

例：**Nobody** told me the truth.
沒人跟我說實話。

4. 疑問代名詞

疑問代名詞用來詢問之用，通常置於句首。

例：**Who** is the man?
那個男人是誰？

例：**What** did you buy?
你買了什麼？

例：**Which** do you like better?
你比較喜歡哪一個？

二、指示代名詞

常用的指示代詞為 this 這個、that 那個、these 這些、those 那些。same 一樣、such / so 如此，這三個則較為次要。

1. this, that, these, those 用法

(1) this、these 指較「近」的人或物。that、those 指較「遠」的人或物。此外 this、that 是「單數」的指示代名詞，而 these、those 則是「複數」指示代名詞。

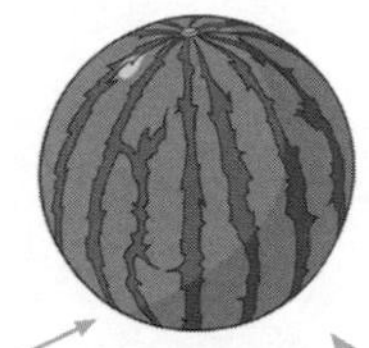

This is a watermelon.

That is a watermelon.

These are watermelons.

Those are watermelons.

(2) this、that 都可以用來表示前面所提過的部分內容，例如：片語、子句，也可以用來指前面說過整件事，也就是整個句子。these、those 則不可做此用途。

例：He is often late for school. **This** upets his teacher.
他經常上學遲到。這件事情讓他的老師很不高興。

例：Global warming is getting worse. **That** will endanger every living creature on earth.
全球暖化日益嚴重，那將危害所有地表上的生物。

(3) 多半進行比較時，為了避免過度重複，可以用 that 代替前述單數名詞，those 代替前述複數名詞。that、those 後面經常會接一個具限定的功能的介系詞片語（多半以 of 開頭）。

例：The heart of a rat beats much faster than **that** of an elephant.

老鼠的心臟跳得比大象的快很多。

例：The colors of your shirt are brighter than **those** of mine.

你衣服上的顏色比我的明亮很多。

Note

this、that、these、those 本身還可以當限定詞來用，不要跟其代名詞的功能混淆。限定詞在英文當中的地位相當特殊，有點像是一個形容詞，必須置於名詞前修飾名詞，但又不會跟冠詞、所有格或其他限定詞同時出現。

例：Those are my friends.

那些人是我朋友。

（後面沒有名詞，those 在這為代名詞）

例：Those people are my friends.

那些人是我朋友。

（those 在這作限定詞，修飾 people）

例：This is mine.

這是我的。

（後面沒有名詞，this 在這為代名詞）

例：This pencil is mine.

這枝筆是我的。

（this 在這為限定詞，修飾 pencil）

（X）These the students are cleaning the classroom.

（these 限定詞不可以與冠詞 the 同時出現）

（O）These students are cleaning the classroom.

這些學生正在打掃教室。

（X）This my bag is expensive.（this 限定詞不可以跟所有格同時出現）

（O）This bag is expensive.

這個包包很貴。

（X）Those some books are mine.

（O）Those books are mine.

那些書是我的。

（those 限定詞不可以與其他限定詞，例如：these、any、some、every、no，……一同出現）

2. same 用法

same 可以做形容詞或代名詞用，但不論詞性為何，**前面都必須有 the。same 後面習慣搭配的介系詞為 as**，許多同學常誤植成 with 或 to。

例：He has **the same** dark hair **as** his father.（形容詞用法）

他跟他父親有同樣深色的髮色。

例：I would do **the same** if I were you.（代名詞用法）

如果我是你，我也會做同樣的事。

3. such 的用法

such 語意為「如此」，可以拿來當作**形容詞、代名詞或副詞**。相對代名詞而言，such 較常作形容詞用。such 當形容詞時，用法相當特殊，**只能放在名詞前，其後可以接可數或不可數名詞。位置上必須放在 a / an 的前面，但 some、no、any、every、all、many、few 的後面。**

(1) 形容詞用法

例：He is **such a** good man.

他真是一個好人。

例：He said he was too rich or **some such** nonsense.

他說他太有錢了，或是類似這樣的瘋話。

例：I promise you that I'll do **no such** thing.

我跟你保證，我絕不會做這樣的事。

例：Have you ever met **any such** man?

你曾經遇過任何這樣的男人嗎？

例：I have **many such** coins in my collection.

我收藏中也有許多如此的硬幣。

(2) 代名詞用法

例：You can see pens, erasers, rulers and **such** in the drawer.

你可以在抽屜裡看到鋼筆、橡皮擦、尺和諸如此類的東西。

(3) 副詞用法

例：He can speak many different languages, **such** as English and Japanese.

（such 修飾 as 這個介系詞片語）

他會說很多不同的語言，例如英文和日文。

Note

such as 在使用時，經常很多同學會按照中文中「例如」的習慣位置，而置於句尾。但在英文中這樣很容易犯錯，在英文中 such as 必須緊跟在它修飾的名詞後為佳。

（X）Many snacks contain too much sugar, such as cookies.

許多點心含太多的糖，例如餅乾。

（O）Many snacks, such as cookies, contain too much sugar.

4. so 的用法

so 意思同樣作「如此」時，有兩種詞性：**副詞和代名詞**。so 多作副詞用，後面接形容詞、副詞等。so 常搭在 many、much、few、little 前面來修飾這些形容詞，加強語氣。so 當代名詞時，用以代替前面提到的片語或子句。

(1) 副詞用法

- so ＋ 形容詞或副詞

例：The little girl is so happy.（副詞修飾形容詞）
小女孩如此地開心。

例：The man walked so quickly.（副詞修飾副詞）
那個男人走地如此之快。

- so + many、much、few、little ＋ 名詞

so many / few 後面接複數可數名詞。so much / little 接不可數名詞。

例：I never knew that you had so **many** sisters.
我從來不知道你有那麼多姊妹。

例：The eccentric man has **so few** friends.
那個孤僻的男人很少朋友。

例：Joseph earns **so much** money! No wonder he is quite rich.
Joseph 賺那麼多的錢啊！難怪他很富有。

例：He ate so **little** food.
他吃如此少的食物。

(2) 代名詞用法

例：A: Has she left?

B: I think so.

A：她走了嗎？

B：我認為如此。

（當作 think 的受詞，代替前面的句子）

例：I did a fine job, if I say so myself.

如果要我說的話，我其實表現得不錯。

（當作 say 的受詞，代替前面的句子）

練習 A

判斷下列空格，應該填入 such 還是 so ？

1. I couldn't believe he could possibly eat ________________ many burgers.
   我真是不敢相信他能夠吃下那麼多個漢堡。

2. The question was ________________ hard that no one could answer it.
   那個問題實在太難了，以致於無人能回答。

3. I can't waste my life on ____________________ a boring job.
   我無法浪費我的人生在這麼無聊的工作上。

4. She shouldn't spend __________________ much money on clothes.
   她不該花那麼多的錢在衣服上的。

5. Have you ever seen any ____________________ creature?
   你有看過任何這樣的生物嗎？

6. The teacher talked to the boy ___________________ patiently.
   老師如此有耐性的跟小男孩說話。

解答在 P.299

三、人稱代名詞

人稱代詞依照單複數及不同格類的用法，整理如下表：

<table>
<tr><th colspan="2">格類 / 人稱 / 單複數</th><th>主格</th><th>受格</th><th>所有格
限定詞</th><th>所有格
代名詞</th><th>反身代名詞</th></tr>
<tr><td rowspan="2">第一人稱</td><td>單數</td><td>I</td><td>me</td><td>my</td><td>mine</td><td>myself</td></tr>
<tr><td>複數</td><td>we</td><td>us</td><td>our</td><td>ours</td><td>ourselves</td></tr>
<tr><td rowspan="2">第二人稱</td><td>單數</td><td rowspan="2">you</td><td rowspan="2">you</td><td rowspan="2">your</td><td rowspan="2">yours</td><td>yourself</td></tr>
<tr><td>複數</td><td>yourselves</td></tr>
<tr><td rowspan="4">第三人稱</td><td rowspan="3">單數</td><td>he</td><td>him</td><td>his</td><td>his</td><td>himself</td></tr>
<tr><td>she</td><td>her</td><td>her</td><td>hers</td><td>herself</td></tr>
<tr><td>it</td><td>it</td><td>its</td><td>its</td><td>itself</td></tr>
<tr><td>複數</td><td>they</td><td>them</td><td>their</td><td>theirs</td><td>themselves</td></tr>
</table>

1. 主格

代名詞的主格是指代名詞置於主要動詞之前，當**作主詞**用時，又或者放在聯繫動詞後**作主詞補語**時。

例：**He** lives close to the river.

他住在靠河的地方。

例：The person with the greenest thumb in our community is **he**.

我們社區裡最擅長園藝的人是他。

（be 動詞不是及物動詞，所以後面不是接受詞，因此當然不會用受格。這邊 he 是主詞補語，實質上跟主詞根本是同一個人。）

Note

雖然主格作主詞補語文法上正確，但過於正式。因此口語當中，常用受格來作主詞補語。

例：A: Who is over there?

B: It's me.

A：是誰在那裡？

B：是我。

2. 受格

當代名詞置於及物動詞或介系詞後時，必須使用受格。

例：Could you lend **me** some money?

你可以借給我一些錢嗎？

（me 為及物動詞 lend 的受詞）

例：The woman is staring at **him**.

那女人盯著他瞧。

（him 為介系詞的受詞）

有時候會遇到不定式 ＋ be 動詞後面加代名詞，to be 後面的格類必須跟句子中在比較或同樣的人事物使用同格類。

例：She took Sam to be me.

她把 Sam 當成了我。

（她搞混的是 Sam 跟我，所以 Sam 跟我是在句中被比較的東西，應該用同一格。而 Sam 是 took 的受詞，所以我也必須用受格）

例：The smartest person in the class is considered to be she.

班上被認為最聰明的是她。

（她就是班上最聰明的人，而 the smartest person 在句中位置為主格，所以 to be 後面 she 也用主格）

例：I believe the thief to be him.

我相信小偷就是他。

（他就是小偷，所以 to be 後面的 him 必須跟 the thief 同為受格）

3. 所有格

所有格是人稱代名詞裡面較為複雜的格類。因為所有格下面又細分成：**所有格限定詞**和**所有格代名詞**。所有格代名詞，顧名思義就是把所有格當成名詞用。而所有格限定詞又稱為「**所有格形容詞**」，因為它的功能就像形容詞一樣，必須後加名詞加以修飾。然而視其為形容詞又不完全正確，因為所有格形容詞，後面不能沒有名詞直接當補語使用，也不會跟冠詞（a / an、the）或其他限定詞（this、that、these、those、any、some、every、no、another……）同時出現。

(1) 所有格代名詞的形式

許多人要記憶各種形式的所有格代名詞，常覺得困難。其實除了 my 改作 mine 以外，其他都是所有格限定詞後面加 s 而已，遇到本來就有 s 結尾的所有格限定詞，則不用在另外加 s，相當容易記憶。

my → mine 我的

- 非 s 結尾所有格 → 所有格字尾加 s

our → ours 我們的

your → yours 你的／你們的

her → hers 她的

their → theirs 他們的

- 結尾 s 的所有格 → 不變動

his → his 他的

its → its 它的

(2) 所有格限定詞的位置

例：**Your** friends are **my** friends.

你的朋友就是我的朋友。

（所有格限定詞類似當作形容詞用，置於名詞前）

（X）This watch is my. 這隻錶是我的。

（my 所有格限定詞後面不可以沒有名詞）

（O）This watch is my watch. 這隻錶是我的錶。

（雖然 my 後面有名詞了，但重複了 watch 顯得囉嗦，所以應該改為所有格代名詞，避免重複）

例：This watch is **my watch**. 這隻錶是我的。

= This watch is **mine**.

（mine = my watch，當名詞來用）

(3) 所有格限定詞後名詞單複數

在課堂上，許多同學經常會問的問題便是，複數的所有格後面為什麼可以接單數的名詞。其實，視句意的需要，所有格後接單複數名詞都是正確的。有時候，因為內容的關係，即便使用複數所有格，接單數名詞甚至更為優雅。

例：Our friends are visiting us this weekend.

我們的朋友這個週末要來拜訪我們。

（我們共同的朋友不只一人要來）

例：Our friend is visiting us this weekend.

我們的朋友這個週末要來拜訪我們。

（我們共同朋友只有一個人，後面動詞必須使用單數動詞）

（△）Husbands should be loyal to their wives. 作丈夫的應該忠於自己的妻子。

（這邊指的是全天下的老公，故用複數形代替全體，但如果在 their 後面加上複數形，文法正確，卻可能有另一種解讀，暗指一個老公應該忠於自己「多名的妻子」，為了避免這樣的窘境，用單數表達，所有男人皆忠於自己的唯一妻子，更為優雅）

（O）Husbands should be loyal to their wife.

(4) 所有格限定詞 ＋ Ving

在動名詞前，不應使用主格代名詞，因為主格代名詞亦為名詞，而動名詞也是名詞，如此便會有兩個名詞當主詞。相對的，所有格限定詞功能類似形容詞，可以拿來限定動作為何人所為。

（X）He snoring kept me awake all night. 他的打呼聲使我徹夜未眠。
（he 跟 snoring 都是名詞，開頭不能有兩個名詞，會變成兩個主詞）

（O）His snoring kept me awake all night.
（his 像是形容詞，修飾限定動名詞）

受格時，依然可以使用所有格來限定動名詞，但這樣的用法往往在口語中，顯得過度正式。非正式的情況下，母語人士，也經常改用受格來代替所有格。

（O）I love your smiling all the time.（正式）

（O）I love you smiling all the time.（非正式）
我喜歡你總是笑咪咪的。

4. 反身代名詞

反身代名詞第一個功能就是表達「自己」的概念，跟中文一樣，當主詞受詞為同一人時，就必須使用反身代詞。第二，反身代詞便是用來強化語氣。

(1) 反身代名詞的形式

反身代詞的形式也是同學在使用代名詞經常拼寫錯誤的部分。其實記憶方式很簡單，**第一和第二人稱用所有格＋ self / selves，第三人稱用受格＋ self / selves。別忘了，單數人稱＋ self，複數則是＋ selves**。

- 第一、二人稱：所有格 ＋ self / selves

單數：

my ——→ myself 我自己

your ——→ yourself 你自己

複數：

our ⟶ ourselves 我們自己

your ⟶ yourselves 你們自己

- 第三人稱：受格 + self / selves

單數：

him ⟶ himself 他自己

her ⟶ herself 她自己

it ⟶ itself 它自己

複數：

them ⟶ themselves 他們自己

(2) 反身代名詞的用法

- 主詞與受詞為同一人時

例：The old man talked to himself.

這個老男人自言自語。

（使用 himself 表示受詞就是主詞，為同一人）

例：The old man talked to him.

這個老男人對他說話。

（him 表示另一個人，不是老男人自己了）

- 放於主詞或受詞後加強語氣

當作加強語氣用時，置於主詞和受詞後方，功能上類似同位語，中文的意思就是「本人／親自」的意思。

例：I want to talk with your boss **himself**.

我想跟你老闆本人討論。

（加強受詞）

例：Only the manager **himself** has the key to the safe.
只有經理本人才有保險箱的鑰匙。
（加強主詞）

- by ＋ 反身代詞

by ＋ 反身代詞，表示「獨自」的意思。大抵上與以下詞組意義上相等：by oneself = alone = on one's own。

The man built the house by himself. 這個男人獨自蓋起這屋子。
= The man built the house alone.
= The man built the house on his own.

by oneself 的片語，有時也可以把 by 省略，意義上沒有太多差別。
Do it by yourself. = Do it youself. 自己動手做。

5. it 的用法整理

it 較其他人稱在應用上更為複雜。除了用來單純指稱動物或無生命物體的它／牠／祂外，還有許多特別的用法。以下整理幾個 it 核心的用法：

(1) it 可以拿來代替天氣、時間、季節、距離、狀況或非確定形式的人稱。

例：When **it** is winter, **it**'s cold.（季節／天氣）
當冬天時，天氣很冷。

例：What time is **it**?（時間）
現在幾點？

例：A: How far is **it** from the hotel to the station?
B: **It**'s a five-minute walk.（距離）
A：從這個飯店到車站距離多遠？
B：五分鐘的步程。

例：How's **it** going?（狀況）

一切如何？

例：A: Who is **it**?

B: **It**'s me.（非確定形式的人稱）

A：是誰啊？

B：是我啦。

(2) 代替前面所陳述過的名詞、片語、子句

例：I borrowed **a book** from the library and put **it** on the shelf.（代替前述名詞）

我從圖書館借了一本書，並且把它放在書架上了。

例：I tried **to talk sense into him**, but **it** didn't work.（代替前面片語）

我試著跟他講道理，不過沒作用。

例：**He was the thief**. I knew **it**. （代替前面子句）

他就是那個賊。我當時就猜到了。

Note

在前面討論指示代名詞時，我們提過 that 也可以代替前面所述的名詞。其實 it、that 都可以代替前面提過的名詞，同學經常搞混兩者。

- it 指得是完全跟前面一模一樣的同一個

例：I gave **the dress** to my sister because I didn't like **it** anymore.

（同一件洋裝）

我把那件洋裝給了我妹妹，因為我不喜歡了。

- that 指得是同一類，但不同個

例：**The heart** of an elephant is much bigger than **that** of a bird.

（都在討論心臟，但不是同一顆）

大象的心臟比鳥的心臟要大多了。

(3) 作虛主詞、虛受詞

it 可以作為文法上的假性主詞或受詞，代替本來長度過長的不定詞、動名詞、名詞子句。

• 作虛主詞

例：**To ride a bike with only one hand** is dangerous.

單手騎腳踏車是很危險的。

→ 主詞太長，顯得頭重腳輕

= **It** is dangerous **to ride a bike with only one hand**.

→ it 當作假主詞代替不定詞，把真正的主詞放到句尾

例：**It** is no use **crying over spilt milk**.

為了灑出來的牛奶，哭也沒用。

→ 代替動名詞

例：**It** is important **that everyone should obey the law**.

每個人都遵守法律，是非常重要的事情。

→ 代替名詞子句

通常需要把動詞放在開頭時，除了少數極正式的情況用 to V，否則通常以動名詞開頭。而由虛主詞代替主詞時，必須將動詞名改成不定詞 to V 的形式，置於句尾。這點在虛受詞的應用上亦然。

例：**Eating fruit and vegetables** is beneficial for health.

吃水果和蔬菜對健康有益。

→ 通常用動名詞當主詞

= **It** is beneficial for health **to eat fruit and vegetables**.

→ 虛主詞代替主詞時，原本動名詞形式的主詞，必須改成 to V 不定式置於結尾。

但遇到以下兩種句型時，原本動名詞主詞，仍然以Ving動名詞形式置於結尾。此為固定句型，必須牢記，除此之外，必須用 to V 不定詞放於句尾。

(i) It is no use ving. ……也無用

例：**It** is no use **blaming yourself**. 責備你自己也是沒用的。

= Blaming yourself is no use.

(ii) It is worth ving. ……很值得

例：**It** is worth **trying**. 這很值得嘗試。

= Trying is worth.

• 作虛受詞

英文中有一些動詞可以後面加上受詞，再接受詞補語，在五大句型的單元我們介紹過，這種稱為不完全及物句型的句構。句構的形式為：動詞＋受詞＋受詞補語。常見可以這樣用的動詞有：think、consider、find、feel、believe、make、prove……等。

例：I think / consider him selfish.

我認為他很自私。

（selfish 為受詞補語，補充説明受詞 him）

例：I found the book pretty interesting.

我發現這本書很有趣。

（interesting 作受詞補語，補充説明 the book）

但當受詞為動名詞片語、名詞子句時，可能會因為片語或子句過長，導致句構複雜難以閱讀，所以必須用 it 代替受詞，並將真正的受詞挪至句尾。

（△）I think **communicating with him** hard.

我認為跟他溝通很困難。

（communicating with him 為受詞，hard 為形容詞作受詞補語）

（O）I think **it** hard **to communicate with him**.

（△）The man made **exercising at least 30 minutes a day** a rule.

這男人把每天至少運動三十分鐘訂為規則。

（exercising...a day 為受詞，a rule 為名詞作受詞補語）

（O）The man made **it** a rule **to exercise at least 30 minutes a day**.

（△）Scientists have proved **that the world is round** true.

科學家已經證明地球是圓的為真了。

（名詞子句 that...round 為受詞，true 為形容詞作受詞補語）

（O）Scientists have proved **it** true **that the world is round**.

(4) it 使用於加強語氣句型

it 還可以用於一個特殊句構，來強調一個句子中的部分。句構書寫方式為：

It is / was ＋所要強調的部分＋ that ＋剩餘的內容

原句子：Sylvia saw a green monster in her bedroom last night.

Sylvia 昨晚在臥房裡看到一隻綠色的怪獸。

強調主詞：It was **Sylvia** that saw a green monster in her bedroom last night.

強調受詞：It was **a green monster** that Sylvia saw in her bedroom last night.

強調地點：It was **in her bedroom** that Sylvia saw a green monster last night.

強調時間：It was **last night** that Sylvia saw a green monster in her bedroom.

四、不定代名詞

不定代名詞種類繁多，基本上定義為，泛指不特定數量且不具體的人、事、物。而不定代名詞中，有些又可以做為不定限定詞（＝不定形容詞），更使得同學使用上常常混淆。此外，不定代名詞本身還有單複數之分，透過以下的表格和整理，來區分常見的不定代名詞的細節用法。

1. 不定代名詞的數

一定當單數	anything 任何事物、anyone 任何人、anybody 任何人、something 某事物、someone 某人、somebody 某人、nothing 無一事物、no one 無人、nobody 無人、everything 所有事物、everyone 所有人、everybody 所有人、one 一人／事／物、each 每一個、either 兩者之一、neither 兩者中無一個、much 許多、little 很少、enough 足夠、none 沒有 **（Note：every 不能當代名詞，只能當不定限定詞／形容詞用。none 傳統上被視為單數，但近年來此觀念逐漸鬆綁。現代英語中，尤其非正式口語中，none 可被視為單複數皆可。但考試和寫作時，仍建議將其作為單數較為正確。）**
一定當複數	both 兩者、few 很少、many 許多、several 幾個
單複數都可以	all 全部、some 一些、most 大部分、any 任何、more 更多

Note

another, other 亦為不定代詞，但用法較為特殊，將於其後獨立整理。

(1) 作單數的代名詞例句

例：Something is wrong.

某事不太對勁。

例：Everything is all right.

一切都沒問題。

例：Either is correct.

兩個中的任一個都正確。

例：Much that was said by him is false.

他所說的大多都是假的。

例：Little is known about his life.

我們對他的生活所知很有限。

例：Enough is enough.

夠了就是夠了。（適可而止）

(2) 作複數的代名詞例句

例：Both are mine.
這兩個都是我的。

例：Very few of her books are worth reading.
她的書沒什麼值得讀的。

例：Many love music around the world.
世界上很多人熱愛音樂。

例：Several of his friends are Americans.
他的幾個朋友是美國人。

(3) 單複數皆可的代名詞例句

單複數都可以的代名詞時，通常後面都會有「of ＋ n」，作主詞時，動詞使用單數或複數，必須端看 of 後面的名詞為單數或複數，否則它們則多半作限定詞用。

例：All of your **friends are** mine.
你所有的朋友就是我的朋友。
（friends 複數，動詞用複數動詞）

例：All of my **money was** spent on books.
我所有的錢都花在書上了。
（money 不可數，搭配單數動詞）

例：**Is** any of the **sugar** left?
糖還有剩嗎？
（sugar 不可數，搭配單數動詞）

例：**Are** any of your **friends** from Japan?
你有任何來自日本的朋友嗎？
（friends 複數，搭配複數動詞）

通常單複數皆可的代名詞，因為語意不夠清楚，較少直接單獨作主詞用，如果單獨作主詞用時，**指人時多指複數的人，則多接複數動詞。指物時把物視為整體或者指的是不可數的字時，多接單數動詞。如果非常強調複數的概念時，亦可能搭配複數動詞**。

- 指人

例：**All are** welcome.

所有人都歡迎。

例：**Most have** voted in favor of the proposal.

大部分人投票贊成提案。

例：**Some say** that silence is golden.

有些人說沉默是金。

例：**More live** in the capital than in the rest of the country.

比其他區域，更多人住在這國家的首都。

例：**Any** who **are** interested may apply.

任何感興趣的人都可以申請。

- 指物

例：**All** that I have **is** yours.

我所有的一切就是你的。

例：We should wait until **more is** known.

直到事情更明瞭，我們應該等待。

例：A: Can I borrow a pen? B: **Any is** fine.

A：我可以借枝筆嗎？ B：任何都可以

例：Here is the latest advice. **Some is** very helpful.

這是最新的建議。有些相當有幫助。

例：I want you to eat berries. **More are** better.

我希望你多吃點莓果。越多越好。

例：Here are some questions. **Some are** more difficult than others.

這裡是一些問題。有些較其他來的難。

Note

這些代名詞較少單獨作主詞，且其語意不明，所以後面動詞的形式其實相對較不穩定。

2. 不定限定詞／不定形容詞

不定限定詞又稱不定形容詞，顧名思義它們功能上像是形容詞，放於名詞前，修飾一個名詞。但前面已經學習過，限定詞之所以特別，是因為它們雖然功能上像形容詞，但不會與冠詞、所有格或其他同類型的限定詞同時使用。

可以作不定限定詞的字常見如下：

most 大部分、some 一切、any 任何、all 全部、both 兩者都、one 一人／事／物、each 每一、every 每一、many 許多、much 許多、few 很少、little 很少、enough 足夠、several 一些、more 更多、either 兩者之一、neither 兩者中無一、no 無

當有其他限定詞、所有格或是冠詞出現時，便不可以把上述的字作限定詞／形容詞用，必須改用它們的代名詞版本，形式為「**代名詞 of 限定詞／所有格／冠詞 + n**」，以下僅作幾例示範，但其它限定詞用法亦同：

（X）Most the students here are from Australia. 這裡大部分的學生來自澳洲。

（O）Most of the students here are from Australia.

（第一句 most 為限定詞，不可以與冠詞 the 同時使用，此時必須使用代名詞版本）

（O）Most people love peace. 大多數的人都熱愛和平。

（此時people前面沒有任何冠詞或其他限定詞，因此most在這當限定詞用）

（X）Each my friend loves Chinese food. 我每個朋友都喜歡中國菜。

（O）Each of my friends loves Chinese food.

（第一句 each 為限定詞，不可以與所有格限定詞同用，必須改用代名詞）

（O）Each item is worth 20 dollars.

每一樣東西價值 20 元。

（這裡 each 為限定詞，item 前面不可以再有其他冠詞或限定詞）

（X）Many his friends have passed away. 他的許多朋友過世了。

（O）Many of his friends have passed away.

（第一句 many 為限定詞不可以跟 his 所有格限定詞同用，必須改用代名詞）

（O）Many peole speak English around the world.

世界上許多人會説英文。

（people 前面沒有任何限定詞或冠詞，此時 many 作限定詞用）

3. some vs any 的用法

some 跟 any 是普遍學校跟文法書沒談清楚的部分。多數文法書只説 some 用於肯定句而 any 用於否定句、問句，但這樣其實只説對了一半。some 跟 any 的用法，不論為代名詞或限定詞，其實分成以下兩種：

(1) 核心用法

some 用於肯定句，any 用於否定和問句。

例：He has some chips.
他有一些洋芋片。（肯定句）

例：Do you have any coins?
你有任何的硬幣嗎？（問句）

例：I don't have any pens.
我沒有任何的筆。（否定）

含有 some- 和 any- 的不定代詞（例如 someone, anyone 等），用法也是如此。

例：Someone needs to be responsible for this.
必須有人為這個負責。（肯定句）

例：Do you know anyone here?

你認識這兒的任何人嗎？（問句）

例：I don't see anyone in the park.

我沒看到公園裡有任何人。（否定）

(2) 次要用法

- 當問句**期待對方回答出「Yes」時**，some 可以用在問句中表達**請求**、**邀請**、**或質問**的語氣。

例：Could you lend me some money?

你能否借我些錢呢？

（請求對方回答 yes）

例：Would you like some more coffee?

你還要再喝些咖啡嗎？

（邀請對方說 yes）

例：Didn't you just borrow some eggs this morning?

你不是今天早上才來借一些蛋嗎？

（知道答案為 yes，故意反問對方）

- any 的語氣表達的是「不論任何一個」時，語氣強烈，亦可用於肯定句中。

例：You can take any book you like.

你可以拿走任何一本你喜歡的書。

（不論哪一本都成立）

Note

小心 any 後面接可數名詞時，單數跟複數的意思差異很大。接單數時，語意就是 “any....(at all)”「不論哪一個都……」，語氣非常強烈。而 any 接複數時，則只是「表達一個或多的意思」，意義上等於用於問句、否定版的 some。接不可數時，則無此區別。

例：A: Do you have any stamps? I need to mail this parcel.

A：你有一些郵票嗎？我需要寄這小包裹。

（這裡意思為你有「一些」郵票嗎？如果 any 後面接單數，語意則變成任何隨便一張郵票都行，語意不合，因為不可能隨便任一張郵票郵資都夠寄這包裹，你或許需要不只一張郵票）

B: I don't have any stamps.

B：我沒有郵票。

（我沒有一張或多張的郵票可以供你使用）

B: I don't have any stamp (at all).

B：我任何一張郵票都不可能有。

（語意強烈，可能暗示 I don't use such a thing in my life. 我這輩子一張郵票都沒有過）

練習 B

判斷下列空格，應填入 some 或者 any。

1. A: Do you have ________________ homework?
   B: Yes, I have _____________ homework.
   A: 你有任何功課嗎？ B: 有，我有一些功課。

2. Would you like to have _____________ more cake?
   你想要再來些蛋糕嗎？

3. Is there __________ milk in the fridge?
   冰箱有任何牛奶嗎？

4. The poor man doesn't have _________________ money.
   那可憐的男人沒有任何的錢。

5. Could you give me _______________ help?
   你可以幫忙我嗎？

6. _______________ people believe in ghosts, and others don't.
   有些人相信有鬼，其他人則不。

7. You should never believe ______________ information of this website.
你永遠不該相信任何這個網站上的資訊。

8. I need ______________ cheese to make a hamburger.
我需要些起司來做漢堡。

解答在 P.299

4. either、neither、both 的用法

此三者是同學就意思上相當容易混淆的用法。在教學過程中，許多同學經常會問 either 不是兩者其中之一嗎？為什麼這邊又是兩者都的意思？主要是因為這三個字能作不定限定詞（不定形容詞）、不定代名詞、副詞和連接詞。在不同的情況下，用法跟位置也多有不同。

代名詞	Either（of 複數名詞）＋ 單數動詞（兩者任一都……） Neither（of 複數名詞）＋ 單數動詞（兩者無一……） Both（of 複數名詞）＋ 複數動詞（兩者都……）
限定詞（形容詞）	Either ＋單數名詞＋單數動詞 Neither ＋單數名詞＋單數動詞 Both ＋複數名詞＋複數動詞
配對連接詞	Either A or B ＋動詞配合 B（其中之一……） Neither A nor B ＋動詞配合 B（兩者無一……） Both A and B ＋複數動詞（兩者皆……）
副詞	either（也）（用於否定句） neither（也不） both（兩者都）

(1) either

• 代名詞

either 在作代名詞時，意思為不論哪一個都成立，既然不論哪一個都成立，在中文中經常就被翻譯成「兩者都」。

例：A: What drink would you like to have, juice or tea? B: Either is fine.
A：你要喝什麼飲料呢？ B：不論哪一個都好。
（兩個飲料都好）

例：Either of the colors looks good on you.
這兩個顏色不論哪一個在你身上都好看。
（兩個顏色都好看）

- 限定詞

例：Either answer is correct.
兩個答案的任一個都正確。
（兩者皆對）

例：Trees grow on either side of the river.
樹在河的兩岸任一邊生長。
（兩岸都有樹，either 在這是限定詞，前面不會有 the）

- 配對連接詞

「either...or...」配對連接詞可以連接詞性對等的任何兩者，此時的意思則是**「兩者間只有一個成立」**。either 作代名詞和限定詞時，意思是「兩者不論何者都成立」。

例：Either you or I am wrong.
不是你就是我錯了。
（動詞必須配合 I，兩者間只有一個人是錯的）

例：Either Jerry or his brother is a doctor.
Jerry 跟他哥哥兩者中有一個人是醫生。
（動詞配合 his brother，只有一個人是醫生）

Note

either...or... 的句型並非只能用在句首，後面所接詞性只要對等即可。用於肯定句時，如前述，兩者只有一者成立，但如果搭配否定，則變成兩者皆非。

例：You can either stay or go.
你可以留或者走。
（走或留兩者只能成立一個）

例：I don't like either milk or yogurt.
我既不喜歡牛奶也不喜歡優格。
（加上否定後變成兩者都不）

• 副詞

either 作副詞意思同 too「也」。只是 either 用於否定句中，too 用於肯定句。

例：He is not smart or diligent either.
他既不聰明，也不勤奮。

例：My husband doesn't like cats, and I don't either.
我老公不喜歡貓，我也是。

(2) neither

neither 不論作代名詞、限定詞或連接詞，意思都是兩者中任一個皆非。所以中文常翻成「兩者都不是」。

• 代名詞

例：Neither of them is a teacher.
他們兩者中無一人是老師。
（不論哪一個都不是老師，所以兩者都不是老師）

例：A: Which one do you like? B: I think neither is suitable for you.
A：你喜歡哪一個？ B：我認為兩個不論哪一個都不適合你。

• 限定詞

例：Neither dress fits her.
不論哪一件洋裝對她而言都不合身。

例：Neither drink contains alcohol.

這兩個飲料都不含酒精。

• 配對連接詞

例：Neither my wife nor I like coffee.

不論我老婆或我都不喜歡咖啡。

（動詞配合 I，兩者不論何者皆不，所以等於兩者都不）

例：Neither winter nor summer is my favorite season.

不論冬天或是夏天都不是我喜愛的季節。

（動詞配合 summer）

• 副詞

neither 作副詞時，意思是「也不」，表達否定，且句子必須倒裝。

例：My brother can't dance, and neither can I.

我哥哥不會跳舞，我也不會。

(3) both

• 代名詞

例：Both are mine.

兩個都是我的。

例：Both of them liked the idea.

他們兩個都喜歡這個點子。

both 作代名詞時，比較特別的是，如果 of 後面的名詞不是人稱代名詞，則 of 省略也算正確。因此會出現 both 跑在限定詞前，並跟限定詞一起出現的情況，此時的 both 仍是代名詞，所以可以跟限定詞一起出現。

例：Both of us enjoy travel a lot.
我們兩個都很享受旅行。
（us 為人稱代名詞 of 在這不可以省略）

例：Both (of) the cars need to be washed.
兩臺車都該洗了。
（cars 不是代名詞，此時 of 寫或不寫都正確）

• 限定詞

例：Both women are my friends.
兩位女士都是我的朋友。
（both 在這為限定詞，所以 women 前面沒有 the）

例：Both companies have agreed to the contract.
兩家公司都已經同意這份合約。
（both 為限定詞，因此 company 前面沒有 the）

• 副詞

both 作副詞時，則位置基本上按照副詞常見的位置放置。一般動詞前、be 動詞後、情態助動詞與動詞之間、句尾等。

例：They both live in Seattle.
他們兩個都住在西雅圖。
（副詞放於 live 一般動詞前）

例：They are both good candidates.
他們兩個都是好的候選人。
（副詞放於 be 動詞後）

例：They will both leave the town soon.
他們兩個將很快離開城鎮。
（副詞放於情助與動詞間）

例：I like them both.

這兩個我都喜歡。

（副詞放於句尾）

• 配對連接詞

例：Both Susan and Sylvia are sick.

Susan 跟 Sylvia 兩個人都生病了。

例：She is both intelligent and charming.

她既聰慧又迷人。

Note

幾乎臺灣所有的文法書或是中學學校的教學都會教導學生，如果看到「**not...both**」或「**both...not**」就是所謂的部分否定，代表兩者只有其中一個是。但這個觀念是嚴重錯誤的！！！這樣的說法不完全正確，且鼓勵學生使用錯誤的英文，請務必詳讀以下的說明，釐清正規的用法。

為什麼 both 搭配否定詞會有那麼大的爭議，主要在於 both 其實本身可以暗示出兩種意思：

(i) 兩者分開討論的任一個

例：They will both find a job soon.

他們將很快都會找到工作。

（此時 both 的意思為兩者被分開來看待，不論哪一個都會去找工作，但不是同時找到或在同一個地方工作）

(ii) 兩者合併討論同時發生

例：When it's both raining and snowing, it's dangerous to walk on the street.

當同時下雨又下雪的時候，在街上走路很危險。

（此時 both 的意思必須是同時下雨和下雪同時發生，兩者必須一起成立合併討論，而不是把兩者分開討論）

因為 both 原意暗示了兩種不同的涵義，導致當 both 結合 not 的時候，語意經常晦澀不明。

例：Not both John and Mary are doctors.

當 not 在 both 前面的時候，對大部分人而言，的確讀起來語意為「John 跟 Mary 不都是醫生」，所以只有一個人是醫生。

例：Both John and Mary are not doctors.

普遍學校都會教學，此句為部分否定，意思一定為「John 跟 Mary 不都是醫生」。然而這是完全錯誤的教學。當 not 出現在 both 後面時，狀況就複雜多了。因為 both 的前述兩種意思的可能性，這邊到底是把他們兩者分開來看待，還是兩者同時合併在一起討論，缺乏前後文的情況下，就沒有人能說清楚。所以這個句子有可能為「John 和 Mary 都不是醫生」或者「John 跟 Mary 不都是醫生」。

甚至筆者拿中文文法書和參考書上的這句子詢問不少母語人士。普遍多數認為，這句子應該是「兩者都不是醫生」，少部分的人認為兩種意思都有可能。可見此為臺灣英語教育長期謬誤的教學。

至於怎麼會連母語人士都無法對「both...not」說個準呢？實際上，是因為幾乎**沒有母語人士會把 both 跟 not 一同使用**，這不是自然的用法，所以這樣的英語教學可謂莫名其妙。筆者在這強烈建議學生，不要將 both 與 not 搭配使用。表達部份否定或兩者皆否定的自然英文應如下：

只有一個是

例：Only one of them is a doctor.

他們中只有一個人是醫生。

兩者皆非

例：Neither of them is a doctor.

他們兩個人都不是醫生。

5. another vs other 的用法

another 跟 other 都能作為不定限定詞（不定形容詞）或不定代名詞用。此兩者有時，中文都有可能翻譯成「其他」，導致同學不會區分。透過下面的表格跟示意圖，來幫助同學學習。

以下用「筆」（pen）當作被修飾的對象，來示範舉例：

	單數	複數
形容詞用法	another pen	other pens
	the other pen	the other pens
代名詞用法	another	others
	the other	the others

輔助記憶口訣：**只要出現 the 就代表最後剩下的全部。**

下面用每個圈來示意一隻筆，我們用●表示已知黑筆的數量，○表示未知顏色的筆，◎來表示要討論的藍筆，扣除黑筆●，以下面的圖來示意藍筆的情況。

形容詞用法：

●○○◎○ Another pen is blue.

（剩下四枝中隨便挑出**單數的任何一枝**是藍色的）

●●●●◎ The other pen is blue.

（有 the 表示最後剩下的，這裡剩下的是單數，所以表示**剩下最後一枝**）

●○◎◎○ Other pens are blue.

（剩下四枝中**隨便挑任何一些**是藍色的，但不是剩下全部，這裡 other 像 some）

●◎◎◎◎ The other pens are blue.

（有 the 表示剩下最後剩下的，這裡 pen 加上 s，所以表示剩下的全部）

代名詞用法：

使用形容詞時後面必須要有名詞，導致就像中文中，如果要討論各個筆的顏色時，必須不斷的重複名詞「筆」這個字，為了避免過度重複性，直接省略名詞，讓 another / other 變成名詞。單數時沒有太大的問題，直接拿掉名詞即可，複數時，則必須把後面的名詞的複數形“s”改加到 another / other 上。

形容詞用法：		**代名詞用法**：
Another pen is blue.	→	Another is blue.
The other pen is blue.	→	The other is blue.
Other pens are blue.	→	Others are blue.
The other pens are blue.	→	The others are blue.

練習 C

按照上面所學，將下面填入正確的形容詞或代名詞。

形容詞：

1. I have two sisters. One lives in Taiwan. ____________ sister lives in Japan.
   我有兩個姊姊。一個住臺灣，另一個住在日本。

2. There are three markers on the table. One is blue. ____________ marker is red. ____________ marker is black.
   桌上有三枝麥克筆。一枝是藍色。另一枝是紅色。還有一枝是黑色。

3. I've bought four books. I kept one and sent ____________ books to my sister. And I will give ____________ book to you.
   我買了四本書。我自己留了一本，寄了一些給我姊姊。最後的那本將送給你。

代名詞：

1. There are three different kinds of people in my class. Some are from China. ____________ are Americans. ____________ are Africans.
   我的班上有三種不同的人。一些來自中國。一些是美國人。還有一些是非洲人。

2. I called three people last night. One is Jerry. ______________ is Jane. ____________ is Mary.

我昨晚打給三個人。一個是 Jerry。另一個是 Jane。最後一個是 Mary。

3. I've written three letters. One is for my girlfriend. ________________ are for my parents.

我寫了三封信。一封給我女朋友。剩下的給我爸媽。

解答在 P.299

Note

another 平常後面多半只會接單數，表達無特定的任何一個。但是如果 another 作形容詞後面接「**時間、距離、金錢**」，此時意思為「額外的」，**可以接複數名詞**。

例：I need another five minutes.

我還需要再五分鐘。

例：I can run another three miles.

我還能再跑三英哩。

例：I can give you another five dollars.

我可以再給你五塊錢。

五、疑問代名詞

疑問代名詞是在提問中使用，可分成代指人或事物兩種。有些疑問代名詞亦可作疑問限定詞來用。人稱的疑問代名詞使用上有分主格、受格、所有格。指稱物的疑問代名詞，用於不同格時，不作變化。

1. 疑問代名詞 vs 疑問限定詞

	疑問代名詞	疑問限定詞
人	who 誰（主格），whom（受格） whose 誰的（所有格），which 哪一位	whose 誰的，which 哪一位
物	what 什麼，which 哪一個	what 什麼，which 哪一個

(1) 疑問代名詞：

疑問代名詞就作名詞來用，可以作主詞、受詞、補語等位置。

例：Who cares?
誰在乎啊？
（who 作動詞 care 的主詞來用）

例：Whom did you send the letter to?
你是把信寄給了誰？
（whom 作 to 的受詞用）

例：Whose is this?
這是誰的？
（whose 暗指誰的東西，所有格代名詞來作 be 動詞的主詞補語）

例：What did the baby just eat?
小嬰兒剛剛吃掉的是什麼？
（what 作 eat 受詞來用）

例：What happened?
發生了什麼事？
（what 作 happen 的主詞，形式與作受格相同，並不做變化）

例：Which do you like better?
哪一個你比較喜歡？
（which 作 like 的受詞來用）

Note

除非刻意強調正式性，否則 whom 作動詞或介系詞的受詞時，經常被 who 取代。不過，如果介系詞置於疑問代名詞前時，則不可以用 who 取代 whom。

例：Who(m) did you meet on the street?
你在街上碰到了誰？

例：Who(m) did you talk to on the phone?
你跟誰在講電話？

例：To whom did you talk on the phone?

（介系詞提前到 whom 前時，不可以用 who，此種用法極為正式）

(2) 疑問限定詞：

疑問限定詞如前面所學，功能如形容詞後面加一個名詞加以修飾名詞，但不可以與冠詞、其他所有格或限定詞同時使用。

（X）Whose this jacket is on the sofa? 誰的夾克在沙發上？

（O）Whose jacket is on the sofa?

（this 為指示限定詞，無法與疑問限定詞 whose 同用）

（X）What our dumpling would you like to have? 你要吃什麼樣的水餃？

（O）What dumpling would you like to have?

（our 為所有格限定詞，無法與疑問限定詞 what 一起使用）

（X）Which the book do you want to borrow? 你想要借哪本書？

（O）Which book do you want to borrow?

（the 為冠詞，無法和疑問限定詞 which 同用）

2. 疑問代名詞的位置

疑問代名詞通常置於句首，放在助動詞或動詞前。如前述，極正式的情況下，介系詞也有可能提前置疑問代名詞前。

例：**Which** is your bag?

哪一個是你的包包？

例：**What can** you tell us?

你能跟我們說什麼？

例：**Whose are** these?

這些是誰的？

例：**Who did** this?

誰幹的好事？

例：**With whom did** you go to the shopping mall?

你是跟誰去了大賣場？

3. 疑問代名詞的數

who、what、which 作疑問代名詞時可以作主詞，而 whose 當代名詞時，幾乎不直接當主詞。這些疑問代名詞作主詞時，即使知道答案可能非單數，使用上還是多必須搭配單數動詞。

例：Who wants to dance?

誰想要跳舞？

例：What is in the bag?

袋子裡面是什麼啊？

例：Which is cheaper?

哪一個比較便宜？

Note

不定代名詞如果能夠非常清楚的代指前面所提過的複數名詞，也有可能做複數來用，但這樣的情況非常罕見。

例：You have two brands of bags here. Which are better, the Gucci ones or the Chanel ones?

你這有兩個品牌的包包。哪個系列的包包比較好啊？是 Gucci 還是 Chanel?

4. which vs what

(1) 作疑問代名詞時

what 代指事物，which 則可以代指人或物。

例：What did you buy in the grocery store?

你在雜貨店買了什麼？

例：Which is more expensive, the dress or the blouse?

哪一個比較貴啊？這洋裝還是這襯衫？

例：Which of you is Robert's friend?

你們之中誰是 Robert 的朋友？

Note

which 當代名詞多指物，如果要指人，後面必須使用「which of 人」的型式，才會有代指人的涵義。

(2) 作疑問限定詞時

which 和 what 都可以**修飾人和物**。提供選擇的人或物**具體且數量少**的時候則**用 which，數量未知時則用 what**。

例：What car would you like to have?

你會想擁有什麼樣的車？

（什麼車種都有可能，沒有限定哪些車種）

例：Which car do you like better, the blue one or the red one?

哪一部車你比較喜歡，藍色的還是紅色的那臺？

（在兩臺車中做選擇）

Part 3 考題核心觀念破解

1. ________________ people around the world love peace.

(A) Most (B) Almost (C) The most (D) Most the

答案 (A)

破題

在討論大部分時，同學常常會誤用 almost「幾乎」，單純只是因為發音近似，但意思並不合。而 the most 表的是「最」，用於最高級後面必須接形容詞和副詞，也不是大部分的意思。而這邊 (D) 選項沒有 of，代表這邊的 most 為限定詞，限定詞不可能與冠詞 the 同用，所以只能選則 (A)。

2. All of the furniture in ________________ house was purchased from a local shop that designs and sells ready-to-assemble pieces.

(A) there (B) they're (C) theirs (D) their

答案 (D)

破題

這組也是靠近似音混淆。there 是副詞不置於名詞前修飾名詞，而 they're 為 they are 的縮寫，介系詞 in 後面不可能放動詞。house 為名詞，應放所有格限定詞（所有格形容詞）加以修飾。

3. ________________ ready to take on new challenges?

(A) Whose (B) Whom is (C) Who's (D) Which is

答案 (C)

破題

whose 和 who's 也是同學經常因為近似音而選錯的答案。此句沒有其他主詞，所以空格必須為主詞故不能選 (B) 受格。whose 為所有格限定詞，後面必須有名詞，且 (A) 缺乏 be 動詞可以引導形容詞 ready。而 which 沒有 of + n 時，不能代指人。

4. Try to articulate when delivering a speech in order to help people understand what ____________ talking about.

(A) you　(B) yours　(C) your　(D) you're

答案 (D)

破題

your 和 you're 也是發音近似容易混淆的使用。what 引導一個名詞子句，子句內必須有自己的動詞，而 talking 只是現在分詞。所以選擇 (A)、(B)、(C) 子句內都沒有動詞不可能正確。只能選擇 (D)，因為 you're 為 you are 的縮寫，有 be 動詞。

---

5. The school teacher talked to ____________ boys patiently.

(A) us　(B) we　(C) ours　(D) ourselves

答案 (A)

破題

空格置於 talked to 介系詞後方，必須選擇受格，故不可能選 (B)。這裡 us 跟 boys 為同位語。ours 為所有格代名詞，但前面並沒有出現過同樣的名詞，無法得知我們的什麼，且不可能跟 boys 形成同位語。(D) 反身代名詞必須主格與受格同一人，這邊並不是。加強語氣時，必須放置於受詞後方。

Chapter 6 總複習測驗 Exercise

1. For most people, ________________ is the most important thing in life.
   (A) happy (B) happying (C) be happy (D) happiness

2. The student followed the _______________ of his supervisor to revise his first chapter.
   (A) advise (B) advisable (C) advice (D) advises

3. The manager required the staff of the IT department, _____________ and Gerald, to help set up a computer lab.
   (A) he (B) him (C) his (D) himself

4. All of the money in the safe, including ____________, was stolen.
   (A) yours (B) you (C) your (D) yourself

5. Mrs. Brown is a regular customer, so the shopkeeper offers _____________ a special discount.
   (A) him (B) her (C) herself (D) she

6. Prices of petrol continued to hike for the fifth consecutive day, and ____________ of diesel nearly doubled.
   (A) that (B) it (C) these (D) those

7. The biggest problem in the rural area of this country is ______________.
   (A) hungry (B) hunger (C) hungrily (D) starving

8. A computer can help us deal with _________________ information in a short time.
   (A) a large number of (B) many (C) several (D) a large amount of

9. The entire staff were taken out for a meal at the company's _______________.
   (A) expense (B) expend (C) expensive (D) expensively

10. This issue was of _______________ importance that we could not afford to ignore it.

(A) so (B) such (C) any (D) very

11. Advertisement can effectively help promote ______________ for small businesses.

(A) sell (B) sells (C) saleable (D) sales

12. _____________ of the members of the marketing department are unable to attend the meeting.

(A) One (B) Every (C) Some (D) Each

13. _____________ of the proposals that the project approval committee have received are associated with the development of parking lots.

(A) Most (B) Almost (C) The most (D) Each

14. Employees must obtain authorization from the manager to transfer to _____________ department.

(A) others (B) another (C) other (D) the others

15. To reorganize ________________ departments, the company expects to work more efficiently.

(A) their (B) our (C) its (D) it's

解答在 P.299

解答與解說

Unit 01 名詞概說

Part 1 解答

1. A，a，╳（knowledge 不可數）
2. ╳，╳（love 不可數，things 已經是複數）
3. A，a
4. ╳，╳，a（牛奶、營養都不可數）
5. a，╳，a，╳（kids 已經是複數，luck 不可數）
6. ╳，╳（奶油、土司皆不可數）
7. A，a

Part 2 解答

練習 A

1. feet
2. X
3. sheep
4. tigers
5. witches
6. children
7. lives
8. criese
9. women
10. X
11. 8's
12. species
13. ladies
14. sons-in-law
15. dishes
16. mummies

練習 B

1. some + information（資訊）
chairs（椅子）
furniture（家具）

2. few + ~~equipment~~（設備）
~~juice~~（果汁）
vegetables（蔬菜）

3. plenty of + trash（垃圾）
sunshine（陽光）
juice（果汁）

4. many + ~~homework~~（功課）
~~knowledge~~（知識）
assignments（作業）

5. a little + meat（肉）
~~suggestion~~（建議）
advice（建議）

6. a great deal of + research（研究）
luggage（行李）
~~suitcase~~（行李箱）

Unit 02 代名詞概說

Part 1 解答

1. its　2. His　3. he's　4. It's　5. its
6. his　7. his　8. It's　9. He's　10. he's

Part 2 解答

練習 A

1. so　2. so　3. such　4. so　5. such　6. so

練習 B

1. any, some　2. some　3. any　4. any　5. some　6. Some
7. any　8. some

練習 C

形容詞：1. The other　2. Another, The other　3. other, the other
代名詞：1. Others, The others　2. Another、The other　3. The others

Exercise 解答

1. (D)　2. (C)　3. (B)　4. (A)　5. (B)　6. (D)　7. (B)　8. (D)　9. (A)　10. (B)　11. (D)　12. (C)
13. (A)　14. (B)　15. (C)

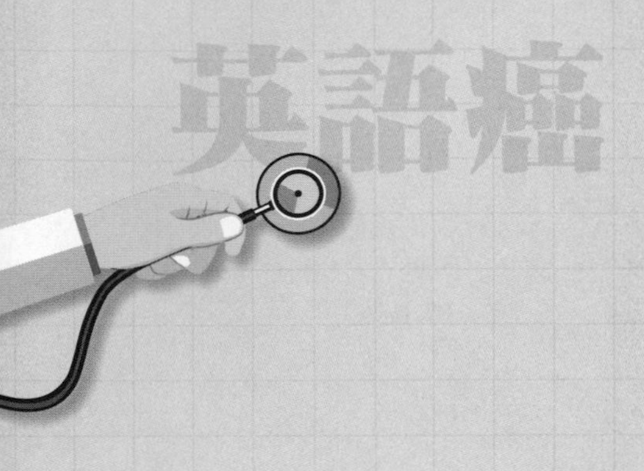

Chapter 07

冠詞

▶ 總複習測驗

Chapter 07 冠詞

Part 1 初步診療室

問診：表達數量是「一個」，請為下列名詞前，加上冠詞 “a / an” 。

_______________ unicorn 獨角獸

_______________ X-ray X 光片

_______________ one-eyed man 獨眼男

_______________ 18-year-old girl 18 歲的女孩

_______________ honest man 誠實的男人

_______________ M M 字

_______________ FBI agent FBI 探員

解答：a unicorn, an X-ray, a one-eyed man, an 18-year-old girl, an honest man, an M, an FBI agent。

答案是否讓你詫異呢？許多同學都還停留過度簡略的教學，認為只要看到母音 a、e、i、o、u 字母開頭的字，就使用 an，但其實這是錯誤的觀念。實際上，冠詞 an 的使用，是看後面接的字開頭的第一個發出來的讀音，是否為母音，而不是看字面上的字母。

診療學習盲點：

值得注意的事情是，許多同學會誤以為不定冠詞 a / an 是看後面的名詞，但這樣的觀念並不正確。其實是要看 a / an 接下來後面出現的第一個字，所以如果名詞前有形容詞，就必須用形容詞來判斷。透過下面的整理，來學習不定冠詞 a / an 幾種特別使用情況。

1. 冠詞後第一個字發音母音開頭用 an，子音開頭用 a。

an aunt 阿姨、a magazine 雜誌、an adult 成人、a bell 鈴鐺
[ænt] [ˌmægəˋzin] [əˋdʌlt] [bɛl]

2. h 開頭但 h 不發音

以 h 為開頭的字母，有時 h 不發音。此時，如果後面的第一個音節為母音，則必須加 an。

an honest man 誠實的男人、an hour 小時、an honor 榮譽、
[ˋɑnɪst] [aʊr] [ˋɑnɚ]

an heir 繼承人
[ɛr]

3. 開頭字母為母音 o 或 u，但讀音的第一個發音為子音

字母 o 開頭時有時發子音 [w]，而 u 開頭發 [ju] 時，則必須使用 a。[ju] 雖然是一個複合母音，但開頭發出來的第一個音為 [j]，並不是母音。扣除以上情況 o、u 其他的發音都應該用 an。

a one-way street 單行道、a one-eyed man 獨眼男、a European 歐洲人、
[ˋwʌnˌwe] [ˋwʌnˋaɪd] [ˌjʊrəˋpiən]

a uniform 制服、a unicorn 獨角獸、a used car 二手車
[ˋjunəˌfɔrm] [ˋjunɪˌkɔrn] [juzd]

比較：

an orange 柳橙、an umbrella 傘、an umpire 裁判、an urge 衝動
[ˋɔrɪndʒ] [ʌmˋbrɛlə] [ˋʌmpaɪr] [ɝdʒ]

4. 單一個字母 f、h、l、m、n、r、s、x，或以這些字母開頭的縮寫字

以上這些字，雖然都是在拼字系統中被視為是子音，但當縮寫時，或單獨被視為是一個字時，它們有自己原本獨立的發音。例如 f 如果作一個拼字中其中一個字母，發音為 [f]，像 fat [fæt]。但獨立念這個字母時，不會念 [f]，你必須說 [ɛf]。此時就會發現它是母音開頭。

f [ɛf]　h [etʃ]　l [ɛl]　m [ɛm]　n [ɛn]　r [ɑr]　s [ɛs]　x [ɛks]

an MBA student

工商管理學院學生

an X-ray

X 光照片

an MVP

最有價值選手

an FBI agent

FBI 探員

5. 母音開頭的數字

數字在英文中，經常會直接以阿拉伯數字的符號形式出現，而非拼出來。所以導致學生很容易就忽略有些數字可能是母音開頭需要加 an。最常見的就是 8 eight 和 11 eleven，同時也要小心含 8 的數字，例如 18 eighteen, 80 eighty 等。

an 18-year-old girl

18 歲的女孩

an 8-hour-a-day job

一天 8 小時的工作

an 11 am plane

早上 11 點的飛機

Get Better Soon

練習：當數量為一個時，判斷下列名詞前應該放 a 或 an，填入正確答案。

1. ____________ useful tool 有用的工具

2. ____________ uncle 叔叔

3. ____________ university 大學

4. ____________ earring 耳環

5. ____________ VIP 貴賓

6. ____________ one-day pass 一日通行證

7. ____________ MP3 player MP3 播放器

8. ____________ 85 mph speed limit 85 公里速限

9. ____________ hotel 飯店

10. ____________ only child 獨生子

11. ____________ giant 巨人

12. ____________ advertisement 廣告

13. ____________ hourly wage 時薪

14. ____________ ruler 尺

15. ____________ eraser 橡皮擦

16. ____________ insect 昆蟲

解答在 P.325

Part 2 冠詞文法概念

一、冠詞的角色

「冠」在中文中意指帽子，冠詞顧名思義就如同一頂扣在名詞前的帽子一樣，名詞前經常會出現冠詞。冠詞又分成不定冠詞 a / an，和定冠詞 the。只要是可數名詞，通常必須有冠詞或以複數形式出現。定冠詞 the 的使用相當龐雜，甚至部分名詞單純就是習慣性必須加 the，例如一些專有名稱（國名、報章雜誌名、地理名稱等），除了強記之外整理上並無意義，且這些專有名稱多半少用，條列也無助學習。因此本單元去除那些只能強背的無意義的條列，同學遇到這樣的名詞在分別記憶即可。

1. 可數名詞不得原形

（X）Lion is dangerous animal. 獅子是危險的動物。（獅子和動物皆為可數名詞）

（O）A lion is a dangerous animal.

（O）Lions are dangerous animals.

2. 不定冠詞，如字面所述，就是沒有特定的任一個，而定冠詞表達有特定語意。

例：A man is stronger than a woman.
男人較女人來的強壯。
（表達隨便任何一個男人皆如此）

例：The man is stronger than the woman.
這個男人較這個女人來的強壯。
（只有指這個特定的男人跟這個女人來比較，並非男人全然比女人強壯）

3. 冠詞類似限定詞

冠詞在英語中的使用，就像形容詞在修飾一個名詞一樣，永遠置於名詞前。有些文法家把冠詞也視為是一種限定詞，因為跟前面所學的限定詞很類似，後面都必須接一個名詞加以修飾，但通常又不可與其他限定詞同用。

（X）I broke **my the** mug. 我打破了這個馬克杯。（不可以跟所有格限定詞同用）

（O）I broke the mug.

（X）I bought these the clothes. 我買了這些衣服。（不可以跟指示限定詞同用）

（O）I bought the clothes.

（X）I don't like either the colors. 我不喜歡這些顏色。（不可以與不定限定詞同用）

（O） I don't like the colors.

二、不定冠詞

1. 非特指的名詞前，表達數量為一

例：I need an envelope.

我需要一個信封。

例：I saw a mouse.

我看到一隻老鼠。

Note

a 與 one 少數的情況下，可以互通。但強調數量是一而決不是二或更多時，只能用 one。

例：I will finish it in a/one day or two.

我在一兩天就會完成。

（a / one 沒有太大的分別）

例：Only one person will get the job.

只有一個人能得到這份工作。

（強調數量只能是一，不能用 a）

2. 單數代指全體

跟中文一樣，可以以一代百，用單數來表達全體皆如此。

例：A fox is a cunning predator.

狐狸是一種狡猾的掠食者。

（意指所有狐狸都是狡猾的掠食者）

3. 首次出現的人事物

首次提到的人事物必須用 a / an，再次提到時則必須用 the。

例：I saw a policeman in the market this morning, and the policeman was chasing a thief.

我早上在市場看到一個警察，那個警察在追一個小偷。

（第一次提到警察用 a，第二次提到的就是前面所講的那個特定警察必須用 the）

4. a / an ＋不可數名詞

通常 a / an 是不可以加不可數名詞的，少數情況會有 a / an ＋ 不可數名詞，通常表達特別的語意，或是日常生活中非正式情況下，省略計數的片語。

例：A Mr. Smith called this morning.

一個叫做史密斯先生的人早上打來過。

（人名通常不加冠詞，這邊表示說話者並不認識這個史密斯先生）

例：I want to be an Obama.

我想成為一個像 Obama 一樣的人。

（不可能成為歐巴馬本人，所以加冠詞，表達像歐巴馬一樣的人）

例：I'd like to have a (cup of) tea.

我要來杯茶。

例：I'd like to have a (slice of) pizza.

我要來片 pizza。

（在非正式的日常口說中，當說話者與聽話者明顯都知道表達的數量的片語為何時，可以省略這些計數的片語，但此用法非正式，不應用於正式寫作，甚至部份母語人士認為這樣是錯誤的）

三、定冠詞

the 可以接**可數**或**不可數**名詞，後面可數名詞形式可以為單數或複數。

1. 表達特定

(1) 當說話者與聽話者雙方都知道的特定人、事、物，就需要用 the。

例：Don't forget to close the windows when you leave.
你離開時別忘了關窗。
（你跟我都知道的特定空間中的窗）

(2) 或者當從前後文能夠限定出一個名詞特定的範疇時，也應該用 the。

the 暗示「接收者知道我所談的內容為何」。因此遇到**名詞後面有介系詞片語、分詞片語、形容詞子句**等，常常會對前面的名詞起修飾限定的作用，此時多應該用 the。

例：The river **which is polluted** is not safe for swimming.
在受汙染的河中游泳，並不安全。
（從形容詞子句明白，這裡不是指全世界的河，而是專指受到汙染的河，已經顯示出特定範疇）

例：The book **on the table** is mine.
桌子上的書是我的。
（介系詞片語限定出不是別本，而是特定桌子上的那一本）

例：The man **sitting over there** is my uncle. 坐在那的男人是我的叔叔。
（分詞修飾語限定特定作此動作的人物）

Note

同學最容易忽略的就是**「名詞 of 名詞」**的句型，不要忘記這樣的用法本身其實是一種所有格的表達，當然多半具有限定的效果在，所以通常第一個名詞前也必須有 the。

（X）I like cover of the book. 我喜歡這本書的封面。

（O）I like **the** cover of the book.

= I like the book's cover.

（不是喜歡隨便任何一本書的封面。表達特定的書，既然封面是這本書的，當然也有特定）

2. 表達總稱

the ＋ 單數名詞也可以被視為代替全體的總稱，通常這種用法突顯此群體有別其他群體，有其獨特性。不**過強烈不建議學生主動使用此方法來表達全體**。第一、如果觀念尚未穩定，用 the 來表達全體，可能最後反而混淆 the 平常多指特定事物的用法。第二、缺乏前後文的句子，根本無法釐清，句子要表達的是全體還是特定一個。所以僅需明白閱讀上母語人士可能這樣使用即可，盡量避免主動使用。

例：The blue whale is the biggest animal in the world.

藍鯨是世界上最大的動物。

（此句語意尚能推敲藍鯨這個物種是世界上最大的動物，因為所有藍鯨都是）

例：(?) The dog is loyal.

（這）狗很忠心。

（此句缺乏前後文，完全無法判別是這隻狗很忠心，還是狗這種物種都很忠心）

3. 宇宙中獨一無二的東西或全人類共用、共通的觀念

遇到只有獨一無二的一個東西時，必須用 the。或者全人類所共同享用的觀念或共用的東西亦然。

the sun 太陽、the moon 月亮、the universe 宇宙、the north 北方、the east 東方、the day 白天、the right 右邊、the left 左邊、the horizon 地平線、the future 未來、the past 過去、the sky 天空

例：**The sun** looks bigger than usual when it is seen above **the horizon**.
太陽在地平線上方看起來時，會比平時看起來更大。

例：In **the past**, people used to believe there were gods living on **the moon**.
在過去，人們曾經相信有神祉居住於月亮上。

4. 形容詞最高級或序數

最高級（best、most beautiful、tallest...）為**形容詞**時或表達「第幾……」的序數（first、second、third）前面必須有 the。如果不用 the，也必須以其他限定詞代替。

例：This is the / my eldest son.
這是我的大兒子。

例：This is the / my first time to play this game.
這是我第一次玩這個遊戲。

例：I don't know the/that tallest man in the living room.
我不認識客廳裡那個最高的男人。

5. 樂器的名稱

談到某人演奏某種樂器時，樂器前必須有 the。

例：She is adept at **playing the piano**.
她很擅長彈奏鋼琴。

例：Ron started to learn how to **play the flute** when he was six.
Ron 六歲便開始學習如何吹奏笛子。

Note
口語中，樂器前的 the 有時候會被母語人士省略。但正式寫作中，務必不要這麼做。

6. the ＋形容詞

the ＋形容詞通常表達兩種情況：① 複數人的總體。② 單數的抽象概念。當表達複數的人時，做主詞時，後面必須接複數動詞。而表達單數抽象概念的時候，後面則接單數動詞。

複數的人

the blind = blind people 盲者　　the sick = sick people 病患

the dead = dead people 死人　　the learned = learned people 有學問的人

單數的抽象概念

the true = truth 真理　　the good = goodness 善

例：**The rich are** not always happier than **the poor**.

有錢人不總是比窮人來的快樂。

= Rich people are not always happier than poor people.

例：**The beautiful** lives forever.

美的概念是可以亙古流傳的。

= Beauty lives forever.

（不可能指美的人就可以永遠活下去）

Note

現代英文中通常 the ＋ adj 多指人的複數。但少數特定的字，例如 the accused 被告、the deceased 亡者等能指單數或複數的人。此外，在口語中，有時也會省略 the ＋ adj 後面的名詞，因為前面以經充分表達過，因此使得 the ＋ adj 能指稱單數的物體。但上述用法都是較為罕見的情況。

例：The accused was acquitted of the charge.

被告被宣判無罪。

例：The deceased was trying to kill his wife before he committed suicide.

死者自殺前曾試圖殺害自己的太太。

例：A: Which do you like, the green one or the yellow one? B: The green.

A: 你喜歡哪一個？綠色的還是黃色的？ B：綠色的。

7. the ＋ 姓氏複數

The ＋ 姓氏複數等於指全家人，因此如果作主詞時，必須搭配複數動詞。

例：The Wangs have emigrated to America.
王姓一家人已經移民去美國了。

例：The shopping mall was run by the Smiths.
這間購物中心是由史密斯一家人所經營的。

8. same、next、last

在搭配 the 的時候，這幾個字是同學尤其容易出錯的。以下幾個差異同學要特別留意。

(1) the same

same 不論作形容詞或代名詞，除少數非正式的使用可以省略 the 外，幾乎永**遠前面都必須加 the**。

例：He ordered a burger, and I had the same.
他點了一個漢堡，我也一樣。
（the same 作代名詞）

例：She wears the same jacket to school every day.
她每天都穿著同一件夾克去上學。
（the same 作形容詞修飾 jacket)

(2) next：以現在時間為基準的的下一個
the next：以說話內容為基準的下一個

例：He will come home next week.
他下星期要回家。
（以現在為基準的下星期）

例：He will go to Japan in October and come home the next month.
他十月份要去日本，然後隔月回家。
（以說話內容十月為基準的下一個月，也就是十一月）

(3) last：上一個

the last：最後一個

例：My grandmother passed away last month.
我的祖母上個月過世了。

例：December is the last month of a year.
十二月是一年的最後一個月。

9. 不定代名詞 vs 限定詞

在前面代名詞的章節，已經學過 one, each, every, some, several many, much, most, all, both 等，這些字都能作代名詞也能作限定詞，詳細觀念請詳見代名詞單元 P.276。這些字可以以兩種模式放置於在名詞前：①**「限定詞＋名詞」**。②**「代名詞 of the 名詞」**。考試經常考相關的觀念，同學可以記憶這些字，**「of 跟 the 是成雙成對出現」**。有表達特定 the 的時候，就必須有 of，無特定時則不可以有 of。其中又以 some, most 這兩者同學最常使用卻最容易搞錯混淆，應優先記憶學習。

例：Most animals sleep at night.
大部分的動物在夜間睡覺。
（沒有表達特定動物，沒有 the 就不可以有 of）

例：Most of the students in this school are from wealthy families.
這所學校大部分的學生都來自富裕家庭。
（特定這所學校的學生，有 the 就必須有 of）

例：Some people blush when they feel embarrassed.
有些人在尷尬時會臉紅。
（沒有特定的人，沒有 of the）

例：Some of the employees of this company went on strike.
這間公司的有些員工上街頭罷工遊行。
（特定這家公司的員工，必須有 of the）

Note

使用上面這些字的時候 of 跟 the 必須一起出現，如果不放 the 則必須放其他具有表達特定味道的限定詞，例如所有格（my、her、our、your...）或指示限定詞（this、that、these、those）等字來代替 the。另外，all 和 both 也依循上面規則使用，不過後面所接名詞在有冠詞或限定詞的情況下，省略 of 也算正確。但如果後面名詞是代名詞，則不能加 the，但也必須有 of。

例：Several of **my** students got the flu.

我的幾個學生得到流感。

例：One of **these** cars is mine.

其中一輛車是我的。

例：All **(of)** the children here have gone to bed.

這裡的所有孩子都已經上床睡覺了。

例：Both **(of)** the candidates are honest politicians.

兩個候選人都是誠實的政客。

例：Each **of us** is responsible for a task.

我們每一個人負責一項任務。

例：Most **of them** are undergraduate students.

他們大部分都還是大學生。

10. 含 the 的慣用法

(1) 表達時間

in the morning 早上、in the afternoon 下午、in the evening 傍晚、

in / at the end 最終、in / at the beginning 開始時、the other day 前幾天

during the day 白天、in the daytime 白天、in the meantime 同時

Note

morning、afternoon、evening 都必須有 the，但一天中的其他時間表達，則不用冠詞，且慣用介系詞也不相同。例如 at dawn 清晨、at noon 正午、at dusk 黃昏、at night 晚上、at midnight 子夜。

(2) by + the + 計量單位

例：Cheese is sold by the ounce.
起司是以盎司計價。

例：We rent the studio by the month.
我們是用月租的方式承租這個工作室的。

例：Brown sugar is sold by the pound.
黃糖是以磅計價的。

例：The lawyer charges by the hour.
這個律師是小時計價收費的。

(3) 場所

in the dark 黑暗中、in the country / in the countryside 在鄉下、
in the distance 在遠處、in the sun 在陽光下、in the rain 在雨中、
in the shade 在遮蔭處

四、零冠詞

1. 專有名稱或不可數名詞

如前面所述，專有名稱或不可數的名詞，非特指的時候是可以不需要有冠詞的，也多半不會有複數形。

例：My dad loves tea, but my mom loves coffee.
我爸愛茶，但我媽愛咖啡。
（tea 和 coffee 為液體，不可數不需要加冠詞或 s）

例：Bangkok is the capital of Thailand.
曼谷為泰國的首都。
（曼谷跟泰國都是專有名稱，不可以加冠詞）

Note
學習到這裡，很多同學會誤解，不可數就不可以有冠詞。其實不可數名詞，的確通常不可以加 a / an，但表達特定時，仍然可以有 the。

例：The water is too dirty to drink.

這水太髒了，喝不得。

（water 是不可數名詞，但這邊並非指全天下水都不能喝，而是這個特定的水源）

2. 可數名詞複數形泛指時，或已經有其他限定詞

前面學過，可數名詞以複數形表達廣泛所有時，無需有冠詞。或者雖然表達特定，但已經有其他限定詞出現了，也不可以再加冠詞。

例：Small animals often feed on insects.

小型動物多以昆蟲為食。

（動物跟昆蟲都為可數名詞，這邊沒有特定的昆蟲或動物，泛指任何所有皆如此）

例：These blouses are more expensive than those dresses.

這些女用襯衫可比那些洋裝貴多了。

（雖然襯衫跟洋裝都有特定的語意，但以經有 these、those 指示限定詞了，不可以在有 the)

例：His house is close to my apartment.

他的房子離我的公寓很近。

（房子跟公寓都可數，這邊皆有特定，但前面有所有格限定詞 his、my，所以不可以有冠詞 the）

3. 普通名詞表達抽象涵義時

通常可數名詞必須有 a、an、the 或複數形加 s，但當名詞並非在強調實體的東西，而是引申出一種抽象概念時，則冠詞必須省略。這種現象，**尤以名詞前有介系詞出現時，特別常見**。此種介系詞加原形名詞的慣用法相當多，在此僅作幾例示範，不一一詳列。

例：Let's go to school.

我們上學吧。

（go to school 非強調抵達學校的建築物，而是抽象概念上學，說話者必須為學生）

例：Let's go to the school and play basketball there.

讓我們到那所學校，並在那打籃球。

（強調去學校這個實體設施，並在那打籃球，說話者不一定是學生）

例：You should go to bed.

你該睡覺了。

（go to bed 引申指抽象的睡覺）

例：The maid went to the bed and changed all the bedding.

女傭走到那張床，換掉了所有床具。

（女傭並非上床睡覺，而是移動到特定的床前）

例：She goes to school by bus.

她搭乘公車上學。

（by bus 引申指搭乘交通工具）

例：She is standing by a bus.

她正站在一臺公車旁。

（強調在一臺實體的公車旁邊）

類似的常見用法：

go to church 做禮拜、go to town 進城、after school 放學後、
go to jail 坐牢、go to class 上課、in class 上課中、in college 唸大學、
at home 在家、at work 上班、on fire 著火、on foot 走路、
by ＋ 交通工具 搭乘……

Note

breakfast 早餐、lunch 午餐、dinner / supper 晚餐泛指一天當中的三餐時，不用冠詞。但特指某人提供具體一頓飯的時候，則必須有 the。三餐前如果有形容詞，表達「怎麼樣的一餐」時，則可以有 a / an。

例：What do we have for lunch?
我們午餐吃什麼呢？

例：I usually skip breakfast.
我通常略過早餐不吃。

例：I really appreciated the dinner Jane made for me.
我真的非常感謝 Jane 做得這頓飯。

例：She often has a late breakfast on Monday morning.
她通常禮拜天早上會晚點吃早餐。

4. 運動

前面提過演奏樂器時，一定要有 the，但相反的表達運動的活動時，則都不可以有冠詞。

例：He likes tennis.
他很喜愛網球。

例：She often plays basketball with friends after school.
她常放學後和朋友打籃球。

5. 成對的相同或相對名詞

例：They were **husband and wife** for almost 20 years.
他們的婚姻維持了將近二十年之久。

例：They took a walk in the forest **hand in hand**.
他們手牽手在森林裡漫步。

其他類似用法：

father and son 父子、day and night 日以繼夜、from head to toe 從頭到腳、old and young 老與少、one by one 一個接一個、side by side 肩並肩、face to face 面對面、step by step 一步步、year after year 一年又一年、from door to door 挨家挨戶

6. 職位、頭銜、身分

官職、頭銜、身分一旦放在人名前當作稱號，冠詞習慣省略。另外當職位為獨一無二的且在句中作補語時，也多半省略 the。這種情況多發生在當職位接在 be、become 作主詞補語，或接在 make、elect、appoint 等字後，作受詞補語時。

(1) 人名前作稱號

Queen Elizabeth 伊莉莎白皇后、President Trump 川普總統、Professor Chen 陳教授、Uncle Ben 班叔叔

(2) 作補語

例：Chad Coleman was once mayor of the city.（作主詞補語）
Chad Coleman 曾經是這個城市的市長。

例：He became chairman of the committee.（作主詞補語）
他變成委員會的主席。

例：They appointed Richard Webber principal of the school.（作受詞補語）
他們指派 Richard Webber 為學校的校長。

例：The board elected Harper Avery president of the company.（作受詞補語）
董事會遴選 Harper Avery 為公司的總裁。

7. 兩者或兩者以上名詞並列，合指同一個人或東西

兩個或多個名詞並置，實質上為同一個人或物時，第一個名詞需要有冠詞，後面的名詞冠詞則可以省略。或者多樣東西合起來，指一個整體時，也會如此。

例：A writer and educator has visited our school.
一個身兼教育家和作家身分的人拜訪我們學校。
（作家和教育家為同一人）

例：He put the watch and chain into his front pocket.
他把懷錶跟鍊子放進他前面的口袋。
（錶附帶鍊子，兩個合起來為一整體）

練習

從中英文情境判斷，按句意填入合適的冠詞 a, an, the。不需冠詞者請打 X。

1. He usually plays ________ volleyball with ________ same group of friends after ________ school.
   他經常在放學後跟同一群朋友打排球。

2. One of ________ employees suddenly quit ________ last week. No one knew ________ reason.
   其中一個員工上星期辭職了，沒有人知道原因。

3. ________ elephant ran by the tent in ________ dark. ________ noise woke up ________ Smiths in it.
   一頭大象在黑暗中跑經過帳篷旁。那聲音吵醒了在帳篷中的史密斯一家人。

4. She poured ________ cup of coffee for herself and put ________ cup on ________ only table in the living room after she heard________ door bell.
   她倒給自己一杯咖啡，接著當聽到門鈴響了，她把那杯咖啡擺在客廳唯一的桌子上。

5. She decided to pick ________ most beautiful flowers in ________ garden of her mansion because tomorrow is her wedding anniversary and ________ next day is her birthday.
   她決定摘下她別墅花園裡最漂亮的花，因為明天是她的結婚紀念日，而隔日是她的生日。

解答在 P.325

Part 3 考題核心觀念破解

1. The deaf ____________ with each other by using sign language.

(A) communicate (B) communication (C) communicates (D) communicating

答案 (A)

破題

不能選擇 (B) 或 (D)，因為它們都是名詞，這樣句子就沒有主要動詞。而 the + adj 為複數的人的概念，因此必須選擇複數動詞。

2. ____________ have many friends in the neighborhood.

(A) Johnson (B) A Johnson (C) Johnsons (D) The Johnsons

答案 (D)

破題

從動詞為複數逆推，必須選擇表達複數概念的名詞當主詞。只有 The Johnsons 可用來表達 Johnsons 一家人。

3. The customer would like to speak to ____________ in charge of the restaurant.

(A) the person (B) a person (C) person (D) persons

答案 (A)

破題

從 in charge 可以了解限定出特定的人士。消費者想要跟這裡管理餐廳的人說話，必須有 the 才能表達出特定。

4. The moon rose slowly above ____________.

(A) horizon (B) the horizons (C) a horizon (D) the horizon

答案 (D)

破題

horizon 表地平線固定前面必須有 the，而且固定為單數。但要小心，一旦 horizon 這個字，用來表達人的經驗、知識、眼界，則必須以複數形來表達。「拓展眼界」固定的表達方式為：broaden / expand one's horizons。

5. The police arrested the man and seized ____________ car that he was driving.

(A) a (B) an (C) the (D) X

答案 (C)

破題

從後面關係代名詞得到暗示，不是任意一輛車，而是限定剛剛男子在開的車子，因此表達特定必須有 the。

Chapter 7 總複習測驗 Exercise

1. Students shouldn't chat in ______________; otherwise, it will affect teachers' lecturing.
   (A) classroom (B) class (C) the class (D) my class

2. The young man learned how to play ______________ in order to attract girls who love music.
   (A) guitar (B) the guitar (C) guitars (D) a guitar

3. Elvis Presley, as an ______________ artist, died in 1977.
   (A) renowned (B) distinguished (C) extraordinary (D) prominent

4. The employees of the company are paid ______________.
   (A) by the month (B) by months (C) by a month (D) for a month

5. Of all the buildings in the world, Taipei 101 was once ______________ structure.
   (A) tallest (B) a tallest (C) the tallest (D) the most tall

6. We went on ______________ one-day trip to the mountains last weekend.
   (A) an (B) the (C) X (D) a

7. He was ______________ first man that climbed to the top of the mountain.
   (A) a (B) X (C) an (D) the

8. ______________ are inclined to pinch a penny until it screams.
   (A) Rich (B) Riches (C) The rich (D) A rich

9. Japan is ______________ Asian country.
   (A) the (B) an (C) a (D) X

10. Simon usually has vegetables and eggs ______________ in the morning.
    (A) for a breakfast (B) in breakfast
    (C) in the breakfast (D) for breakfast

11. Tiger Woods started to play ______________ golf when he was only ten months old.

(A) a (B) X (C) the (D) an

12. ______________ apples in the basket look smaller than the others.

(A) Some these (B) Some of (C) Some of these (D) Some the

13. It will be faster for Sam to go there by ______________ instead of driving himself.

(A) a train (B) one train (C) train (D) trains

14. I will contact ______________ as soon as possible.

(A) her all friends (B) all her friends

(C) all of friends (D) the friends of she

15. ______________ can allow you to work anywhere.（下列何者不可為答案）

(A) Laptop (B) A laptop (C) Laptops (D) The laptop

解答在 P.325

解答與解說

Part 1 解答

1. a	2. an	3. a	4. an	5. a
6. a	7. an	8. an	9. a	10. an
11. a	12. an	13. an	14. a	15. an
16. an				

Part 2 解答

1. X, the, X
2. the, X, the
3. An, the, The, the
4. a, the, the, the
5. the, the, the

Exercise 解答

1. (B) 2. (B) 3. (C) 4. (A) 5. (C) 6. (D) 7. (D) 8. (C) 9. (B) 10. (D) 11. (B)
12. (C) 13. (C) 14. (B) 15. (A)

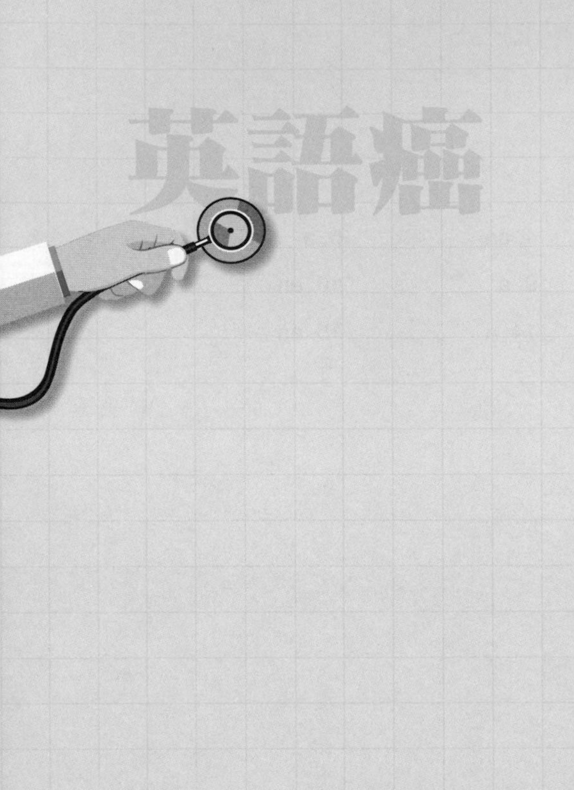
英語癌

Chapter 08

形容詞、副詞、比較

- Unit 01 形容詞、副詞
- Unit 02 原級、比較級、最高級
- 總複習測驗

Chapter 08 形容詞、副詞、比較

Unit 01 形容詞、副詞

Part 1 初步診療室

問診 1：下列對於圖片的描述，哪句英文的形容使用上完全正確呢？

A There are flown birds.

B There are flying in the sky birds.

C There are birds flying in the sky.

解答：C。

前面第一章學習過，動詞可以轉成現在分詞 Ving 或過去分詞 p.p.，當作形容詞。A 句的 flown 為 fly 的過去分詞表被動，形式上錯誤，應該用主動 flying 現在分詞才正確。而 B 句則是完全按照中文直翻「飛在空中的鳥」，沒有思考英文中，分詞修飾語作形容詞時，超過一個字多半放在名詞後修飾。

診療學習盲點：

通常使用的是普通形容詞來形容一個名詞時，同學出包的機率不太高，因為這類的形容詞使用上多半跟中文大同小異，位置也多習慣放在名詞前。形容詞使用最容易出錯的時候，是當把動詞轉成分詞作形容詞用時。常見錯誤分成兩種：**① 現在分詞 Ving、過去分詞 p.p. 分不清。② 不確定分詞修飾語該放在名詞前還是名詞後。**

由於受到經驗法則影響，同學常常因為中學英語學習過程中，先學習到分詞的其中一個形式，例如 boring（無聊的），便根深蒂固認為只要想表達「無聊的」就是 boring。但其實 boring、bored 都由動詞 bore（使無聊）轉變而來，同樣都是無聊的。

再次複習第一章所學關於動詞轉分詞 Ving / p.p. 當形容詞的兩大分別：

(1) 主動 Ving vs 被動 p.p.

a flying bird 飛鳥（飛是鳥主動作的動作）

a returned item 退貨（物品是被退還的）

(2) 令人感到 Ving vs 自己感到 p.p.

an interesting film 有趣的電影（令人感到有趣的電影）

an interested filmgoer 感興趣的電影迷（自己感到有興趣的影迷）

再來關於分詞作形容詞時的位置，也是同學常感困惑的。因為中文不論形容的內容多長，多半都放在名詞前。導致同學容易傾向將大量的分詞修飾語直接堆疊於名詞前方。但在英文中，為了讓主要修飾對象快點出現，分詞修飾語一旦超過一個字，則多必須放到名詞後。

例：There is a **swimming** salmon.
那有一隻在游泳的鮭魚。
（單一個分詞時多放名詞前）

（X）There is a **swimming to its birthplace** salmon.
那有一隻游向它出生地的鮭魚。

（O）There is a salmon **swimming to its birth place**.
（一長串的時候放名詞後）

問診 2：下列對於圖片的描述，哪句英文的副詞使用上完全正確呢？

He studied hardly.
他努力讀書。

She went to work late.
她上班遲到。

They lived highly on a hill.
他們住在很高的山丘。

解答：B。

A 句 hardly 應該成 hard。hard 本身可以當形容詞或副詞，意思是「努力、認真」。hardly 是「幾乎不」的意思。而 B 句的 late 本身也是可以作形容詞或副詞，意思是「晚、遲到」，許多同學常誤以為 late 是動詞。C 句 highly 應為 high。high 本身也可以做形容詞、副詞來用，在這表達「物理上的高度」，highly 則是表達「抽象程度上的高」。

診療學習盲點：

英文很多副詞，都是由形容詞 +ly 來形成。但部分的英文單字本身既可以作形容詞又可以為副詞，與其 +ly 的形式意思大不相同。此外，還有些單字，形式上雖然為 -ly，但其實亦可作為形容詞用。因此這一類易混淆的單字，當然是考試中的熱門考題。以下為同學整理，常混淆的形容詞、副詞形式，以及它們常見的涵義。

一、易混淆形容詞、副詞

1. hard vs hardly

(1) hard (adj) 硬的、困難的；hard（adv）努力、認真地

例：The bread is as **hard** as rock.

這個麵包硬得跟石頭般。（adj 修飾 bread）

例：The test was so **hard**.

這個測驗相當困難。（adj 修飾 test）

例：Work **hard** and play **hard**.

努力工作也要認真玩耍。（adv 修飾 work、play）

(2) hardly 幾乎不、幾乎沒

例：He **hardly** ate anything.

幾乎沒吃什麼東西。（adv 修飾 ate）

Note

hardly、barely、scarcely 都可以用來表達「幾乎不」的涵義，同學可以一併學習。

2. late vs lately

(1) late (adj) (adv) 晚、遲

例：The train was **late** this morning.

今天早上火車延遲了。（adj 修飾 train）

例：She arrived at work **late**.

她上班遲到了。（adv 修飾 arrive)

(2) lately (adv) 最近地

例：I've been feeling ill **lately**.

我最近覺得身體不太舒服。（adv 修飾句子）

3. dead vs deadly

(1) dead (adj) 死亡的

例：She has been **dead** for 15 years.
她已經過世 15 年了。（adj 修飾 she）

(2) deadly (adj) 致命的

例：She died from a **deadly** virus.
她死於感染致命的病毒。（adj 修飾 virus)

4. near vs nearly

(1) near (adj) (adv) (prep) 空間、時間上的靠近

例：The station is quite **near**.
火車站相當地近。（adj 修飾 station）

例：We will meet again in the **near** future.
我們很快未來會再碰面的。（adj 修飾 future）

例：She sits **near** (to me) in class.
上課時，她坐的離我很近。（adv 修飾 sit）
（near 作副詞時，後面要加名詞，前面必須有 to）

= She sits **near** me in class.
（此時 near 為介系詞，可以直接加名詞）

(2) nearly (adv) 抽象程度上幾乎

例：The man **nearly** died.
那個男人差點死了。（adv 修飾 die）

= The man almost died.

Note

上面為主要用法，以下更多細節，進階同學可以慢慢學習記憶。near也可以有「幾乎」的意思，此時詞性可以為形容詞或副詞。當副詞時，多只修飾形容詞，不修飾動詞。

例：The party was a **near** disaster.

這個派對簡直一團糟。

（near 為形容詞，修飾 disaster，暗示幾乎要變災難）

例：She got a **near / nearly** perfect score.

她幾乎得到滿分。

（near 為副詞表「幾乎」，修飾形容詞 perfect，等於 nearly）

（X）She near cried. 她幾乎要哭了。

（O）She nearly cried.

（near 當副詞作「幾乎」不修飾動詞）

5. high vs highly

(1) high (adj) (adv) 物理或數值上的高

例：There are some **high** mountains in this area.

這個區域有很多高山。（adj 修飾 mountain）

例：He suffers from **high** blood pressure.

他罹患高血壓。（adj 修飾 blood pressure）

(2) highly (adv) 抽象程度上的高＝非常、極其

例：The boss **highly** praised his performance.

老板高度讚賞他的表現。（adv 修飾 praise）

6. deep vs deeply

(1) deep (adj) 可以指抽象程度上極其、非常或物理上的深度
(adv) 只能指物理上深度

例：I had a **deep** cut on my finger.
我手指上有很深的割傷。（adj 修飾 cut，物理上深度）

例：We are in **deep** trouble.
我們麻煩大了。（adj 修飾 trouble，抽象地極其）

例：She dived **deep** into the water.
她深潛入水中。（adv 修飾 dive，只能表達物理深度）

(2) deeply (adv) 抽象程度上極其、非常

（X）I love you deep. 我深深地愛著你。

（O）I love you so **deeply**.（adv 修飾 love）
（不是在很深的地方愛著對方，而是抽象程度上愛得很深）

7. wide vs widely

(1) wide (adj) 表達抽象程度上的廣泛或物理上的寬度
(adv) 只能表達物理上的寬

例：He is wearing a **wide** leather belt.
他繫著一個寬皮帶。（adj 修飾 leather belt）

例：She has a **wide** experience of teaching.
她教學經驗廣泛豐富。（adj 修飾 experience）

例：The little girl opened her mouth **wide**.
小女孩張大了嘴。（adv 修飾 open）

(2) widely (adv) 抽象程度上的廣泛

例：English is **widely** spoken around the world.

英文很廣泛的在世界各地被使用。（adv 修飾 spoken）

8. most vs mostly

(1) most (adj) (n) 大部分；most (adv) 最

例：**Most** people like animals.

大部分的人喜歡動物。（adj 修飾 people）

例：**Most** of the people here are my friends.

這裡的大部分的人都是我的朋友。（代名詞）

例：She is the **most** beautiful girl here.

她是這裡最漂亮的女孩。（adv 修飾 beautiful）

(2) mostly (adv) 大多、主要

例：My breakfast **mostly** consists of fruit.

我的早餐多半是水果。（adv 修飾 consist）

9. good vs well

(1) good (adj) 良好的

例：The house is in **good** condition.

屋況良好。（adj 修飾 condition）

Note

good 在非正式的英語中，也能拿來當作副詞。但不建議在正式寫作中使用。

例：The team is doing good this season.

這隊伍這季表現良好。（adv 修飾 do，在這等於 well）

(2) well (adv) 良好；well (adj) 健康的

例：The students all behaved **well**.

學生都表現良好。（adv 修飾 behave）

例：I'm not feeling **well**.

我覺得不太舒服。（adj 作主詞補語）

10. 時間單位＋ ly

英文許多時間單位＋ ly 貌似形式上是副詞，但其實**同時可以當形容詞和副詞**。這類的字有：hourly（每小時的），daily（每天的），nightly（每晚的），weekly（每週的），monthly（每月的），yearly（每年的）。

例：Take one capsule at **hourly** intervals.

每隔一小時服用一顆膠囊。（adj 修飾 invervals）

例：The news was updated **hourly**.

新聞每小時更新一次。（adv 修飾 update）

例：My mom makes **weekly** trips to the supermarket.

我媽媽每個星期會上超市採買。（adj 修飾 trip）

例：Can I rent the house **weekly**?

我是否可以週租這房呢？（adv 修飾 rent）

Get Better Soon

練習 A：將提示中的動詞轉成現在分詞 Ving 或過去分詞 p.p. 的形式，修飾名詞。
並按前面所學，依照較自然的方式，將分詞修飾語填入名詞前或後的空格。

1. Most people can't read ________________ books ________________________.
(write in Latin)
大部分的人讀不懂用拉丁文所寫的書。

2. My ________________ arm ________________ (break) is healing slowly.
我斷掉的手臂正在慢慢地復原。

3. The noise woke up the ________________ baby ____________________.
(sleep in the cradle)
那噪音吵醒了睡在搖籃中的嬰兒。

4. The lecture attracted ________________ people __________________.
(interest in English learning)
這個演講吸引了對英文學習感興趣的人。

5. The woman tried to get rid of this ________________ person
________________. (annoy)
這女人試著擺脫這個惹人厭的人。

6. No one could bear the ________________ smell ________________. (disgust)
沒人能忍受那令人作嘔的味道。

7. The ________________ woman ______________________ decided to take a rest. (tire from walking all day)
因為走了一整天而疲勞的女人決定休息一下。

8. The little boy bit the ________________ apple ______________________.
(cover in caramel)
小男孩咬了一口包裹著焦糖的蘋果。

解答在 P.386

練習 B：判斷句意，為下列句子圈選正確的字詞。

1. The task is too (hard / hardly) for him because he can (hard / hardly) hear anything.
   這項任務對他來説太難了，因為他幾乎聽不到任何聲音。

2. She has been pretty sleepy (late / lately) because she often stays up (late / lately).
   她最近老覺得睏，因為她經常熬夜。

3. According to the autopsy, the (dead / deadly) man was murdered with a (dead / deadly) weapon.
   根據驗屍報告，死者是被一個致命的武器給殺害的。

4. It was lucky that we stayed in a hotel (near / nearly) to the station because we had (near / nearly) enough time to catch the train.
   我們很幸運住的飯店很靠近車站，因為我們幾乎沒有足夠的時間可以趕上那輛列車。

5. He (high / highly) recommends living (high / highly) in the mountains because the air is so fresh.
   他十分推荐住在高山裡，因為空氣相當新鮮。

6. The doctor told him that the wound was very (deep / deeply), and he (deep / deeply) regretted attempting suicide.
   醫生告訴他傷口非常的深，而他相當後悔企圖自殺。

7. Her eyes were (wide / widely) open because she was shocked to see her photos spread (wide / widely) on the Internet.
   她的眼睛睜得大大的，因為她驚見她的照片在網路廣泛流傳。

8. You are ill. I hope you get (good / well) soon. The doctor will take (good / well) care of you.
   你生病了。希望你能盡快康復。醫生會好好照顧你的。

9. The club are (most / mostly) men. (Mostly / Most) of the members are from wealthy families.
   這個俱樂部成員大多為男人。大部分的成員都來自富裕家庭。

解答在 P.386

Part 2 形容詞、副詞文法概念

一、形容詞

1. 形容詞的種類

(1) 普通形容詞

普通形容詞其實分成幾種：限定形容詞、數量形容詞、修飾形容詞。**這些子分類通常對學生意義不大，僅需大致了解**。一般同學只要知道，這些都是常見的形容詞用法即可。

- 限定形容詞

由前面章節所學的代名詞轉作限定詞所形成，這種限定詞功能像是形容詞，但多不與冠詞和其他限定詞同用，詳見代名詞章節。

例：**This** motorcycle is more expensive than **your** car.

這部摩托車可比你的汽車還貴。

（this 指示限定詞、your 所有格限定詞）

- 數量形容詞

數量形容詞顧名思義用來表達數量，包含**數字（基數）、序數**等。

例：Of the **three** people, Trevor was the **first** person that got into the office.

三個人之中，Trevor 是第一個進辦公室的。

（three 為基數詞、first 為序數）

- 修飾形容詞

修飾形容詞就是同學最熟悉的種類，基本上不分屬上面兩類，都屬於修飾形容詞。這些形容詞用來描述人事物的狀態、材質、或專有特性。

例：She is a **beautiful** woman.

她是一個美麗的女人。

（beautiful 描述女人的狀態）

例：This is a **wooden** house.
這是一個木造的房屋。
（wooden 表達房子的材質）

例：A mosque is a **Muslim** temple.
清真寺是一回教徒的寺廟。
（由名詞轉成的專有形容詞，第一個字母得大寫）

(2) 分詞形容詞

分詞修飾語都是由動詞轉成的形容詞，形式上分成 Ving 現在分詞、p.p. 過去分詞兩種。詳細內容詳見前面第一章動詞概念和本章診療室。

例：The **terrified** dog ran away from a **screaming** baby.
嚇壞了的狗從一個尖叫的嬰兒身邊跑開。

例：Any machine **sold in our store** is with an instruction **teaching you how to operate it in detail**.
任何在本店販售的機器，都有附上詳細教你如何操作的指南。

2. 形容詞的位置

形容詞依照它們放置位置，主要區分成兩大類：**定語形容詞、表語形容詞**。這些專有名稱，同學稍微理解即可。簡單來説**定語形容詞就是放置於名詞前後**，對名詞產生限定的作用。而**表語形容詞則是放在主詞補語或是受詞補語的位置**，對主詞或受詞進行補充說明。大部分的形容詞，都可能同時作定語或表語形容詞，但有些則只能使用在其中之一。同學首先要記得的是，形容詞總括來説，常出現在下列四個位置：

(1) 普通名詞前

如同學所熟悉的，大部分的定語形容詞都放在名詞前限定修飾名詞。

例：She bought an **expensive** dress.
她買了一件昂貴的洋裝。

(2) –thing、-one、-body 不定代詞後

形容詞較少放在名詞後，同學僅需記憶 -thing, -one, -body 結尾的代名詞，形容必須後置修飾這些不定代詞。而其他特殊情況較不重要。

例：There is something **wrong**.

有些事情不太對勁。

例：Is there anything **interesting** in the book?

那本書有沒有任何有趣的內容呢？

Note

① 許多文法書也會條列**「形容詞必須放在計量名詞之後」**，雖然可以幫助同學記憶此時形容詞的位置，但其實這樣的說法充滿陷阱。先看以下例句：

例：My brother is seven years **old**. 我弟弟七歲。

例：I'm six feet **tall**. 我六英尺高。

例：The swimming pool is two meters **deep**.

這泳池兩米深。

乍看之下，形容詞的確貌似放在計量名詞的後方。但是，這裡的形容詞可不是在修飾前面的計量名詞，而是在當作主詞 My brother、I、The pool 的主詞補語。言下之意，它們其實形容的是主詞並不是前面的計量詞。相反地，這裡的計量詞其實是名詞轉作副詞來用，修飾後面的形容詞。

② 除了上述情況外，也常見一長串的形容詞片語，置於普通的名詞後修飾。這其實是形容詞子句中「關係代名詞 ＋ be」省略後的結果。

例：Our team needs a specialist (who is) familiar with this new technology.

我們團隊需要一個熟悉這項新科技的專家。

例：The man runs a company (which is) famous for its dairy products.

這個男人經營一間以其奶製品聞名的公司。

(3) 主詞補語

放在 be 動詞後或其他連綴動詞（feel 感覺、look 看起來、sound 聽起來、taste 嚐起來、smell 聞起來、become 變得、seem 似乎、keep 保持……）後，這些表語形容詞便對主詞進行補充，稱為主詞補語。

例：The man is **handsome**.
這個男人很英俊。

例：She feels **angry**.
她感到生氣。

(4) 受詞補語

特定的一些及物動詞，後面接了受詞後，必須再加上形容詞來補充說明受詞，語意才算完整。

例：Her story made me **sad**.
她的故事使我難過。

例：His behavior drives me **crazy**.
他的行為把我逼瘋了。

例：She thought him **self-centered**.
她覺得他很自我中心。

Note
這類「及物動詞＋受詞＋受詞補語」的動詞其實並不多，同學其實可以直接記憶起來就輕鬆了，下面列出常見的這類動詞及其用法示範：

make me sad 使我難過

keep me warm 使我保持溫暖

leave me alone 別煩我

drive me crazy 把我逼瘋了

consider / think / believe him selfish 認為他很自私

brand him racist 譴責他歧視

declare / call themselves bankrupt 宣稱他們自己破產

有些形容詞只能作為補語，這樣的形容詞為數不少，同學也不可能一次強記，遇到再慢慢累積即可。不過**以 a- 開頭的形容詞，多為表語形容詞，只能當作補語來用**。例如：

afraid 害怕的、alive 活著的、aware 意識到、awake 清醒的、asleep 睡著的、alike 相像的、alone 孤單的、ashamed 羞恥的

3. 形容詞的排序

當冠詞或限定詞與不只一個形容詞同用時，基本上按照下列表格上的順序來排列這些形容詞：

I 冠詞、限定詞	1	冠詞、限定詞	a, an, the, your, his, this that, some, any...
II 數量	2	序數	first, second, third, fourth, fifth...
	3	基數	one, two, three, four, five...
III 性狀修飾形容詞	4	性質評價	good, bad, fine, nice, beautiful, sick, delicious...
	5	大小	big, small, large, little, huge, tiny...
	6	形狀	round, oval, square...
	7	新舊、溫度、年齡	new, old, young, cold, warm, hot
	8	顏色	red, blue, green, white, black...
	9	國籍、產地	American, Japanese, Chinese, Indian, foreign, international...
	10	材質	wooden, iron, steel, diamond, brick, stone, silver...
	11	目的、用途	frying, hunting, guiding, touring...
	12	名詞	man, book, pan, dog, house, ring...

以下為範例，下方數字對應上方欄位的順序：

my first two cute nephews 我頭兩個可愛的姪子
(1) (2) (3) (4) (12)

these big round blue balloons 這些大的圓形藍色的氣球
(1) (5) (6) (8) (12)

the new iron frying pan 這個新的鐵製煎鍋
(1) (7) (10) (11) (12)

a strong black French bulldog 一隻強壯的黑色法國鬥牛犬
(1) (4) (8) (9) (12)

Note

① 同學務必知道，以上的排法**只是較常見順序**。平常英語的母語人士與我們一樣，鮮少有人會一次使用太多個形容詞。因此，不同區域的英語使用者，對於這些順序可能語感不同。或者語境需要強調時，母語人士也可能改變這個順序。所以有文法書，將「性質／評價」放在「大小、形狀」後，也有一些文法書將「形狀」排序在「新舊」後面。同學**無須強記所有形容詞的順序，只需多閱讀累積語感**。對於初階的同學可以記憶表格最上方的欄位順序即可。其實大部分的形容修飾名詞時的順序基本上都是：「**冠詞／限定詞＋數量＋性狀修飾形容詞**」。

② 表格中不同類的形容詞置於名詞前，如前面所示範，不需要 and 連接，按表格欄位數字的順序排放即可。而同時使用同一類欄位中的形容詞時，擺放順序無特定。是否需要使用 and 則按照下列準則：

(1) 同類形容詞作補語必須要有 and

（X）The old man is kind, generous. 這個老男人既仁慈又慷慨。

（O）The old man is kind and generous.
（kind、generous 作主詞補語需要有 and）
= The old mand is generous and kind.
（kind、generous 同屬平價／性質欄位，順序無特定）

例：We believe the idea crazy and unrealistic.

我們認為這個想法瘋狂且不實際。

= We believe the idea unrealistic and crazy.

（unrealistic、crazy 同屬平價／性質，順序無特定。作受詞補與需要有 and）

(2) 同類形容詞放名詞前，連接詞經常省略

同類形容詞放名詞前可以用 and，but 連接，但也經常省略連接詞只用逗號。

例：a beautiful and elegant dancer 一個美麗又優雅的舞者

an elegant and beautiful dancer

= a beautiful, elegant dancer

（beautiful、elegant 同屬平價／性質類形容詞，位置無特定。兩個形容詞用 and 連接或省略連接詞皆正確）

二、副詞

1. 副詞的種類

從使用的功能上，常見的副詞分類大致可以分成：情狀副詞、時間副詞、地方副詞、頻率副詞、程度副詞、句副詞、疑問副詞、連接副詞等。然而，這些分類只是依照常見的副詞功能作區分，方便學習上作稱呼。其實總括來説，這些都一樣是副詞，修飾對象上都有固定的範疇。強記這些分類並沒有太多的意義，同學僅需大致理解即可。

(1) 情狀副詞

情狀副詞用來回應如何（how），用以表示：情況、狀態，表示以何種方式動作或是處在何種狀態，可以説是副詞類別中最大宗的副詞。這類副詞多以 -ly 結尾，以下為常見的情狀副詞舉例：

happily 開心地、sadly 悲傷地、slowly 慢地、quickly 快速地、
carefully 小心地、quietly 安靜地、loudly 吵鬧地、wrongly 錯誤地、
easily 容易地、patiently 有耐性地、simply 容易地、angrily 憤怒地

例：The little boy waited **patiently** by the door.
小男孩很有耐性地在門邊等。

例：The thief **easily** opened the safe.
小偷很輕易地就打開保險箱。

例：The beggar **quickly** devoured the burger.
乞丐很快速地就吞掉了那個漢堡。

(2) 時間副詞

時間副詞用以回應何時（when），表達動作或事件發生的時間、順序或持續多久。常見的時間副詞如下：

tomorrow 明天、yesterday 昨天、today 今天、nowadays 現今、
last night 昨晚、now 現在、this morning 今早、first 首先、second 其次、
forever 永久、all day 整天、recently 最近

例：The child fooled around **all day**.
這小孩鬼混了一整天。

例：Many people learn Chinese **nowadays**.
現今有許多人都在學中文。

例：**Yesterday**, I canceled the subscription to a gardening magazine.
昨天我取消了園藝雜誌的訂閱。

(3) 地方副詞

用以回應何地（where），說明事情發生的地點或者動態的方向。常見的地方副詞如下：

here 這裡、there 那裡、downtown 市中心、home 家、inside 裡面、outside 外面、abroad 海外、upstairs 樓上、downstairs 樓下、indoors 室內、outdoors 戶外、everywhere 到處

例：He decided to study **abroad** after graduation.

他決定畢業後要出國唸書。

例：Let's go shopping **downtown**.

讓我們去市中心購物吧。

例：The children love playing **outside**.

小孩喜愛在外頭玩。

(4) 頻率副詞

用來表達事件或動作發生的頻率、次數。常見的頻率副詞如下：

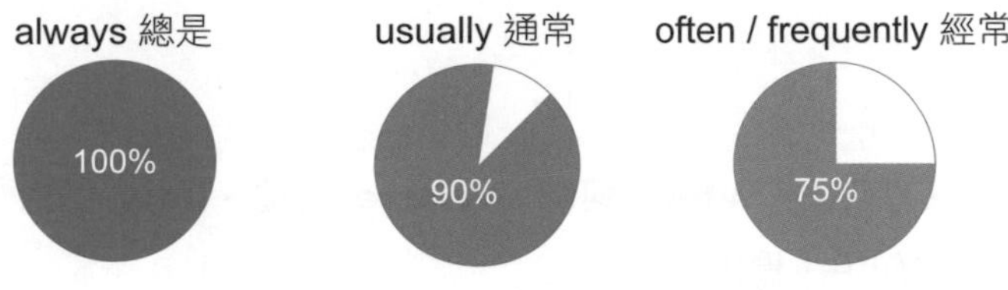

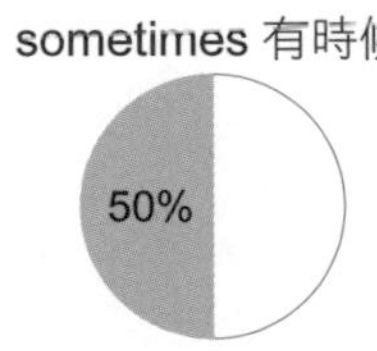

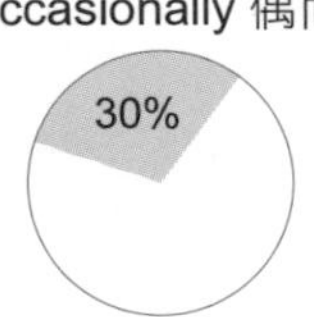

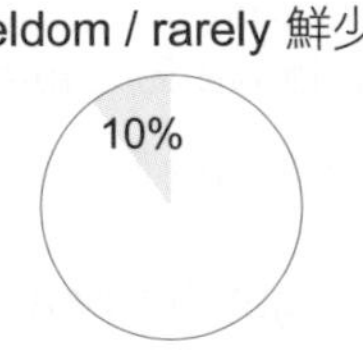

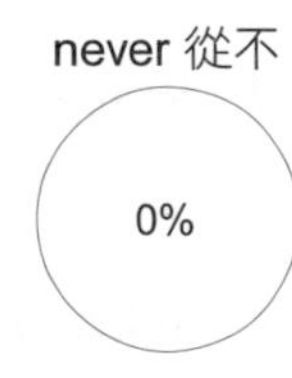

其他常見頻率副詞：once 一次、twice 兩次、daily / every day 每天、monthly / every month 每月……。

例：He **rarely** visits his grandparents.

他鮮少探望他祖父母。

例：He **always** takes the MRT to school.

他總是搭捷運上學。

例：She has read the novel **twice**.

她已經讀過這本小說兩次了。

(5) 句副詞

句副詞為獨立於句子之外的副詞，功能在修飾整個句子。常見句副詞如下：

例
generally 大體而言、hopefully 但願、obviously 顯然地、
seemingly 似乎、fortunately 慶幸地、personally 就本人而言、
certainly 的確、apparently 顯然地、oddly 古怪地

例：**Generally**, boys are naughtier than girls.
大體而言，男孩較女孩調皮。

例：**Seemingly**, there's no way to win her back.
看樣子，似乎沒法子可以挽回她了。

例：**Certainly**, parents have great impacts on children.
的確，父母對小孩有極大的影響性。

(6) 疑問副詞

疑問副詞只有四個：**when 何時、where 何地、how 如何、why 為何**。疑問副詞用在問句中，提出問題。

例：**When** will you leave for Malaysia?
你何時動身前往馬來西亞？

例：**Where** did you get this beautiful dress?
你在哪買到這漂亮的洋裝？

例：**How** did the house survive the earthquake intact?
這房子是怎麼度過地震安然無恙的？

例：**Why** didn't you tell her the truth?
為什麼你不跟她說實話？

(7) 程度副詞

程度副詞可以**修飾動詞、形容詞、副詞**，來表達其程度的強弱。常見的程度副詞有：

very 非常、rather 相當、quite 十分、much 非常、pretty 相當、
just 僅、too 太、almost 幾乎、hardly / barely / scarcely 幾乎不、
really 的確、so 如此、extremely 極端地

例：I can **hardly** recognize him.
我幾乎認不得他了。

例：We have just **enough** food for four.
我們僅僅只有足夠四人份的食物。

例：I enjoy the **extremely** hot weather here.
我很享受這裡極端炎熱的天氣。

(8) 連接副詞

連接性副詞用於銜接兩個句子的邏輯或句意，但使用上要很小心，這些字仍是副詞**並不是真正的連接詞**，因此兩個句子必須**用分號連接，或用句號斷開**。常見的連接副詞如下：

therefore / thus / hence / accordingly / consequently 因此
besides / moreover / furthermore 此外
however / nevertheless 然而

例：He's only 16; **therefore**, his parents forbid him to drink.
他才 16 歲。因此，他爸媽禁止他喝酒。

例：The house is in a great location. **Moreover**, it's inexpensive.
這個房子位於好地段。此外，它還不貴。

例：The doctor thought he could save the patient. **However**, she died in the end.
醫生認為他能夠拯救這個病患。然而，最終她還是死亡了。

2. 副詞的形式

有些副詞本身只有副詞的詞性。還有一些副詞，則是由名詞、形容詞演變而來，並與本來名詞、形容詞同形。以上這些情況通常都不以 -ly 結尾，同學只能遇到後強記。但許多副詞，多半都是由形容詞字尾 +ly 形成。所以只要學會形容詞，並了解以下規則，便能輕鬆創造出副詞來。

(1) 形容詞＋ ly

大部分的形容詞都是直接 ＋ ly 形成副詞。

quick → quickly 快　　slow → slowly 慢

clear → clearly 清楚地　　direct → directly 直接地

fluent → fluently 流暢地　　elegant → elegantly 優雅地

(2) 字尾子音 ＋ y → 去 y ＋ ily

busy → busily 忙碌地　　happy → happily 快樂地

lucky → luckily 幸運地　　easy → easily 容易地

(3) 字尾 -le → 去 e ＋ y

possible → possibly 可能地　　terrible → terribly 糟糕地

horrible → horribly 可怕地　　probable → probably 可行地

(4) 字尾 -ll → 直接 ＋ y

full → fully 充分地　　dull → dully 枯燥地

(5) 字尾 -ue → 去 e ＋ ly

true → truly 真實地　　due → duly 恰當地

3. 副詞的功能

基本上，形容詞只修飾名詞，而其他的的情況都是由副詞作修飾。

(1) 修飾動詞

副詞除了可以修飾限定動詞外（句子的主要動詞），也用於修飾非限定動詞（不定詞、動名詞、分詞）。

例：The man lives **peacefully** in the woods.
這個男人很平靜地住在森林裡。

例：People should avoid talking **loudly** in public.
人們應該避免在公眾場合大聲説話。

例：My mom taught me **never** to lie.
我母親教我，永遠別説謊。

(2) 修飾形容詞

例：The cake is **too** sweet.
這個蛋糕太甜了。

例：He is not tall **enough** to reach the bookshelf.
他不夠高，以至於搆不著書架。

(3) 修飾副詞、副詞子句

例：Thank you very much.
非常感謝你。

例：His father passed away **soon** after he got home.
他到家沒多久，父親就過世了。

(4) 修飾介系詞片語

例：He followed **right** behind us.
他緊緊跟在我們後頭。

例：I'm **fully** against the death penalty.
我全然反對死刑。

(5). 修飾句子

例：**Hopefully**, we can finish the job in time.

但願我們能及時完成工作。

例：**Obviously**, he didn't tell the truth.

很顯然地，他並沒有說實話。

Note

傳統上，仍然普遍認為副詞的主要功能在修飾以上的詞性。不過現在學者也承認，少數的特殊副詞，也具有修飾名詞的功能，例如：only 只、even 甚至、almost / nearly 幾乎、just 僅、about / around 大約、not 沒有、especially 尤其、else 其餘等。同學可以先熟悉以上列出的這些字，其他則遇到再慢慢記憶學習。

例：**Only** the magician himself knows how to play the trick.

只有魔術師本人知道如何變這個把戲。

例：**Even** a child can understand it.

就連小孩都能理解。

例：It's **almost** time to go.

差不多到了要出發的時間了。

例：This is **just** the book you want.

這正是你想要的書。

例：We should leave at **about** 10 o'clock.

我們大概十點左右該離開。

例：**Not** a person showed up.

沒有半個人出席。

例：The appetizers, and **especially** the shrimp cocktail, were delicious.

開胃菜，尤其是雞尾冷蝦，相當美味。

4. 副詞的位置

副詞的位置可能會隨著不同的副詞、句構、強調、慣用而改變其可能的位置，所以多半只能一一熟悉，沒有一體適用的準則。關於副詞常出現的位置有哪些，同學可以參照之前學習過的頻率副詞的位置。以下為一些常見使用準則，雖然仍有其他的可能性，但按照下面的方式放置副詞，多半最為自然。

(1) 修飾形容詞、副詞、副詞子句、介系詞、名詞

修飾動詞以外的其他詞性，放修飾詞前，而 enough 作副詞，放形容詞、副詞後。

例：The woman is **very** beautiful.
那女人非常美麗。

例：The patient is **completely** out of danger.
病患已經完全脱離險境。

例：The apartment is not big **enough** for the whole family.
這公寓不夠大到容納整家人住。

例：You didn't work hard **enough**.
你還不夠努力。

(2) 連接性副詞、句副詞

連接性副詞用以承上啟下，多半放置於第二句的開頭。句副詞用以表達説話者或作者的意見，常見於開頭。雖然這兩種副詞也能放置其他位置，但置於句首最為常見。

例：He is very sick. **However**, he still refuses to see the doctor.
他病的很重。然而，他仍然拒絕看醫生。

例：**Fortunately**, no one was injured in the accident.
很慶幸地，沒有任何人在意外中受傷。

(3) 時間副詞、地方副詞

時間副詞跟地方副詞最常見的位置應為句尾。當時間副詞、地方副詞不是句子的焦點時，也可能放開頭。但地方副詞放開頭多需要倒裝。

例：He gets a haircut **every month**.
他每個月剪一次頭髮。

例：The children are watching TV **downstairs**.
小孩們正在樓下看電視。

例：**Today**, many people are aware of the importance of environmental protection.
現今，許多人意識到環境保育的重要性。

例：**Here** comes your train.
你的火車來了。

(4) 修飾動詞

修飾動詞時，副詞的位置相當多元，如前所述，大多與前面所學頻率副詞可能的位置一致。但仍需注意以下的一些重點。

- 副詞多半不放在動詞與受詞間

（X）They entered quickly the room. 他們很快的進了房間。

（O）They entered the room quickly.

- 當受詞為很長的子句、片語時，修飾主要動詞的副詞避免放句尾

當受詞過長時，若將修飾主要動詞的副詞擺於句尾，往往會因為離修飾的對象太遠，變成可能修飾受詞中的動詞因而產生歧異。

（X）The man found that his wife cheated on him eventually.
這男人發現他老婆終於對他不忠了。（所以男人期待老婆不忠很久了？）

（O）The man eventually found that his wife cheated on him.
這男人最終發現他的老婆對他不忠。

（X）Mom asked my brother to clean his bedroom angrily.

媽媽要求弟弟要憤怒的打掃房間。

（O）Mom angrily asked my brother to clean his bedroom.

媽媽很生氣地要求弟弟打掃他的房間。

5. 宜注意的副詞用法

(1) very、much

- very 修飾形容詞、副詞；much 修飾動詞

例：The child is **very** smart.

這孩子十分聰明。

例：The horse runs **very** fast.

這匹馬跑得很快。

（X）I very love you. 我非常愛你。

（O）I love you very **much**.

Note

通常只有問句、否定句中才會單獨使用 much 修飾動詞。肯定句裡，much 必須與 very、too、so 等連用置於句尾，不會單獨存在。遇到少數的動詞，例如：appreciate 感謝、admire 景仰、regret 後悔、prefer 偏好等，可以於肯定句中直接將 much 置於動詞前修飾。

例：Do you go to the movies much?

你常去影院看電影嗎？

例：I don't like your boyfriend much.

我不怎麼喜歡你男友。

例：You always talk too much.

你總是話太多。

例：Thank you so / very much.

非常感謝你。

例：I would much appreciate it if you could give me a hand.

我會非常感謝你，如果你肯幫忙的話。

例：I much regret that I'm unable to help.

我很遺憾我愛莫能助。

- 修飾比較級、最高級時用 much

例：He is **much** older than me.

他比我年紀大多了。

例：Sam's school performace is **much** the worst.

Sam 的在學表現是最差的。

(2) every day、everyday

every day 為時間副詞，意思為每天。everyday 為形容詞，意思為日常的、每天的。

例：I wash my hair **every day**.

我每天都洗頭。

例：Her novel is based on people's **everyday** life.

她的小說是根據民眾的日常生活。

(3) already、yet

許多參考書都教 already 只能用於肯定句中，且不能置於句尾，這是錯誤的觀念。already 表達「已經」的確多用於肯定句並置於句中。但**already 表達「對於某件事情發生的太快、太早表達驚訝時」，則可以用於問句、肯定句，可以置於句尾或句中。而 yet 當作副詞，用於否定句或問句，意思為「尚（未）」、「迄今」，多置於句尾**。

例：I'm **already** late.

我已經遲到了。

例：Is the taxi downstairs **already**? We'd better hurry.

什麼！計程車已經在樓下了？那我們最好快點。

例：I've eaten only a salad, but I'm **already** full.

我才只吃沙拉，竟然就覺得已經飽了。

例：Are you ready **yet**?

你準備好了嗎

例：I haven't met your sister **yet**.

我還沒見過你的姊姊。

Note

在一些特殊的正式用法中，yet 作副詞仍可以置於句中。例如，have / be yet to 意思為「還沒做……」。而 yet 搭配一些情態助動詞，像是 will / may / might / could yet 等連用，可以表達仍「仍然、終究」。

例：I **have yet to** decide when to hold the meeting.

我還沒決定何時要舉行會議。

例：The player **could yet** win the championship.

這個選手仍有可能贏得冠軍。

(4) all together, altogether

這兩個發音上的近似，讓同學極容易混淆。all together 基本上就是 together 的意思，只是有 all 加強語氣。所以 all together 意思為「全部在一起」，而 altogether 則是「合計、全然」。

例：He put all his textbooks **all together** in one pile.

他把他所有課本全部一起堆成一疊。

例：They went to the party **all together**.

他們全部一起前往派對。

例：They spent $10, 000 **altogether** on the clothes.

他們總計花了一萬元在衣服上。

例：His speech is **altogether** impossible to understand.

他的演講全然難以理解。

(5) sometime、sometimes、some time、some times

sometime 意思為「某一刻」，sometimes 意思為「偶而」，而 some time 則為「一些時間」。最後 some times，此時 time 變成複數可數，表達次數的意思，所以 some times 意思則是「好幾次」。

例：I will meet you **sometime** after six this evening.

今天傍晚六點後某個時間，我再跟你碰頭。

例：I **sometimes** meet Sue at the library.

我偶而會在圖書館遇到 Sue。

例：He once lived in this house for **some time**.

他曾經在這房子住過一段時間。

例：He has mentioned "global warming" **some times** in his speech.

他在演講中好幾次提到「全球暖化」。

Note

some times 雖然文法上可行，意思等同於 a few times, several times，但不若後兩者來得常見自然。

(6) ever、once

這兩個字中文中經常都被稱為「曾經」，所以導致同學很容易混淆兩者。但其實除了少數慣用語外，ever 通常不用於肯定句。

• ever

ever 為副詞表「曾經」或「一旦」，通常用於**疑問句、否定句、條件句（if...）**或是含**比較句型（原級、比較級、最高級）**中。

例：Have you **ever** eaten in this restaurant?

你是否曾經在這間餐廳吃過飯呢？

例：I don't **ever** walk to school.
我從來沒有走路上學過。

例：If you **ever** do this again, you'll be in big trouble.
你一旦再犯，你麻煩就大了。

例：The weather is as cold as **ever**.
天氣一如既往的寒冷。

例：His health condition is worse than **ever**.
他的健康情況比以往更糟了。

例：This is the most interesting book that I've **ever** read.
這是我有史以來讀過最有趣的書。

- once

once 有兩種詞性，作副詞時，用於肯定句，可以表達「曾經」、「一次」。或作附屬連接詞，引導副詞子句，意思為「一旦」。

例：I **once** met the celebrity.
我曾經碰過那個名人。
（於句中表達曾經）

例：I've seen the movie more than **once**.
這部電影我看過不只一次。
（於句尾表達一次）

例：**Once** you open the package, you can't return the item.
一旦你打開包裹，你就不能退貨了。
（引導副詞子句，表條件「一旦」）

Part 3 考題核心觀念破解

1. The poison the patient took seems so ___________ that the doctor doesn't know how to save his life.

   (A) deadly (B) dead (C) die (D) death

答案 (A)

破題

seem 為連綴動詞，後面必須加形容詞作主詞補語。(C) 為動詞、(D) 則為名詞，所以這兩個答案刪除。(A)、(B) 雖然都為形容詞，但 dead 意思為「死亡的」，毒藥無生命不會死亡。故選 (A)，deadly 意思為「致命的」。

---

2. He was once hit by a car, and the accident left him ___________ to walk again.

   (A) impossibly (B) unlike (C) unlikely (D) inable

答案 (C)

破題

許多同學想到「不能」常常會誤拼 inable，但其實沒有這個字。「不能」英文正確的拼法為 unable。leave 加上受詞後，需加上一個形容詞作受詞補語，所以 (A) 為副詞不可選。(B) 意思為「不像」，詞性為介系詞，詞性、意思都不正確。所以選 (C)，unlikely 為形容詞，意思是不可能。

---

3. The streetlights were not ___________ for him to see the suspect's face.

   (A) enough bright (B) brightly enough
   (C) enough brightly (D) bright enough

答案 (D)

破題

be 動詞後應用形容詞作主詞補語，所以這邊不選 (B)、(C)。而 enough 作副詞時必須放在形容詞或副詞後修飾，修飾名詞時才是放在名詞前，故選 (D)。

4. Everyone kept ____________ and listened carefully to what the instructor said.

(A) quite (B) quiet (C) quietly (D) quitting

答案 (B)

破題

quite「相當」、quiet「安靜的」、quit「放棄」，這些字也是同學拼字上易混淆的字。quite 為副詞，quiet 是形容詞，而 quit 是動詞。keep 後面必須加形容詞或 Ving 現在分詞作主詞補語，這邊語意為保持安靜仔細聆聽，故選 (B)。

---

5. Smantha reviewed her ____________ passport application before submitting it.

(A) completing (B) completed (C) completely (D) completion

答案 (B)

破題

放在名詞前修飾名詞，必須選擇形容詞，故不考慮 (C)、(D)。而 complete 動詞轉形容詞時，主動用 Ving，被動用 p.p.。這邊表格是被完成的，所以選 (B)。有同學會疑惑，這邊不能再放名詞形成複合名詞作形容詞嗎？通常複合名詞都是約定成俗的，在沒有確定母語人士習慣這樣的使用下，不要主動選擇名詞來修飾名詞。

Chapter 08 形容詞、副詞、比較

Unit 02 原級、比較級、最高級

Part 1 初步診療室

問診 1：下列對圖片的描述何者英文是正確的呢？

A The man runs as fastly as the woman.

B The man as run fast as the woman.

C The man runs as fast as the woman.
男人跑得跟女人一樣快。

解答：C。

A 句不正確，因為沒有“fastly”這個字，fast 本身同時可以作形容詞和副詞。而 B 句錯誤的把動詞夾入「as...as」中間，且忽略了主詞為第三人稱單數，動詞應做變化形 ＋ s。

診療學習盲點：

「as...as」為原級的句型，表達「與……一樣的……」。句子前後兩端通常為比較的對象，而「as...as」中間的形容詞、副詞則是兩者相同的情形、狀況。這樣的句型使用，同學最容易出包兩點：**① 注意力都在思考句型上面，就忽略了正確的動詞變化。② 把錯誤的詞性夾入「as...as」中間**。「as...as」中間最常見的都是夾入**形容詞和副詞**。下面來理解如何快速的形成「as...as」的句構，並且了解這句型生成的邏輯。只要按照下面步驟執行，文法就不怕錯誤。

「as＋原形形容詞、副詞＋as」表「與…一樣的…」的形成步驟：

1. 先看中文，把兩個句子各別寫出：

Sam 走的跟 Jane 一樣慢。

Sam walks slowly. Sam 走得慢。

分開來寫時，容易注意動詞應作變化

Jane walks slowly. Jane 走得慢。

分開來寫時，容易注意修飾動詞，必須得用副詞

2. 找出兩句英文共同的形容詞、副詞，把它夾入 **as...as** 中間，並把第二句寫在第二個 **as** 後面。

Sam walks **slowly**.

Jane walks **slowly**.

as 副詞修飾副詞

Sam walks **as slowly as** Jane walks slowly. Sam 走得慢正如同 Jane 走得慢。

as 附屬連接詞引導副詞子句

3. 因為內容重複了，所以把第二個 **as** 後面重複的內容去除，得到最後的結果。

Sam walks **as slowly as** Jane ~~walks slowly~~.

Sam walks as slowly as Jane.

所以這裡的 Jane 本來是主格

問診 2：下列對圖片中的三人：男孩、女孩和嬰兒的描述，何者是英文完全正確的呢？

A The girl is more taller than the baby.
女孩比嬰兒高。

B The boy is taller then the girl.
男孩比女孩高。

C The boy is tallest.
男孩最高。

D The baby is the shortest.
小嬰兒最矮。

解答：D。

A 句使用了兩種比較的模式，tall 被加上 more，字尾又被加上 -er，應該去掉 more。B 句"than"誤拼為"then"，這也是同學經常混淆的字。"than"意思是「比」，而"then"則是「那時、接下來」。C 句形容詞最高級必須要有 the 才算正確。

診療學習盲點：

進行比較的時候，英文分成三種等級：① 原級、② 比較級、③ 最高級。原級用於表達兩者程度一樣。比較級表達兩者中，其中一者「更……」。最高級則用於表達，三者以上何者「最……」。在**使用原級時，形容詞、副詞不做任何變化**，所以比較沒有問題。但遇到比較級跟最高級時，同學就經常犯錯了，因為形容詞、副詞則必須相關變化。比較級、最高級變化時，分成**規則變化**和**不規則變化**。而有些形容詞、副詞則是完全不可以用於比較級、最高級中。

1. 規則變化

規則變化時，形容詞、副詞多半按照以下模式做呈現：

比較級

形容詞／副詞字尾＋ er

more ＋ 形容詞／副詞

最高級

形容詞／副詞字尾 ＋ est

most ＋形容詞／副詞

但不論比較級或最高級都有兩種模式，應該選擇何種呢？通常可以依循下列的規則：

(1) 單音節形容詞／副詞＋ er ／ est

音節指的是一個發聲單位，由一個母音加上子音組成。有幾個音節，在發音時就會唸出幾個音。單音節在發音上為只有一個母音的情況。單音節形容詞、副詞多是字尾加 -er / -est。

原級		比較級		最高級
tall 高	→	taller 更高	→	tallest 最高
hard 難	→	harder 更難	→	hardest 最難
fast 快	→	faster 更快	→	fastest 最快
long 長	→	longer 更長	→	longest 最長
low 低	→	lower 更低	→	lowest 最低

Note
字尾＋ -er / -est 時，也會類似在前面簡單式和進行式所教的動詞變化概念。遇到以下的情況，請按之前所學做相關變化：

- 字尾 - 子音＋ y → 去 y ＋ ier / iest

dry 乾 → drier 更乾 → driest 最乾
shy 害羞 → shier 更害羞 → shiest 最害羞

- 字尾 -e → 只＋ r / st

free 自由 → freer 更自由 → freest 最自由
rude 粗魯 → ruder 更粗魯 → rudest 最粗魯

- 重複字尾再 ＋ er / est（重複字尾相關規則請參考前面所學）

hot 熱 → hotter 更熱 → hottest 最熱
fat 胖 → fatter 更胖 → fattest 最胖

(2) 雙音節

雙音節必須分成**形容詞**和**副詞**來討論。

- 雙音節形容詞

雙音節形容詞遇到**字尾子音 ＋ y，多為去 y ＋ ier / iest**。其他形容詞形成比較級或最高級時，其實很多 ＋ er / est 或 more / most 兩種形式都可以。不同區域的人士或許有不同偏好，但**絕大部分的雙音節形容詞偏好以前面 ＋ more / most** 居多，所以不確定的時候選擇 more / most 比較保險。

happy 開心 → happier 更開心 → happiest 最開心
easy 容易 → easier 更容易 → easiest 最容易
early 早 → earlier 更早 → earliest 最早
famous 有名 → more famous 更有名 → most famous 最有名
careful 小心 → more careful 更小心 → most careful 最小心
childish 幼稚 → more childish 更幼稚 → most childish 最幼稚

- 雙音節副詞

雙音節副詞基本上都是**前面加上 more / most** 形成比較級、最高級。

slowly 慢 → more slowly 更慢 → most slowly 最慢

quickly 快 → more quickly 更快 → most quickly 最快

seldom 鮮少 → more seldom 更少 → most seldom 最少

Note

例外，early 因為副詞跟形容詞同形，所以比較時，副詞後面仍然按形容詞方式維持去 y + ier / iest。

(3) more / most + 三音節以上形容詞／副詞

三音節以上的形容詞或副詞，一律加 more / most 形成比較級或最高級。

important 重要 → more important 更重要 → most important 最重要

beautiful 美麗 → more beautiful 更美麗 → most beautiful 最美麗

diligently 勤奮 → more diligently 更勤奮 → most diligently 最勤奮

frequently 頻繁 → more frequently 更頻繁 → most frequently 最頻繁

記憶口訣整理：**單音節 adj / adv 或雙音節 adj 結尾 – 子音 + y → + er / est**

其他情況 → + more / most

2. 不規則變化

有些形容詞、副詞的比較級和最高級並不是透過加 –er / –est 或是 more / most，這些變化形只能強記。

原級	比較級	最高級
bad / badly / ill 壞／生病的	worse 更糟	worst 最糟
good / well 好／健康	better 更好／更健康	best 最好／最健康

many / much 多	more 更多	most 最多
little 少	less 更少	least 最少
far 遠	farther 更遠	farthest 最遠

① old 的比較級、最高級其實有兩種：older / elder、oldest / eldest。然而同學常常誤用 elder、 eldest，因為 elder、eldest 不能拿來當作補語，只能放在名詞前，而且多半只用來稱呼家庭成員的長幼。

（X）She is elder than me. 她比我年紀大。

（O）She is older than me.

（O）He is my elder / older brother. 他是我哥。

（O）She is my eldest / oldest daughter. 她是我大女兒。

Note

② far 可以作形容詞也可以作副詞來用，其比較級、最高級也有兩種：farther / further，farthest / furthest。farther 只能表達**「距離上得更遠」**。further 可以指**「程度上更近一步」**或**「距離上更遠」**。但 further 做形容詞表達「距離上得更遠」不如 farther 的常用，做副詞時表達「距離更遠」則與 farther 無異。怕混淆的同學可以在表達距離的遙遠時都用 **farther**，**表達程度上得更近一步時都用 further，就絕對不會錯。**

（X）Do you have any ~~farther~~ questions? 你有任何更近一步的問題嗎？

further（farther 不能表達程度）

（O）There is a house on the farther / further shore of the lake.

作形容詞兩者都可，但 further 比較少見

在較遠的湖畔有一間房子在那。

（O）They pushed the boat farther / further into the lake.

作副詞時，兩者都可

他們把船更遠地推向湖中。

3. 含「極致」、「絕對」意義的形容詞／副詞，無比較級／最高級

有些形容詞、副詞沒有比較級和最高級，這些字用來表達極致、絕對的經驗感受。因此無法有程度區分。拿 perfect「完美」作例子，如果說一件事情可以更完美，那就代表本來不完美。同學要注意兩件事：① 仍然有少部分的母語人士在特定的誇張化語境，為下列的字加上比較級、最高級，但這並非常用。② 因為這些字表達極致經驗，沒有程度之分，所以**多不使用程度副詞 very** 來予以修飾，如有需要極致的形容詞、副詞只能改用 **really** 修飾。

以下為常見無比較級／最高級的形容詞，它們的副詞版本也同樣沒有比較級／最高級用法：

correct 正確、wrong 錯誤、absolute 絕對、excellent 極優的、
dead 死亡的、impossible 不可能的、single 單一的、
amazing 令人驚艷的、delicious 美味的、total 總的／澈底的、
final 最後的、obvious 明顯的

Get Better Soon

練習 A：按照前面所學，為下列句型在「as...as」中間，選擇正確夾入的詞性。

1. He considers the woman as (beautiful / beautifully) as a star.
   他認為這個女人跟明星一樣漂亮。

2. The employee works as (diligent / diligently) as everyone else.
   這個員工跟其他人一樣勤奮工作。

3. The celebrity waited outside the restaurant as (patient / patiently) as other citizens.
   這個名人跟其他市民一樣有耐性的在餐廳外等候。

4. The son looks as (strong / strongly) as his father.
   兒子看起來跟老爸一樣的強壯。

5. The man wants to marry someone as (rich / richly) as he is.
   男人想娶跟他一樣的富裕的人。

6. The man speaks English as (fluent / fluently) as a native speaker.
   這男人英語說得跟母語人士一樣流利。

7. The job is as (easy / easily) as last one.
   這工作跟上一個一樣容易。

8. The man becomes as (cruel / cruelly) as a butcher.
   這個男人變得跟殺人魔一樣的殘忍。

解答在 P.386

練習 B：為下列常見的形容詞、副詞寫出正確的比較級、最高級形式。

原級	比較級	最高級
1. healthy 健康	______	______
2. short 短	______	______
3. wise 聰明	______	______
4. thin 薄	______	______
5. good 好	______	______
6. dangerous 危險	______	______
7. generously 慷慨	______	______
8. pleasant 愉悅	______	______
9. heavily 重	______	______
10. much 多	______	______

解答在 P.387

Part 2 原級、比較級、最高級文法概念

一、原級 (表示兩者相同)

1. as 原級形容詞／副詞 as...

如前面所學，在「as...as」夾入原形的形容詞副詞，表達兩者相同。必須從主要句來研判，需要夾入的為形容詞或副詞。

例：**She is** as **busy** as her husband.

她跟她老公一樣忙碌。

→ 主結構為：She is busy.（busy 為形容詞作主詞補語。）

例：**She works** as **busily** as her husband.

她跟她老公一樣工作忙碌。

→ 主結構為：She works busily.（busily 副詞修飾動詞 work。）

2. as 原級形容詞 ＋ a / an 單數名詞 as...
as many / few ＋ 可數名詞 as
as much / little ＋ 不可數名詞 as

有些情況下，「as...as」可以先夾入形容詞後再夾入名詞，要注意單數名詞時，「as...as」中的形容詞得提前到冠詞前。並且，如果要夾入的名詞為不可數或複數形，能使用的形容詞只有 many、much、few、 little 四個。

例：He is as good a painter as Jerry.

他跟 Jerry 一樣都是很棒的畫家。

（原句本來應為：He is a good painter. 但在「as...as」中時，good 被提前到冠詞 a 的前面。）

例：He has written as many / few reports as Selina.

他跟 Selina 寫了一樣多／少的報告。

例：I ate as much / little rice as my brother.
我跟我哥哥吃了一樣多／少的飯。

（X）He has as good grades as you. 他跟你有一樣的好成績。
（非單數可數時，不能夾入除了 many、much、few、little 以外的形容詞）

（O）His grades are as good as yours.

二、比較級（兩者有差異）

1. 形容詞／副詞字尾 + er
more + 形容詞／副詞
→ **than...「比……更……」**

比較時，可以先把 than 想成是一個連接詞，本來應該連接兩個完整句子。然後因為 than 後面的內容重覆了，因此省略重複內容。雖然母語人士平時並不會真的把重複的內容寫出，但透過下面的步驟，有助於同學去理解，比較級的句型如何產生。

(1) 先想像兩個句子

Jane is tall. Kevin is tall.

Jane 高，Kevin 也高。

(2) 把相對「更……」的形容詞／副詞變成比較級，再用 than 連接另一句

Jane is taller than Kevin is tall.

Jane 比起 Kevin 高來得更高。

(3) 將重複的內容省略

Jane is taller than Kevin.

Jane 比 Kevin 來得更高。

Note
有時候，也可以用「of the two...」來取代「than...」，表達「兩者中，其中一者更……」。此時**比較級前要加 the**。

Jane is taller than Kevin.

= Jane is the taller of the two people.

2. more and more adj / adv
adj / adv-er and adj / adv-er 「越來越……」

使用成雙的比較級可以用來表達程度上越來越強，用以表示某件事情逐漸的在變化中。因此此用法經常搭配進行式，但搭配簡單式亦為正確。

例：The weather is getting hotter and hotter every day.
天氣每天越來越熱。

例：The dog is barking more and more loudly.
狗越吠越大聲。

3. The 比較級……，the 比較級……「越……就越……」

此句型用來表達兩者同時發生變化，當前者變化時，後者也跟著相對的強度隨著增強。這種句型同學幾乎往往書寫上鮮少正確。透過下面的步驟，同學就可以很輕鬆的上手。

(1) 先忽略中文中的「越」，先寫出兩句正確的簡單句。

我們~~越~~靠近火，我們~~就越~~覺得溫暖。

We got close to the fire. We felt warm.

(2) 把中文裡「越」所修飾的形容詞／副詞變成比較級。

我們越**靠近**火。We got **closer** to the fire.

我們就覺得越**溫暖**。We felt **warmer.**

(3) 將比較級前面加上 the 形成「the 比較級」並移置句首。並把剩下的內容依序寫在其後，用逗號隔開兩句。

The closer we got to the fire, **the warmer** we felt.

三、最高級（三者以上最……）

1. the most ＋形容詞／副詞
the 形容詞／副詞字尾 -est ┐ **後常加 of ＋群體 或 介系詞＋地點**

三者或三個群體進行比較時，程度上最強烈者必須使用最高級。最高級的寫法相當簡單，只要把形容詞／副詞按前面所學，作最高級的變化形，並在前面加上 the 即可。形容詞時，後面可以接名詞。非正式時，副詞前 the 可以省略。最高級可以單獨使用，但往往後面會加上群體或地點。

She is the most popular (girl) of our school's girls.
= She is the most popular girl in our school.
她是我們學校最受歡迎的女孩。

Jessica dances (the) most elegantly of all my students.
Jessica 是我學生中跳舞最優雅的。

四、劣等比較

在前面的學習，都是用來表達程度上「更強」、「最強」，但比較時也可以反過來比較「更不……」或「最不……」。劣等比較分成以下三種情況。

1. not... as / so 原級形容詞／副詞 as... 「比……更不」

這個用法跟前面所學大同小異，只需要注意三點：① 這邊的意思不是兩者不一樣，而是前者較後者程度上來得更弱。② 小心否定詞 not 的位置，前面學過有 be 動詞、情態助動詞、完成式，直接在後面加 not，但如果遇到一般動詞，則必須在一般動詞前加上否定的助動詞（don't、doesn't、didn't）。③ 肯定的時候只能使用「as...as」，否定、問句時第一個 as 可以改作 so，但此用法越來越罕見。

例：I'**m not** as / so hungry as my friend.
我不像我朋友那麼餓。
（not 放在 be 動詞後）

例：She **didn't go** to bed as / so late as her brother.

她沒有像她哥哥一樣那麼晚睡。

（主要動詞是 go，不是在 as 前面加 not，必須放否定的助動詞於一般動詞前）

2. less 原級形容詞／副詞 than...「比……更不」

「less...than」語意與「not as...as」語意上相同，但比後者更為正式。同學要特別注意以下幾點：① **「less...than」中間所夾之形容詞、副詞必須為原級！！！** 許多同學經常看到 than 就會下意識覺得必須得用比較級，此為常見錯誤。② **less 本身即具有否定性**，不要再加上 not。

（X）Sabrina is not less angrier than Jared. Sabrina 不像 Jared 那麼生氣。

（O）Sabrina is less angry than Jared.

= Sabrina is not as angry as Jared.

= Jared is angrier than Sabrina.

3. the least 原級形容詞／副詞（of ＋ 群體或介系詞 ＋ 地點）

如同前面所學得過最高級情況大同小異，只是把 most 改成 least。同樣，形容詞後面亦可接名詞。副詞時，the 可以省略。

例：Of all the board games, this is the least interesting (one).

在所有桌遊中，這款是最不有趣的。

例：Patrick is the least experienced teacher in our school.

我們學校所有老師中，Patrick 資歷最淺的。

例：Of the three students, Rita studied (the) least diligently.

三個學生中，Rita 最不用功。

五、倍數的表達

倍數 + as 原級 as...

倍數 + 比較級 than...

表達幾倍的「更……」，其實相當簡單，只是剛剛所學得基礎前面加上倍數而已。倍數加在「as...as」和比較級的正前面。

Ryan is twice as old as Hawk. Ryan 年紀是 Hawk 的兩倍大。

= Ryan is twice older than Hawk.

Her car runs three times as fast as mine. 她的車跑得是我的三倍快。

= Her car runs three times faster than mine.

六、比較時的注意事項

1. as 與 than 後面的省略

通常 as 和 than 後面只需接比較的對象，不用寫出動詞或完整句。但不要忘掉前面已經學過，第二個 as 或者 than 本來作連接詞，後面其實是可以連接一個完整句，但因為內容重複而習慣省略。但在以下兩種情況，就不能只寫出比較的名詞而已。

(1) 省略後語意不清時

（△）Jane gave me more gifts than Mary.
主格／受格？

因為不清楚這邊的 Mary 是主詞還是受詞？所以這句話恐怕有兩種解讀。如果 Mary 為主詞，則意思為「Jane 給我的比 Mary 給我的禮物還多」。如果 Mary 為受詞，則意思為「Jane給我的禮物比 Jane給 Mary 的禮物多」。為了避免混淆，必須做以下處理：

例：Jane gave me more gifts than Mary did.

Jane 給我比 Mary 給的來得多。

（Mary 為主格時，必須把後面的動詞帶出）

例：Jane gave me more gifts than she gave Mary.

Jane 給我比她給 Mary 來得多。

（Mary 為受格時，則必須把後面句子寫出）

(2) as / than 後面為人稱代名詞主格時

如果為普通名詞則沒有這個問題，但 as / than 後面接的是人稱代名詞時，雖然只寫出主格的人稱代名詞在傳統上視為正確。然而，對現代英語來說，此舉相當矯揉賣弄。比較自然的情況，必須把主格人稱代名詞後的動詞寫出。但有趣的是，如果人稱代名詞主格與受格同形時，則沒有這個問題。

例：She is more talkative than Lucy.

她比 Lucy 來得健談。

（Lucy 非人稱代詞，後面內容可以省略）

（△）She is more affable than he.

她比他來得和藹可親。

（he 為人稱代詞主格，文法上這樣正確，但相當刻意賣弄）

（O）She is more affable than he is.（正式）

= She is more affable than him.（口語）

（非正式的情況下，as / than 後面也可以改用受格）

（△）He is as rich as I. 他跟我一樣有錢。

（O）He is as rich as I am.（正式）

= He is as rich as me.（口語）

（O）I am taller than you. 我比你來的高。

（you 主格與受格同形，所以不帶出動詞也很自然）

as / than 後面帶出動詞時，按照主要句的動詞或助動詞形式，有以下兩種情況：

(1) 主要句有 be 動詞、情態助動詞、完成式

則第二個 as 或 than 後面的主詞後亦寫到 be 動詞、情態助動詞、完成式。

例：She is as sick as I am. 她跟我一樣病得很重。
be be

例：I can dance better than he can. 我可以跳舞跳得比他好。
情助 情助

例：She has eaten as much as I have. 她跟我吃得一樣多。
完成 完成

(2) 主要句只有一般動詞

第二個 as 或 than 後面的動詞片語，一律改用一般助動詞 do、does、did 代替。

例：Her brother got up as early as she did. 她弟弟跟她一樣早起。
一般 V 一般助動詞

例：My brother eats more than I do. 我弟弟吃得比我多。
一般 V 一般助動詞

2. 比較的對象要相當

比較時，兩者必須在邏輯上有可比性。同學受中文影響，所有格的比較時最容易出錯。

（X）My finger was cut deeper than you. 我的手指被割得比你的還深。
（不可能手指被割的比你整個人還深）

（O）My finger was cut deeper than your finger.
= My finger was cut deeper than yours.
（手指必須比較手指，名詞重複時，可以改用所有格代名詞）

（X）My car is more expensive than Jeff. 我的車比 Jeff 的還貴。
（比較自然的情況，車子的價值不與人來比較）

（O）My car is more expensive than Jeff 's car.
= My car is more expensive than Jeff 's.

然而要注意，在前面名詞單元學過，沒有生命的物體比較不偏好加「's」來形成所有格，而是多使用「A of B」來表達「B 的 A」。這種情況下，用 that / those 來代替前面已經提過的單數／複數名詞。

例：**The climate** of Japan is milder than **that** of Russia.

日本的氣候比俄國來得宜人。

例：**The colors** of your shirt are brighter than **those** of mine.

你衣服的顏色比我的還要明亮。

3. 比較時，須排除自身

比較時，自己本身不可以被包含在被比較的對象當中，因為自己不可能程度上比自身來得更強烈。可以用下列句型排除被包含在被比較對象中。

（X）Tom is taller than any boy in his class.

Tom 比他班上任何一個男生都高。

（Tom 自己也是班上的其中一個男生，他不可能比自己來得更高）

（O）Tom is taller than **any other boy / boys** in his class.

Tom 比他班上任何其他男生來得高。

（O）Tom is taller than **all the other boys** in his class.

Tom 比班上所有其他男生來得高。

（O）Tom is **the tallest boy** in his class.

Tom 是班上最高的男生。

許多中學參考書經常教「any other + 單數名詞」、「all the other + 複數名詞」。甚至經常出考題考學生，any other 後面如果選複數名詞的選項則算錯誤。這完全實屬以訛傳訛，any 後面本來就可以接單、複數可數名詞。所以 any other 後面接單數或複數名詞其實皆為正確，切莫被參考書誤導。

4. 兩者時用比較級；三者以上用最高級

這是中學參考書常常教給學生的背誦口訣，這句話雖然正確，但說得模稜兩可。導致教學中，許多同學常詢問某個情境的句子不是已經不只「兩個人」了嗎？為何仍然使用比較級。比較時，不是總是去計算到底有幾個個體。有時候，語意上把眾多的個體分成兩個群組，此時，仍視為兩者的比較，應使用比較級。

（X）Jack is the tallest than the other two students.

Jack 比其他兩個學生來得高。

（雖然總共有三個學生，但把另外兩個學生視為一群來與 Jack 相比，所以仍然為兩者的比較）

（O）Jack is taller than the other two students.

（Jack 與其他學生比較）

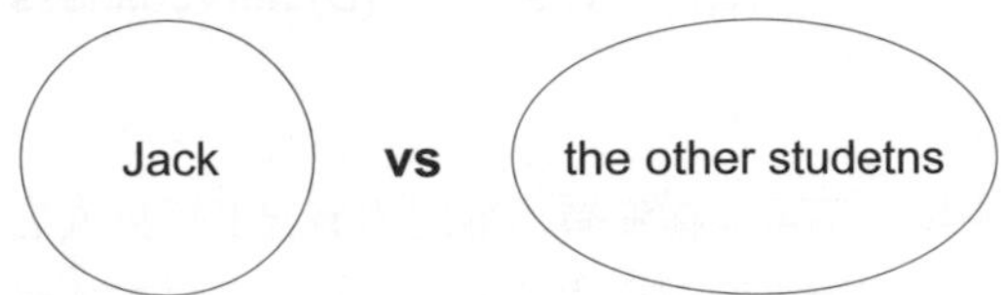

（O）Of the three students, Jack is the tallest.

（三個人分開來各別比，Jack 最高）

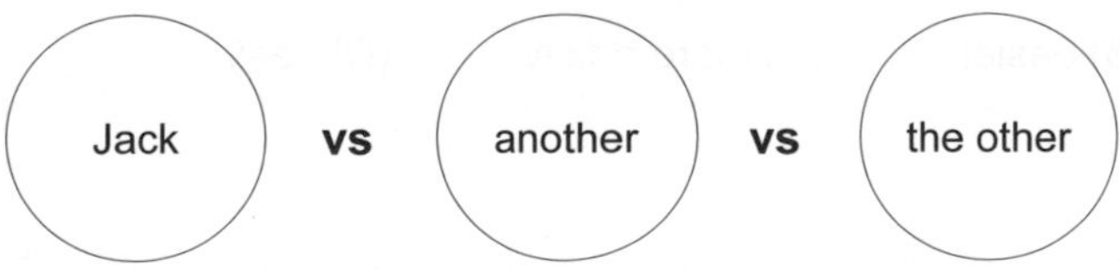

Part 3 考題核心觀念破解

1. Many cosumers consider the new model as __________ as the old one.

(A) badly (B) worse (C) worst (D) bad

答案 (D)

破題

看到「as...as」就可以把 (B)、(C) 兩個答案去除。此題考學生是否知道「as...as」中間只會夾入原級的形容詞、副詞。而 consider 在前面教過，可以在後面加上受詞與受詞補語。受詞補語必須為形容詞或名詞，故選原級形容詞 bad。

---

2. The parents performed as __________ as the child on the stage.

(A) nervious (B) nervously (C) nerves (D) nervousness

答案 (B)

破題

「as...as」中間多夾形容詞、副詞，不可能在沒有形容詞的情況下單夾入名詞，所以不考慮 (C)、(D)。而 perform 後面不會接形容詞作補語，必須要用副詞修飾。

---

3. Many office workers have complained that the new printer is somehow not as convenient and __________ to operate as the old one.

(A) easily (B) easier (C) more easily (D) easy

答案 (D)

破題

有時候考題故意不馬上考 as 後面所接的詞，透過加入對等連接詞去考同學平行的概念。這邊「as...as」不會夾入比較級，所以 (B)、(C) 不可為答案。而對等形容詞 convenient 必須選擇同樣形容詞 easy。

4. Cotton is also warm-keeping and is maintained even ______ than wool.

(A) more easier (B) much easily (C) more easily (D) much easier

答案 (C)

破題

要注意修飾的對象，這邊空格應該在修飾動詞 maintain，表達容易保養。因此必須選擇副詞，所以 (A)、(D) 不可為答案。有 than 這邊應該用比較級，所以 (B) 選項 easily 為原級不正確。

---

5. Michelle came ____________ than all the others.

(A) latter (B) more lately (C) later (D) last

答案 (C)

破題

這邊修飾動詞 came 宜選副詞。lately 雖為副詞但意思為「最近」。last 不為比較級，故不考慮。latter 和 later 同學經常混淆，latter 為「後者」的意思，這邊意思應為「更晚」，故選 (C)。

Chapter 8 總複習測驗 Exercise

1. Chinese is spoken by more people than ____________.
   (A) any other language (B) all languages
   (C) all the other language (D) any language

2. Many people are less ____________ to work on Mondays than on any other days.
   (A) happy (B) happier (C) happily (D) more happily

3. The price of my handbag is much higher than ____________.
   (A) your (B) that of yours (C) those of yours (D) you

4. The wealthier people are, the ______________ they tend to become.
   (A) generously (B) generosity (C) generouser (D) more generous

5. This book is ______________ the one in your hand.
   (A) as two times as expensive (B) as expensive two times as
   (C) two times as expensive as (D) expensive as two times as

6. Only after a competitor appeared did Ivan begin working ______________than ever.
   (A) diligently (B) diligent (C) more diligent (D) more diligently

7. Generally speaking, the software runs on the new computer as __________ as ever.
   (A) good (B) best (C) better (D) well

8. The __________ intelligent of all the students will have the opportunity to enter the college.
   (A) so (B) most (C) more (D) such

9. The company states on its website that its newly invented medicine is __________ against cancer than any others it has produced.

(A) most effecitve (B) more effective

(C) more effectively (D) effective

10. Nobody dares to swim in the lake because it looks so __________.

(A) deep (B) deeply (C) deeper (D) much more deeply

11. The psychiatrist asked the patient to discuss his childhood __________.

(A) far (B) farther (C) further (D) farthest

12. Of the two ties, the striped one is __________.

(A) cheaper (B) most cheap (C) the cheaper (D) cheap

13. According to recent research, people work twice __________ hours on average in Asia as in Europe.

(A) many (B) as much (C) more (D) as many

14. __________ the workers finish the job, the earlier they will get the final payment.

(A) Sooner (B) Soon (C) The soonest (D) The sooner

15. The director decided to shoot the sequel to the movie because the first one was a bigger box office hit __________ expected.

(A) as (B) then (C) if (D) than

解答在 P.387

解答與解說

Unit 01 形容詞、副詞

Part 1 解答

練習 A

1. Most people can't read books written in Latin.（書是被寫的用 p.p.）
2. My broken arm is healing slowly.（手臂是被弄斷的用 p.p.）
3. The noise woke up the baby sleeping in the cradle.（嬰兒是主動睡覺的用 Ving）
4. The lecture attracted people interested in English learning.（人們自己感到有興趣用 p.p.）
5. The woman tried to get rid of this annoying person.（令人惱怒用 Ving）
6. No one could bear the disgusting smell.（令人作噁用 Ving）
7. The woman tired from walking all day decided to take a rest.（自己感到疲勞用 p.p.）
8. The little boy bit the apple covered in caramel.（被包覆用 p.p.）

練習 B

1. hard, hardly
2. lately, late
3. dead, deadly
4. near, nearly
5. highly, high
6. deep, deeply
7. wide, widely
8. well, good
9. mostly, Most

Unit 02 原級、比較級、最高級

Part 1 解答

練習 A

1. beautiful（consider ＋ 受詞 ＋ 受詞補語，beautiful 形容詞修飾 the woman）
2. diligently（副詞修飾動詞 work）
3. patiently（副詞修飾動詞 wait）
4. strong（look 為連綴動詞，後面必須加形容詞作主詞補語）
5. rich（rich 作為形容詞放在不定代名詞 someone 後面修飾）
6. fluently（副詞修飾動詞 speak）
7. easy（be 動詞後面必須加形容詞作主詞補語）
8. cruel（become 是連綴動詞，後面加形容詞作主詞補語）

練習 B

原級	比較級	最高級
1. healthy	healthier	healthiest
2. short	shorter	shortest
3. wise	wiser	wisest
4. thin	thinner	thinnest
5. good	better	best
6. dangerous	more dangerous	most dangerous
7. generously	more generously	most generously
8. pleasant	more pleasant	most pleasant
9. heavily	more heavily	most heavily
10. much	more	most

Exercise 解答

1. (A) 2. (A) 3.(B) 4.(D) 5.(C) 6.(D) 7.(D) 8.(B) 9.(B) 10.(A) 11.(C) 12.(C)
13.(D) 14.(D) 15.(D)

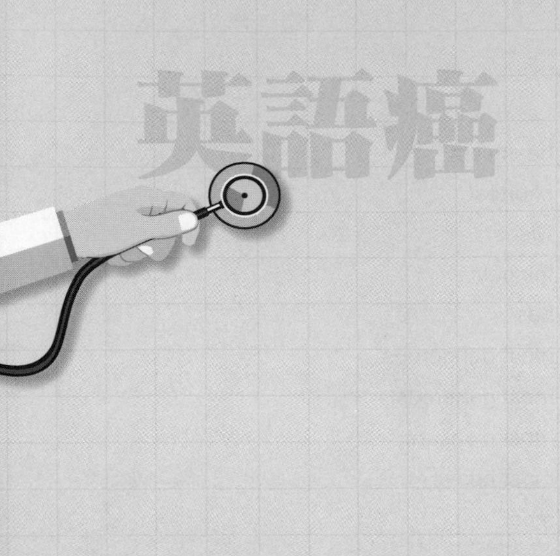

Chapter 09

連接詞與轉折連接語

▶ 總複習測驗

Chapter 09 連接詞與轉折連接語

Part 1 初步診療室

問診：下面對於圖片的描述，下列何者英文有誤呢？

A Because she is sick, she has taken sick leave.

B She is sick, so she has taken sick leave.

C She is sick, therefore, she has taken sick leave.

因為她生病了，所以她請了病假。

解答：C。

很明顯的這邊有兩個子句：she is sick 和 she has taken sick leave。連接兩個子句時必須有連接詞幫忙。A 句和 B 句中的 because 和 so 都是連接詞，所以文法正確。C 句語意雖通暢，但其中的 therefore 詞性卻是副詞。而副詞並沒有連接句子的功能，所以 C 句有誤。正確宜把兩句斷開：She is sick. Therefore, she has taken sick leave.

診療學習盲點：

轉折連接語不是連接詞。在連接句子的邏輯時，常見有三種可以幫忙連接的工具：① 對等連接詞。② 附屬連接詞（又稱從屬連接詞）。③ 轉折連接語。從名稱上清楚可見，前面兩者皆為連接詞，但第三種轉折連接語，雖然能夠幫助句意的邏輯銜接或轉折，但詞性上皆屬**副詞**或**介系詞**。先搞懂第三類轉折連接語，進到連接詞正式章節，就比較不會混淆它們跟連接詞的詞性和用法。特別注意：轉折連接副詞因為不是連接詞，跟前一句必須用**分號連接**或**句號斷開**，用法通常如下：

（X）The weather was pretty cold, however, I still went swimming.

天氣相當冷，然而，我還是去游泳了。

（however 為副詞，跟前一句不可以用逗號連接）

（O）The weather was pretty cold; however, I still went swimming.

（分號等於一個連接詞，連接前後句）

（O）The weather was pretty cold. However, I still went swimming.

（沒有分號，就必須用句號斷開，因為 however 為副詞，不是連接詞）

這些轉接連接語的用法大致相似，除了**正式性差異**外，同組間同詞性多可相互代換，以下為常見的轉折連接語：

1. 表達補充

(1) 副詞：besides、also、moreover、furthermore、in addition「此外、而且」

例：It's too dark outside to go for a walk. Besides, it's raining.

外頭實在太黑了不適合出去散步。此外，還在下雨呢。

例：The house is in a great location. Furthermore / Moreover, it's inexpensive.

這房子的地段很好，而且它價格還不貴。

Note

moreover / furthermore 較為正式。

(2) 介系詞：besides + n、in addition to + n「除……外……還」

例：Besides English, he also speaks French.

除了英文，他還會說法文。

例：In addition to a salad, he ordered a steak and ice cream.

除了沙拉外，他還點了一客牛排跟冰淇淋。

Note

(i). besides「此外」本身可以作副詞或介系詞，同學要小心不要與 beside「旁邊」兩字搞混，因為只差字尾 -s。

例：He always sits beside me in class.

上課時，他總是坐我旁邊。

(ii). besides / in addition to 跟 except（for）在中文中常常都翻譯成「此外」，但兩者意思大相逕庭。前者意思是「除此之外還有⋯⋯」，而 except（for）則是「扣除⋯⋯以外」。簡而言之，**前者是加法，後者則是減法**，切莫混淆。如果怕搞錯，可以考慮使用不分加或減的 **apart from、aside from**。

例：Besides grapes, I like strawberries. 除了葡萄以外，我還喜歡草莓。（加上葡萄）

= Apart / Aside from grapes, I like strawberries.

例：Except for grapes, I like fruit a lot. 除了葡萄以外，我很喜歡水果。（扣除葡萄）

= Apart / Aside from grapes, I like fruit a lot.

2. 表達相反、對照

(1) 副詞：however、nevertheless、nonetheless「然而、但」

例：The government claimed it was fake news. Nevertheless / Nonetheless, it influenced some voters.

雖然政府宣稱這是假消息。然而，一些投票者還是受到了影響。

這些字基本上意思大同小異，差別主要在正式度跟常見頻率。

正式度：nonetheless ＞ nevertheless ＞ however

常見頻率：however ＞ nevertheless ＞ nonetheless

nonetheless 相對其他兩者較罕見，也多半用於正式寫作而已。

(2) 介系詞：

despite ＋ n、in spite of ＋ n、notwithstanding ＋ n「儘管⋯⋯」

regardless of ＋ n「不管⋯⋯、不受⋯⋯影響」

例：Notwithstanding / Despite / In spite of his knee injury, he won the championship.

儘管他的膝蓋受傷，他仍贏得了冠軍。

例：Anyone can participate in the activity regardless of age.

不論年紀大小，每個人都可以參與這項活動。

Note

(i). notwithstanding 在字典中雖然也被列為副詞，可以等同於前面的 nevertheless，但其實現代英語中很少把 notwithstanding 當副詞來用，而是多用來當介系詞。作介系詞時，despite、in spite of、notwithstanding 可以被視為同義詞，差別只在 notwithstanding 相對較為罕見且更正式。然而，notwithstanding 雖為介系詞，但跟另兩者最大不同的地方是，它可以放在名詞前（介系詞通常的位置），但**放名詞後也正確**。

例：Notwithstanding the bad weather, the outdoor concert was a great success.

= The bad weather notwithstanding, the outdoor concert was a great success.

儘管天候不佳，這戶外演奏會仍然相當成功。

Note

(ii). regardless of 跟上述的其他介系詞雖然經常可以互相代換，但其實語意上略有不同。regardless of 意思多為：「不管、不論、不受……所影響」。

例：Despite the weather, he visited his grandparents.

（通常暗示，儘管天氣不好，他還是拜訪他的祖父母）

例：Regardless of the weather, he visited his grandparents.

（強調好天氣也去，壞天氣也去，天氣不是他的考量）

3. 表達因果

(1) 副詞：as a result、consequently、accordingly、therefore、thus、hence「因此、所以」

例：The party lost the election. Accordingly / Consequently / Therefore / Hence, the chairman was asked to resign.

這個政黨輸掉了選舉。因此，主席被要求辭職。

Note

基本上，上述副詞意思雷同，主要差別在正式度上。therefore 最為常見，可用於略正式口語或寫作，accordingly 和 consequently 也是略為正式，但因為長度的關係稍微較少用於口語。thus 和 hence 最正式，較常用於正式的寫作中。同學尤其要小心使用 hence，因為 hence 相對而言罕見，除非極為正式場合或學術寫作，否則不建議同學使用。

(2) 介系詞：

because of + n、as a result of + n、due to + n
owing to + n、on account of + n
by reason of + n、in consequence of + n
in view of + n、in light of + n、given + n

「因為／有鑑於……」

例：In view of / Given / Due to the bad weather, the outdoor event will be postponed.
有鑑於天候不佳，此次戶外項目延後舉行。

例：The minister stepped down on account of / owing to / as a result of ill health.
由於健康不佳，部長因而離職。

Note

以上介系詞片語詞組基本上意思雷同，可以互相代換。其中 because of 最為口語，其他則皆為用於正式場合。

4. 表達舉例

(1) 副詞：for example、for instance、e.g.「舉例來說」

例：The report is unacceptable. For example / For instance, it still contains quite a few errors.
這份報告是不能接受的。舉例來說，它仍含有許多錯誤。

例：Patients should eat more food that contains protein, e.g. eggs, meat or tofu.
病人應該多吃些含蛋白質的食物，例如，雞蛋、肉或豆腐等。

Note

e.g. 是拉丁文“exempli gratia”的縮寫，概念上就等於“for example”，但通常不用來銜接句子，後面通常放名詞，引導想要舉例的東西的同位語。

(2) 介系詞：such as、like「例如……；像是……」

例：Some wild animals such as / like white rhinoceros are becoming rare.

一些野生動物，例如白犀牛，變得越來越罕見。

5. 表達換言之

副詞：that is to say、that is、i.e.
in other words、namely
「換句話說／也就是」

例：No pain, no gain; in other words / namely, success never comes easily.

沒有痛苦就沒有收穫，換言之，成功絕非偶然。

例：The store will go out of business the day after tomorrow, that is / i.e. on Friday.

這家店將在後天結束營業，也就是星期五。

6. 表達否則

副詞：otherwise「否則」

例：Put on your raincoat; otherwise, you'll get wet.

穿上你的雨衣，否則你就會淋濕了。

Get Better Soon

練習：按照前面所學，思考詞性和句意，為下列選出最佳答案。

1. A laptop computer is light; ____________, it is very easy to carry around.
   (A) otherwise (B) however (C) therefore (D) despite

2. The old model has fewer functions. ____________, it is much cheaper than the new one.
   (A) Nevertheless (B) For example (C) Furthermore (D) Regardless of

3. ____________ all the doctor's effort to save the patient, he still died in the end.
   (A) Despite of (B) In spite of (C) In addition to (D) Because of

4. The company filed for bankruptcy ____________ a recent drop in sales.
   (A) because (B) as a result (C) owing to (D) notwithstanding

5. Some members' objections ____________, the committee still passed the motion.
   (A) notwithstanding (B) however (C) otherwise (D) regardless of

6. ____________ its famous crab cakes, the restaurant also serves excellent Italian food.
   (A) Beside (B) In addition (C) Moreover (D) Besides

7. Mr. Johnson has just got promoted; ____________, he's our new boss now.
   (A) nonetheless (B) for instance (C) on account of (D) in other words

8. The patient can not communicate effectively ____________ a brain damage.（下列何者為誤）
   (A) in light of (B) i.e. (C) given (D) in view of

9. One of the twins is taller. ____________, they look exactly the same.
   (A) However (B) Moreover (C) Otherwise (D) In addition

10. Doctors suggest that children should consume more green vegetables, ____________ broccoli.（下列何者為誤）
   (A)such as (B) e.g. (C) for instance (D) by reason of

解答在 P.418

Part 2 連接詞與轉折連接語文法概念

一、對等連接詞

1. 對等連接詞定義

and 而／和、but 但、or 或／否則、nor 也不、so 所以、
for 因為、yet 但／竟然

對等連接詞一共有上面這七個，取其開頭可以用 **"FANBOYS"「男粉絲」**來幫助記憶這些字。所謂對等連接詞，就是可以**幫助兩個以上的字、詞、片語和子句連接起來，形成平行對等的結構**。然而，部分文法家只認為 and、but、or、nor 這四個為真正的對等連接詞，因為 so、for 只能用來連接獨立子句，yet 可以連接對等的詞、句子，但不是所有對等的片語、子句都可以。只有 and、but、or、nor 這四個，只要形式對等的一切都可以銜接。

例：The solution is **simple** yet **effective**.
　　形容詞　形容詞

這個解決方式很簡單，但卻很有效果。

例：She will spend her vacation either **in Mexico** or **in Hawaii** this year.
　　介系詞片語　介系詞片語

她今年將在墨西哥或夏威夷度假。

　　名詞子句
例：The manual indicates **what employees should wear** and **where they should park their cars**.
　　名詞子句

手冊指出，員工應該如何穿著以及於何處停放私人車輛。

例：**She remained quiet all night**, for **she was shy of sharing her feelings.**
　　獨立子句　獨立子句

她整晚保持沉默，因為她不擅於分享她個人感受。

2. 斷句

對等連接詞可以連接兩個獨立子句。因為兩個子句分量相當且各自獨立，不論使用逗號連接，或句號斷開皆為正確（除了 for 不可句號斷開）。

例：A big shopping mall appeared in town, **so** local small businesses were forced to close.

= A big shopping mall appeared in town. **So** local small businesses were forced to close.

一個大型購物中心出現在小鎮中。所以當地的許多小商家被迫結束營業。

例：The idea sounded great, **yet** I had the feeling that it woudn't work well.

= The idea sounded great. **Yet** I had the feeling that it woudn't work well.

這個點子聽起來不錯。但我總覺得事情不會那麼順利。

例：Everyone complained about the extra work, **but** no one dared to mention it to the boss.

= Everyone complained about the extra work. **But** no one dared to mention it to the boss.

每個人都在抱怨額外的工作，但沒人敢跟老闆提。

Note

雖然以對等連接詞開啟一個句子被視為文法上的正確，但在進階寫作中，使用稍有不慎，有可能會使風格顯得粗魯。所以大部分文法寫作書，仍要求學生盡量避免這樣使用。另外，for 拿來當作對等連接詞雖正確，意思就等同 because「因為」，但卻略顯過時且文謅謅，且 for 不可以與前一句以句號斷開。

3. 標點符號

標點符號的使用，主要有以下三種情況：

(1) 連接兩個詞或片語時，中間不需要有逗號。

例：He is **smart** but **conceited**. 他很聰明但相當自負。
形容詞　形容詞

例：She ate **a baked potato** and **some broccoli**.

名詞片語　名詞片語

她吃了一個烤洋芋和一些青花菜。

例：You can **leave now** or **stand in line**.

動詞片語　動詞片語

你可以現在就離開，或者排隊。

(2) 連接兩個獨立子句，連接詞前打逗號

例：**The weather was pretty cold**, yet **I still went swimming**.

獨立子句　獨立子句

天氣相當冷，但我還是去游泳了。

例：**She caught the flu**, so **she saw the doctor**.

獨立子句　獨立子句

她感染流感，所以去看了醫生。

(3) 三者以上時，每一個連接的項目前打逗號，最後兩個項目中間加上連接詞（例：A, B, C, and D）

例：She had **a sandwich, a salad,** and **some milk**.

名詞　名詞　名詞

她吃了一個三明治、沙拉和一些牛奶。

獨立子句　獨立子句

例：**The candles were lit in the house, supper was being served,** and **the family was chatting**.

獨立子句

蠟燭點亮著，晚餐一邊送上桌，一家人聊著天。

Note

以上的標點符號都是標準的情況，實際上隨著語境或風格上的需要，母語人士仍會做些許的調整。以下三種可變情況，提供同學作參考：

(i). 如果連接兩者，但其中一項目實在過長，或者語境上需要讀者停頓思考，則兩項目中間仍可以有逗號。

動詞片語　　　　　　　　　　　　動詞片語

例：She **turned around**, and **saw her boyfriend get down on one knee to propose with a ring**.

她轉過身，瞧見她男友單膝下跪並且用戒指向她求婚。

（雖然連接兩個動詞片語，但後面內容太長了，且這是一個故事精彩的轉折，and 前宜有逗號，讓讀者準備好消化新資訊）

(ii) 三者以上一系列項目，母語人士有時候也會省略連接詞前逗號，但標準上建議添加。

例：What would you like to drink, **coffee**, **tea** (,) or **juice**?

你想喝點什麼？咖啡、茶還是果汁？

(iii) 雖然分號通常等於連接詞，但在連接三個以上的句子時，為使句子看起來更明確，不至於感覺缺乏連接詞，可以用分號代替逗號。此時分號只是等於逗號使用。

例：The candles were lit in the house, supper was being served, and the family was chatting.

= The candles were lit in the house; supper was being served; and the family was chatting.

4. 連接詞位置和語序

對等連接詞必須放在兩個獨立子句的邏輯中間，並且兩個子句位置不能調換。

（O）She opened the door, **and** she saw her next door neighbor.

她打開了門，瞧見她隔壁鄰居。

（X）And she saw her next door neighbor, she opened the door.

二、附屬連接詞

1. 附屬連接詞定義

附屬連接詞又稱為從屬連接詞，有別於對等連接詞可用於連接兩個獨立的子句，附屬連接詞，顧名思義，引導的為一個附屬子句。所謂附屬子句，意思就是這種子句無法單獨存在，必須依賴著一個獨立的主要句。

（X）**Because** she was too busy. 因為她很忙。

（because 引導副詞子句不可獨立存在）

（O）She forgot to reply to your letter. 她忘了回覆你的信。

（獨立子句可以單獨存在）

（O）Because she was too busy, she forgot to reply to your letter.

Because she was too busy → 附屬的副詞子句；she forgot to reply to your letter → 獨立的主要子句

因為她太忙了，她忘了回覆你的信件。

（附屬子句依附獨立子句存在）

（X）**That** she was older than me. 她年紀比我大。

（that 引導名詞子句不可獨立存在）

（O）I didn't know the fact. 我並不知道這個事實。

（獨立子句可以單獨存在）

（O）I didn't know the fact that she was older than me.

I didn't know the fact → 獨立的主要子句；that she was older than me → 附屬的名詞子句

我並不知道她其實年紀比我大。

（附屬子句依附獨立子句存在）

附屬連接詞用來引導附屬的**副詞子句、名詞子句**，常見的有以下連接詞：

引導副詞子句的附屬連接詞

表達時間	when / while / as 當、before 之前、after 之後、 as soon as 一……就、since 自從 / 既然、until 直到
表達條件	if 假如、 once 一旦、as long as 只要、unless 除非、suppose / supposing (that) 假如、provided / providing（that）假如
表達因果	because 因為、since / as 既然、so that 目的是、now that 既然現在
表達反差	although / though / even though 雖然、whereas / while 而、 even if 即使
其他	as if / as though 彷彿、in case 以免

引導名詞子句的附屬連接詞

that（引導名詞子句，無涵義）、when 何時、where 哪裡、why 為何、who 誰、whose 誰的、how 如何、if / whether 是否

部分的文法家認為，既然附屬連接詞的功能是用來引導附屬子句，那麼形容詞子句亦屬於附屬子句，應該把關係代名詞也視為附屬連接詞。邏輯上似乎頗有道理，然而，目前大部分文法家仍然不把關係代名詞視作附屬連接詞。

筆者建議，仍然按照普遍文法書的規定，把引導副詞子句、名詞子句的連接詞稱作附屬連接詞，而視引導形容詞子句的關係代名詞為一種代名詞。然而，雖然附屬連接詞可以用來引導副詞子句和名詞子句，但在兩者的應用上天差地別，因此同學其實可以把這三種特殊子句：副詞、名詞、形容詞子句，分開來獨立學習，不用混為一談。

同學可見，附屬連接詞中引導副詞子句的占大宗，且真正會與**對等連接詞**或**轉折連接語**混淆的用法，也只有**引導副詞子句的附屬連接詞**，因為考試上的重點也皆這三者之間的比較。因此，**本章節內容，將重點放在強化引導副詞子句的附屬連接詞的學習和理解。**

2. 斷句

如前述，附屬連接詞引導副詞子句，它們不可以獨立存在，必須搭配一個獨立子句。因此不可以寫完一個附屬子句就直接放句號。

（X）If it rains tomorrow. We will cancel the game.

假如明天下雨的話。我們就會取消比賽。

（if 引導副詞子句，不可以獨立存在）

（O）If it rains tomorrow, we will cancel the game.

附屬的副詞子句　　**獨立的主要子句**

傳統教學上，同學經常被教導：「連接詞具有互斥性，不可以同時使用兩個連接詞，例如『although 跟 but』、『because 跟 so』不可同時使用。」但這樣的教學並不完全正確。透過下面的例句，真正理解 although / but、because / so 可能不會在同一個句子中出現的真正原因。

（X）**Because** I was so tired, **so** I went to bed early.

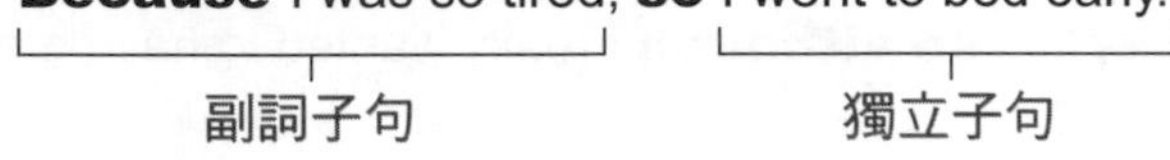

因為我很累，所以很早就上床睡覺了。

so 為對等連接詞，必須左右兩邊連接對等的形式。然而，這邊左邊為副詞子句，右邊為獨立子句，形式並不對等。

（O）**Because** I was so tired, I went to bed early.

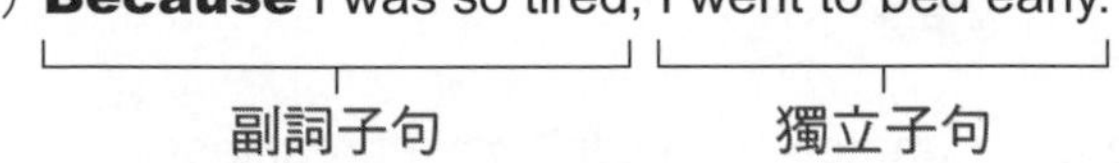

去掉 so，左邊的副詞子句，附屬右邊的獨立子句。句型就如同一個句子前有一個副詞一般。這樣的句型結構就等同於：

Luckily, I arrived at the airport in time.

副詞　　**獨立子句**

很慶幸的，我在時間內抵達機場。

去掉 because，so 為對等連接詞，左右邊各有一個獨立子句，形式上對等。

（O）I was so tired, **so** I went to bed early.

獨立子句　　**獨立子句**

然而一個句子可能有不只一個附屬子句，所以一個句子可能存在不只一個副詞子句，就像一個句子可能不只有一個副詞一樣。只要使用得當，although / but 或 because / so 是有可能在一個句子中同時間出現。

Because I got a cold, I needed to see the doctor, **so** I didn't go to school today.

副詞子句　　獨立子句 1　　獨立子句 2

因為我感冒了，我必須得看醫生，所以我今天沒上學。

so 為對等連接詞，前後各有一個獨立子句，所以形式上對等，而第一句前面的副詞子句，形式上就像單純附屬在獨立子句 1 的一顆副詞膠囊。這個句構就等同於：

Usually, I walk to school, **so** I have to get up very early.

副詞　獨立子句 1　　獨立子句 2

再看一個更複雜的句子：

獨立子句 1
副詞子句
副詞子句
I was late **because** I slept in, **so although** I really wanted to have breakfast,
I didn't have time for it.
獨立子句 2

因為今天早上我睡過頭，我已經遲到了，所以即便我真得很想吃早餐，但我沒有足夠時間。

對等連接詞 so 連接左右的獨立子句 1 和 2，所以形式上對等。而左右獨立子句各含有一個副詞子句，句構形式上就等同於下面：

I was late this morning, **so** unfortunately, I couldn't have breakfast.

獨立子句　副詞　　副詞　　獨立子句

3. 標點符號

關於副詞子句與標點符號的搭配，概念上其實就與副詞在句中的概念相仿。副詞通常置於句首時，後面「多」有逗號。於句尾時，則多半沒有，而副詞子句亦然。

例：Nowadays, many people don't have landline phones at home anymore.

= Many people don't have landline phones at home anymore nowadays.

現今，許多人家裡已經不再有固定式電話了。

例：Because she was bilingual in English and Chinese, she volunteered to be the interpreter.

= She volunteered to be the interpreter because she was bilingual in English and Chinese.

因為她精通中英雙語，所以她自願當翻譯員。

Note

此標點符號規則僅為較常見的情況，並非強制性。不同地區的母語人士，依照句子內容、語氣、長度、風格需要，仍然會對標點符號做調整。

4. 連接詞位置和語序

副詞子句的位置，也如同副詞在句中的位置一樣，可以放於句首、句尾，甚至主詞動詞之間。

例：**Occasionally**, I may forget people's names.

= I may **occasionally** forget people's names.

= I may forget people's names **occasionally**.

偶而，我或許會忘了人們的名字。

例：**If the research had used a different procedure**, the result would be different.

= The result would be different **if the research had used a different procedure**.

= The result, **if the research had used a different procedure**, would be different.

假如當初用不同的方式來進行這項研究，現在的結果就會不同。

Note

許多同學並不知道，副詞子句就像副詞一樣也可以置於句中。但相較簡短的副詞，副詞子句相對冗長，所以使主詞與動詞相距較遠，阻斷主要句的邏輯進行。因此，在日常生活的應用中，副詞子句插入主詞動詞之間的位置較不受歡迎，而這樣的句型也相對較為生硬且文學性強，多半用在極正式的寫作中。平常副詞子句仍出現在句首和句尾的位置居多。

三、對等 vs 附屬連接詞對照簡表

	對等連接詞	附屬連接詞
常見連接詞	and、or、but、nor、so、for、yet	when、while、before、after、although、 because、if、since、until、as long as、unless、as soon as、once...
連接項目	兩個對等的形式 例：Children **play** and **run**. 例：I like people **who love peace** and **who are kind to animals**.	兩個完整的子句 （X）When cold, I wear a lot. （O）When it is cold, I wear a lot.
斷句	多可斷開（除了 **for**） 例：She had a toothache. So she went to see the dentist.	不可斷開 （X）She didn't hear the thunder. Because she was sleeping.
語序	連接詞必須於兩句間，不可調換語序 例：She opened the door, and she saw an old friend. ≠（X）And she saw an old friend, she opened the door.	副詞子句可以置於主要句前、後或句中 **When Sue is shy**, her face turns red. = Sue's face turns red **when she is shy**. = Sue's face, **when she is shy**, turns red.
標點	連接兩者不逗號 例：I like **basketball** and **tennis**. 連接兩個句子，中間多有逗號 例：I dislike cold weather, but I like snow. 連接三者以上：**A, B, and C** 例：I bought a book, a CD, and a bell.	副詞子句置於句首，後面多有逗號 例：Once she got close, I recognized her. 副詞子句置於句尾，前面多無逗號 例：He has lived here since he was a boy. 副詞子句插入句中時，前後多有逗號 例：Dolphins, although they live in water, are mammals.

四、對等連接詞 vs 附屬連接詞 vs 轉折連接語

同學不要忘記在章節一開始，盲點診療室所學習的轉折連接語皆為介系詞、副詞兩種詞性。轉折連接語、附屬連接詞或對等連接詞，經常可以表達出同樣的意思，但在文法上的使用和性質差異甚大，也是近年來考試重點。下面以常見易混淆且意思相仿的連接詞進行分組，以深化這三者的比較。同學可以透過下面範例中的等式，回想前面所學三者的差異，並透過練習，熟悉三者之間如何轉換。

1. 表達補充（而、此外）

對等連接詞	and	
附屬連接詞	（無）	
轉折連接語	副詞	moreover、furthermore、besides、in addition
	介系詞	besides ＋ n、in addition to ＋ n、apart from ＋ n、aside from ＋ n

例：He speaks English, and he speaks French.

= He speaks English. In addition / Besides, he speaks French.

= In addition to / Besides English, he speaks French.

他會說英文，還會說法文。

練習A

將下列詞組按詞性和句構的需要，填入正確空格，並依需要調整大小寫。

moreover　　in addition to　　and

1. Jerry is very rich, __________________ he is famous.

   Jerry 很有錢，而且他還很有名。

2. __________________ one brother, George has two sisters.

   除了一個哥哥，George 還有兩個姊姊。

3. Adam jogs every day. __________________, he goes hiking on weekends.

   Adam 每天都慢跑。此外，他週末還會健行。

解答在 P.418

2. 表達對照（雖然、但）

<table>
<tr><td>對等連接詞</td><td colspan="2">but、yet</td></tr>
<tr><td>附屬連接詞</td><td colspan="2">even though、although、though、even if</td></tr>
<tr><td rowspan="2">轉折連接語</td><td>副詞</td><td>however、nevertheless、nonetheless</td></tr>
<tr><td>介系詞</td><td>despite ＋ n、in spite of ＋ n、notwithstanding ＋ n、regardless of ＋ n</td></tr>
</table>

例：The weather was bad, but / yet we still went camping.

= The weather was bad. However / Nevertheless, we still went camping.

= Despite / In spite of the bad weather, we still went camping.

雖然天候不佳，我們仍去露營。

Note

(1) but / yet 雖然在中文中翻譯都為「但是」，但使用上仍然有小部分差異。yet 通常略為更正式，語氣上 yet 更為強烈些且暗示出乎意料之外，有「竟然」的意味。

(2) even though、although、though 三者語意用法都相同，差別只在語氣的強烈程度 even though ＞ although ＞ though。然而這三者跟 even if 有時候都可以翻譯成「即使」，但 even if 的使用跟前三者迥然不同。簡單來說，even if 就是 if，even 只是加強語氣的副詞，所以 **even if 永遠都是用來表達假設語氣，而 even though / although / though 則是用來表達事實**。

例：Even if it were raining now, the game would continue.（表達假設）

即便現在正在下雨，比賽也會繼續進行。

（但實際上現在並沒有在下雨）

例：Even though it is raining now, the game will continue.（表達事實）

雖然現在正在下雨，比賽仍會繼續進行。

（現在真的在下雨）

練習 B

判斷空格內所需詞性，圈選正確答案

1. ____________ I got the flu, I didn't see the doctor.
   (A) Yet　(B) Despite　(C) Nevertheless　(D) Even though

2. The traffic was bad; ____________, I still decided to drive to work.
   (A) but　(B) although　(C) however　(D) despite

3. Albert is in poor health, ____________ he still works a lot.
   (A) however　(B) in spite of　(C) yet　(D) although

4. ____________ our request, the manager wouldn't alter the plan.
   (A) Because　(B) However　(C) Although　(D) Regardless of

解答在 P.418

3. 表達因果（因為、所以）

<table>
<tr><td>對等連接詞</td><td colspan="2">so、for</td></tr>
<tr><td>附屬連接詞</td><td colspan="2">because、since、as、so that、now that</td></tr>
<tr><td rowspan="2">轉折連接語</td><td>副詞</td><td>as a result、consequently、accordingly、therefore、thus、hence</td></tr>
<tr><td>介系詞</td><td>because of + n、as a result of + n、due to + n、owing to + n、on account of + n、by reason of + n、in consequence of + n、in view of + n、in light of + n、given + n</td></tr>
</table>

例：He was ill, so he didn't go to school.

= He didn't go to school, for he was ill.

= He was ill. As a result, he didn't go to school.

= Due to his illness, he didn't go to school.

因為他生病了，所以沒上學。

Note

許多同學甚至英語教學者，經常混淆 so、so that 這兩字，因為在翻譯上，這兩者都有可能被翻譯成「所以」。但實際上，通常這兩個字表達相反的意思。**so 表達「結果」，而 so that 表達「目的」**。so that = in order that 意思就是「為了」。

例：She stepped on the chair so that she could reach the shelf.

= She stepped on the chair in order that she could reach the shelf.

= She stepped on the chair in order to reach the shelf.

她踏上椅子目地是為了搆得著書架。

（X）She was sick so that she didn't go to school.

（她生病不是目地為了不上學）

（O）She was sick, so she didn't go to school.

（她生病了，所以結果無法上學）

練習 C

將下列詞組按詞性和句構的需要，填入正確空格，並依需要調整大小寫。

consequently　　because of　　for　　as

1. ________________ his good looks, many girls like him.
   因為他帥氣的外貌，許多女生喜歡他。

2. The patient took some sleeping pills, ________________ he couldn't sleep.
   病人服用了一些安眠藥，因為他無法入睡。

3. ________________ the boy was hungry, I gave him some food.
   因為那個男孩肚子餓，我給了他些食物。

4. I felt very tired; ________________, I went to bed early.
   因為我覺得很累，所以我很早上床睡了。

解答在 P.418

4. 表達否則（否則、除非）

<table>
<tr><td>對等連接詞</td><td colspan="2">or</td></tr>
<tr><td>附屬連接詞</td><td colspan="2">unless、if...not</td></tr>
<tr><td rowspan="2">轉折連接語</td><td>副詞</td><td>otherwise</td></tr>
<tr><td>介系詞</td><td>（無）</td></tr>
</table>

例：Put on your raincoat, or you'll get wet.

= Unless you put on your raincoat, you'll get wet.

= If you don't put on your raincoat, you'll get wet.

= Put on your raincoat; otherwise, you'll get wet.

穿上你的雨衣，否則你就會淋濕。

練習 D

將下列詞組按詞性和句構的需要，填入正確空格，並依需要調整大小寫。

unless　　otherwise　　or

1. ________________ you tell me the truth, I won't forgive you.
除非你跟我説實話，否則我不會原諒你。

2. Sign the contract before the deadline, ________________ the deal is off the table.
在截止日前簽了這份合約，否則這交易就沒了。

3. My friends lent me the money. ________________, I couldn't have afforded the car.
我朋友借給我這筆錢。否則，我不可能買得起這部車。

解答在 P.418

5. 其他易混淆用錯的連接詞與轉折連接語

(1) in case vs in case of 以防、以免

in case、in case of 都用來表達同樣的意思，差別在於 in case 可以作附屬連接詞後面加上子句，或者 in case 可以當作副詞片語來用，而 in case of 為介系詞後面只能加名詞。

例：You should bring an umbrella **in case** it rains.
附屬連接詞引導副詞子句
你應該帶把傘，以免下雨。

例：I don't think we'll go to the beach, but I'll bring a swimming suit just **in case**.
介系詞片語作副詞功能
我不認為我們會去海灘，但我還是會帶件泳衣以防萬一。

例：**In case of** emergency, call me on my cell phone.
介系詞＋名詞
以防有緊急情況，打我的手機。

Note
lest 亦可作附屬連接詞，表達「以免、為恐」，lest 所引導的子句中，通常使用強制假設語氣。子句中隱含著 should，所以動詞多為原形動詞。但在現代英語中，lest 已經很少被使用，此用法非常文學。

例：The lecturer explained the question again lest anyone should misunderstand it.
演講人再一次解釋這個問題，以免任何人誤會。

(2) once 一旦、曾經、一次

once 作附屬連接詞引導副詞子句時，語意為「一旦」，而作副詞時，語意則有兩種：「曾經」、「一次」。要小心不要混淆兩者用法，因為中文中，一旦可以在句首或句中，但英文中，表達「一旦」則為連接詞，務必放在子句的開頭。

（O）**Once** you've signed the contract, you can't cancel it.
（附屬連接詞引導副詞子句）

（X）You have once signed the contract, you can't cancel it.
一旦你簽了這份合約，就不能取消了。
＝ 你一旦簽了這份合約，就不能取消了。

例：The song was **once** popular.（副詞，表曾經）
這首歌曾經很熱門。

例：I will repeat the question **once**.（副詞，表一次）
我會再重複一次問題。

(3) suppose / supposing（that） vs provided / providing（that）假若

上面的用法都可以表達假設語氣，差別在於 suppose / supposing 多用於表達一種漫無邊際的假想，通常接虛擬且不尋常的想法。而 provided / providing 則用來表達一種比較有可能發生的前置條件，好讓另一件事情發生。同學可以簡單記它們的分別成：suppose / suppposing 可能性較低，而 provided / providing 可能性較高。

例：Suppose you were me, what would you do?

假若你是我，你會怎麼做？

（但你永遠不可能成為我，虛擬的奇想）

例：Providing that the train is on time, we'll be home before dinner.

假若火車準時，那麼我們晚餐前就可以到家。

（火車是有可能準時的，非奇想）

Part 3 考題核心觀念破解

1. If customers receive a product but __________ it, they can return it within seven days.

(A) like (B) not like (C) not liking (D) don't like

答案 (D)

破題

對等連接的考題喜歡搭配否定概念來考驗同學。but 為對等連接詞，前後形式要對等，故不選 (C)。且前後語氣須相反，故不選擇同為肯定的 (A)。而一般動詞形成否定不可以直接加上 not，必須有助動詞幫忙，所以 (B) 不為答案。

2. She has many different hobbies besides __________ stamps.

(A) collecting (B) collects (C) to collect (D) collected

答案 (A)

破題

另一種反向考法，不是考同學應選什麼連接詞，而是轉折連接詞後面應搭配何種詞性。besides 為介系詞，不可能搭配有動詞變化的形式。to collect 不定式雖功能上也可作名詞用，但介系詞後面多接動名詞形式。

3. __________ in and support of a charitable activity will improve a public figure's image.

(A) Participate (B) Participating (C) Participation (D) To participate

答案 (C)

破題

and 連接形式上對等的片語，所以必須選擇可以對等 support 詞性的選項。support 同時可以作動詞原形或普通名詞。不過此位置為主詞，必須放置名詞，所以 support 不可能是原形動詞，因此不可能選擇 (A)。(B) 選項也無法選擇，因為 support 在這並非為動名詞。

4. The judge found the man guilty of breaking into a private property and ___________.

(A) to steal　(B) stole　(C) steals　(D) stealing

答案 (D)

破題

另一種考法，就是句子的結構提供了不只一種對等平行的可能性，來考驗同學是否理解句義。這邊 and 後面的動詞 steal 可能對等 break 或者 find 兩個動詞，然而句義上，不可能為法官發現男子有罪並且法官偷竊。所以只能選擇讓 steal 跟 break into a property 同為男子罪行，接在 of 後面。

5. ___________ he didn' t complain, everyone thought he was satisfied.

(A) Due to　(B) Because of　(C) For　(D) Since

答案 (D)

破題

上面四個選項同樣表達「因為、由於」，許多同學在面對這個單元的考題時，經常只考量單字的意思，而忽略詞性。(A)、(B) 選項都為介系詞，無法銜接句子 he didn't complain。而 for 雖可以當對等連接詞，但不可能放在句首。所以必須選擇附屬連接詞 since。

Chapter 9 總複習測驗 Exercise

1. Her youth and inexperience __________, she successfully landed the job.
(A) however (B) yet (C) though (D) notwithstanding

2. When children start to stand, talk and __________ of their own identity, they become less dependent on their parents.
(A) aware (B) awareness (C) be aware (D) being aware

3. __________ a child could accomplish the task, but he messed it up.
(A) Even (B) Even though (C) Yet (D) Even if

4. Customers can purchase our products by ordering them online __________ contacting our Customer Service.
(A) or (B) nor (C) beside (D) for

5. The new policy has been passed by the board of directors __________ a few concerns.
(A) despite of (B) in spite of (C) besides (D) because

6. Many environmentalists are concerned because the factory will be built __________ a reservoir.
(A) beside (B) therefore (C) otherwise (D) in addition

7. A vegan doesn't eat anything __________ vegetables and fruit.
(A) in addition to (B) or (C) regardless of (D) apart from

8. __________ her interest in books, working in a library seems to be the right job for her.
(A) Since (B) Given (C) As a result (D) Even though

9. __________ it was a sunny day yesterday, it wasn't warm.
(A) Even if (B) Nevertheless (C) Even though (D) Regardless of

10. __________ a devastating flood, many people in this area lost their homes and needed shelters.

(A) Because (B) Since (C) On account of (D) As

11. We were unable to find any sponsors; __________, the project was abandoned.

(A) otherwise (B) in case (C) so that (D) thus

12. Bring a jacket __________ it is cold.

(A) in case of (B) unless (C) due to (D) in case

13. It probably wouldn't work. __________, we wouldn't have enough resources.

(A) Moreover (B) Nonetheless (C) Accordingly (D) Once

14. The school carnival will be canceled __________ it rains.

(A) supposed (B) in case of (C) whereas (D) providing

15. I didn't know she wasn't an adult __________ I saw her ID card.

(A) as soon as (B) until (C) for (D) now that

解答在 P.418

解答與解說

Part1 解答

1. (C) 2. (A) 3. (B) 4. (C) 5. (A) 6. (D) 7. (D) 8. (B) 9. (C) 10. (D)

Part 2 解答

練習 A

1. and（兩個子句需要連接詞）
2. In addition to（one brother 為名詞，需要介系詞）
3. Moreover

練習 B

1. D（連接兩個子句需要連接詞，且置於開頭只能用附屬連接詞）
2. C
3. C（連接兩句，連接詞置中前面有逗號，按句意選對等連接詞）
4. D（接名詞需選介系詞）

練習 C

1. Because of （good looks 為名詞，須選介系詞）
2. for（連接兩子句，且按句意選對等連接詞）
3. As（連接兩子句，且連接詞置於開頭，須選附屬連接詞）
4. consequently

練習 D

1. Unless（連接詞置於開頭，只能選附屬連接詞）
2. or（連接兩個子句，且連接詞置於句中，必須用對等連接詞）
3. Otherwise

Exercise 解答

1. (D) 2. (C) 3. (A) 4. (A) 5. (B) 6. (A) 7. (D) 8. (B) 9. (C) 10. (C) 11. (D) 12. (D)
13. (A) 14. (D) 15. (B)

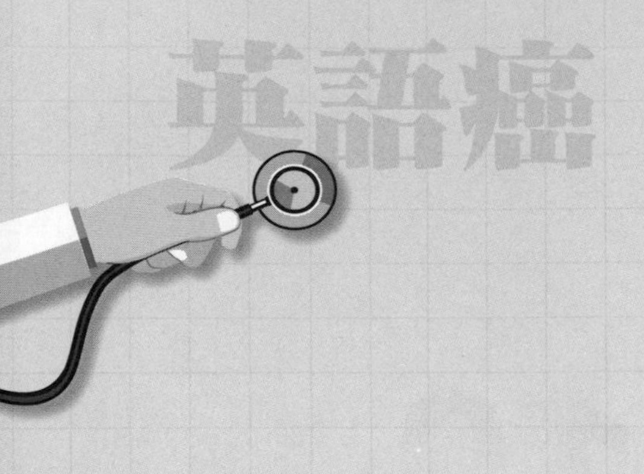
英語癌

Chapter 10

被動語態

▶ 總複習測驗

Chapter 10 被動語態

Part 1 初步診療室

問診：下面對於圖片的描述，下列何者英文無誤呢？

A

The cake is tasted good.
這蛋糕嚐起來很棒。

B

A car accident was happened.
有一個車禍發生了。

C

She looks sad.
她看起來很哀傷。

D

No money is had by him.
他沒有錢。

解答：C。

出現「be ＋過去分詞（p.p.）」形式上就稱之為被動語態，然而英文中不是所有動詞都能使用被動語態。上面句子中的動詞，在此情境下皆不可使用被動。因此，A、B、D 正確應為：The cake tastes good.
A car accident happened.
He has no money.

診療學習盲點：

同學在使用被動式常見的錯誤有兩種：① 其實想要寫主動過去式，但常下意識加上 was、were 又加上一般動詞的過去式，結果不小心形成了被動。② 看到「物」為主詞開頭，就會認為該用被動，因為物體沒有行為能力。然而實際上，英文有一些動詞是絕對沒有被動語態的。當然，這就是考試經常測驗同學的環節。透過下面分類，先熟悉有哪些類別的字並無被動式。

無被動語態的情況

1. 不及物動詞

形成被動語態的時候，需要把主詞與受詞的位置互換。因此，沒有受詞的不及物動詞，自然沒有被動語態。

（O）I ate a hot dog. 我吃了一個熱狗。

（O）A hot dog was eaten by me. 一個熱狗被我吃掉了。

（O）I live in this apartment. 我住在這棟公寓裡。

（X）The apartment is lived in by me. 這棟公寓被我住。（？）

（O）God exists. 上帝存在。

（X）God is existed. 上帝被存在。（？）

不及物動詞中最容易被考出來，而同學**最容易犯錯的就屬表達「發生」的相關字：happen、occur、take place**。英文中表達「發生」的這些字，永遠都只能使用主動。

（O）A car accident happened. 有一個車禍發生了。

（X）A car accident was happened. 有一個車禍被發生。（？）

2. 連綴動詞

所謂連綴動詞就是多半後面加形容詞作主詞補語的動詞，例如：**be 動詞、feel 感覺起來、look 看起來、sound 聽起來、taste 嚐起來、smell 聞起來、seem / appear 似乎、become / get / turn 變得、keep / stay 保持**等。顯然地，後面加形容詞等作補語，它們當然亦屬不及物動詞。然這類連繫動詞中，有很多是跟感官有相關（feel、look、taste...），同學經常會覺得物體應該是被感覺、被看、被嚐，所以經常誤用被動。這邊一個小技巧提供同學：**考試時，如果空格後面是形容詞，通常選被動的機率便不高**。

She ________________ **happy**. 她看起來很開心。
adj

（O） She looks happy.

（X）She is looked happy.（中文也不會說：她「被看起來」很開心）

Lemons ________________ **sour**. 檸檬嚐起來很酸。
adj

（O）Lemons taste sour.

（X）Lemons are tasted sour.（中文也不會說：檸檬「被嚐起來」很酸）

The story ________________ **interesting**. 這個故事聽起來很有趣。
adj

（O）The story sounds interesting.

（X）The story is sounded interesting.（中文也不會說：故事「被聽起來」很有趣）

> **Note**
> 注意！不要強記這些字不可以被動。因為這些字中，當後面**接名詞作及物動詞**，當然就可能有被動語態。

例：The winemaker tasted the wine.

釀酒師品嚐了這酒。

例：The wine was tasted by the winemaker.

這酒被釀酒師品嚐了。

3. 表達狀態的及物動詞

有些動詞後面可接受詞，但仍然不會有被動語態。因為這些動詞並沒有實際的動作，而是表達一種狀態。既然無動作，就無法產生被動的涵義。這類動詞常考的包含：**have / contain 有**、**lack 缺乏**、**cost 花（錢）**、**take 花（時間）**、**resemble 像**、**suit / fit 適合**、**belong 屬於**等。當然上述這些字如果被當成其他意思（例如，have 當吃、contain 當控制），則仍有可能有被動。

（O） I have a dog. 我有一隻狗。

（X）A dog is had by me. 一隻狗被我有。（？）

（O）A ticket costs ten dollars. 票要價十塊錢。

（X）Ten dollars are cost by a ticket. 十塊錢被票花。（？）

（O）We lack resources. 我們缺乏資源。

（X）Resources are lacked by us. 資源被我們缺乏。（？）

（O）I resemble my father. 我像我的父親。

（X）My father is resembled by me. 我父親被我像。（？）

4. 受詞是反身代名詞或相互代名詞

當受詞是反身代名詞（myself、himself、herself...）或者相互代詞（each other、one another），則無法產生被動語態。

（O）He killed himself. 他自殺了。

（X）Himself was killed by him. 他被自殺。（？）

（O）We helped each other. 我們互助。

（X）Each other was helped by us. 我們被互助。（？）

Get Better Soon

練習：判斷動詞和語意是否可為被動語態，圈選正確的動詞形式。選擇 be 動詞＋過去分詞（p.p.）則表示被動。

1. My brother and his wife (love / are loved) each other.
2. Her explanation (sounds / is sounded) reasonable to me.
3. The old clock (belongs / is belonged) to my grandmother.
4. The plants should (water / be watered) in the morning.
5. The meeting (took place / was taken place) last Monday.
6. Sour fruits (have / are had) plenty of vitamin C.
7. The parcel (sent / was sent) to Jade last Monday.
8. The product can (order / be ordered) online.
9. The plane (arrived / was arrived) at 7:30 pm.
10. The patient's family (looks / is looked) worried.

解答在 P.446

Part 2 被動語態文法概念

一、各時態被動語態動詞形式

所謂被動語態，就是表達主詞受到某動作的影響。被動語態最核心的概念有兩個元素：**be 動詞＋過去分詞（p.p.）**。以下列出被動語態在各時態下動詞的形式，方便同學不確定時可以快速查找。但請不要直接強記這些公式，以免記憶不佳時，反而產生混淆。（被動語態形成的方法請參照 Part 2 第二點。）

語態 / 時態	被動語態
現在簡單式	is / am / are ＋過去分詞 例：The house **is cleaned**.
過去簡單式	was / were ＋過去分詞 例：The house **was cleaned**.
未來簡單式	will be ＋過去分詞 例：The house **will be cleaned**.
現在完成式	have / has ＋ been ＋過去分詞 例：The house **has been cleaned**.
過去完成式	had ＋ been ＋過去分詞 例：The house **had been cleaned**.
未來完成式	will have ＋ been ＋過去分詞 例：The house **will have been cleaned**.
現在進行式	is / am / are ＋ being ＋過去分詞 例：The house **is being cleaned**.
過去進行式	was / were ＋ being ＋過去分詞 例：The house **was being cleaned**.

Note

未來進行式、現在／過去／未來完成進行式，這四個時態，實務上不會使用被動語態。

二、被動語態形成步驟

被動語態學生常犯錯的原因有兩個：① **記不清各時態公式**，最終混淆。② **從句子開頭開始寫，馬上就要面臨太多細節得處理**：時態的選擇、主詞與動詞的一致性、動詞過去分詞的長相、被動語態的公式。導致一個小環節出錯便前功盡棄。由於中文被動語態中沒有這麼多細節，所以進行英文被動時，同學因此會容易忽略一兩個重要環節。所以，剛開始練習被動語態，不要急躁，按照以下步驟一步步做，強迫頭腦習慣這些流程，等熟悉後，頭腦便自然會留意這些細節。

被動語態施作流程

1. 主詞與受詞位置互換
（句尾如果**有時間或地方副詞**，先當不存在，**寫完再加回來即可**）

2. by ＋原主詞

3. 有情態助動詞則放在主詞後（別忘了情態助動詞後面的一切都必須原形）

4. 照下面三種時態畫格子，將**表達最主要意義的動詞改作 p.p.**，按空格所需填入內容

簡單式兩格 be p.p.
進形式三格 be being p.p.
永遠固定寫 being
（進行跟簡單只差在，中間多插入一個永遠固定的 being 而已）
完成式三格 have / has / had been p.p.
永遠固定寫 been

5. 檢查時態正確性

6. 檢查主詞動詞一致性

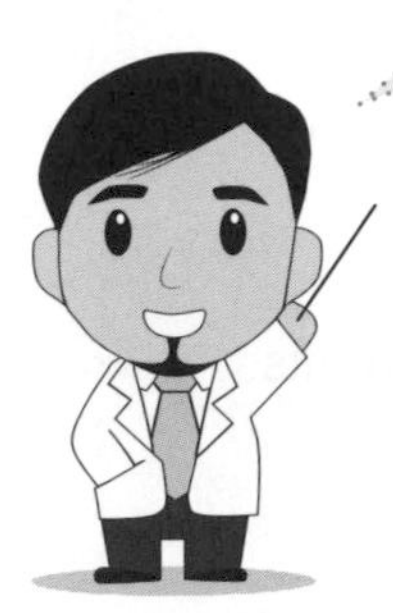

Note

1. 許多學生因為 being、been 發音近似，就常混淆兩者。思考一下便可以熟記：進行式用 Ving 所以用 being，完成式必須有 p.p. 所以用 been。
2. 主詞受詞不一定是開頭第一個字或最後一個字，開頭結尾可能會有時間、地方等副詞。此外，主詞與受詞可能不止一個字，因此必須找出做動作或接受動作且完整含意的名詞片語。

1. 簡單式被動語態施作示範

(1) 未來簡單式

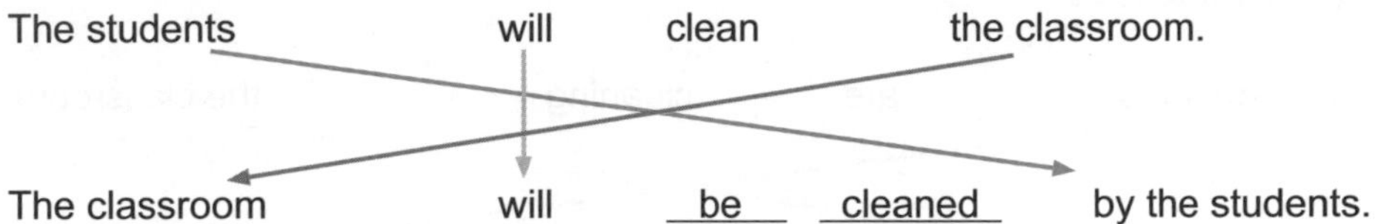

The students will clean the classroom.
The classroom will be cleaned by the students.

→ 有情態助動詞 will 則放主詞後

簡單式畫兩格：be ＋主要表達意義動作之 p.p.

檢查時態／主詞動詞一致：情態助動詞後一定原形

(2) 現在簡單式

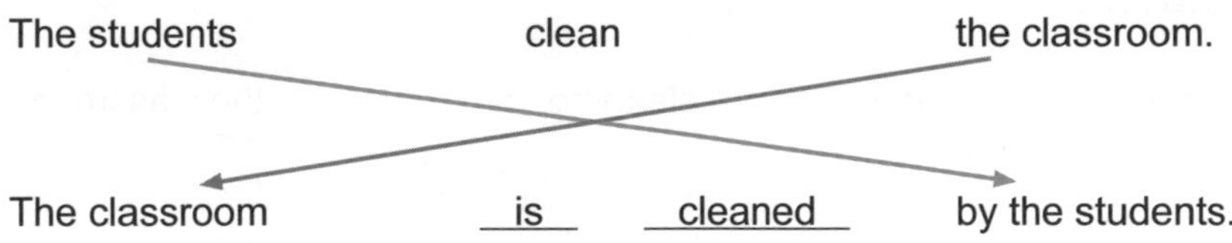

The students clean the classroom.
The classroom is cleaned by the students.

→ 簡單式畫兩格：be ＋主要表達意義動作之 p.p.

檢查時態：現在 be 動詞應為 is / am / are

檢查主詞動詞一致：classroom 單數應選 is

(3) 過去簡單式

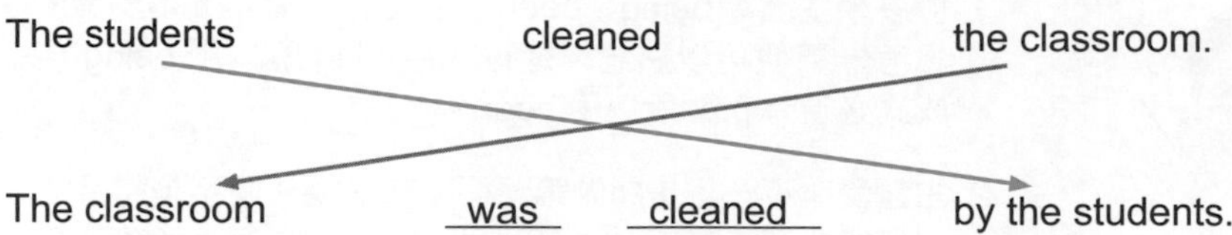
The students cleaned the classroom.
The classroom was cleaned by the students.

→ 簡單式畫兩格：be ＋主要表達意義動作之 p.p.

檢查時態：過去 be 動詞應為 was / were

檢查主詞動詞一致：classroom 單數應選 was

2. 進行式被動語態施作示範

(1) 現在進行式

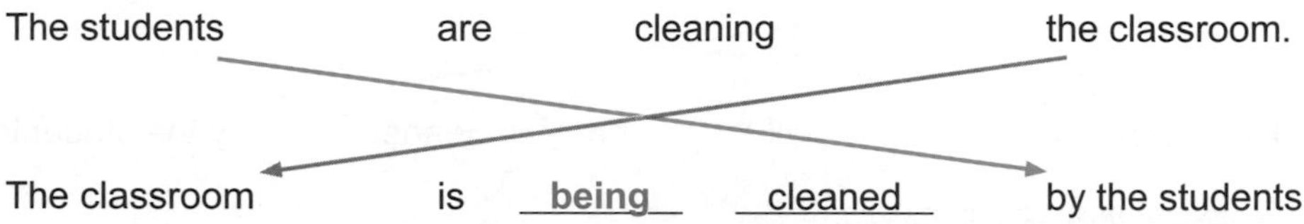
The students are cleaning the classroom.
The classroom is being cleaned by the students.

→ 進行式畫三格：be ＋ being ＋主要表達意義動作之 p.p.，中間固定是 being

檢查時態：現在式 be 動詞應為 is / am / are

檢查主詞動詞一致：classroom 單數應選 is

(2) 過去進行式

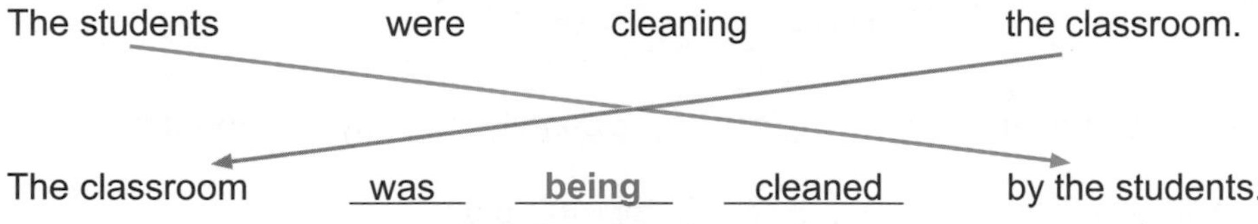
The students were cleaning the classroom.
The classroom was being cleaned by the students.

→ 進行式畫三格：be ＋ being ＋主要表達意義動作之 p.p.，中間固定是 being

檢查時態：過去式 be 動詞應為 was / were

檢查主詞動詞一致：classroom 單數應選 was

3. 完成式被動語態施作示範

(1) 未來完成式

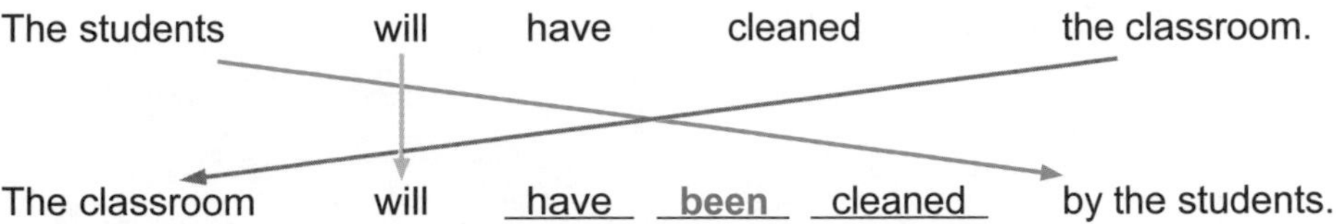

The students will have cleaned the classroom.
The classroom will have been cleaned by the students.

→ 有情態助動詞 will 則放主詞後

完成式畫三格 have / has / had ＋ been ＋主要表達意義動作之 p.p.，中間固定是 been

檢查時態／動詞一致：情態助動詞後面一定原形，故寫 have

(2) 現在完成式

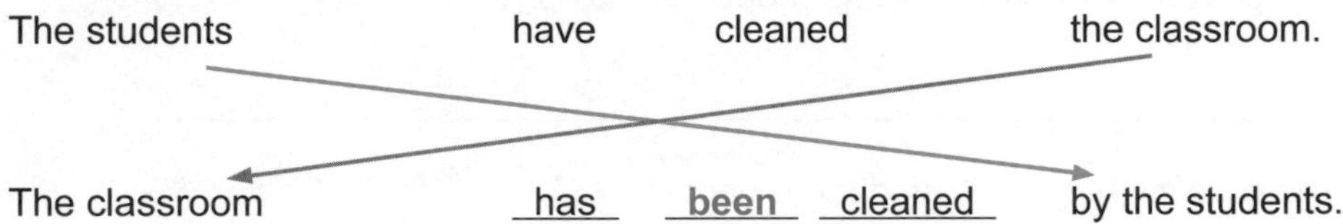

The students have cleaned the classroom.
The classroom has been cleaned by the students.

→ 完成式畫三格 have / has / had + been ＋主要表達意義動作之 p.p.，中間固定是 been

檢查時態：現在完成應選 have / has

檢查主詞動詞一致：classroom 單數應選 has

(3) 過去完成式

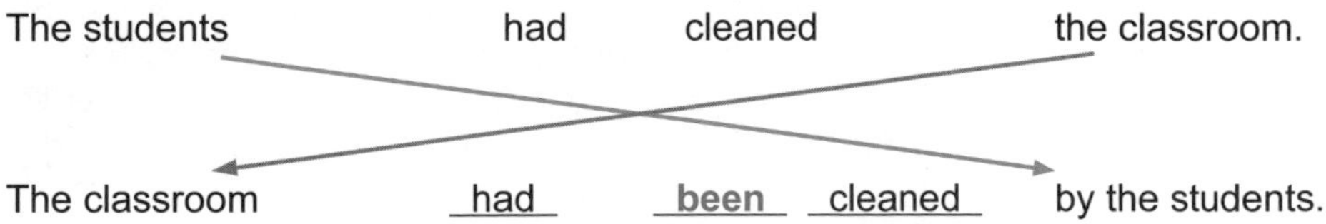

The students had cleaned the classroom.
The classroom had been cleaned by the students.

→ 完成式畫三格 have / has / had ＋ been ＋主要表達意義動作之 p.p.，中間固定是 been

檢查時態／動詞一致：過去完成主詞不論單複數都是 had

按照上面所教的程序，一步步的將下面句子形成被動語態，結尾有時間或地方副詞或介系詞片語，先當不存在，整句寫完再加回來。

1. He loved me. 他愛過我。

____

2. The man is fixing the bike at the garage. 男人正在車庫修腳踏車。

____

3. Lysa has made some mistakes. Lysa 已經犯下一些錯誤。

____

4. The government will sell some properties. 政府將出售一些地產。

____

5. The host might have invited more people. 主辦方當初或許邀請了更多人。

____

6. The two ladies were wearing the same perfume then.
當時兩個女人同時用了同樣的香水。

____

7. The man put the keys in the mailbox. 男人當時把鑰匙放在信箱裡。

____

解答在 P.446

3. 雙賓動詞被動語態

前面被動語態施作示範都以單一受詞的情況作教學，當然這也是最常見的情況。但別忘了，五大句型的章節學過，有些動詞可以同時接兩個受詞，這種動詞稱為雙賓動詞（見五大句型 Part 2 P.032）。而這兩個受詞：**間接受詞**和**直接受詞**，皆可以挪至開頭形成被動語態。

判斷直接受詞的訣竅：
動詞直接交付出去的東西，則為直接受詞

例：She gave the children some pocket money.
間接 直接

她給了孩子們一些零用錢。

（直接被她所交付出去的東西是錢，不是人）

雙賓動詞形成被動語態的方法跟前面所學大致相同，只要額外記住下面兩個小訣竅即可：

- **沒被挪至開頭的受詞一律放在過去分詞（p.p.）正後方**
- **若以直接受詞開頭，則過去分詞 p.p. 後面要額外加一個介系詞**
  （大部分介系詞為 to，部分動詞例如：cook、buy、find、make、get、build 後面習慣加 for）

(1) 間接受詞開頭

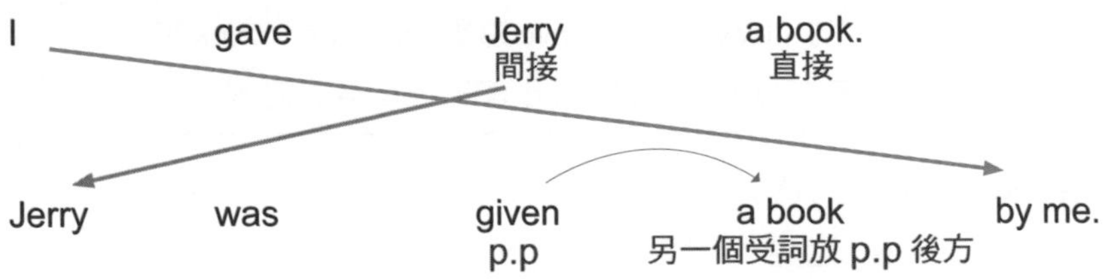

(2) 直接受詞開頭

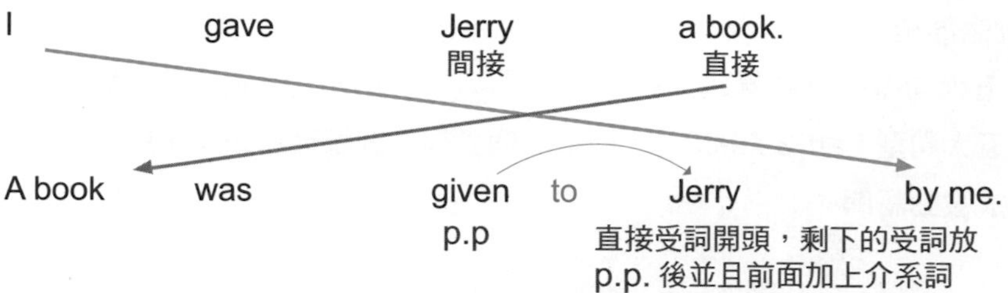

練習 B

按照上面所教的程序，將括號提示的受詞挪至開頭，把下面句子形成被動語態。

1. The teacher has taught the students five new words so far.（間接受詞開頭）

____

2. Andy bought Mara a few tropical fish.（直接受詞開頭）

____

解答在 P.446

4. 不完全及物句型的被動語態（含受詞補語句型）

除了雙賓動詞一次接兩個受詞，還有些及物動詞使用的形式為：動詞＋受詞＋受詞補語。受詞補語的類型多為形容詞、名詞。溫習常見需要加補語的動詞：

(1) 形容詞作補語

make 使、keep 保持、leave 離開、drive 驅使、consider / think 認為、call 說、brand 譴責、declare 宣布、find 發現、prove 證明……

例：make me happy 使我開心

例：keep me warm 使我溫暖

例：leave me alone 留我獨自一人

例：drive me crazy 把我逼瘋了

例：prove me wrong 證明我錯了

(2) 名詞作受詞補語

make 使、consider / think 認為、call 說、brand 譴責、declare 宣布、find 發現、name 命名、elect 推選

例：call him Sam 叫他 Sam

例：find him an honest man 發現他是個誠實的人

例：declare the day a national holiday 宣布此日為國定假日

例：name the baby Jean 命名小嬰兒為 Jean

例：elect him the mayor 選他為市長

這類動詞形成被動方式跟雙賓動詞方式大同小異：**一律將受詞補語寫在過去分詞**正後方，而且不用額外加上介系詞。

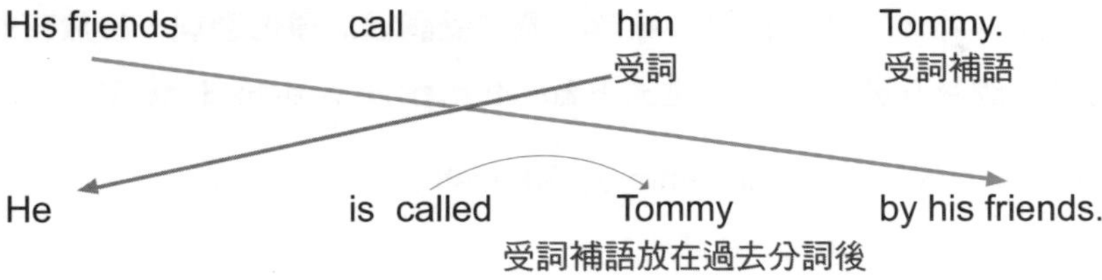

練習 C

按照上面所教的程序，將下面句子形成被動語態。

1. The police found the man dead in the the hotel. 警方發現這個男子死在飯店裡。

____

2. The team elected Brian the leader. 團隊推選 Brian 為他們的領導者。

____

解答在 P.446

5. 使役動詞的被動語態

英文中，使役動詞有三者： make 使、have 要求、let 讓。這些動詞都含有祈願、驅使他人進行動作的意味。這種動詞主動的用法為：**使役動詞＋受詞＋原形動詞**。

例：I made John do my work.
我逼 John 做我的工作。

例：I had my brother clean the bathroom.
我要求我弟弟打掃廁所。

例：I let Tim use my computer.
我讓 Tim 用我的電腦。

注意！這三者雖然都為及物，但**通常只有 make 才會有被動語態**，形成被動語態的方式跟前面無異，唯一要小心改為被動時，**原本受詞後的原形動詞一樣放在過去分詞後，但形式上改為不定詞 to V：主詞＋ be ＋ p.p. ＋ made ＋ to V**

例：The coach made the whole team do 30 push-ups.
教練要求所有隊員做 30 個伏地挺身。
= The whole team was made to do 30 push-ups by the coach.

let 主動改成被動時，多以 allow 一字代替：

例：The security didn't let me enter the building.
保全不讓我進入這大樓。
= I wasn't **allowed to** enter the building by the security.

Note
少數非正式的用法中，let 偶而可以被用於被動，但並非常態，故不建議使用。

例：We were let go.
我們被允許離開。

例：I wasn't let into the building.
我不被允許進入這建築物。

而 have 改為被動時，可改以 ask 一字代替：

例：My mom had the barber cut my hair.

我媽媽要求理髮師幫我剪頭髮。

= The barber was asked to cut my hair by my mom.

6. 感官動詞的被動語態

感官動詞常見的包含：see 看、hear 聽、feel 感覺、watch 看、listen to 聽、look at 看……。感官動詞表達主動時常見句型為：

感官動詞＋受詞＋ VR / Ving（原形動詞／現在分詞）

例：The babysitter heard the baby crying.

保姆聽到小嬰兒在哭。

例：The secretary saw the man enter the room.

祕書看到那個男人進入了房間。

例：I feel my heart beating fiercely.

我感覺到我心臟猛烈地跳動。

例：The locals watched the boat disappear into the distance.

當地人看著船消失在遠方。

感官動詞形成被動時，方式與前面使役動詞雷同。唯須注意，**第二個動詞一樣接在 p.p. 後面，原本原形者變成 to V，原本 Ving 則維持 Ving**。感官動詞形成被動的句型為：

主詞＋ be ＋感官動詞過去分詞＋ to V / Ving

例：The babysitter heard the baby **crying**.

= The baby was heard **crying** by the babysitter.

例：The secretary saw the man **enter** the room.

= The man was seen **to enter** the room by the secretary.

7. 含介系詞的動詞片語被動語態

英文中有些動詞會與介系詞結合，形成及物動詞片語。這也是各類考試喜歡測驗同學的地方，因為當動詞後面出現介系詞時，很難判斷是否為不及物動詞。如果為不及物動詞，則不可能有被動語態，然而如果為及物動詞片語，則可以有被動形式。除了死背，透過下面兩個方法，多半可以幫助同學克服這個環節。

(1) 把介系詞和其後受詞去掉，語意若無改變，意思仍然正確，多為不及物，則無被動

例：The man ran through the park. 這個男人跑穿過公園。

例：The man ran (through the park).
（當去除後面介系詞片語，句子仍然正確，run 語意仍然是跑，所以為不及物，無被動）

（X）The park was ran through by the man.

例：The manager has dealt with the problem. 經理已經處理這個問題了。

例：The manager has dealt (with the problem.)
（當去除後面介系詞片語，句子文法便錯誤了，語意不明，因為 deal with 合起來為處理的意思，則 deal with 為一片語動詞，可以有被動形式）

（O）The problem has been dealt with by the manager.

• 用上面方法試判斷，下列兩句，何者可以有被動形式呢？

例：The driver turned down the road.
司機轉彎往這條路走下去。

例：The interviewer turned down my application.
面試官拒絕了我的申請。

• 將後面的介系詞片語去除讀讀看：

（O）The driver turned. 司機轉彎了。
（可見 turn 為不及物，跟後面 down 無綁定關係，不可以有被動）

（X）The road was turned down by the driver.

（X）The interviewer turned. 面試官轉彎。（？）

（可見 turn down 在這為一個不可分割的及物動詞片語，合起來意思為「拒絕」，可以有被動）

（O）My application was turned down by the interviewer.

- 常見的及物動詞片語：

look after 照顧、laugh at 嘲笑、count on 指望、run over 輾過、look for 尋找、rely on 依賴、look into 調查、turn down 拒絕、deal with 處理

Note

雖然與介系詞搭配的動詞片語，理論上都被視為及物，但並非所有及物動詞片語都習慣使用被動，仍然需判斷語境與語意。所以同學需要多閱讀，了解哪些常用於被動語態。

7. 不定式與動名詞被動語態

英文當中，被動語態並不一定只能使用在主結構的主要動詞中。不定式 to V 或動名詞 Ving 中也可能出現被動語態。被動語態最核心的概念就是 be ＋過去分詞 p.p.。所以**不定式的被動語態表現為：to be ＋ p.p.**，而**動名詞的被動語態為：being ＋ p.p.**。

例：The coach started **to train** the players.

教練開始訓練這些選手們。

例：The players started **to be trained** by the coach.

選手們開始接受教練的訓練。

例：The kid enjoyed **petting** the dog.

小孩享受撫摸狗狗。

例：The dog enjoyed **being petted** by the kid.

狗狗享受被小孩撫摸。

to V、Ving 的被動不僅僅只能使用在受詞的情況，即便 to V、Ving 作主詞，也可能使用被動語態：

例：**To be elected** chairman of the committee is a great honor.
被選任為委員會的主席是一項榮譽。

例：**Being loved** is a wonderful thing.
被愛是一件美好的事情。

8. 中文讀不出被動，卻以被動形式出現的常見分詞片語

英文裡面有一系列動詞，經常轉成過去分詞作形容詞來用，而形成了固定的片語。這些片語在中文中多讀不出有被動味道，因此同學經常忽略掉它們前面必須有 be 動詞。此外，這些片語後面搭配的介系詞形式各異，同學也經常搞混，所以常為考試重點。下面整理常用的片語，同學必須牢記它們搭配的介系詞。

be interested in 對……感興趣

be satisfied with 對……滿意

be covered in / with 覆蓋著……

be involved in 涉入……

be known for 以……聞名

be bored with / of 對……感到無聊

be devoted to 致力於……

be acquainted with 對…熟悉

be dressed in 穿著……

be scared / frightened / terrified of 對……感到害怕

be excited about 對……感到興奮

be worried about 擔憂……

be tired of 厭倦

be tired from 因……疲勞

be surprised at 對……感到訝異

be married to 和……結婚

be used / accustomed to... 習慣於……

be located in 坐落於……

be amazed at 對……感到驚艷

be filled with 充滿……

例：The children were bored with doing homework.

小孩們對於寫功課感到興趣缺缺。

例：Taipei 101 is located in Xinyi District.

臺北 101 位於信義區。

例：She has been devoted to helping the poor.

她一直致力於幫助窮人。

例：The president was involved in a scandal.

總統涉入一場醜聞案。

例：The man was dressed in a black suit.

男人穿著一套黑色的西裝。

例：The students weren't acquainted with American literature.

這些學生不太熟悉美國文學。

例：She is already accustomed to staying up late.

她已經習慣熬夜了。

Part 3 考題核心觀念破解

1. Employees ______________ to submit their tax forms before the deadline.

(A) reminded (B) were reminded (C) will remind (D) was reminding

答案 (B)

破題

大部分被動相關考題的判題技巧，就是優先思考動詞是否為及物。如為及物動詞，後面有名詞則選主動。無名詞則選被動，代表受詞被提前至開頭當主詞形成被動語態了。而 remind 為及物動詞，這邊無受詞，故選被動。

---

2. The new born baby ______________ Barbara in memory of her grandmother.

(A) was named (B) named (C) names (D) name

答案 (A)

破題

被動語態考題中，此類難度最高。大部分的考題，只要判斷動詞是否及物即可。按照前面的教學技巧，看到有名詞感覺就應該選擇主動。但別忘了，前面學過兩種比較特殊的及物句型：**雙賓動詞（動詞＋間接受詞＋直接受詞）、不完全及物（動詞＋受詞＋受詞補語）。所以這類動詞後面同時出現兩個名詞，才可以安心選擇主動**。這邊主動情況應該為：name the new born baby Barbara 命名新生嬰兒為 Barbara，但句子中卻只有一個補語，故選被動。

---

3. The man was ____________ to sign the confession even though he didn't commit any crime.

(A) made (B) appeared (C) seemed (D) happened

答案 (A)

破題

許多同學看到 make，想到它是使役動詞，就會下意識覺得後面必須得接原形。但別忘了 make 為及物動詞，必須先加受詞才加原形動詞，這邊為 make 的被動，後面必須有 to 隔開下個動詞。而 seem、appear、happen 皆為不及物動詞，不可能有被動語態。

4. The boy was crying because he ___________ his peers.

(A) was lauged　　(B) laughed by

(C) was laughing by　　(D) was laughed at by

答案 (D)

破題

許多同學知道介系詞後面必須加名詞和動名詞作受詞，因為 at 後面竟然接著另一個介系詞 by，所以通常不敢選擇 (D)。但別忘記，有些動詞會與介系詞搭配，形成及物的動詞片語。將這句還原成主動，便可以理解原來句子的長相應為：His peers laughed at him. 所以形成被動後，主要句構當然就是 He was laughed at. 他被嘲笑。而後面的 by his peers 只是表達出做動作的角色。

---

5. The coffee ___________ bitter, so the woman added more sugar.

(A) was tasted　　(B) was tasting　　(C) tasted　　(D) had been tasted

答案 (C)

破題

同學常常會感覺咖啡應該為被嚐的對象，然而前面診療室已經學習過，與感官相關的連綴動詞，後面加形容詞不會使用被動語態。bitter 為形容詞，這邊必須選主動，強調個人主觀心理的感受。

Chapter 10 總複習測驗 Exercise

1. Monica seems to ____________ her new job at the moment, so we hardly ever see her.
(A) marry with (B) be married (C) married with (D) be married to

2. The cabinet ____________ many documents concerning the company's financial records.
(A) full of (B) filled of (C) is filled with (D) fulled with

3. The hotel is scheduled to ____________ in the downtown area.
(A) build (B) be built (C) being built (D) built

4. Students are required to ____________ their tuition fees before the registration date.
(A) pay (B) be paid (C) pay to (D) paying

5. Selena ____________ to senior editor due to her creative writing ability.
(A) promotes (B) be promoted (C) was promoted (D) promoted

6. The prisoners are made ____________ weeds under the burning sun.
(A) pull (B) pulling (C) to pull (D) pulled

7. The attendees will ____________ a souvenir absolutely free of charge.
(A) be offered (B) offer (C) be offered by (D) be offering

8. The problem must ____________ technicians immediately.
(A) deal with (B) be dealt with by (C) deal with by (D) be dealt by

9. A new crown has been made ____________ the king for this ceremony.
(A) to (B) for (C) from (D) of

10. Grandpa ____________ in the bedroom.

(A) was heard snoring (B) heard snore
(C) was heard snore (D) hears to snore

11. The truck was seen ____________ the pedestrians.

(A) run over (B) ran over (C) to run over (D) ran over by

12. The work could ____________ better if we had had more resources.

(A) had done (B) have done
(C) has been done (D) have been done

13. My car ____________ by a mechanic at the moment because it broke down this morning.

(A) examined (B) was examined
(C) is being examined (D) is examining

14. The job ____________ before he took personal leave yesterday.

(A) had been done (B) has been done
(C) has being done (D) had done

15. The road ____________ currently, so all cars have to make a detour.

(A) is maintaining (B) is being maintained
(C) was been maintained (D) being maintained

解答在 P.447

解答與解說

Part1 解答

1. love（受詞是反身代名詞，不可用被動）
2. sounds（reasonable 為形容詞，sound 為不及物動詞）
3. belongs（屬於表達狀態，沒有被動）
4. be watered（花是被澆的）
5. took place（發生永遠是主動發生）
6. have（當有的時候無被動用法，表狀態）
7. was sent（包裹是被寄送的）
8. be ordered（產品是被訂購的）
9. arrived（arrive 為不及物動詞，無被動）
10. looks（worried 為形容詞，look 為不及物動詞）

Part 2 解答

練習 A

1. I was loved by him.
2. The bike is being fixed by the man at the garage.
3. Some mistakes have been made by Lysa.
4. Some properties will be sold by the government.
5. More people might have been invited by the host.
6. The same perfume was being worn by the two ladies then.
7. The keys were put by the man in the mailbox.

練習 B

1. The students have been taught five new words by the teacher so far.
2. A few tropical fish were bought for Mara by Andy.

（a few 為「一些」的意思只接複數名詞。不要誤以為 fish 為單數，fish 單複數同形，所以複數名詞結尾也不會作變化）

練習 C

1. The man was found dead in the hotel by the police.
2. Brian was elected the leader by the team.

Exercise 解答

1. (D) 2. (C) 3. (B) 4. (A) 5. (C) 6. (C) 7. (A) 8. (B) 9. (B) 10. (A) 11. (C) 12. (D)
13. (C) 14. (A) 15. (B)

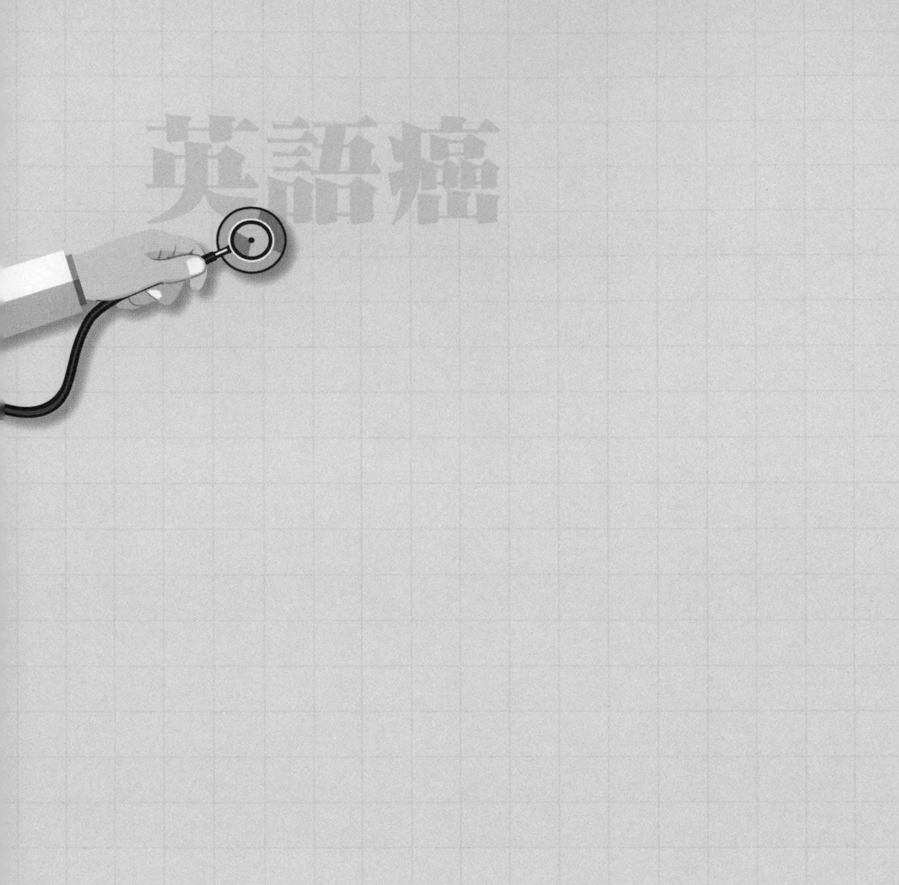
英語癌

Chapter 11

問句

▶ 總複習測驗

Chapter 11 問句

Part 1 初步診療室

問診：下面對於圖片所提出的問句，何者英文使用無誤呢？

Did the boy be bitten by the dog?
小男孩是否被狗咬了？

Are there many books are in the bookcase?
書櫃上是不是有很多書呢？

Is the baby love his toy car?
小嬰兒是不是很喜歡他的玩具車？

Are the children reading books?
小朋友們是不是正在讀書呢？

解答：D。

A 句中 be 動詞＋ p.p. 表被動，而 be 動詞本身就可以與主詞倒裝形成問句，不需要一般助動詞的幫忙，do、does、did 是幫助一般動詞形成問句和否定所用的，因此不會搭配 be 動詞一起出現在問句中。B 句中忽略了 be 動詞 are 已經倒裝到開頭，句中出現了兩次 be 動詞。C 句則錯誤的使用 be 動詞來輔助一般動詞形成問句，一般動詞形成問句需要的是助動詞 do、does、did 不是 be 動詞。只有 D 句完全正確。因此，A、B、C 正確應為：

A: Was the boy bitten by the dog?

B: Are there many books in the bookcase?

C: Does the baby love his toy car?

診療學習盲點：

使用英文問句最常出現的兩個盲點為：① 形成問句時，經常忘了已經將動詞或助動詞倒裝至開頭，又在句中重複書寫它們。② 不知道該用 be 動詞還是助動詞來形成問句。在第一個單元，已經學習過，Ving 現在分詞／動名詞、to V 不定詞、p.p. 過去分詞多為非限定動詞，並非句子的真動詞，而是把動詞轉作其他詞性，所以只有句子缺乏限定動詞（真動詞）時，才可能使用 be 動詞。句子如果有一般動詞，則必須靠助動詞 do、does、did 來形成問句。**切莫把 be 動詞搭配一般動詞，或把 do、dose、did 搭配 be 動詞來形成問句**。

____________ the boy doing homework now? 小男孩是否正在做功課呢？

（X）Does the boy doing homework now?

（O）Is the boy doing homework now?

（這句只有 doing 現在分詞，沒動詞必須用 be 動詞）

____________ you sure of the results? 你對結果有把握嗎？

（X）Do you sure of the results?

（O）Are you sure of the results?

（sure 為形容詞，整句沒動詞用 be 動詞）

__________ she drive to work every day? 她是否每天開車上班呢？

（X）Is she drive to work every day?

（O）Does she drive to work every day?

（已經有 drive 一般動詞了，無法使用 be 動詞，必須用助動詞）

同學在選擇問句的答案時，往往偏重閱讀句子的句意，並且憑語感來決定答案。但其實透過下面的破題技巧，把專注力放到句子的動詞上，依照分類，就可以輕鬆決定該如何幫句子形成問句：

1. 主要動詞為**原形動詞**時，形成問句必須用**助動詞**

例：__________ you **speak** Chinese? 你說中文嗎？

（唯一動詞 speak 為原形，用助動詞）

→ **Do** you speak Chinese?

例：__________ he **want** to know Mr. Wang? 他是否想認識王先生？

（to know 不是真動詞，主要動詞為 want 原形動詞，用助動詞）

→ **Does** he want to know Mr. Wang?

2. 出現 Ving 沒有其他真動詞，形成問句需用 be 動詞

例：__________ your daughter studying at the library now?

你女兒是不是正在圖書館讀書？

（只有 **Ving** 沒有其他真動詞，須用 be 動詞）

→ **Is** your daughter studying at the library now?

例：__________ he planning to cancel the program if he is the leader? （adv 子句：if he is the leader）

他是否計畫取消這個計畫案，如果他成為領導人？

（if 所引導為副詞子句被視為一顆副詞，to cancel the program 為不定式非真動詞，前面只剩下 planning，須用 be 動詞）

→ **Is** he planning to cancel the program if he is the leader?

3. 出現 **p.p. 過去分詞**沒有其他動詞，答案可能為**完成式**或 **be 動詞**
主動選完成 have / has / had，被動則選 be 動詞

adv 子句

例：__________ the murderer seen by the witness yesterday when he left the house?

昨天兇手是不是在離開房子的時候被目擊證人看到了？

（when 引導副詞子句被視為一顆副詞，前面 by 明顯暗示為被動，兇手是被目擊的，故選 be 動詞表被動）

→ **Was** the murderer seen by the witness yesterday when he left the house?

adv 子句

例：__________ you been to Japan when you got married?

你結婚前去過日本嗎？

（去日本一定是人主動去的，故選完成式，而比結婚過去式更早的動作，應選過去完成式）

→ **Had** you been to Japan when you got married?

4. 句子中只有**介系詞片語**、**副詞**、**形容詞**、**名詞**，沒有任何真動詞，形成問句須 **be 動詞**

例：__________ she sorry about the damage to your car now?

n adj 介片 介片 adv

她現在對你車子造成的損害感到抱歉了嗎？

（句子沒動詞，須用 be 動詞）

→ **Is** she sorry about the damage to your car now?

例：__________ anybody home when you arrived there?

n adv adv 子句

你到那的時候有任何人在家嗎？

（when 引導副詞子句被視為一顆副詞，並且暗示時間為過去，整句沒動詞，須用過去式 be 動詞）

→ **Was** anybody home when you arrived there?

常用問句分成**是非問句**和**疑問詞問句，前者就是要聽者回答是否的問句，後者則是有疑問詞開頭的問句**，必須**針對疑問詞回答答案**。上面都用是非問句做示範，但即便是疑問詞問句，也適用相同邏輯。下面再用一些疑問詞開頭的問句來做示範解題技巧：

1. Why __________ your proposal rejected in the meeting yesterday?

你提案昨天在會議中為何被拒絕呢？

(1) 這裡看到唯一帶有動詞味道的，只有過去分詞 rejected。何以確定它不是過去式呢？因為如果是一般動詞過去式，前面一定會有助動詞 did 來幫助形成問句，則動詞必定為原形。

(2) 不是每次被動都有 by 來提示讀者，所以必須從語意和句構來判斷。reject 為及物動詞，後面沒有受詞，所以可以判斷為被動，而後面有 yesterday，所以答案必須選 be 動詞過去式 was。

→ Why was your proposal rejected in the meeting yesterday?

2. What date __________ the students who failed the test going to take a makeup one?

之前沒通過考試的學生何時必須得補考呢？

關代 who failed the test 為形容詞子句，被視為一顆形容詞。主結構 to take a makeup one 為不定式並非真動詞，最先出現的的非限定動詞為 Ving 形式，必須得選 be 動詞並與複數主詞 students 做一致性。

→ What date are the students who failed the test going to take a makeup one?

3. Where __________ the author publish her first novel in 1983?

這名作者於 1983 在哪裡出版她第一本小説呢？

唯一動詞 publish 是一個原形動詞，必須選助動詞。1983 暗示過去式，必須用 did。

→ Where **did** the author publish her first novel in 1983?

Get Better Soon

練習：按前面所學的考試技巧，判斷下列空格，應該填入甚麼答案？

1. ________________ it raining outside right now?
   外頭現在正在下雨嗎？

2. ________________ you work for Mr. Wang last year?
   你去年替王先生工作嗎？

3. ________________ anyone available to copy these documents right now?
   有沒有任何人現在可以幫忙列印這些文件呢？

4. ________________ you thought about moving to a new city yet?
   你有沒有想過要搬到一個新的都市呢？

5. ________________ the information on the first page of the instruction easy to understand?
   指南第一頁上的資訊容易理解嗎？

6. ________________ she eaten breakfast before she went to work?
   她上班前吃過早餐了嗎？

7. ________________ your father take you to school yesterday?
   你父親昨天有帶你上學嗎？

8. ________________ the boy bitten by the dog when he was playing with it?
   小男孩跟狗玩的時候被咬了嗎？

解答在 P.477

Part 2 問句文法概念

一、問句概說

1. 問句的分類

問句可以簡單分成三大類：是非問句、疑問詞問句、附加問句。是非問句沒有疑問詞而是以助動詞開頭，來形成問句，這類問句必須以 yes 或 no 回應。而疑問詞問句，則是以疑問詞開頭（who、what、where...）形成問句，不回答是否，而是必須針對疑問詞回答答案。附加問句，則是對一件事情先做了主觀的陳述，在句尾加上簡短的問句，來請求確認事情的真實性。

(1) 是非問句

例：Does Jon Snow know anything? Jon Snow 懂任何事嗎？

No, he doesn't. 不，他什麼都不懂。

例：Is winter coming? 冬天要來了嗎？

Yes, it is. 是的，寒冬將至。

(2) 疑問詞問句

例：What does Daenerys have? Daenerys 有什麼？

She has dragons. 她有龍。（針對 what 回答）

例：Where is Cersei? Cersei 在哪呢？

She's in the dungeon. 她在地牢裡。（針對 where 回答）

(3) 附加問句

例：Many are not satisfied with the series finale, are they?

許多人對這個影集的結局感到不滿，不是嗎？

No, they are not.

對，他們不滿意。

例：He chooses duty over love, doesn't he?
他選擇責任勝過愛情，不是嗎？

Yes, he does.
是的，他是。

2. 是非問句、附加問句的回答

疑問詞問句回答時是針對疑問詞作回應，比較沒有問題。然而，在回答是非問句或附加問句時，不論問句為肯定或否定，通常回答的事實為肯定的，就是以yes回答，若事實為否定的，則用 no。

如果事實是他愛她，那麼以下的問句回答皆相同：

例：Does he love her? 他愛她嗎？
Yes, he does. 是的，他愛她。

例：Doesn't he love her? 他難道不愛她嗎？
Yes, he does.（不，）他是愛她的。

附加問句回答也同此邏輯，如果事實是他從來沒走路上學過，那麼回答皆相同：

例：He goes to school on foot, doesn't he? 他平常走路上學，不是嗎？
No, he doesn't. 不，他不是。

例：He doesn't go to school on foot, does he? 他平常不是走路上學，是嗎？
No, he doesn't.（對，）他不是。

二、肯定的是非問句形成方式

在形成問句時，英文主要分成兩種系統，**助動詞系統（含 be 動詞、情態助動詞、完成式）和純一般動詞系統**：句子中主要為動詞含有 **be 動詞、情態助動詞、完成式**時，**必須優先以它們為考量，將它們與主詞進行倒裝**。而如果句子沒有上述三者，主要動詞只是**一般動詞**時，則**整個句子主詞前加上一般助動詞 Do、Does、Did** 來形成問句，並且**後面動詞必須原形**。

1. be 動詞、情態助動詞、完成式：**與主詞倒裝**

(1) be 動詞

She is interested in jazz music. → **Is** she interested in jazz music?
她對爵士樂感興趣。 她對爵士樂感興趣嗎？

(2) 情態助動詞

She **will** attend the meeting in person. → **Will** she attend the meeting in person?
她將親自出席會議。 她將親自出席會議嗎？

(3) 完成式

She **has** drawn her retirement pension. → **Has** she drawn her retirement pension?
她已經領取了她的退休金。 她已經領取了她的退休金了嗎？

2. 純一般動詞

(1) 句子主詞前加上 **Do**、**Does**、**Did**。（Do、Does、Did 的選擇詳見 P.019）

(2) 動詞原形

She **divorced** her husband. → **Did** she **divorce** her husband?
她跟她老公離婚了。 她是否跟她老公離婚了？

She **admires** rich people. → **Does** she **admire** rich people?
她很羨慕有錢人。 她是否很羨慕有錢人？

三、否定的是非問句形成方式

否定的是非問句相對而言少用，**含有否定的 be 動詞、完成式、情態助動詞、一般助動詞**時，形成問句的方式，**多將上述助動詞等加上縮寫形式的否定詞（助動詞＋ n't），再與主詞倒裝**。

He **didn't** major in history. → **Didn't** he major in history?
他不是主修歷史。 他不是主修歷史嗎？

She **won't** come to the wedding. → **Won't** she come to the wedding?
她不會來婚禮。 她難道不來婚禮嗎？

She **isn't** feeling well. → **Isn't** she feeling well?
她身體不舒服。 她不是身體不舒服嗎？

He **hasn't** seen the movie. → **Hasn't** he seen the movie?
他還沒看過這部電影。 他難道還沒看過這部電影嗎？

否定句，形成是非問句時，亦可將否定詞與助動詞分開，將否定詞置於主詞後，但形式上不若前述縮寫形式來的常用。

縮寫：**Didn't** he major in history?
不縮寫：**Did** he **not** major in history?

縮寫：**Won't** she come to the wedding?
不縮寫：**Will** she **not** come to the wedding?

否定的是非問句，其實有可能表達出兩種不同的語意：**① 某種程度上已知否定事實，進一步尋求確認。② 對於新得知事實感到詫異。**因此，否定問句的確切句意，需視情境跟說話者語調來判斷。

例：Won't she come to the wedding?

1. 她不是不來婚禮了嗎？
（意思可能為：我記得她有講過她不來參加婚禮了，但我想跟你確認這件事情的正確性）

2. 她難道不來婚禮了！？
（我以為她要來，但你告訴我她可能不能來了，對於這新得知的資訊感到詫異）

四、疑問詞問句的形成方式

中英文疑問詞問句語序差異甚大，也是同學最害怕的問句。傳統英文教學多用背公式的方式學習，缺乏邏輯又容易忘記，且容易忽略疑問詞在句中的詞性及扮演的腳色。考試經常考同學將答句回推疑問詞問句，其實只要透過以下三步驟邏輯，就能輕鬆造出疑問句：

示範 1：主要動詞為一般動詞

答句：She bought a book. 她買了一本書。

She bought **what**?　　**步驟 1. 將已知答案改為疑問詞**
（此時符合中文語序邏輯，可見 what 在句中詞性為名詞扮演受詞）

↓

Did she **buy** what?　　**步驟 2. 判斷主要動詞形成問句**
（按照前面是非問句所學，主要動詞為一般動詞，句子主詞前加上一般助動詞 do / does / did，後面動詞原形）

↓

What did she buy?　　**步驟 3. 將疑問詞置首**
她買了什麼？
（英文喜歡將要詢問的東西放置於開頭來進行強調，這便產生了中英文問句最大的落差）

示範 2：主要動詞為 be 動詞

答句：She is Mary. 她是 Mary。

She is **who**?　　**步驟 1. 將已知答案改為疑問詞**
（在句子原本邏輯中，who 在 be 動詞後，詞性為名詞作主詞補語用）

↓

Is she who?　　**步驟 2. 判斷主要動詞形成問句**
（按照前面是非問句所學，主要動詞為 be 動詞，形成問句把 be 動詞與主詞倒裝）

↓

Who is she?　　**步驟 3. 將疑問詞置首**
她是誰？

示範 3：主要動詞為完成式

答句：He has been <u>in the lobby</u>. 他剛剛在大廳。

He has been **where**? 步驟 1. 將已知答案改為疑問詞

（將整個表達地點的介系詞片語或副詞改為疑問詞 where，可見 where 的詞性為地方副詞）

Has he been where? 步驟 2. 判斷主要動詞形成問句

（按照前面是非問句所學，完成式形成問句把 have / has / had 與主詞倒裝）

Where has he been? 步驟 3. 將疑問詞置首

他剛剛去哪了？

示範 4：主要動詞前有情態助動詞

答句：He will arrive <u>by noon</u>. 他中午前會到。

He will arrive **when**? 步驟 1. 將已知答案改為疑問詞

（將整個表達時間的介系詞片語或副詞改為疑問詞 when，可見 when 的詞性為時間副詞）

Will he arrive when? 步驟 2. 判斷主要動詞形成問句

（按照前面是非問句所學，有情態助動詞時，形成問句把情態助動詞與主詞倒裝）

When will he arrive? 步驟 3. 將疑問詞置首

他何時會抵達？

Note

當然，當答句的主詞非第三人稱時，一二人稱之間必須作邏輯上的互換。

答句：I go to school <u>on foot</u>. 我走路上學。

You go to school **how**? **步驟 1. 將已知答案改為疑問詞**

（把表達方法的整個介系詞片語 on foot 改成疑問詞 how，並把第一人稱 I 換成第二人稱 you。on foot 表達方法為一個介系詞片語，顯然 how 的功能在這為副詞）

Do you go to school how? **步驟 2. 判斷主要動詞形成問句**

（按照前面是非問句所學，有一般動詞時，形成問句在句子前加上一般助動詞 do / does / did，後面動詞原形）

How do you go to school? **步驟 3. 將疑問詞置首**

你如何去上學的？

大部分疑問詞問句的形成，都只要按照上面所述的三步驟，就可以輕鬆完成。但有以下幾種兩種特殊情況，需要格外留心一下。

特殊情況 1：詢問 whose 時

形成含有 whose 疑問詞的問句時，仍然按照前面三步驟形成。唯一要注意的是，由於所有格限定詞後面不能沒有名詞，所以只有第三步驟，**疑問詞置首時，必須把 whose 連同它後面的名詞一起置首**。

答句：This is <u>Mary's</u> bag. 這是 Mary 的包包。

This is **whose** bag? **步驟 1. 將已知答案改為疑問詞**

（把 Mary's 改為 whose，whose 詞性上等於所有格限定詞）

Is this whose bag? **步驟 2. 判斷主要動詞形成問句**

（有 be 動詞時，形成問句把 be 與主詞倒裝）

Whose bag is this? **步驟 3. 將疑問詞置首**

這是誰的包包？

（由於 whose 為所有格限定詞，所以後面不可以沒有名詞，必須連同 bag 一起置首）

特殊情況 2：疑問詞即主詞時

當疑問詞在句構邏輯中扮演的腳色就是主詞時，則沒有前面所述的 2、3 步驟。將已知答案改作疑問詞後，疑問詞便已經在開頭了，所以直接形成問句。

答句：A car accident happened. 車禍發生了。

↓

What happened? **步驟 1. 將已知答案改為疑問詞**

發生什麼事了？ （疑問詞在第一步驟已經置首了，在這作為 happened 的主詞，直接形成問句，略過 2.3 步驟）

Note

疑問代名詞 who, what, which 皆當單數，還須注意主詞動詞一致性，**這些疑問代名詞作主詞必須搭配單數動詞**。

The Smiths live in this mansion. Smith 一家人住在這棟豪宅中。

↓

Who lives in this mansion? **步驟 1. 將已知答案改為疑問詞**

誰住在這棟豪宅中？ （雖然本來動詞為複數動詞 live，現在改作疑問代詞 who 後便直接形成問句了，但後面必須使用單數動詞 lives）

部分坊間文法書，錯誤教導學生疑問代詞皆可以被視作單數或複數，所以可任意搭配單複數動詞，此為嚴重錯誤的觀念。**筆者引用坊間錯誤的例子（以斜體形式描述），來特別舉證說明，為何這樣觀念並不正確**。

坊間文法書錯誤示範：（X）疑問代詞的單複數為同一形態

Who is he?（他是誰）單數

Who are they?（他們是誰）複數

上面的錯誤觀念，就是常見背公式而忽略疑問詞在句構中扮演角色的後果。如果同學按照前面所學三步驟來剖析，就會知道在這 who 並非主詞。透過步驟逆推，就可以清楚知道上述文法書錯誤之處在哪裡。

Who is he? ——→ is he who? ——→ he is who?
取消疑問詞置首　取消 be 動詞與主詞倒裝

Who are they? ——→ are they who? ——→ they are who? 他們是誰？
取消疑問詞置首　取消 be 動詞與主詞倒裝

由上得知，其實在本來句構的邏輯裡，真正的主詞是 he / they，而 who 疑問代詞在這作為 be 動詞後的主詞補語。也就是說，其實這裡 is / are 的動詞變化，並非隨著疑問代名詞 who 而來，而是根據主詞 he / they。動詞必須跟主詞作一致性的變化，而非主詞補語。

練習

下面句子為答句，請將提示詞改成疑問詞，並按照上面所學之步驟，將下列句子回推形成疑問詞問句。

1. She will rent an apartment near her workplace <u>this summer</u>.
   她夏天時將在她工作地點附近租一個公寓。

   When____

2. Mike's father promises to give him <u>a laptop</u> as a birthday gift when he is 16.
   Mike 的父親答應當他滿 16 時會給他一臺筆電作為他的生日禮物。

   What____

3. <u>Hannah and Carl</u> were waiting there when Sam arrived.
   當 Sam 抵達時，Hannah 跟 Carl 正在那裡等著。

   Who____

4. The students who didn't pass the test are going to take a make-up exam <u>at the library</u>.
   沒通過考試的學生將在圖書館進行補考。

   Where____

5. I am reading Mary Shelley's novel now.

我正在讀 Mary Shelley 的小說。

Whose ______________________________

6. Eddie went to school by bus when he was a child.

Eddie 還是孩子時都搭公車上學。

How ______________________________

解答在 P.477

5. 附加問句的形成方式

附加問句是在一個直述句後，加上簡短的問句，來對前面的句子內容，**進行真實性確認**，或者**請求對方認同**，多用於**口語中**。

1. 附加問句形成步驟

形成附加問句只要按照下面三步驟操作就可以輕鬆完成：

(1) 直述句後抄寫至相對應動詞

附加問句前面的句子如果是 be 動詞、情態助動詞、完成式，則重複抄寫前面的直述句至上述助動詞。若是直述句主要動詞為一般動詞，則改以一般助動詞 do、does、did 來代替主要動詞片語。

be ／情助／完成 ⟶ be ／情助／完成

一般動詞 ⟶ do / does / did

(2) 將附加問句與前面直述句語氣相反。

肯定 ⟷ 否定

(3) 將附加問句的助動詞與主詞倒裝

示範 1：be 動詞示範

步驟 1. 抄至相對應 be 動詞 → She **isn't** in love with Ivan, she **isn't**

步驟 2. 前後語氣相反 → She isn't in love with Ivan, she is

步驟 3. be 動詞與主詞倒裝 → She isn't in love with Ivan, is she?

她並沒有愛上 Ivan，對吧？

示範 2：情態助動詞示範

步驟 1. 抄至相對助動詞 → You **can't** take a day off, you **can't**

步驟 2. 前後語氣相反 → You can't take a day off, you can

步驟 3. 情助與主詞倒裝 → You can't take a day off, can you?

你不能請假，對吧？

示範 3：完成式示範

步驟 1. 抄至相對應的完成式 have / has / had → He **has** been ill for days, **he has**

步驟 2. 前後語氣相反 → He has been ill for days, he hasn't

步驟 3. 完成式與主詞倒裝 → He has been ill for days, hasn't he?

他病了好幾天了，對吧？

示範 4.：一般動詞示範

步驟 1. 用 do、does、did 代替前面整個動詞片語 → He **knew the truth**, he did

步驟 2. 前後語氣相反 → He knew the truth, he didn't

步驟 3. 助動詞與主詞倒裝 → He knew the truth, didn't he?

他知道真相了，對吧？

2. 形成附加問句注意事項

(1) 附加問句的主詞一律使用代名詞

當前面直述句的主詞並非代名詞時，後面形成附加問句時，必須以代名詞代替。

（X）Your father is a doctor, isn't your father?

（O）Your father is a doctor, isn't he?

你父親是一名醫師，對吧？

（X）Becky is pleased about her promotion, isn't Becky?

（O）Becky is pleased about her promotion, isn't she?

Becky 對她的升遷感到開心，對吧？

(2) 否定附加問句通常使用縮寫形式

通常形成附加問句的否定多以**助動詞＋ n't** 縮寫形式出現，但極正式的情況也可以不縮寫，則否定詞置於主詞後。

例：Owen carpools to work every day with his neighbor, **doesn't** he?

歐文每天跟他的鄰居拼車共乘上班，對吧？

例：They promised to handle the problem immediately, **did** they **not**?（正式）

他們答應會立刻處理問題，不是嗎？

當主要句的主詞動詞為 I am 時，因為 am not 沒有縮寫版本，所以常見的附加問句為 aren't I，極正式的情況也可以用 am I not 回應。

例：I'm such a fool, aren't I?

我真是個傻子，對吧？

例：I'm correct, am I not?

我是正確的，對吧？

(3) 句中含有否定意味的詞時視為否定

有時候主要句中並沒有出現 not，但出現以下的帶有否定性的詞，則句子仍被視為否定，附加問句必須以肯定形成。

never 從不、seldom / rarely 鮮少、hardly / barely / scarcely 幾乎不、no 不、little / few 很少、nobody / no one 沒人、nothing 沒有東西、none 沒有人／物

例：She rarely takes sick leave, does she?
她很少請病假，對吧？

例：You have little homework, do you?
你沒有什麼功課，對吧？

例：Nothing is wrong, is it?
沒有事情出錯吧，對嗎？

3. 附加問句的特殊情況

(1) there 開頭

當 there 為直述句的開頭時，雖然 there 詞性其實為副詞（為地方副詞開頭的倒裝句），真主詞在句尾。但形式上，英文經常把 there 視為是句子中的假主詞了，所以**形成附加問句依然以 there 進行**。

例：**There** is a frog by the pond, isnt' **there**?
有隻青蛙在池塘邊，不是嗎？

(2) 動名詞 Ving、不定詞 to V 開頭

動名詞 Ving, to V 不定詞語意上被視為一件事情，所以**附加問句改以 it 來代替其主詞**。

例：**Eating greens** is beneficial for health, isn't **it**?
吃綠色蔬菜有益健康，對吧？

例：**To see** is to believe, isn't **it**?

眼見為憑，難道不是嗎？

(3) –thing 不定代名詞開頭

something、everything、nothing 等，以 -thing 結尾的不定代名詞，語意上彷彿暗示複數，但前面已經學過，這些不定代詞皆當作單數來看代，所以形成**附加問句以 it 代替**。

例：**Nothing** is inside the box, is **it**?

盒子裡沒任何東西，對吧？

例：**Everything** is about you, isn't **it**?

一切都得以你為重，是嗎？

(4) –one、-body 不定代名詞開頭

以 -one、-body 結尾的不定代名詞，形式上仍然被視為單數，但是如果將其視為單數，則面臨附加問句得用 he / she 來代替主詞的窘境，因此英文改**以複數的代名詞 they 來代替**。

例：**Nobody** hates music, do **they**?

沒有人討厭音樂吧，不是嗎？

例：**Someone** ate my cake, didn't **they**?

有人偷吃我的蛋糕，對吧？

(5) 祈使句的附加問句

所謂祈使句就是開頭省略主詞（多半為 you），並以原形動詞開頭，起到對聽者命令、要求、祈願、請求的語氣。祈使句偶而也會在後面加上附加問句，但主要目的並非要求聽者回答，而是單純弱化命令的語氣，**使句子讀起來更加委婉**。功能上類似 please。祈使句形成附加問句時，主要分成下面幾種情況：

- 邀請語氣

當語氣為禮貌的邀請，習慣**以 won't you 來形成附加問句**。

例：Have some fruit, won't you? 吃點水果吧。

例：Come in, won't you? 來，請進。

- 告知、要求語氣

當告知或要求某人做某事的時候，英文以 **will / would / can / could / can't / won't you** 來形成附加問句，**wouldn't / couldn't you 通常不用來形成祈使句附加問句**。這幾個裡面 would you 語氣最為客氣，could / can you 次之。will you 語氣較為直接，暗示你預期對方多半會答應。反之，won't you 則暗示對方有可能可以拒絕，而 can't you 常表達不耐煩語氣，但**上述仍然都比單獨使用祈使句更為委婉**。

例：Close the door, would you?
麻煩關上門。

例：Hand me the scalpel, will you?
手術刀給我。
（此句就不適合用 won't you，因為如果這是醫生所講的話，通常不認為會被拒絕給予手術刀）

例：Be quiet, can't you?
你能不能安靜一會兒。

Note

上述的附加問句所表達的為較常見的情況，然而祈使句的附加問句很可能隨著前後文、使用者的語調產生不同的差異，有時候甚至能暗示出嘲諷、生氣的意味。筆者強烈不建議學習者使用祈使句附加問句。上述雖然正確，但有些用法逐漸變得罕見、失去流行，現代英語中多有其他常見可代替的表達方式，甚至直接在祈使句後加上 please 弱化語氣即可。

例：Have some tea, won't you?（語氣彷福如同和藹的奶奶的口吻）

例：Would you like to have a cup of tea?（較為自然流行）
你要喝杯茶嗎？

- 否定祈使句

否定祈使句**只能使用 will you** 來形成附加問句。

例：Don't be late, will you? 別遲到喔。

- Let's vs Let us

Let's 其實原本為 Let us 的縮寫，但這兩者有時能表達全然不同的兩種意思。第一種情況：**說話者是團體裡頭的成員，可以用 Let's（非正式）或者 Let us（極正式）來對其他成員表達建議**。但現代英語中母語人士對團體裡頭的人建議時，多半使用 Let's，Let us 在此用法中逐漸變得少用。第二種情況：當**說話者是對團體外的人請求，則只能使用 Let us**。

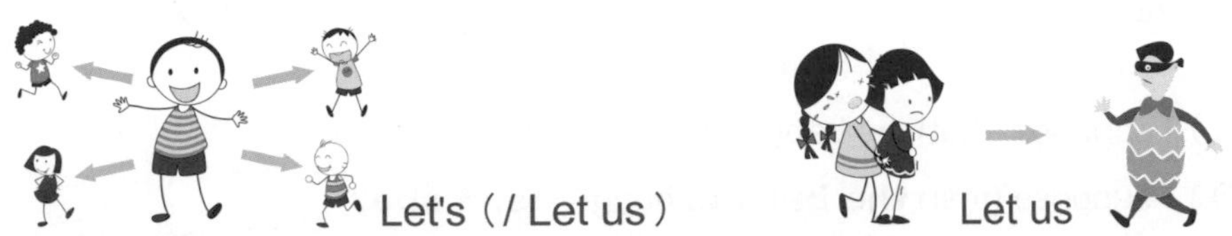

例：Let's / Let us follow the rules.
我們還是遵循規則比較好。（對團體成員建議）

例：Let us go.
讓我走吧。（向團體外的人，例如綁匪，請求）

因為語氣不同，形成附加問句也不相同。**Let's（/ Let us）為建議，後面習慣直接加上 shall we**。而 **Let us 表達的為情求，則回到前面一般祈使句的回應方式**，使用 will / can / could you... 等。

例：Let's eat out tonight, shall we?
我們今天出去吃飯，如何？

例：Let us have some water, will you?
給我們點水，好嗎？

(6) 猜想動詞 ＋ that

通常形成附加問句時，按照主要句而非子句的內容來形成附加問句。但當**主詞為 I，並且主要句的動詞含猜想意味的動詞**，例如：**think**、**suppose**、**guess**、**believe**、**consider**、**imagine** 等字，且後接 that 所引導的名詞子句時，必須按照名詞子句的內容來形成附加問句，而非按照主要句，因為說話者不太可能去請求對方確認自己是否如此猜想。

例：I didn't **tell** you (that) I'm here, **did I**?

我沒有跟你說我在這裡，對吧？

（tell 非猜想動詞，按主要句形成附加問句）

例：**You** don't think (that) I'm a bad person, **do you**?

你不會認為我是壞人，對吧？

（主詞並非為 I，則有可能以主要句形成附加問句，確認對方是否真的這樣想）

（X）I suppose (that) the baby is hungry, don't I?

（O）I suppose (that) **the baby is** hungry, **isn't she**?

我猜小嬰兒應該是餓了，對吧？

（主詞為 I，suppose 為猜想動詞，按名詞子句內容形成附加問句）

Note

如果猜想動詞前出現否定詞，即便名詞子句內為肯定，仍然視為否定句，其後附加問句必須為肯定。因為**英文較常將否定詞挪至主要動詞之前**，所以雖然句意為否定，但名詞子句卻貌似肯定。

（X）I think (that) he's not from India. 我認為他不是來自印度。

（O）I don't think (that) he's from India.

少數情況中，當表達訝異的態度時，否定詞可能留置名詞子句中：

例：I thought you weren't coming.

我還以為你不來了！

例：I thought you would never ask.

我還以為你永遠不會問呢！

所以名詞子句內雖看起來是肯定，但其實否定詞已經被挪至主要動詞前，因此子句內容仍被視為否定，附加問句必須按照名詞子句形成，且必須為肯定：

（X）I don't think (that) he's from India, isn't he?

（O）I don't think (that) he's from India, is he?

我不認為他來自印度，他是嗎？

Part 3 考題核心觀念破解

1. What time was the victim' s body ___________ by the witness yesterday?

(A) be found (B) founded (C) been found (D) found

答案 (D)

破題

有些考題會用逆向考法，不考應搭配的助動詞，而是要求選擇助動詞後應搭配的動詞形式。從 by the witness 可得知句意為被動，必須有 be+ 過去分詞 p.p.。而 was 已經被倒裝到主詞前了，此句不可能再出現 be 動詞，所以 (A)、(C) 都不正確。此題同時搭配易混淆的過去分詞形式，find（發現）的三態為 find found found，而 found（設立）的三態為 found founded founded，此句句意為「發現」，故不選擇 (B)。

---

2. ___________ a pedestrian hit by a van which ran a red light?

(A) Has (B) Was (C) Had (D) Does

答案 (B)

破題

在前面盲點診療室教過，看到原形動詞應該選擇助動詞，所以同學很容易誤以為這題答案為 (D)。要特別小心這種給予三態同形的陷阱題。透過後面的 by a van 可以得知語意為被動，所以其實這邊 hit 為過去分詞 p.p.，所以不能選擇 (A)、(B) 完成式的主動語意，必須選擇 be + p.p. 來表達被動語意。

---

3. Larry's worked long hours, ___________?

(A) hasn't he (B) didn't he (C) isn't he (D) wasn't he

答案 (A)

破題

遇到縮寫時，同學常常會搞不清楚「's」表達的是所有格、be 動詞還是完成式。首先，後面沒有加上名詞，可得知 Larry's 不能為所有格限定詞。而「's」可以表達 is 或 has 的縮寫，前面盲點診療室學過，主動則選完成式，被動才能選擇過去分詞 p.p.。而這邊工作為主動行為，應把主要句視為 Larry has... 來形成附加問句。

4. Why __________ considered closing the factory?

(A) did the management (B) is the management

(C) has the management (D) the management was

答案 (C)

破題

問句中，主詞必須跟助動詞、be 動詞、完成式等倒裝，所以 (D) 直述句直接去除。同學看到後面的 closing 可能誤以為進行式，但別忽略了，前面還有 consider 才是真正的主要動詞，closing the factory 其實是其受詞。再者，看到 considered 有 -ed 結尾，又有同學容易瞬間覺得要選過去式的答案 (A)。但別忘了，過去式的一般動詞在形成問句，一定會有助動詞，而後面則動詞必定原形。所以這裡 considered 其實應為 p.p.，且語意表達主動，應選完成式。

5. __________ the needed office supplies be delivered within two business days?

(A) Do (B) Are (C) Have (D) Could

答案 (D)

破題

delivered 為過去分詞，語意在這為被動，同學因此可能想選 be 動詞，但別忽略前面還有一個原形的 be 動詞，所以如果在選擇 (B)，則出現兩個 be 動詞。另一些同學，則因為看到 be 動詞原形，則想選擇 (A) 一般助動詞。但 do / does / did 一般助動詞多半只能搭配一般動詞，唯有情態助動詞，才可以搭配 be 動詞，因此必須選擇 (D)。

1. ____________ the patient's foot cut by a piece of glass?
(A) Were (B) Did (C) Was (D) Does

2. ____________ books about psychology on the fifth floor?
(A) Does (B) Are (C) Have (D) Will

3. ____________ your friends currecntly working in the marketing department?
(A) Are (B) Does (C) Was (D) Do

4. ____________ the employees here required to wear uniforms?
(A) Are (B) Did (C) Was (D) Does

5. ____________ your daughters have some snacks after they finish their homework later?
(A) Does (B) Would (C) Do (D) Can

6. What ____________ done so far to facilitate the employee training program, Mr. Lee?
(A) have (B) has been (C) has (D) were

7. Where ____________ customers find nutrition facts for food products?
(A) does (B) are (C) can (D) were

8. Why ____________ the disease spread so fast around the world?
(A) were (B) did (C) have (D) do

9. Who ____________ the people that you were talking to in the conference then?
(A) was (B) does (C) were (D) do

10. What was your colleague ____________ when you left the office?
(A) did (B) done (C) do (D) doing

11. Your wife rarely cooks at home, ___________?
(A) doesn't she (B) isn't she (C) does she (D) won't she

12. The doctor's been unable to find the cure, ___________?
(A) hasn't he? (B) isn't he (C) is he (D) does he

13. Don't mess it up, ___________?
(A) will you (B) wont' you (C) couldn't you (D) wouldn't you

14. Nobody is perfect, ___________?
(A) aren't they? (B) are they? (C) don't they (D) isn't it

15. I don't think you like me, ___________?
(A) don't' you (B) do I (C) are you (D) do you

解答在 P.477

解答與解說

Part1 解答

1. Is（只有非限定動詞 Ving，必須用 be 動詞）
2. Did（句中有原形動詞，用助動詞，時間為 last year 應用過去式）
3. Is（to copy 為不定詞，非真動詞，缺動詞用 be 動詞，結尾 right now 暗示現在）
4. Have（thought 為過去分詞 p.p.，「想」在這邊是主動動作，必須用完成式，沒有過去或未來的基準點，只可能用現在完成式）
5. Is（to understand 為不定式非真動詞，句中沒有其他限定動詞，需用 be 動詞）
6. Had（eaten 為過去分詞，吃早餐為主動動作，必須用完成式，上班是過去式，比過去式更早應用過去完成）
7. Did（句中動詞原形，須選助動詞，yesterday 暗示過去式）
8. Was（when 引導副詞子句被視為一顆副詞，裡面內容暗示時間為過去，bitten 是過去分詞，這邊語意被動應選 be 動詞）

Part2 解答

1. When will she rent an apartment near her workplace?
2. What does Mike's father promise to give him as a birthday gift when he is 16?
3. Who was waiting there when Sam arrived?
4. Where are the students who didn't pass the test going to take a make-up exam?
5. Whose novel are you reading now?
6. How did Eddie go to school when he was a child?

Exercise 解答

1. (C)　2. (B)　3. (A)　4. (A)　5. (D)　6. (B)　7. (C)　8. (B)　9. (C)　10. (D)　11. (C)
12. (A)　13. (A)　14. (B)　15. (D)

英語癌

Chapter 12
主詞與動詞一致性

▶ 總複習測驗

Chapter 12 主詞與動詞一致性

Part 1 初步診療室

問診：下面對於圖片的英文描述，何者正確無誤呢？

A Eating vegetables is healthy.
吃蔬菜有益健康。

B Barking dogs is dangerous.
在吠的狗是很危險的。

C Using a computer can do a report.
用電腦可以作報告。

解答：A。

A 句的主詞為 eating vegetables 這件事，動詞使用單數動詞 is 正確無誤。B 句的主詞是 dogs，複數主詞 dogs 應該搭配複數動詞。而 C 句主詞為 using a computer 這件事，無法搭配 do a report 的動作。所以 B、C 正確應如下：

B: Barking dogs **are** dangerous.

C: Using a computer can **help you** do a report.

診療學習盲點：

當主詞是一個普通名詞時，要判斷主詞該搭配的動詞形式，相對而言簡單。同學最大的困擾，就是當主詞以「Ving ＋ n」的形式出現時，如何判讀該用何種動詞。面對這樣的主詞，同學多半會生成以下幾種疑問：

Q's：

1. eating 不就是動名詞了，為什麼後面又有 vegetables 另一個名詞，這樣會不會有兩個名詞當主詞？
2. 為什麼 eating vegetables 這邊為「Ving ＋複數名詞 vegetables」後面搭配單數動詞，但同樣 barking dogs 形式一樣為「Ving ＋複數名詞 dogs」卻必須搭配複數動詞？
3. Using a computer can do a report. 中文就是「用電腦可以作報告」，逐字翻譯成英文，而且有主詞搭配正確形式的動詞也有受詞，句構看起來很正確，為何這樣英文是錯的？

A's:

1. eat（吃）在這作及物動詞來用，後面必須有一個受詞讓語意清楚。如同中文，若只說一個字「吃」，聽者毫無頭緒到底在講哪一個字。但如果說「吃飯」，這就是相對意思較完整的片語。同理，eat 後面的 vegetables 為其受詞，先形成一個正確完整語意的動詞片語“eat vegetables”，再把動詞片語加上 -ing，形成整個動名詞片語。所以這裡主詞既不是 eating，也非 vegetables，而是整個 eating vegetabls 這一件事，因此必須被視為單數。

2. “eating vegetables” 和 “barking dogs” 看起來形式相似，但別忘了在第一章學過，Ving 主要有兩種功能：① 動名詞作**名詞**來用。② 現在分詞當**形容詞**用。這邊的 barking 為形容詞修飾狗，表達「在吠的狗很危險」。但 eating vegetables 無法解讀為「在吃的蔬菜有益健康」。所以 barking 為形容詞，動詞則必須看複數的主詞 dogs。

透過上面的說明，可以得知一個小技巧，**把 Ving 翻譯成「……的」讀讀看，如果成立，Ving 就為形容詞**，則主詞為後面其所修飾的名詞。**若不成立且語意可以解讀成「……這件事」**，則**主詞為動名詞片語當作一件事**，必須用單數動詞。

Rolling stones (gathers / **gather**) no moss.

（O）**滾動的**石頭不會生苔。

所以滾動的為形容詞，主詞為 stones，用複數動詞。

Washing dishes (**is** / are) a tiring job.

（X）**洗的碗**是累人的工作。

（O）洗碗這件事是累人的工作。

所以主詞為 washing dishes 這件事，動詞用單數。

3. 中文常常句子的開頭為**「想要討論的主題」**而非真正**「動作的主詞」**。因為中文中，說話與聽話者能夠輕易猜想出來的主詞，就會習慣性省略。但**英文中，主詞永遠就是做動作的角色**，要特別留心這個差別。

中文：外面在下雨。

英文：（X）Outside is raining.

（O）It is raining outside.

下雨的主詞是雨，外面的土地是不會做噴雨的動作，「外面」只是欲討論的主題。

中文：收音機可以聽音樂。

英文：（X）A radio can listen to music.

（O）A radio allows you to listen to music.

（O）You can listen to music with a radio.

做聽音樂動作的人是你，收音機沒有能力自己聽音樂，「收音機」只是想討論的主題。

Get Better Soon

練習 A：判斷 Ving 為形容詞還是動名詞片語，圈選正確的動詞形式。

1. Reading books (enriches / enrich) your soul.
   讀書可以豐富你的心靈。

2. Howling wolves (is / are) in the woods.
   嗥叫的狼群在森林裡。

3. Doing drugs (is / are) harmful to your health.
   吸毒對健康有害。

4. Sleeping babies (is / are) like angels.
   熟睡的孩子像天使一般。

5. Erupting volcanoes (is / are) spectacular.
   噴發中的火山是相當壯觀的。

6. Humming mosquitos (is / are) very annoying.
   嗡嗡叫的蚊子十分的惱人。

7. Doing exercise (boosts / boost) your blood circulation.
   做運動促進你的血液循環。

8. Washing hands (kills / kill) germs.
   洗手會殺死細菌。

解答在 P.504

練習 B：判斷下列動名詞主詞，是否能夠從事主要動詞的動作。可以者，請在空格中寫（O），不行者寫（X），並在錯誤句子的主要動詞前畫上補字號，寫上 help you。

示範：

（O）Learning English can broaden your horizons. 學英文可以拓展你的眼界。

（X）Learning English can make foreign friends. 學英文可以交外國朋友。

（O）Learning English can "help you (to)" make foreign friends.

學英文可以「幫助你」交外國朋友。

（學英文這件事情本身不會自己交朋友，只能幫助你達到這個目的）

（help 後面的 to 寫或省略都正確）

1. ____________ Smoking cigarettes can harm your health.

   吸菸會損害你的健康。

2. ____________ Surfing the Internet can acquire information.

   上網可以獲得資訊。

3. ____________ Having a mobile phone can contact your friends immediately.

   有行動電話可以立即聯絡你的朋友。

4. ____________ Traveling can appreciate the beauty of different cultures.

   旅遊可以體會不同文化之美。

5. ____________ Drinking alcohol can affect your consciousness.

   飲酒會影響你的意識。

6. ____________ Consuming too much sugar can cause tooth cavities.

   吃太多糖會導致蛀牙。

7. ____________ Listening to some soft music can sleep well.

   聽一些柔和的音樂可以睡得好。

8. ____________ Raising a child can cost a fortune.

   養小孩可要花掉一大筆錢。

解答在 P.504

Part 2 主詞與動詞一致文法概念

動詞必須與主詞的人稱和數量做一致性，而非補語。

Strawberries and peaches **are** fruit. 草莓和水蜜桃是水果。
主詞 主詞補語

The country's population **is** mostly Muslims. 這國家的人口幾乎全是回教徒。
主詞 主詞補語

前面單元，已經介紹過 be 動詞、助動詞、完成式和一般動詞與主詞在不同時態的搭配。本單元將主詞動詞一致性分成三個主要部分：**必須使用單數動詞、必須使用複數動詞**及**特殊情況**，來幫助同學整理易犯錯的主詞動詞配搭。

一、必須使用單數動詞

1. 主詞為第三人稱單數

當主詞為 he / she / it 或者可被這三個代名詞代替的名詞時，動詞必須使用單數動詞。尤其別忘了，現在式的一般動詞必須加 -s 或 -es。

例：She **catches** a cold easily because her immune system is weak.
她很容易感冒，因為她的免疫系統很弱。

例：The sun **sets** in the west.（The sun 可以用 it 代替）
太陽從西方落下。

2. 主詞為不可數名詞

不可數名詞雖然不可數，但形式上仍被視為單數，必須搭配單數動詞。

例：Time **is** money.
時間就是金錢。

偶而從中文中難以判斷是否為不可數時，也可以從它們搭配的量詞來著手思考。**常搭配不可數的量詞如：much 很多、a little 一些、little 鮮少、a great deal of 大量**等。

例：**A little** knowledge **is** a dangerous thing.
一知半解最危險。
（從 a little 可得知 knoweldge 為不可數，必須搭配單數 is）

例：**Much** thinking **yields** wisdom.
多思考會增長智慧。
（從 much 可得知 thinking 必為不可數，必須搭配單數動詞 yields）

3. 主詞為不定詞或動名詞

前面學過 to V 不定詞、Ving 動名詞，皆把動詞轉作名詞來看待。由於語意上被當成一件事情，所以可用 it 來代替，故被視作單數。

例：To err **is** human.
犯錯乃人之常情。

例：Talking **mends** no holes.
空談無補。

4. 主詞為名詞子句

以 that 或者疑問詞開頭的名詞子句，置於句首時，亦被視為一件事情。且整個子句被當作一顆名詞，所以必須搭配單數動詞。

例：That the earth is round **has been** proved true.
地球是圓的這件事情已經被證實為真。

例：What is lost **is** lost.
逝者已逝。

例：Why he left the city **is** still unknown.
他為何離開這座城市仍然未知。

5. 主詞前有 each、every、many a / an

Each / every 語意為「每一」，many a / an 則是「許多」。當主詞前有上述限定形容詞，雖然語意暗示複數，但是**主詞必須為單數名詞**並搭配**單數動詞**。

例：Every **cloud has** a silver lining.
黑暗中仍有曙光。

例：Each **person was** assigned a different task.
每一個人被分配了不同的任務。

例：Many **a student has** taken the test, but few have got good grades.
許多學生都參加這個考試，但鮮少人得到好成績。

> **Note**
> 上述限定詞如果後面出現連接詞 and，不論加上幾個名詞，所有名詞都仍然必須單數。many a / an 語意上與 many 完全相同，只是 **many a / an ＋單數可數名詞**，而 **many ＋可數複數名詞**。但 **many a / an 非常正式且具文學性**。

例：Every **man** and **woman** in the world is eager to love and be loved.
每一個世上的男人與女人都渴望愛與被愛。

例：Many a **boy** and **girl shows** the same tendency to imitate their parents' behavior.
= Many **boys** and **girls show** the same tendency to imitate their parent's behavior.
許多男孩女孩都會展現出同樣模仿父母親行為的趨勢。

6. 當主詞為 -thing、-one、-body 結尾的不定代名詞

前面已經介紹過哪些代名詞只能當單數而哪些只能當複數來用，請參考不定代名詞章節相關部分 P.273。這邊只幫同學複習常考易混淆的情況：

當主詞是 something 某物、someone / somebody 某人、nothing 沒有東西、no one / nobody 沒有人、anything 任何物、anyone / anybody 任何人、everything 所有物、everyone / everybody 所有人，這些不定代詞都被視為單數，必須搭配單數動詞。

例：Nobody **knows** the reason.

沒人知道原因。

例：Everything **is** perfect.

一切都很完美。

Note

同學經常混淆 something 和 some things，something 為單數意指某物或某事。而 some things 的 some 為形容詞（限定詞）修飾名詞 things 語意為「一些」，必須在後面加複數名詞。

（X）Somethings in the safe were stolen last night.

（O）Some **things** in the safe **were** stolen last night.

昨晚，保險箱裡面有些東西被偷了。

（X）Somethings are going on.

（O）**Something is** going on.

有些事情不太對勁。

7. 主詞為形複意單的名詞

有些字形式上看起來結尾有 -s，但實際上被視為單數。這些字為數不少，但多為專有名稱或抽象概念，其實不用一一強記，只要記憶以下常見的幾種類別即可：

學科名	economics 經濟學、mathematics 數學、physics 物理學、politics 政治學、statistics 統計學、ethics 倫理學
國家組織名	the United States 美國、the Philippines 菲律賓、the United Nations 聯合國
報章雜誌名	the Times 泰晤士報、Taipei Times 臺北時報、the New York Times 紐約時報
病名	diabetes 糖尿病、measles 麻疹、mumps 腮腺炎、syphilis 梅毒、rabies 狂犬病
山川湖泊名	Niagara Falls 尼加拉瀑布、The Great Lakes 五大湖、the Alps 阿爾卑斯山
其它	news 消息、billiards 撞球

例：No news **is** good news.

沒消息就是好消息。

例：The United States **is** a big country.

美國是一個泱泱大國。

8. 數學算式

當主詞為抽象的數字，這其實並非具體複數的數量，因此表達數學的算式時，動詞應用單數動詞。常見加減乘除的表達方式參考下面表格。

Addition 加	Subtraction 減	Multiplication 乘	Division 除	等於
+	−	×	÷	=
plus and	minus	times multiplied by	divided by	equals is

Two plus two { **equals** / **is** } four. 2加2等於4。

Eight minus two **equals** six. 8 減 2 等於 6。

Two times three **equals** six. 2 乘 3 等於 6。

Ten divided by two **equals** five. 10 除 2 等於 5。

二、必須使用複數動詞

1. 主詞為複數名詞或有 and 連接時

當主詞為複數或有 and 連接且**語意上指多者**時，必須使用複數動詞。

例：Knowing and doing **are** two different things.

知道與會做是兩碼子事。

例：Games **are** often applied to help children learn.

遊戲經常被運用來幫助孩童學習。

2. 主詞為 people、（the）police、cattle

前面代名詞單元學過，people 人們、(the) police 警方、cattle 牛群，永遠被視為複數。所以雖然字尾沒有 -s 的變化形，但仍需要搭配複數動詞。

例：People **have** the right to know.
人民有知的權利。

例：More police **are** called in to quell the demonstration.
更多的警力被呼叫來平息這場示威抗議。

例：These cattle **are** kept for their meat.
這些牛隻是養來做肉牛的。

3. 主詞前有 both、several、many、a (large) number of、(quite) a few、few

both 兩者都、several 一些、many 許多、a number of 幾個、a large number of 大量、quite a few 相當多、a few 一些、few 鮮少，上述限定詞只能修飾可數複數名詞，所以當主詞前有這些限定詞時，必須搭配複數動詞。

例：Many people **resist** change.
許多人抗拒改變。

例：Very few people **are** able to afford a car in this country.
在這個國家，極少數人能買得起車。

例：Both countries **have agreed** to cease fire.
兩個國家都同意停火。

例：A large number of people around the world **are** allergic to nuts.
世界上為數不少的人對於堅果過敏。

Note

考題經常考 a number of 與 the number of 的差別。**the number of 意思為「這個數目」，所以必須搭配單數動詞。**

（X）The number of people killed in traffic accidents **are** rising.

（O）The number of people killed in traffic accidents **is** rising.

死於交通意外的人數正不斷攀升。

三、特殊情況

1. 主詞由 or、either...or、neither...nor、not only...but also 連接時

主詞中出現 or / either...or**「或」**、neither...nor**「既不……也不」**、not only...but also**「不僅……還」**，此時**動詞必須看靠近的主詞來決定單複數。**

例：One or two days **are** enough to finish the job.

一兩天的時間就足夠完成這份工作。

例：Either you or I **am** wrong.

要嘛是你不然就是我錯了。

例：Neither my parents nor my sister **is** going to the funeral.

我父母和姊姊皆不會出席葬禮。

例：Not only the child but also his parents **were** amused by the animation.

不僅小孩還有他的父母都被這部動畫給逗樂。

同學不要以為每次動詞都是配合後面的動詞，別忘了問句時，動詞會被倒裝置句首：

例：**Are** you or he to blame?

是你還是他該受責備？

2. 主詞後出現介系詞片語、分詞修飾語、子句

當主詞後出現上述的插入片語或子句時，因為主詞與動詞相隔距離變遠，同學往往容易忽略它們的一致性，務必提醒自己詳加檢查。

介系詞片語

例：The play concerning a brave hero's adventure in the wilds **is** well received by critics.

這齣關於一個勇敢的英雄在荒野中冒險的戲劇廣受評論家好評。

分詞修飾語

例：The storm, accompanied by strong wind, **has** wreaked havoc throughout the area.

暴雨伴隨著強風肆虐了這整個區域。

形容詞子句

例：Staff members who **are** interested in the training program **have** to reply to the mail by June 2nd.

對這訓練課程感興趣的員工，必須六月二號前回覆這封信。

（同學也別忘了，關係代名詞代替了先行詞，所以其後的動詞也必須跟先行詞作一致性）

主詞後出現介系詞時，又以下列幾個介系詞最容易使同學出錯：**with 和**、**together with 和／包括**、**as well as 和**、**including 包括**、**besides / in addition to 除了**。因為這些介系詞都讓人有「和」或「除了……還」等涵義，彷彿使主詞累加成複數的味道。但文法上，它們仍屬介系詞而非連接詞，所以不會影響主詞與動詞的一致性。

例：The ship, with its crew, **was** saved.

那艘船跟船員都獲救了。

例：Diamond as well as sapphire **is** a precious stone.

鑽石跟藍寶石都是珍貴的寶石。

例：The whole staff, including sales representatives, **needs** to support the new advertising campaign.

全體員工，包括業務，都必須支援新的廣告行銷活動。

例：Only Cody, besides the manager, **has** the key to the safe.

除了經理外，只有 Cody 有保險箱的鑰匙。

3. 主詞為集合名詞

常見的集合名詞包括：family 家庭、class 班級、team 隊伍、government 政府等。集合名詞可以表示整個團體，亦可表達團體裡頭的成員。當**作團體時，有單複數的變化形，而動詞也做相對應變化**。當作**團體中成員時，集合名詞本身不變化形，動詞則使用單數或複數動詞皆算正確**。相關內容在前面名詞代名詞章節已有詳細介紹 P.228，這邊僅做簡單複習。

(1) 當團體

例：A software company **has** already been declared bankrupt.

一間軟體公司已經被宣告破產。

例：Several companies **have** their headquarters in this area.

幾家公司都把總部設立在此區域。

(2) 當團體成員

例：The company **has** worked overtime to keep up with demand.（美式用法）

= The company **have** worked overtime to keep up with demand.（英式用法）

這間公司員工加班來達到產能需求。

4. 主詞為單複數同形的字

單複數同形的字，例如：fish 魚、sheep 綿羊、deer 鹿、means 方法、Japanese 日本人等（詳見名詞代名詞單元 P.233）。這些字不論單數或複數形式相同，很容易造成同學在主詞動詞一致性的誤差。單複數同形的字，如果前面有顯示單數的限定詞、冠詞或量詞，則意指單數，必須搭配單數動詞，若無，則必須搭配複數動詞。

例：**A** fish **is** swimming in the pond.
一隻魚在池塘裡游著。

例：**One** sheep **is** missing.
一隻羊走失了。

例：Japanese **are** often considered polite and reserved.
日本人經常被認為有禮且拘謹。

例：Female deer **do** not have antlers.
母鹿沒有鹿角。

5. the ＋ adj

現代英語中 the ＋ adj 形容詞多指複數的人，必須搭配複數動詞。少數的情況下，the ＋ adj 指抽象的概念時，則搭配單數動詞。詳細內容，參考前面已經學過的冠詞單元 P.311。

例：The poor [= Poor people] **were** provided with food and shelter.
窮人們被提供食物跟棲身之所。

例：The wise [= Wise people] **learn** from the mistakes of others.
智者從他人的錯誤中學到教訓。

例：The beautiful [=Beauty] **attracts** more attention than the good [goodness].
美比善更吸引注意力。

6. and 所連接的主詞指「單一人、事、物」

通常 and 連接則表示主詞為複數，但有些時候，主詞雖為「A and B」，可是其實為同一人、事、物，或合成無法分割的整體時，則動詞必須使用單數動詞。

例：**A professor** and famous **novelist was** invited to give the lecture.

一名教授同時也是知名小說家受邀來演講。

（教授和小說家同一人）

例：**Bread** and **butter is** delicious with a banana.

塗上奶油的麵包搭配香蕉最對味。

（奶油塗在麵包上為不可分割一體）

例：**Early to bed** and **early to rise makes** a man wealthy, healthy and wise.

早睡早起讓人富裕、健康又聰明。

（早睡早起必須同時做到，為不可分割一件事情）

7. 以「地方副詞」或「地方介系詞片語」開頭

當開頭為 **there、here** 等地方副詞，或**地方介系詞片語開頭**後面搭配不及物動詞時，則真正的主詞被倒裝至動詞後，動詞必須與其後的真正主詞一致。

例：There **is** a man in the house.

有一個男人在房子裡。

例：There **are** several people at the door.

門口有好幾個人。

例：Here **is** your change.

這裡是你的找零。

例：Here **are** some documents for you.

這裡是要給你的文件。

例：On the hill **stands** an old church.

山丘上佇立著一座老教堂。

當 there 後面的主詞是由 and 連接所形成的複數主詞時，雖然使用複數動詞為正確，母語人是偏好依照出現的第一個名詞作動詞變化。

There **are one apple** and two oranges on the table.（正確但較不自然）

There **is one apple** and two oranges on the table. （較自然）

There **are two oranges** and one apple on the table.（較自然）

桌上有一個蘋果和兩個橙子。

8. 複數主詞被當作「一筆單一數量」

當主詞為**時間、金錢、距離、重量、高度等**計量單位時，此時通常被視為一筆單一的單位，在這種情況下，**母語人士多用單數**。但若非常強調複數涵義，把主詞看做分開來的一個個細節個體時，亦允許搭配複數動詞。

One million dollars **is** a considerable sum of money.（一整筆錢）

一百萬是相當龐大的一筆金額。

One million dollars **were** scattered all over the floor.（把錢幣一張張分開來算）

一百萬元撒開來撲滿了整個地面。

Two months **is** a long period of time.（一筆時間）

兩個月是一段很長的時間。

Two months **have** elapsed since he left.（日子一天天計量）

他離開後，至今已過了兩個月。

9. 主詞前有 more than

主詞前有時候會加上 more than one / a，語意上會覺得不止一個，好像得用複數動詞。然而，這個情況下，必須使用單數動詞。

例：More than one student **has** passed the test.

不止一個學生通過了這個測驗。

當然如果不止兩個以上，則必須使用複數動詞，雖然這樣文法上正確，但就像中文中一樣，母語人士其實很少說「不止兩個」。

例：More than two students **were** absent.

不止兩個學生缺席。

10. 主詞有 of 的時候

當作主詞的名詞片語中出現 of 在其中時，同學經常無法正確判斷動詞應該配合 of 前或後的內容。大部分文法書談到這部分，都一個個條列各種情況，導致龐雜難以記憶。以下幫同學區分成三大類常見的且需注意的情況，幫助同學快速上手。

(1) 抽象比例的量詞 of 名詞

當主詞前有下面表達抽象比例的量詞時，**動詞必須依照 of 後面的名詞作變化形。**

Most of	大部分	＋ 單數／不可數名詞＋單數動詞 複數名詞＋複數動詞
Half of	一半	
Part of	部分	
Plenty of	大量	
The rest of	剩餘的	
A lot of	很多	
One-third of	三分之一（包括各種分數）	
Sixty percent of	60%（包括各種百分比）	
Some of	一些	
All of	全部	
None of	沒有	

例：One-third of my friends **are** foreigners.

我三分之一的朋友是老外。

例：One-third of my pocket money **was** spent on video games.
我三分之一的零用金都花在電玩上了。

例：Sixty percent of the club members **are** male.
60% 的俱樂部成員為男性。

例：Sixty percent of the country's electricity **is** generated by the plant.
60% 這個國家的電力是由這電廠所生產。

例：Most of the people here **are** aborigines.
這裡大部分的人都是原住民。

例：Most of the water in this area **is** salt water.
這個區域大部分的水都為鹹水。

(2) 普通名詞 of 名詞

只要 of 前面不為表達比例的量詞，而是一個普通名詞時，那麼動詞要改依 of 前方的主詞作動詞變化。

例：Two bottles of water **are** on the table.
桌子上有兩瓶水。

例：The smell of flowers **is** able to attract insects.
花的香味能夠吸引昆蟲。

例：The colors of this painting **are** rich.
這幅畫的顏色相當飽滿。

例：The extinction of dinosaurs **was** caused by a comet colliding with the earth.

恐龍的滅亡是由於彗星撞地球而導致。

(3) 單數代名詞 of 名詞

of 前面出現下面這些代名詞時，同學經常無法從語意上判斷其單複數。以下**這些代名詞固定被視為單數**，而 **of 後面必須得加複數名詞**，動詞則**必須使用單數動詞**。

One	其中之一	of ＋複數名詞＋單數動詞
Each	每一	
Every one	每一	
Either	不論何者都	
Neither	不論何者皆非	

例：One of **my friends** is an Indian.

我其中一個朋友是印度人。

例：Each of **the companies sponsors** a team.

每一個公司贊助一個隊伍。

例：Either of **them is** a doctor.

他們兩個都是醫生。

例：Neither of **his parents likes** his girlfriend.

他父母都不喜歡他的女朋友。

 Part 3 考題核心觀念破解

1. Human beings' skin, the largest organ of our body, __________ vital to our survival.

(A) is (B) are (C) be (D) has

答案 (A)

破題

vital 為形容詞必須選擇連綴動詞來引導，所以答案 (D) 直接去除。這題主要考同學，判斷動詞與主詞的一致性時不要受到前面所有格的影響，這邊真正的主詞並非複數所有格的 human beings 而是不可數名詞 skin。另外，動詞也不受到主詞後面的同位語影響，skin 就是人體最大器官，這是同一個東西，並非二者。所以答案必須選單數的的 be 動詞來搭配不可數的主詞 skin。

---

2. ________ customers in rural areas have made complaints about the poor reception of cell phones.

(A) A great deal of (B) A little (C) Many a (D) A number of

答案 (D)

破題

這題為逆向考法，已知 customers 為複數且搭配複數動詞 have made，因此主詞前必須選擇能接可數複數的名詞的量詞。而 (A)、(B) 都只能接不可數，Many a 雖然接可數，但固定接單數，所以答案只能選擇 (D)。

---

3. A few deer __________ been slaughtered by the hunter to feed his family.

(A) were (B) was (C) have (D) has

答案 (C)

破題

許多同學經常會忘記 been 其實就是 be 動詞的過去分詞，所以答案 (A)、(B) 不可能選，因為 was / were 亦是為 be 動詞過去形態，不可能一次使用兩個 be 動詞。所以必須選擇完成式來搭配過去分詞 been。而 deer 看起來彷彿單數，且加上前面的 a few 很容易讓同學受騙選擇單數的 has。然而別忘了，deer 為單複數同形，必須由前面的量詞來判斷其單複數，而 a few 語意為「一些」，搭配複數名詞，所以必須選擇複數完成式 have been。

4. Fish __________ often considered healthier than red meat.

(A) are (B) is (C) has (D) have

答案 (B)

破題

許多同學會強記 fish 為單複數同形的字，因此當前面沒有 a 或 one 等表達單數的字詞時，便為複數。這樣的觀念並沒有錯，但是這是當 fish 指「魚」這種動物時。然而，這句的 fish 指得為「魚肉」，此時為不可數名詞，必須搭配單數動詞。而魚肉是被認為有益健康，並非魚肉自己主動認為，所以必須選擇單數 be 動詞搭配過去分詞 considered，表達被動。

---

5. That your university provides full scholarships in computer science __________ why I applied for the department.

(A) to be (B) is (C) have been (D) are

答案 (B)

破題

許多人會誤以為 your university 或者 scholarships 為此句的主詞，但同學應該要注意在 your university 前面還有 that。所以整個 "That your university...science" 為一個名詞子句，被當作一件事情，必須選擇單數動詞。(A) be 前面有 to 非真動詞（限定動詞），而 (C)、(D) 皆為複數動詞。

Chapter 12 總複習測驗 Exercise

1. Taking care of all of the kindergarten boys and girls here __________ the teacher exhausted.
   (A) make (B) making (C) makes (D) are making

2. Every subscriber of this website __________ access to more than 10 million electronic books on the platform.
   (A) has (B) have (C) X (D) will

3. The police __________ successfully apprehended the man who broke into the mayor's house.
   (A) have (B) are (C) has been (D) was

4. The mansion with a beautiful garden __________ burnt into ashes last night.
   (A) is (B) are (C) have (D) was

5. The blind usually __________ better hearing than normal people.
   (A) is (B) are (C) has (D) have

6. The prospects of the stock market __________ pretty optimistic in the third quarter.
   (A) have (B) are (C) seems (D) has been

7. The economy of our nation as well as most other nations in Asia __________ impacted by the trade war.
   (A) are (B) is (C) has (D) being

8. The rest of the lost items __________ been returned to their original owners.
   (A) have (B) has (C) are (D) is

9. Anyone who __________ to register for the training program shall contact Mr. Jones by the end of April.
   (A) want (B) wanting (C) wants (D) is wanting

10. The number of people who choose a career in engineering ___________ increasing year by year.
(A) are (B) has (C) is (D) be

11. Neither of these comedy series ___________ directed by Russo Brothers.
(A) are (B) has (C) been (D) was

12. Not only experience but also communication skills ___________ important in a job search.
(A) are (B) is (C) to be (D) has

13. Some of the vehicles on the street ___________ going over the speed limit.
(A) is (B) was (C) are (D) been

14. More than one Japanese ___________ reported to die in the accident.
(A) was (B) have (C) were (D) has

15. Ten percent of the fish in this sea area ___________ polluted by the oil spill.
(A) is (B) has (C) have (D) are

解答在 P.504

解答與解說

Part1 解答

練習 A

1. enriches（讀書這件事情，不能解讀成在讀的書，reading books 為動名詞）
2. are（在嗥叫的狼，不能解讀成嗥叫的狼這件事在森林裡，howling 為形容詞）
3. is（嗑藥這件事情，不能解讀為做的藥，doing drugs 為動名詞）
4. are（在睡覺的孩子，不能解讀成睡孩子這件事，sleeping 為形容詞）
5. are（在噴發中的火山，不能解讀成噴出火山這件事情，erupting 為形容詞）
6. are（嗡嗡作響的蚊子，不能解讀成哼唱蚊子這件事情，humming 為形容詞）
7. boosts（做運動這件事情，不能解讀成在做的運動，doing exercise 為動名詞）
8. kills（洗手這件事情，不能解讀成在洗的手，washing hands 為動名詞）

練習 B

1.（O）
2.（X）Surfing the Interenet can help you acquire information.
（逛網這件事情自己本身不會獲得資訊，是上網的人獲得）
3.（X）Having a mobile phone can help you contact your friends immediately.
（有手機這件事情無法聯絡朋友，只有人可以才可以連絡朋友）
4.（X）Traveling can help you appreciate the beauty of different cultures.
（旅遊這件事情不會做珍惜的動作，只有人才可以珍惜欣賞）
5.（O）
6.（O）
7.（X）Listening to some soft music can help you sleep well.
（聽音樂這件事情不會睡覺，只有人才可以睡覺）
8.（O）

Exercise 解答

1. (C) 2. (A) 3. (A) 4. (D) 5. (D) 6. (B) 7. (B) 8. (A) 9. (C) 10. (C) 11. (D) 12. (A) 13. (C) 14. (A) 15. (D)

常用動詞不規則變化三態表

一、三態同形（AAA）

	動詞原形	過去式	過去分詞		動詞原形	過去式	過去分詞
打賭	bet	bet	bet	讀	read	read	read
爆炸	burst	burst	burst	擺脱	rid	rid	rid
割	cut	cut	cut	放置	set	set	set
花費	cost	cost	cost	關閉	shut	shut	shut
打擊	hit	hit	hit	伸展	spread	spread	spread
傷害	hurt	hurt	hurt	戒、放棄	quit	quit	quit
讓	let	let	let	使沮喪	upset	upset	upset

二、過去分詞和動詞原形同形（ABA）

	動詞原形	過去式	過去分詞		動詞原形	過去式	過去分詞
變成	become	became	become	跑	run	ran	run
來	come	came	come				

三、過去式和過去分詞同形（ABB）

	動詞原形	過去式	過去分詞		動詞原形	過去式	過去分詞
帶來	bring	brought	brought	丟棄	lose	lost	lost
建造	build	built	built	製作	make	made	made
買	buy	bought	bought	意味	mean	meant	meant
抓住	catch	caught	caught	遇見	meet	met	met
挖	dig	dug	dug	支付	pay	paid	paid
餵	feed	fed	fed	説	say	said	said
感到	feel	felt	felt	尋求	seek	sought	sought
打鬥	fight	fought	fought	賣	sell	sold	sold
找到	find	found	found	寄送	send	sent	sent

忘記	*forget	forgot	forgot / forgotten	閃耀	shine	shone	shone
得到	*get	got	got / gotten	射擊	shoot	shot	shot
絞死	hang	hanged	hanged	坐	sit	sat	sat
掛	hang	hung	hung	睡覺	sleep	slept	slept
有	have	had	had	嗅聞	*smell	smelt / smelled	smelt / smelled
聽到	hear	heard	heard	拼寫	*spell	spelt / spelled	spelt / spelled
抓住	hold	held	held	花費	spend	spent	spent
保持	keep	kept	kept	站立	stand	stood	stood
下蛋／放	lay	laid	laid	掃	sweep	swept	swept
引導	lead	led	led	教	teach	taught	taught
學習	*learn	learnt / learned	learnt / learned	告訴	tell	told	told
離開	leave	left	left	想	think	thought	thought
借出	lend	lent	lent	理解	understand	understood	understood
				贏	win	won	won

① forget 的過去分詞美式用法 forgot / forgotten 皆可。② get 的過去分詞在美式用法中多用 gotten。③ learn、smell、spell 的過去式和過去分詞，英式用法偏好使用 learnt、smelt、spelt。

四、三態不同形（ABC）

(1) 字中字母變化為 i-a-u

	動詞原形	過去式	過去分詞		動詞原形	過去式	過去分詞
開始	begin	began	begun	唱	sing	sang	sung
喝	drink	drank	drunk	沉	sink	sank	sunk
搖鈴	ring	rang	rung	游泳	swim	swam	swum
縮水	shrink	shrank	shrunk				

(2) 詞尾變化為 ear-ore-orn

	動詞原形	過去式	過去分詞		動詞原形	過去式	過去分詞
忍受	bear	bore	born	穿	wear	wore	worn
撕裂	tear	tore	torn				

(3) 過去式以 -ew 結尾；過去分詞以 -wn 結尾

	動詞原形	過去式	過去分詞		動詞原形	過去式	過去分詞
吹	blow	blew	blown	生長	grow	grew	grown
畫	draw	drew	drawn	知道	know	knew	known
飛	fly	flew	flown	丟	throw	threw	thrown

(4) 過去分詞以 -en 結尾

	動詞原形	過去式	過去分詞		動詞原形	過去式	過去分詞
咬	bite	bit	bitten	升起	rise	rose	risen
打碎	break	broke	broken	看見	see	saw	seen
選擇	choose	chose	chosen	搖	shake	shook	shaken
駕駛	drive	drove	driven	說話	speak	spoke	spoken
吃	eat	ate	eaten	偷	steal	stole	stolen
落下	fall	fell	fallen	騎	ride	rode	ridden
冷凍	freeze	froze	frozen	拿	take	took	taken
給	give	gave	given	醒	wake	woke	woken
躲	hide	hid	hidden	寫	write	wrote	written

(5) 其他

	動詞原形	過去式	過去分詞		動詞原形	過去式	過去分詞
是	be（現在式：is, am, are,）	was, were	been	躺	lie	lay	lain
做	do	did	done	縫	*sew	sewed	sewn / sewed
去	go	went	gone	展示	*show	showed	shown

Note

① sew 的過去分詞 sewn / sewed 皆可。

② show 的過去分詞亦可為 showed，但罕見。

語研力 *E033*

英語文法癌治癒聖經

從英文聯考 9 分到博士班榜首的補教名師親授 12 帖文法特效藥

一本專治「英文文法學不好」的特效文法書

作　　者　鄒政威 Avery
顧　　問　曾文旭
編輯統籌　陳逸祺
編輯總監　耿文國
主　　編　陳蕙芳
美術編輯　吳若瑄
文字校對　翁芯琍
圖片來源　Shutterstock.com
法律顧問　北辰著作權事務所

印　　製　世和印製企業有限公司
初　　版　2019 年 12 月
初版三刷　2021 年 08 月
出　　版　凱信企業集團－凱信企業管理顧問有限公司
電　　話　（02）2773-6566
傳　　真　（02）2778-1033
地　　址　106 台北市大安區忠孝東路四段 218 之 4 號 12 樓
信　　箱　kaihsinbooks@gmail.com

定　　價　新台幣 520 元 / 港幣 173 元
產品內容　1 書

總 經 銷　采舍國際有限公司
地　　址　235 新北市中和區中山路二段 366 巷 10 號 3 樓
電　　話　（02）8245-8786
傳　　真　（02）8245-8718

國家圖書館出版品預行編目資料

英語文法癌治癒聖經：從英文聯考 9 分到博士班榜首的補教名師親授 12 帖文法特效藥 / 鄒政威著.
-- 初版. -- 臺北市 : 凱信企管顧問, 2019.12
面；　公分
ISBN 978-986-98064-6-6(平裝)

1.英語 2.語法

805.16　　108018279

凱信企管

用對的方法充實自己，
讓人生變得更美好！

用對的方法充實自己，
讓人生變得更美好！